T0349267

Ladrona de guante dorado

ANASTASIA UNTILA

Ladrona de guante dorado

Grijalbo

Penguin
Random House
Grupo Editorial

Primera edición: febrero de 2024

© 2024, Anastasia Untila
© 2024, Penguin Random House Grupo Editorial, S. A. U.
Travessera de Gràcia, 47-49. 08021 Barcelona

Printed in Spain – Impreso en España

ISBN: 978-84-253-6586-7
Depósito legal: B-21.412-2023

Compuesto en La Nueva Edimac, S. L.

Impreso en Liberdúplex
Sant Llorenç d'Hortons (Barcelona)

GR 6 5 8 6 7

A quienes inician el final de esta aventura: incluso en la oscuridad más profunda se abren brechas de luz

Prólogo

Abril de 2004

Los mechones ondulados que escapaban de las trenzas deshechas le caían por la espalda y a ambos lados del cuerpo, acariciando el suelo de madera polvoriento. A la pequeña de ojos verdes aquello no le importaba, tampoco la oscuridad, pues debía mantener el corazón tranquilo para que él no la descubriera.

Había decidido esconderse debajo de la cama más grande que había en la casa, pensando que sería el lugar más seguro. Sentía la respiración agitada, pero no quería que ese ruido la delatara, así que lo mitigó con la mano en la boca mientras oía sus pasos subiendo por las escaleras.

La madera crujía a cada pisada y el corazón de la niña se aceleraba a medida que iba aproximándose.

—¿Dónde estás? —pronunció la voz dejando que el melódico italiano envolviera la pregunta. La niña no respondió y subió la otra mano para afianzar el agarre. Intentaba no mover un músculo; la descubriría si lo hacía, y ella no quería perder. Pero no podía contener el sonido que deseaba resonar por la cálida estancia—. ¿Dónde se ha metido la princesa más bonita de la casa? —continuó diciendo sin dejar de caminar por la habitación—. ¿Detrás de las cortinas? ¿En el armario? —La sonrisa se le agrandaba cada vez más, sobre todo porque veía sus zapatos trazar círculos de aquí para allá, incapaz de dar con ella—. Tendré que comerme yo solito las galletas que ha preparado mamá, para que no se pongan malas —dijo el hombre, cada vez más cerca de la cama, agachándose.

—No...

—Te pillé —soltó a la vez que levantaba el edredón, que había estado escondiendo a la pequeña Dianora de su padre. La risa de la niña vibró por la habitación que Enzo y Rosella compartían—. ¿No quieres ir con mamá? —preguntó mientras la ayudaba a ponerse de pie; la alzó en brazos—. Espera, vamos a peinarte. No queremos que se enfade, ¿verdad?

Dianora negó con la cabeza, recordando por qué su mamá no debía alterarse, mientras pasaba los bracitos por los hombros de su padre para esconderse en su cuello. El mejor lugar del mundo, donde se sentía protegida, segura.

—Pero yo quiero comer mis galletas —pidió utilizando sus dotes. La pequeña sabía que, cuando quería algo, bastaba con que agudizara la voz mientras fruncía el ceño con suavidad; la mirada del cachorrito, la que era capaz de derretir a cualquiera—. Porfa...

Aunque no siempre funcionase.

—Antes voy a trenzarte el pelo, Di —respondió Enzo, resistiéndose a la carita de su hija. No tardó en sentarla en el tocador donde Rosella se maquillaba y guardaba además algunas joyas—. ¿Preparada? —La niña asintió, de brazos cruzados y algo enfurruñada, mientras notaba que el cepillo le acariciaba el cuero cabelludo. Odiaba esa sensación; a veces los enredos le hacían daño, pero las manos de su padre eran delicadas y ágiles, y él siempre procuraba no estirarle del pelo—. ¿Qué hacemos esta vez? ¿Dos trencitas sueltas?

La mirada de Enzo se encontró con la de Dianora en el espejo. Dos miradas iguales, bañadas en el mismo color: un intenso verde entremezclado con un tono más oscuro. La niña asintió, deseando ir de una vez a la cocina, donde su madre estaría esperándola con la bandeja de dulces.

—¿Sabes qué día es mañana? —preguntó el hombre echándole la trenza acabada hacia delante para enfrascarse enseguida en la otra.

Dianora esbozó una gran sonrisa mostrando los dientes.

—Mi cumpleaños.

—Tu cumpleaños —enfatizó sin dejar de mirarla—. ¿Y cuántas velas pondremos en la tarta?

—Cinco —respondió la pequeña a la vez que alzaba la palma de la mano y soltaba una risita.

Estaba emocionada, sobre todo por la tarta que sus padres le habían prometido. Una gran tarta azul con velas rosas, pues a Dianora no se le iba de la cabeza la película que había visto unas semanas atrás: la de la princesa de los bosques y el príncipe que la había despertado con un beso. Ella quería disfrazarse de la Bella Durmiente y colocarse la tiara dorada en la cabeza para soplar sus cinco velas.

Ni Enzo ni Rosella habían podido decirle que no, pues se habían mostrado incluso más emocionados que la propia Dianora, y su madre, que subía por las escaleras para averiguar por qué tardaban tanto, no había desperdiciado ni un minuto para planificar la fiesta de su pequeña, aprovechando que se hallaban a las afueras de Milán. Vivían rodeados por una naturaleza que parecía haberse disfrazado de bosque encantado; el ruido del río amenizaba el paisaje y las mañanas se convertían en el escenario perfecto para que los pajarillos cantaran hasta hartarse.

Había sido una buena decisión esconderse de la escandalosa ciudad, sobre todo cuando en su interior crecía una nueva vida. Se apoyó la mano en el vientre, ligeramente abultado, mientras pensaba en que aquellos años debían quedar atrás, aunque antes acabarían lo que habían empezado: la búsqueda del tesoro más ambicioso al que se habían enfrentado jamás.

Rosella sonrió cuando observó, por la rendija de la puerta, a Enzo concentrado en la tarea que más precisión requería; peinar a su hija no era tarea fácil, sobre todo porque Dianora había heredado su tipo de pelo. Ambas compartían la misma cabellera negra, larga hasta la cintura, lisa y suave, que se enredaba con extrema facilidad.

—Pero qué mayor —los sorprendió cuando la vio levantar la mano para reflejar cuántos añitos cumpliría al día siguiente.

A la niña le dio igual que su padre todavía no hubiera acabado con la segunda trenza, pues había aparecido la persona que la resguardaba de la lluvia y la abrazaba cuando los truenos acechaban; la que le hacía sus galletas favoritas, esas con los trocitos de almendra por encima; la que le dejaba decidir su ropa y no la reñía cuando echaba el cuarto de baño a perder porque se creía una sirena que buscaba la manera de volver al mar.

No había nadie a quien Dianora quisiera más que a su madre.

—¡Mami! —exclamó la pequeña volviéndose hacia ella, suplicando con la mirada que la alzara en brazos.

—Di, dame dos segundos; ya acabo —pidió Enzo mientras sujetaba el final de la trenza con una goma. Rosella había apoyado la barbilla en el hombro de su marido, sonriendo, mientras se acariciaba el vientre—. Que tu madre solo ha venido a molestar —bromeó, aunque nada impidió que su mujer lo fulminara con la mirada—. Lista, *amore*, mira qué bonitas han quedado. ¿Te gustan?

Dianora asintió de manera efusiva, contenta con su nuevo peinado, aunque su padre supiera que pronto le tocaría volver a hacérselas, pues no era capaz de estarse quieta más de diez minutos. Le encantaba brincar e inventarse mil juegos, tantos como su imaginación pudiera soportar. Dianora Sartori era vida, alegría, y adoraba a sus padres, el mismo sentimiento que Enzo y Rosella albergaban; serían capaces de destrozar el mundo si su pequeña llegara a sufrir el menor daño.

Cerraron la puerta de la habitación ocultando lo que allí había: el colgante de zafiros plateados, el primer corazón de los tres que pertenecían a uno de los tesoros más valiosos del mundo y, junto a él, el cofre de madera que los resguardaba.

Ese tesoro que, sin que ellos lo supieran, ya había marcado el final de la familia Sartori.

1

El ruido de las noticias opacaba la respiración tranquila del detective. Hacía unos minutos que había abierto los ojos, o quizá habían sido horas; no lo sabía y tampoco le apetecía averiguarlo, aunque los tenues rayos del sol que se colaban por las cortinas le indicaban que debía levantarse.

Ignoró la petición mientras volvía a bajar los párpados para toparse con la oscuridad. Tal vez su resistencia se debiera a que ese día se cumplía medio año desde el accidente.

Seis meses.

O lo que para Vincent era lo mismo: una eternidad que se había juntado con el silencio para hurgar en una herida que todavía sangraba, por más que intentara cerrarla. Soltó un suspiro profundo para apartar ese pensamiento mientras se llevaba la almohada a la cara, como si quisiese esconderse del mundo. «Medio año», pensó sin poder evitarlo, y su recuerdo, como era habitual, impactó de lleno en él: la primera vez que la había contemplado de lejos, en el club, su barbilla alzada de manera sutil y los hombros echados hacia atrás; la melena ondulada cayéndole con delicadeza por la espalda; el conjunto negro que la había hecho parecer inalcanzable; el colgante en forma de serpiente enroscado en el cuello; los labios rojos...

Esos labios rojos que lo habían llevado a la ruina, pues había bastado un beso para que Aurora se le clavara por debajo de la piel. Él no se dio cuenta hasta más tarde, y el impacto que había supuesto reconocerlo aún le dolía, como si lo quemara.

«Lo que ocurre es que me quemas».

—Basta, joder —soltó un gruñido que evidenció su irascibilidad, además de la tristeza que sentía.

La culpa lo carcomía y no había hecho más que intensificarse en esos seis meses. Viajaba dentro de él, como una tormenta que avanza destruyéndolo todo a su paso. Recordaba con precisión cada segundo: el golpe que le había dado sin querer, la pérdida de control del coche, sus gritos pidiéndole que frenara, el impacto, la caída... Y, de repente, nada. El río se la había tragado sin piedad, y todo había sido por su culpa.

Estaba cansado de que su recuerdo no dejara de perseguirlo; lo acorralaba por las noches y a cualquier hora del día. Conversaciones. Palabras. Silencios. Miradas. Había perdido la cuenta de cuántas veces había soñado con sus ojos verdes, con esa mirada afilada que, con el paso de las semanas, había aprendido a interpretar.

Sin darse cuenta, había empezado a conocer a la mujer tras la máscara de su ambiciosa afición por las joyas. Y habría querido saber más, porque, a pesar del rumbo que su vida había tomado en ese mundo de oscuridad, Aurora escondía un corazón frágil, capaz de querer. Su gatita había sido la prueba de ello. Esa felina de ojos amarillos y pelaje negro, que se aproximaba a él con sigilo, se había adueñado del corazón de la ladrona de guante negro. Pero ese corazón había dejado de latir hacía meses y Vincent notaba que el suyo caminaba perdido sobre un lienzo en blanco.

«Dramático», se replicó a sí mismo mientras se incorporaba en la cama sin dejar de contemplar a Sira, que, de un salto, se acercó a él buscando una caricia. El detective sonrió, un gesto diminuto que rozó la comisura de la boca. Le pasó la mano asegurándose de llegar por detrás de las orejas. La gata ronroneó en respuesta, se recostó a su lado y cerró los ojos.

—Lo sé —murmuró mientras desviaba la atención hacia la televisión encendida—. La echas de menos.

El animal maulló y él se obligó a dejar de pensar en ella mientras extendía el brazo para alcanzar el mando a distancia y apagar la pantalla. El canal de noticias llevaba meses acompañándolo a cada momento del día: por la mañana en el desayuno y por las noches durante la cena; incluso había llegado al extremo de necesitar su ruido blanco para poder conciliar el sueño.

—Yo también —confesó al bajar la mirada de nuevo.

Dos palabras que encerraban la extraña sensación con la que había estado conviviendo los últimos tiempos. Soltó otro suspiro, un poco más hondo que el anterior, y cerró los ojos mientras se frotaba el puente de la nariz. No podía seguir así, consumido por una tristeza que debería haber sido pasajera. «Pasajera», se repitió, soltando una risita sarcástica, incrédula.

El odio que había sentido hacia ella sí que había sido pasajero, pues, sin saber exactamente cómo, se había transformado en otro sentimiento que le había resultado difícil de ignorar y que seguía acumulándosele en el pecho. Ese era el problema, lo que lo mantenía irritable la mayoría del tiempo: su afán por deshacerse de ese obstáculo había provocado que se encerrara en sí mismo, batallando contra un recuerdo que siempre ganaba la pelea.

Estaba harto de todo. De enfrentarse a preguntas a las que siempre ofrecía la misma respuesta vacía, sin vida; de fingir sonrisas cada vez que ponía un pie en la calle; de lidiar con los periodistas, los pocos que aún permanecían interesados, ansiosos por descubrir algún detalle morboso sobre la muerte de la ladrona de joyas más buscada. La noticia había sorprendido al mundo y estaba seguro de que este se quedaría asombrado si les mostraba la verdad a los medios; una verdad que implicaba sentimientos, traiciones, disparos, sangre, venganza...

Dudaba mucho que pudiera olvidar aquella noche algún día u olvidarla a ella.

Tensó la mandíbula mientras recorría el estudio con la mirada y se levantó de la cama haciendo que Sira maullara en protesta. Seguro que tenía hambre, pues no solía mostrarse cariñosa a no ser que quisiera obtener algo de él. «Gatita lista», sonrió, negando sutilmente, y se dirigió a la cocina. Pero antes de alcanzar la puerta del armario, la vibración de una llamada entrante inundó el espacio y supo que no se detendría hasta que se dignara a contestar. De eso también estaba harto; no le apetecía oír otro sermón que conocía de memoria.

Era consciente de que la vida continuaba avanzando sin él, de que se había apartado de su círculo, de la rutina... Cualquier pensamiento se esfumó cuando la causante de sus últimos dolores de cabeza renunció a llamarlo de nuevo y pasó a aporrear el timbre de su casa. A pesar de haberle dicho que no lo hiciera, su hermana se había atrevido a ir; sabía que no le daría tregua hasta que no le abriese.

—¡Abre la puerta o la echo abajo! ¡Y no estoy de broma! —gritó desde el otro lado, adivinándole el pensamiento. Conocía a Layla como la palma de su mano, igual que ella a él. Quizá ese era el motivo por el cual rechazaba verla—. Me he pedido el día libre, así que tú sabrás...

Entonces, sin pensarlo demasiado, acabó con el obstáculo que lo había protegido hasta ese momento. Layla no se iría sin respuestas por mucho que él no estuviese para sus preguntas.

—¿Puedes dejar de gritar? —la reprendió tras abrir de par en par. Layla arqueó las cejas y no dudó en adentrarse en el estudio—. Estoy bien, ¿vale? Me pillas ocupado. —Ni siquiera había acabado de hablar cuando ya se dirigía a la cocina.

Se agachó para ponerle el cuenco de comida a Sira. Le daba la espalda a su hermana y, aun así, era capaz de sentir su mirada clavada en la nuca.

—¿Tan ocupado estás que no puedes dedicarme ni cinco minutos?

Vincent carraspeó cansado.

—Layla —pronunció volviéndose hacia ella, y su hermana contempló el estrago de unos meses durante los cuales el detective se había descuidado por completo: la barba crecida, abandonada; el pelo un poco más largo que como solía llevarlo; el abdomen, que había perdido algo de forma; los hombros caídos... Pero lo que más impresión le causó fue descubrir su mirada vacía, desanimada, además de las ojeras pronunciadas—. Si no tienes nada que decirme, puedes irte —continuó al ver que se había quedado callada.

—No, espera...

—¿Qué? —se enfrentó a ella—. Es domingo y quería limpiar la casa, y no puedo hacerlo contigo aquí. ¿Quieres algo?

—Vince... —susurró como si le doliera. Lo hacía. Le dolía ver a su hermano en ese estado, pero lo que más la apenaba era ver cómo seguía apartándola—. Llevo meses sin verte.

—¿Y? —Quería restarle importancia, que se percatara de su indiferencia y decidiera marcharse. Empezó a apilar los platos sucios en el fregadero, aunque notaba su pequeña figura detrás de él.

—No me devuelves las llamadas, ni siquiera me contestas a los mensajes. Hoy me has abierto de milagro, y ahora te encuentro así...

—¿Así cómo?

Layla no le iba a decir nada que él no supiera, esa imagen de dejadez que le enseñaba el espejo cada mañana.

—Dándome la espalda —contestó—. Mírame. —Pero lo que recibió fue un silencio rígido instalándose entre ambos—. Vincent —insistió una vez más, y observó que los músculos de la espalda se le tensaban—. Papá también está preocupado. No ha sabido nada de ti desde...

—No lo digas.

La joven cirujana se quedó callada. No era su intención abrir una puerta que de lejos parecía estar cerrada cuando en realidad seguía entreabierta para que Vincent recordara todo aquello que aún le dolía y se provocara más heridas que tardarían en sanar. Tampoco quería presionarle y que acabara enfadándose, pero sabía cuándo su hermano necesitaba que alguien le vendara los cortes para que dejaran de sangrar.

—Necesitas hablar...

—No —contestó él, y siguió moviendo los platos de aquí para allá, como si hubiera activado el modo automático.

—Te conozco, sé cuándo estás mal, Vince. Ni siquiera puedes mirarme porque temes romperte delante de mí...

—Layla se acercaba despacio y aprovechó que su hermano había apoyado las manos en la encimera para colocar la suya sobre su hombro en una muestra de afecto, del amor que sentía por él—. Soy tu hermana —dijo esperando que con esa obviedad comprendiera que ella solo quería ayudarlo—. Necesitas hablar, desahogarte. Llevas meses aquí, encerrado, y sé que duele, pero… Si necesitas romperte, hazlo; te aseguro que voy a estar aquí para sujetarte.

No detuvo la caricia y, con cuidado, se aproximó hasta colocarse a su lado. Contempló su perfil; mantenía la cabeza gacha y los brazos en tensión. La mirada estaba fija en un punto y soltaba respiraciones lentas y profundas.

—Sentías algo por Aurora y ahora ella no está… —continuó en un susurro, como si temiera su reacción—. Te duele, lo sé, y no quiero decirte cómo sobrellevarlo, pero han pasado seis meses y no haces más que empeorar. Mírate… Es como si no te importara nada. He entrado y lo primero que he notado es el olor a cerrado; apenas entra luz y tienes el piso hecho un asco. Las botellas, los platos sucios, las cajas de pizza… Has dejado de hacer ejercicio, ya no te cuidas, y no quiero preguntarte cuántos días llevas sin ducharte. Apestas, hermanito —murmuró apoyando la mejilla en su hombro—. Te duele, pero a mí también me duele verte así. Y a papá también. No sé qué ha pasado entre vosotros, nadie me cuenta nada…

—No es que tema romperme —la interrumpió, y no tardó en soltar el aire que había estado conteniendo. Giró un poco la cabeza para mirarla y se encontró con su preocupación saltando de una pupila a la otra. A pesar de que lo había intentado, no podía ignorarla—. Es que ya estoy roto —confesó—. Me cuesta dormir y cuando lo consigo no dejo de pensar en ella. Tan solo fueron unos meses y siento… Sentía —se corrigió frunciendo el ceño— que me faltaba toda una vida para conocerla. Pensarás que exagero, que no debería sentirme así, que...

—Porque fue intenso.

Al detective se le escapó una sonrisa triste.

—Lo fue.

—Y supongo que no hablasteis sobre ello —dijo, y Vincent negó con la cabeza—. Por eso te duele, porque no tuvisteis tiempo.

—No. —Se mordió el interior del labio y volvió a soltar otro suspiro, despacio, mientras miraba el techo con la intención de esconder las lágrimas incipientes que deseaban salir—. Un día estábamos bien y al siguiente los medios abrían con la noticia de su muerte.

Layla se quedó en silencio sopesando lo que acababa de decir.

—¿Medios? Espera, ¿qué noticia? —murmuró rompiendo el contacto, y dio un paso hacia atrás. De un segundo a otro, la mente de la joven cirujana se había inundado de pensamientos que rozaban una confusión que nunca había experimentado—. ¿Qué noticia? —insistió al ver que no respondía—. Aquel día en el hospital tenía mil preguntas, y papá prometió que lo aclararía todo más tarde, pero cada vez que sacaba el tema daba la casualidad de que tenía que marcharse u ocuparse de otra cosa. ¿Es verdad? ¿Aurora era la ladrona de guante negro de las noticias? ¿La misma Aurora a quien yo curé porque papá me lo suplicó?

Tantos meses guardando el secreto y había bastado un segundo para que su hermana descubriera la otra cara de la moneda, la que la pondría en peligro si llegaba a escarbar en ese mundo. No se lo perdonaría si alguien llegara a ponerle las manos encima.

—¿Qué harías si te dijera que sí? —soltó con cuidado, temiendo su respuesta.

—¿Crees que voy a ir tras ella? Está mu… —Pero se mordió la punta de la lengua al contemplar el impasible rostro de Vincent.

—Dilo, no te quedes callada. Está muerta —pronunció él, y Layla notó que apretaba los labios durante un segundo, además de apartar la mirada.

—No quería…

—Está muerta —repitió como si quisiera convencerse.

Sentía que había llegado el momento de asimilarlo, de entender que Aurora se había ido y que era imposible que volviera porque él había visto cómo la sacaban del agua. La realidad lo ahogaba, pero él no quería abrir esa puerta. Quería, pero a la vez no. Lo necesitaba; sin embargo, su corazón se empeñaba en seguir tirando del freno de mano.

—Se supone que he venido a animarte, aunque no dejo de meter la pata. Perdóname. —Layla volvió a acercarse y se colocó delante de él para levantarle la barbilla con el dedo—. No quería decirlo así, es que… Me ha chocado, eso es todo. Noté que algo pasaba con ella; papá no me pide todos los días que cure a alguien fuera del hospital porque no quiere que nadie se entere. Jamás se me había pasado por la cabeza pensar que ella fuera…

—La ladrona de joyas —acabó Vincent por ella—. Y yo fui un imbécil que no pudo controlarse a su lado. No habría salido bien y yo lo sabía. Lo sabíamos. Teníamos una tregua y yo fui el primero en romperla. Debería haberme apartado, haber tomado distancia, aun así… Joder.

Layla no se lo pensó dos veces cuando se alzó de puntillas para rodearlo con los brazos. Y, en ese instante, Vincent se dejó caer para esconderse en el hueco de su cuello mientras soltaba un gemido roto que reflejó el dolor de los últimos meses.

La rodeó por la cintura atrayéndola hacia él y cerró los

ojos. Su hermana era su lugar seguro, al que debería haber acudido aquella noche.

—¿Es normal que la eche de menos hasta el punto de que me duela? —Layla empezó a dibujarle suaves caricias por la espalda—. Sé que tengo que pasar página, empezar a olvidarla, porque es absurdo que esté llorando una muerte que no tendría que afectarme. Se supone que debía atraparla, llevarla ante Beckett, pero...

—Deja de decir eso.

—Es verdad.

Layla lo agarró más fuerte.

—El corazón no decide de quién se enamora, ¿me oyes? —susurró, y sintió la sonrisa sarcástica de su hermano—. No puedes seguir castigándote de esta manera. ¿Crees que a Aurora le gustaría verte así? —Sabía que era una pregunta muy manida, incluso cruel, pero quería que despertara, que se diera cuenta de que estaba dejando que la vida se le escapara de las manos—. Sé que duele; el amor duele, Vincent. Papá pasó por lo mismo...

Esas palabras hicieron que la mente del detective se transportara al pasado, cuando Aurora todavía estaba viva. De pronto, dejó de escuchar a su hermana; la imagen de la ladrona chocó una vez más contra sus recuerdos, un golpe hueco, vacío, que había abierto de nuevo la herida. Volvió a morderse el labio inferior para detener el sollozo e intentó despedirse de ella. Quería hacerlo, lo necesitaba; su realidad dependía de ello.

«Lo siento».

Si tuviera la oportunidad de retroceder en el tiempo para impedir el accidente, la habría aprovechado sin dudar, pero qué podía hacer un simple mortal cuando ni el destino, que contemplaba la escena triste entre los dos hermanos, contaba con semejante poder.

Aurora había muerto, el mundo había dejado de hablar de la ladrona de guante negro y Vincent Russell tenía que aceptarlo para cerrar ese capítulo de su vida; avanzar, olvidarse de su recuerdo, pasar página.

Aunque para ello su corazón debía aceptarlo también.

2

A pesar de que se había bebido un vaso de agua, Vincent seguía notando la garganta seca. Le dolía al tragar y no podía dejar de mover la pierna, inquieto, mientras dejaba vagar la mirada por la pantalla del ordenador.

Habían transcurrido un par de días desde la visita de Layla, en la que se había prometido, en un susurro imperceptible, que trataría de que el recuerdo de Aurora desapareciera, de retomar la vida que había descuidado durante meses.

Se había levantado a las siete de la mañana, a la par que los primeros rayos del sol despertaban a la ciudad, para salir a correr antes de presentarse en la comisaría. No podía esconder su leve deterioro físico, o las pocas ganas de arreglarse, de cuidar su imagen, de salir a un bar cualquiera con sus colegas o de emborracharse del perfume de su pareja de baile para luego acabar entre sus piernas.

No había nada que le apeteciera, pues había permitido que la dejadez se lo comiera mientras el sentimiento de culpa lo perseguía incluso en sueños. Ni podía recordar cuántas veces Aurora se había colado en su cama para susurrarle que no volvería a irse de su lado y la decepción que había sentido al despertarse y descubrir que su cruel imaginación le había jugado una mala pasada. La misma crueldad que había sentido el día posterior al accidente, cuando creía que ella llamaría a su puerta y se la encontraría allí, de pie, con la trenza de raíz cayéndole por el pecho y sus ojos alargados, imponentes, inundados de ese verde hipnotizante.

La crueldad en su máximo esplendor.

Llegó a pensar que la ladrona se había atrevido a utilizar la muerte a su favor para huir de la policía, teniendo en cuenta que el inspector había presenciado el momento en el que Dmitrii Smirnov había dejado caer su máscara. Pero la esperanza no había dudado en reírse de él con una carcajada limpia, insultante, porque el detective había creído en un hecho imposible.

Semanas después, durante una noche cualquiera de agosto, en su cumpleaños número treinta, decidió que intentaría poner fin a esa esperanza, porque Aurora se había ido y no quería que su imaginación, cegada por la ilusión, volviera a reírse de él.

Más dolor. Otro suspiro. Más recuerdos. Meses que desaparecían.

Tenía la sensación de que el tiempo seguía avanzando sin él.

Estaba harto.

Trató de recordar las palabras de su hermana al asegurarle que el corazón no decide de quién se enamora, y pensó que ojalá el suyo lo hubiera hecho, que no se hubiera lanzado a una piscina que había resultado estar vacía.

De pronto, el ruido de las llamadas, de los agentes hablando, del tecleo; el ruido propio de la comisaría hizo que el detective parpadeara, o quizá fue la voz de su compañero quejándose a un par de metros.

—Vincent, tío, ¿me estás escuchando? ¿Qué cojones te pasa? —protestó Jeremy acercándose. Se había cansado de encontrarlo siempre en las nubes, alejado de la realidad. Necesitaba que se comportase como el compañero a quien a diario le confiaba la vida, pero el actual Vincent se pasaba la mayoría del tiempo distraído y con la mirada dispersa—. ¿Quieres que Beckett vuelva a suspenderte?

Aunque el inspector le había colocado la medalla haciendo creer al mundo que Vincent Russell había sido el responsable de capturar a la ladrona de guante negro, la verdad se encontraba muy lejos de esa victoria, pues a Howard no le había temblado la voz a la hora de exigirle la placa y el arma. «Agradece que sea yo quien te mande a casa y no el comisionado. ¿En qué coño estabas pensando?». Vincent todavía recordaba sus gritos y poco le apetecía enfrentarse de nuevo a ellos.

—Para empezar, no tendría que haberlo hecho si tú hubieras mantenido la boca cerrada.

—¿De verdad? ¿Otra vez con el puto temita? —Vincent había dejado de escuchar y no tardó en levantarse para servirse otro café. Necesitaba que desaparecieran las ganas que tenía de tomarse una copa—. Que no tenemos quince años, ¿qué querías que hiciera? Te pedí perdón y sigo respetando que no quieras contarme nada de aquella noche, pero, joder, tío, vale ya, ¿no? Pasa página. Hice lo que creí más conveniente para que no acabaras muerto. ¿A quién se le ocurre meterse en una pelea entre organizaciones? Sin trazar un plan, sin refuerzos... Te salvé el culo.

—Jer... —pronunció, mirándolo, y se pasó la lengua por los dientes mientras dejaba la cafetera encima de la mesa. No quería entrar en una nueva discusión, pero su compañero no le estaba dando tregua.

—Estoy hasta los cojones de que sigas ignorándome

cuando lo único que hice fue evitar una catástrofe —espetó en un tono bajo mientras comprobaba que no hubiese nadie alrededor; al fin y al cabo, el inspector le había pedido discreción—. ¿Querías acabar en el hospital? Pues haberme dejado al margen; no puedes venirme con las verdades a medias y pretender que no me preocupe.

Vincent endureció el gesto.

—¿Podemos dejarlo para otro momento?

—¿Para cuándo? ¿O tengo que pedirte cita? —se enfrentó a él—. Llevas meses que ni me miras, y cuando lo haces te comportas como si fuera una piedra que te entorpece el camino. Me contestas con monosílabos... Te juro que he intentado ser paciente, pero yo también tengo un límite, ¿sabes? Soy tu amigo y te quiero, tío, pero esto no puede seguir así. Hasta he tenido la tentación de mandarlo todo a la mierda y pedir un cambio de compañero; no lo he hecho porque tú y yo formamos un equipo de la hostia. Necesito que vuelvas a ser el de antes, que me hables, que me digas por qué este enfado te dura ya meses. Sí, sé que me pediste que no le dijera nada a Beckett, pero, joder...

Se calló; necesitaba respirar, ordenar las ideas. Jeremy odiaba discutir, sobre todo cuando esa extraña sensación que había entre ellos no dejaba de ahogarlo: dos amigos que se habían distanciado sin motivo y al parecer sin solución.

Jeremy trató de decir algo más; sin embargo, en ese instante apareció otro agente con quien ambos habían compartido unas cervezas y alguna que otra conversación. El policía los saludó con un movimiento de cabeza mientras se llenaba la taza con el café recién hecho, y, al percibir la tensión que se respiraba, decidió desaparecer del escenario.

En la pequeña sala volvió a reinar el silencio.

—Estoy aquí, Vincent —murmuró Jeremy segundos más tarde—. No sé qué te ha pasado, pero tienes que arreglarte, tío. Si necesitas hablar o que salgamos alguna noche para distraerte, ya sabes dónde encontrarme.

El policía se dirigió a su mesa tras poner el punto final a la conversación, dejando que un Vincent ligeramente confundido, mientras observaba la taza que aún no había tocado, rumiara esas palabras que se habían levantado entre ellos como una pared: «Tienes que arreglarte». Era consciente de que no estaba bien, no hacía falta que se lo dijera; sin embargo, ¿cómo se reparaba un corazón roto?

Cerró los ojos un instante; no podía quitarse esa noche de la cabeza por más que intentara borrarla de su memoria. Si Howard no hubiera aparecido con un ejército de policías detrás, Aurora no se habría asustado y no se habría escapado al sentir que su libertad peligraba. La persecución no habría tenido lugar, el miedo habría permanecido escondido y el accidente... Enfocó de nuevo y divisó al inspector saliendo de su despacho; tenía el móvil pegado a la oreja, la mirada seria y las facciones se le endurecían a cada palabra que pronunciaba.

Si Jeremy no lo hubiera delatado como le había pedido que hiciera, Aurora seguiría con vida. O eso era lo que quería creer, pero lamentarse había dejado de tener sentido; no obstante, el malestar, la culpa, el remordimiento seguían allí, rondándolo, como si se tratara de tres pares de ojos que no dejaran de mirarlo. «Tienes que arreglarte». O lo que era lo mismo: juntar los pedazos rotos, dejar de pensar, de soñar; escapar de esa cárcel en la que se había metido por su propio pie.

El estudio del detective olía a coche nuevo; se había deshecho de los platos sucios y había limpiado cada rincón a conciencia hasta acabar con la última mota de polvo. Las cortinas ya no lo escondían del mundo; la luz del atardecer entraba libre para adueñarse del espacio, que a su vez despertaba la curiosidad de Sira. Hacía minutos que intentaba atrapar un punto de luz que se movía despacio por el suelo de madera.

Vincent, que acababa de sentarse en el sillón ubicado junto al sofá, con la lata de cerveza en la mano todavía sin abrir, contemplaba a la gatita. Estaba agotado, pues limpiar la casa a fondo no había sido tarea fácil, pero se sentía como si hubiera vuelto a nacer. Quería beberse esa cerveza, pensar que se la merecía. Había convivido con la oscuridad durante meses, se había rendido a ella, pero había hecho frente al día tras ver el mensaje que Layla le había enviado a la seis de la tarde: «Mañana por la mañana me pasaré con una rica *cheesecake* que voy a hacer ahora siguiendo un tutorial de YouTube. No acepto un no, así que crucemos deditos para que me salga buena».

Sin proponérselo, su hermana había conseguido arrancarle una sonrisa, aunque esta no tardó en desvanecerse cuando se percató del desastre que lo rodeaba. No quería que Layla arrugara de nuevo la nariz ante el olor a cerrado, tampoco que tuviera que pisar con cuidado para no tropezar. No deseaba decepcionarla, así que se puso manos a la obra junto con la lista de reproducción que había seleccionado.

Se había esforzado, merecía beberse esa cerveza, pero algo se lo impedía: una voz que no paraba de repetir que dejara la lata en la nevera, que huyera de la dependencia en la que había caído. Cerró los ojos y respiró hondo mientras luchaba contra su mente. Apretó la lata un poco más. Otra respiración. Pensó en Layla y en la promesa que se había hecho: desprenderse de ese sentimiento que, de lo contrario, acabaría hundiéndolo en la miseria.

Dejó la lata de cerveza sobre la pequeña mesa redonda, al lado de aquel libro que no se atrevía a tocar, y volvió a cerrar los ojos mientras se dejaba caer contra el respaldo del sillón. Un instante más tarde notó que Sira se acurrucaba sobre su regazo. Le echó un vistazo rápido; el color anaranjado se había apoderado de ella, de ambos, en realidad. Los pocos rayos del sol se estaban despidiendo y hacían brillar el collar de diamantes.

Empezó a acariciarla mientras se acomodaba de nuevo: la cabeza tocaba el respaldo y las piernas estaban ligeramente separadas. Cerró una vez más los ojos para dejar que el tiempo lo acunara con suavidad. La pesadez le cayó sobre los párpados de la misma manera que cuando su madre lo arropaba por las noches durante los inviernos, haciendo que se sintiera protegido, invencible.

Inspiró hondo; una respiración pausada, tranquila. A pesar de que se había pasado las últimas horas limpiando, no conseguía relajarse. Quería dormir, como si el sueño acabara de extenderle una invitación para que se dejara caer entre las sábanas; sin embargo, notaba los hombros rígidos, el rostro tenso, el entrecejo arrugado, la presión acumulada dentro de la cabeza…

De repente, aún con los ojos cerrados, percibió una caricia suave, el roce del dorso de su mano sobre la mejilla. Frunció el ceño y los párpados le temblaron. Un aroma familiar revoloteaba por la estancia. Vincent reconoció ese olor; era imposible no hacerlo cuando se le había grabado a fuego tras haberse perdido varias veces en él.

Esa fragancia no podía pertenecer a nadie más que a…

—Aurora —murmuró abriendo los ojos mientras se incorporaba. Era de noche, la luz casi se había ido, salvo por la escasa claridad que se colaba desde la calle. Se frotó los párpados tratando de reconocer dónde estaba; en su estudio, pero, sin darse cuenta, había acabado tendido en el sofá.

—No quería despertarte.

Su voz.

—Aurora... —Un sueño. Ella no podía ser real, no... El primer impulso fue tocarla; levantó el brazo para rodearle la mejilla y el simple contacto le hizo cerrar los ojos por un instante. Sin embargo, negó con la cabeza mientras volvía a perderse en su mirada. Los ojos verdes lo contemplaban con dulzura—. No eres real, solo estoy soñando, tú...

Vincent se apartó pensando que, si cerraba los ojos con fuerza y los volvía a abrir, ella desaparecería. Pero cuando enfocó de nuevo Aurora todavía se encontraba agachada delante de él, con las rodillas tocando el suelo.

—No he podido decírtelo antes.

—Vete —pronunció él, firme, y se levantó tras encender la luz. Se quedó inmóvil al verla con más nitidez. Era ella—. No estás aquí. Eres un puto sueño, eres...

—Vincent.

Su voz. Seguía siendo su voz.

Trató de acercarse, pero él no quería que volviera a tocarlo o que su perfume siguiera confundiéndolo.

—¡Que te largues! —Un grito tronó por el espacio, roto—. ¿Qué coño quieres, por qué apareces? Había tomado una decisión. Estaba dispuesto a intentarlo, a recuperar mi vida, mi rutina. Yo... —El corazón le latía con fuerza—. Eres un sueño —reiteró un instante después, intentando tomar el control—. Una ilusión, mi imaginación siendo cruel. No eres real.

—Estoy aquí.

—No.

—Soy real.

—No lo eres.

—Mírame —pidió, pero él no quería hacerlo, pues enfrentarse a esos ojos suponía saltar a un mar revuelto de recuerdos que amenazaba con ahogarlo—. No podía decírtelo, nadie podía saberlo. Lo siento, ¿vale? Tendría que habértelo hecho saber antes, no debí...

—¿Qué has dicho?

La ladrona lo miró confundida.

—¿Que lo sientes? —continuó él. La distancia se acortaba y lo único que oía era el frenético latir de su corazón, como si estuviera gritando—. ¿Cuándo tendrías que habérmelo contado? ¿Antes o después de tu funeral?

—Vincent...

Su voz seguía doliéndole, sobre todo cuando acariciaba su nombre de esa manera.

—Vete.

—Escúchame.

—¡VETE! —volvió a gritar, pues en el fondo sabía que era solo su imaginación jugando de nuevo con él, aunque estuviera sintiendo esa partida más real que nunca—. Solo eres un sueño, tú... Tú nunca me dirías eso. La Aurora que conozco nunca se presentaría aquí si quisiera seguir siendo una sombra, y mucho menos me diría que lo siente. Estaría furiosa, joder. Tú solo eres una ilusión, un recuerdo que sigue atormentándome. —Hizo una pausa, destruyó la distancia entre ellos y le alzó la barbilla con el índice—. Tú no eres Aurora, sino mi puto dolor de cabeza.

—Te equivocas —susurró a la vez que le acercaba los labios. Vincent trató, con todas sus fuerzas, de ignorar lo que esa proximidad le provocaba.

—¿En qué?

—Soy tu corazón, ¿recuerdas? Me lo diste.

Notaba su aliento sobre la piel: suave, delicado, seductor. Y sus manos... Había echado tanto de menos su caricia que en aquel instante no era capaz de reconocer si la que le ofrecía era real o no.

—Te dije que te lo entregaría cuando te perteneciera.

—¿Y no es así?

Demasiado cerca. Los labios de Aurora estaban demasiado cerca. No podía pensar, ni siquiera distinguir la fantasía de la realidad. Tenía que despertar. Solo era él viviendo el mismo trance de siempre: el recuerdo de Aurora, que se presentaba para enloquecerlo todavía más. Pero esa caricia... Su tacto. Era ella. Tendría que pasar una vida para que el detective lograra olvidarse de la sensación de sus yemas recorriéndole la piel.

—Contéstame —exigió ella. Ahí estaba: el tono exigente, atractivo. Las manos le cosquilleaban y el alivio de tenerla otra vez entre los brazos, tan cerca, estaba acabando con su cordura—. ¿Tengo tu corazón?

De repente, la respuesta se desvaneció en el aire, igual que ella, la Aurora que su imaginación había creado. La ladrona de guante negro convertida en polvo, pues en ese instante el detective despertó con la primera luz de la madrugada dándole la bienvenida.

Solo había sido un sueño, pero el más real que había tenido desde aquella noche.

3

Un sonido estridente, molesto, viajaba por la habitación de Vincent. Retumbaba lejos de él, pero a la vez lo oía cerca; o aquella era la sensación que le daba.

Entrecerró los ojos sin ser consciente de ello. Quizá estaba durmiendo y ese ruido formaba parte de su sueño, o tal vez de alguna pesadilla. No sabía qué pensar. La línea que lo separaba del mundo real era muy fina y sospechaba que estaba atravesándola en ese instante, teniendo en cuenta el sueño que había tenido dos noches atrás con Aurora.

Quería recuperar el silencio, pero aquel zumbido no dejaba de reclamar su atención, como si tratara de despertarlo. Una alarma, quizá; sin embargo, no recordaba que la hubiese programado la noche anterior. Levantó la cabeza intentando desperezarse y estiró el brazo para mirar el teléfono: una llamada de Thomas.

Se dejó caer de nuevo contra la almohada. Tras el sermón de Layla, poco le apetecía escuchar lo que su padre tuviera que decirle; no obstante, finalmente optó por contestar. Soltó un bostezo y, dedicando una mirada a Sira, a unos metros de él en posición majestuosa, se sentó en el borde de la cama para llevarse el móvil a la oreja.

—Papá, es temprano, qué...

—La próxima vez que vayas al banco te agradecería que antes me lo hicieras saber. Pensaba que no querías saber nada del tema.

La inquietud de su padre lo descolocó. Se le notaba agitado y en su voz había urgencia, desesperación.

—¿A qué te refieres?

—Vincent, hijo, que ya tengo una edad; no juegues conmigo. Si has decidido aislarte, porque te recuerdo que has sido tú quien...

—Papá.

—No, déjame terminar. Ahora que te has dignado a cogerme el móvil... He tratado de entenderte, de darte tu tiempo. No he dejado de preocuparme por ti ni un solo día, igual que Howard, quien, por cierto, asegura que tu puesto en el departamento pende de un hilo. Te sancionaron y, aun así... Me ha dicho que tu rendimiento ha bajado y me duele que no me lo hayas contado tú. —El tono de voz había bajado y Vincent agarró el móvil con más fuerza. Notaba un nudo en la garganta que le impedía pronunciar palabra—. Lo que sea que te esté impidiendo avanzar...

—¿Para esto me has llamado?

Golpe de silencio.

Thomas Russell soltó una respiración profunda para que Vincent la oyera. Conocía a su hijo y en aquel instante veía el enorme agujero en el que había caído sin querer. Lo único que no comprendía era por qué no estaba buscando la manera de escapar.

—Sé sumar dos y dos, Vincent, y la muerte de Aurora te ha afectado más de lo debido. Lo que no entiendo es...

Vincent dejó de escuchar. «Más de lo debido». Su padre

acababa de adjudicarle un medidor para el dolor; un límite que, según él, no tendría que haber cruzado. Se le escapó una mueca, el reflejo de una sonrisa que respondía a esa petición: la muerte de la ladrona de guante negro siempre había sido un tema prohibido y, aun así, ni su hermana, ni su padre, ni siquiera Jeremy dejaban de sacar el asunto a colación.

—¿Me estás escuchando? —La voz de Thomas volvió a inundar el otro lado de la línea. Se le notaba alterado—. ¿Por qué has ido a ver el cofre? ¿Se han puesto en contacto contigo?

Pero el detective seguía sin abrir la boca, consciente de a quiénes se refería. No había vuelto a saber nada de esa organización, como si hubieran desaparecido sin dejar rastro. Se habían convertido en unos fantasmas e intentar dar con ellos era igual a buscar una aguja en un pajar.

Y Vincent lo sabía de primera mano, ya que, tras el accidente, se había pasado semanas intentando localizarlos. Reconocía que había sido una pérdida de tiempo, que la esperanza le había jugado una mala pasada. Además, la Corona, el cofre y la tercera gema habían dejado de interesarle. Por ese motivo no entendía por qué su padre le reclamaba que hubiera hecho una visita a la caja de seguridad, el nuevo escondite después del fracaso que había supuesto ocultar el cofre en el despacho de su casa.

—¿De dónde sacas eso? —preguntó Vincent.

—Que no pasa nada, solo quiero que me avises, porque el cofre es lo único que me queda y no voy a permitir que vuelvan a jugar a mis espaldas, así que dime qué están tramando. Ayer recibí un correo que dice que el catorce de marzo a las diez y trece de la mañana entraste en la cámara para abrir la caja. ¿Por qué?

—Papá, yo no he entrado a mirar nada, ni siquiera me he acercado al banco.

—Vincent...

—Se habrán equivocado —sugirió intentando que su padre no perdiera la calma. Aunque no lo viera, podía imaginarse la palidez asentándosele en el rostro, la confusión titilando en su mirada—. A veces pasa; novatos en su primer día que se equivocan con el papeleo o que mandan correos que no tocan, porque yo no he pisado ese banco. El catorce de marzo fue martes, hace dos días, y a esa hora estaba en comisaría. Jeremy te lo podrá confirmar.

—¿Y quién cojones ha entrado si no has sido tú? Tienes acceso porque así lo he especificado, y si me han enviado esta notificación ha sido porque alguien ha entrado en la cámara.

—¿Insinúas que alguien de la organización se ha hecho pasar por mí para acceder al cofre?

—¿No los ves capaces?

—No es que no los vea capaces, es que sería imposible. Cualquier visita queda registrada y para entrar es imprescindible firmar y presentar el documento identificativo. Además, en ese banco me conocen, también tengo mi cuenta ahí, ¿crees que es tan fácil colarse para acceder a una caja de seguridad a la que no le quitan los ojos de encima? Habrá sido un error del sistema, no hay otra explicación. Si quieres, podemos ir para que te quedes tranquilo.

Esa vez fue Thomas quien se mantuvo callado para sopesar lo que su hijo acababa de decir. Tenía razón; era improbable que se hubieran hecho pasar por él. Había escogido ese escondite para que la organización mantuviera las garras lejos del cofre. Además, el banco contaba con un sistema de seguridad del que no era tan fácil burlarse, y que hacía prácticamente imposible acceder a una cámara acorazada.

Debía calmarse y respirar hondo; no podía permitirse ponerse histérico.

—Nos vemos allí en una hora —declaró segundos después—. Espero que no sea nada porque...

—Ya verás como no —interrumpió el detective, aunque algo muy en el fondo le susurraba que no se confiara.

Con un café en la mano y las gafas de sol ocultándolo de los ojos fisgones, Vincent miraba a los transeúntes caminar con rapidez, como si el tiempo se les estuviera escapando de las manos, ajetreados y subsistiendo en su propia burbuja.

Hubo una época en la que él se refugiaba en esa misma sensación: el ritmo incansable y alocado de Nueva York; las prisas para evitar el tráfico o el estrés cuando, sin querer, caías en él; la presión en el trabajo, la competitividad o la necesidad de encontrar el interruptor de apagado. Un ritmo que solía incluir fiestas que empezaban a medianoche y finalizaban cuando los primeros rayos del sol se asomaban tímidos. Desde hacía tiempo Vincent veía lejana esa vida, a la que probablemente no volvería.

De hecho, mientras esperaba delante de las puertas del Bank of America, se preguntaba si su versión adolescente lo estaría mirando con una ceja levantada. El concepto de «distracción» que lo había acompañado durante aquellos años se alejaba radicalmente de lo que estaba viviendo su versión actual. Aunque, si lo pensaba, «vivir» no era el verbo más adecuado para referirse a la rutina a la que se había atado de manera involuntaria. En esa repetición, simplemente, existía.

Apartó cualquier pensamiento cuando vio que un taxi se detenía delante del banco y su padre salía del vehículo. Escondió la sorpresa al verlo enfundado en un traje, corbata incluida, portando un maletín en la mano: la viva imagen de un hombre dedicado a los negocios, aunque solo fuera una ilusión, porque Thomas Russell nunca había pertenecido a ese mundo. Pero lo que más le chocó fue contemplar el bastón que le servía de apoyo, el que utilizaba desde el accidente y que Vincent todavía no había conseguido procesar. Aquello hizo que despertara del trance en el que había caído y avanzara hacia él para ayudarlo.

—Estoy bien, puedo solo —respondió Thomas cerrando la puerta del coche y cojeando en dirección al banco—. Tú podrías haberte arreglado un poco, ¿no crees? Que vamos a reunirnos con el director del banco, no a un bar cualquiera —se quejó después de haberle dedicado una mirada corta.

Vincent, al contrario que su padre, no había salido de su atuendo habitual: camiseta negra, pantalones del mismo color y una chupa de cuero para complementar, además del par de anillos de plata que le gustaba usar.

—Vamos, que nos está esperando —insistió su padre.

No dijo nada mientras lo veía ir hacia la entrada del edificio. Se quedó unos segundos mirándolo, apreciando cómo, a cada paso, el bastón lo acompañaba para que no perdiera el equilibrio. En realidad, observaba las consecuencias de aquella noche, el recuerdo constante que Thomas nunca olvidaría, aunque tampoco él. Medio año de aquello y Vincent todavía era capaz de oír el ruido del disparo, la sirena de la ambulancia, el bombeo frenético de su corazón pidiendo que a su padre no le pasara nada.

Cerró los ojos un instante y, para cuando volvió a la realidad, estaba abriendo la gran puerta de vidrio. Thomas entró primero y se dirigió a la mesa de recepción, donde un chaval, que daba la impresión de estar pisando aún el colegio, lo recibió con una sonrisa amable.

—Buenos días, ¿en qué puedo ayudarle? —preguntó.

—Tenemos una cita con el director ahora a las nueve.

—Dígame su nombre.

—Thomas Russell.

El muchacho, que le dedicó a Vincent una mirada de soslayo, se concentró en la pantalla del ordenador para comprobar que su nombre figurara en la lista de reuniones de Shawn Douglas. Los segundos avanzaban y él seguía tratando de localizar el apellido.

—¿Hay algún problema? —quiso saber Thomas algo impaciente. Se mordió la punta de la lengua para evitar preguntarle cuánto tiempo llevaba trabajando allí, pues no recordaba haberlo visto la semana anterior, cuando hizo un par de visitas a la caja de seguridad antes de dirigirse al museo.

—No figura que tenga concertada ninguna reunión con el señor Douglas. ¿Está seguro de que es hoy?

Como si lo hubiera previsto, Thomas disimuló el suspiro mientras le entregaba el maletín a su hijo.

—Sujétamelo un momento —dijo. Vincent acató la orden de inmediato. Sin dejar de apoyarse contra el bastón, Thomas sacó el móvil del bolsillo con la otra mano para buscar el contacto que, sin duda, lo sacaría del apuro. Tras unos segundos, y bajo la atenta mirada del chico, que podía imaginarse quién contestaría, habló—: Shawn, sí, ¿qué tal? Escucha, que ya estoy aquí, pero tu nuevo ayudante dice que no estoy en la lista. —Thomas guardó silencio sin dejar de mirarlo—. No te preocupes, hombre, que no ha hecho nada malo. La culpa es mía por haberte llamado una hora antes, así que no te ensañes con la pobre criatura. ¿Que quieres hablar con él? —Otro silencio, aunque más breve que el anterior—. Toma, para ti.

El chico de pelo rubio, que daba la sensación de tener diecinueve o veinte años, tragó saliva y se llevó el móvil a la oreja mientras trataba de esconder el leve temblor de las manos que delataba su nerviosismo.

—Señor… —empezó a decir, pero no tardó en quedarse callado mientras asentía con la cabeza, consciente o no de que su superior no estaba allí para verlo—. Lo lamento, debería habérselo comunicado. Sí, no volverá a pasar. Ahora mismo acompaño al señor Russell a su despacho. Lo lamento una vez…

El director cortó la llamada antes de que el ayudante pudiera acabar. Thomas lo miraba con pena mientras este le devolvía su móvil y hacía el amago de levantarse.

—No hace falta, gracias; ya me sé el camino —aseguró, y ni siquiera le dio tiempo a contestar cuando ya caminaba en dirección a los ascensores. Vincent no dudó en seguir a su padre y ambos se adentraron en uno antes de que las puertas se cerraran. Estaban solos y el detective no dejaba de mirarlo, gesto que Thomas captó enseguida—. ¿Qué?

—¿Era necesario? Podrías haberle pedido que avisara al director en vez de alardear de que tienes su número. Se nota que lo acaban de contratar y que todavía lleva pañales; no hacía falta que le crearas un problema con su jefe.

—¿Y si ha sido él quien lo ha generado?

—¿Me dices por qué? El cofre sigue aquí, ¿no? —lo retó—. Nadie nace sabiendo y un error puede tenerlo cualquiera.

—Eso es lo que vamos a averiguar.

Esa fue la última palabra que padre e hijo intercambiaron antes de que la puerta les diera acceso a la planta, repleta de despachos con paredes acristaladas y los nombres de los socios grabados en las puertas. Un mundo que a Vincent tampoco le fascinaba, aunque nunca se había mostrado reacio a los números, pero sí a los términos económicos. Se colocó detrás de su padre y avanzaron por el pasillo en silencio, observando el ajetreo que se respiraba aun cuando la mañana apenas había comenzado. No tardaron en llegar y una sonrisa amable, que provenía de una mujer pelirroja, les dio la bienvenida.

—Señor Russell, ya puede pasar —indicó la secretaria.

—He venido con mi hijo, si no es problema.

Ella le dedicó una mirada, sin abandonar la sonrisa, y Vincent le correspondió de manera casi inconsciente mientras se percataba del color que predominaba en su iris: un verde que ya había contemplado antes, en el que se había sumergido durante meses y que era difícil que pasara inadvertido. Los ojos de la mujer pelirroja le recordaron a los de ella y no se percató de que llevaba mirándola unos segundos de más.

Parpadeó algo confuso mientras los apartaba.

—En absoluto —respondió con voz cantarina—. Adelante.

Thomas avanzó hacia el despacho seguido de su hijo, que se mantenía indiferente y con las manos escondidas en los bolsillos traseros del pantalón. Antes, sin embargo, se volvió una vez más hacia la secretaria para regalarle por encima del hombro una mirada que ella le devolvió sin dudar.

Endureció la mandíbula sin querer, aunque trató de disimularlo cerrando la puerta del despacho. Tenía que pasar página, ponerle fin al eterno capítulo en el que aún seguía recordándola.

4

El comportamiento inusual de Thomas llegó a oídos del director cuando el caluroso verano estaba viviendo su punto más álgido.

Que un cliente pidiera comprobar la caja de seguridad con tanta frecuencia no era lo habitual; por ello, Shawn Douglas no perdió la oportunidad de investigarlo y lo que descubrió lo sorprendió. Thomas Russell compartía su pasión por el arte, así que un día, justo cuando el otoño se estrenaba y pintaba las hojas de rojo, el director lo interceptó antes de que abandonara el edificio y le preguntó si podía acompañarlo a su despacho. Al principio Thomas se asustó, hasta que comprendió la congoja del banquero. No tuvo más remedio que engañarlo e inventar un motivo para sus visitas constantes: la recopilación de unos documentos relacionados con una obra de arte francesa.

A raíz de aquella conversación, cada vez que Thomas registraba una nueva visita, Shawn aparecía con la misma broma de siempre: un chiste malo y sin gracia, pero que entre ellos se había vuelto frecuente, al que Thomas no dudaba en responder con una sonrisa. Aquellas primeras interacciones provocaron el comienzo de un trato cordial que pronto se convirtió en una amistad. Por ese motivo, cuando una hora antes Shawn había contestado a su llamada y percibido una ligera angustia en su voz, no dudó en pedirle que se acercara al banco para averiguar qué había pasado.

—Siento no haberte avisado con más antelación —se disculpó Thomas con un apretón de manos, pero antes de sentarse se volvió hacia Vincent—: Él es mi hijo, ya te he hablado de él en alguna ocasión.

Otro apretón de manos.

—No crea nada de lo que le diga, le gusta dejarme en ridículo —intervino Vincent antes de sentarse en la silla contigua a la de su padre.

—No te preocupes; me ha hablado maravillas de ti y de tu hermana. Uno detective y la otra cirujana —dijo alternando la mirada de padre a hijo, y con la simple mención a su cargo provocó que se percatara de algo—: Tu nombre protagonizó las noticias durante un tiempo, ¿no? «Vincent Russell, el detective que ha puesto fin a una época» —citó con una sonrisa—. Ya sé que ha pasado media vida de aquello y...

Vincent se retrepó en la silla. Aunque trató de que el malestar no se le notara, pues mantenía el rostro impasible, a su padre no se le pasó por alto.

—Quiero darte mi más sincera enhorabuena. Imagino que no debió de ser fácil. Decían que era muy escurridiza, prácticamente una sombra.

—Fue de los casos más complicados en los que he trabajado nunca, de esos que siempre se recuerdan, con independencia del tiempo que pase —respondió el detective cortando la conversación. El despacho quedó inundado por un silencio breve, que se rompió cuando añadió—: Pero la vida sigue, supongo. La ladrona no está y nosotros hemos venido a tratar un tema importante. Papá, por favor —lo instó a que hablara.

Notó la mirada de su padre; sin embargo, no se la devolvió, pues detrás de esa respuesta la sensación agridulce continuaba recorriéndole el pecho. Un sabor amargo.

Hacía tiempo que su papel como policía había dejado de tener valor. Lo que había vivido junto a esa organización, la tregua que lo había unido a la ladrona de joyas, había puesto en duda todos sus años de servicio. Su integridad peligraba.

Se aclaró la garganta con disimulo al darse cuenta de que los dos hombres iniciaban la conversación por la que él y su padre habían acudido al banco.

—A ver, cuéntame. ¿Qué es ese correo que te han enviado? —Thomas abrió el maletín y puso sobre la mesa la copia impresa, que Shawn no tardó en leer—. Todo parece estar bien, ¿cuál es el problema? —preguntó segundos después—. Enviamos este aviso a los clientes que tienen autorizados para abrir la caja de seguridad, para llevar el debido registro y a la vez informarlos de que alguien que no es el titular ha abierto la caja. Y, según recuerdo, tu hijo cuenta con esa autorización.

Mientras hablaba, el director del banco no había perdido el tiempo y no tardó en dar con la ficha que registraba las visitas que se habían hecho a la caja de seguridad 3741, la que pertenecía a Thomas Russell.

—Ese es el problema, que... —Thomas intentó explicarse, pero se quedó callado cuando su amigo giró el monitor para que padre e hijo vieran que no había ningún error. Vincent Russell había abierto la caja el catorce de marzo a las diez y trece de la mañana utilizando el código que solamente él y Thomas conocían—. Shawn, escúchame; Vincent no pisa el banco desde hace tiempo. A esa hora estaba en comisaría y todo el departamento podrá corroborarlo.

—Imposible. —El desconcierto se había apoderado del rostro del director—. Ya sabes cómo funciona esto; el cliente llega, pide ver la caja, se comprueba su identidad solicitándole que firme y luego pasa a la sala. Es imposible que alguien se haga pasar por otro, es...

—Por eso he venido. Ese día yo tampoco vine, estuve en el museo desde temprano y no llegué a casa hasta que oscureció. Se supone que esto es una fortaleza, que lo tenéis vigilado. Dime que solo ha sido un fallo.

Sin embargo, la confusión seguía revoloteando alrededor del hombre. Era la primera vez en muchos años, desde que le habían dado el cargo, que escuchaba algo semejante. No se trataba de ningún error: el nombre de Vincent Russell había quedado registrado en el sistema porque había ido a abrir la caja que tenían contratada. No era posible que hubieran dejado pasar a un intruso, y menos que lo hubieran confundido con un cliente.

—Thomas...

—Dime que es un error —insistió una vez más, desesperado.

Si resultaba ser cierto y alguien había conseguido llegar hasta el cofre... Thomas no quería ni imaginárselo, le daban arcadas solo de pensarlo.

El director tensó la mandíbula sin saber muy bien qué decir; no quería alterarlo más de lo que ya lo estaba. Todavía no había conseguido procesar el problema que se le acababa de presentar sobre la mesa. ¿Qué probabilidad había de que un impostor consiguiese acceder a una caja de seguridad sin levantar la mínima sospecha? Alguien había debido de introducir esos datos por equivocación. Frunció el ceño ante aquel pensamiento, gesto que al policía, que no había pronunciado palabra, no se le pasó por alto.

—Alguien ha accedido a la caja haciéndose pasar por mí, ¿verdad, señor Douglas? —No se trataba de ninguna pregunta y el tono frío de Vincent, mordaz, descolocó al director—. Lo que a mí me gustaría saber es cómo cojones lo han permitido. Se supone que este sitio es seguro y, sin embargo... —Dejó caer las palabras como un cubo de agua helada para que Shawn contemplara la delicada situación. Su padre se mantenía en silencio, sin saber qué pensar—. Quiero una copia de las grabaciones de las dos últimas semanas, y supongo que entenderá que no se lo esté pidiendo por favor. En caso contrario, no me supondrá problema alguno hacer este caso público, y no se puede hacer a la idea de las tremendas consecuencias a las que tendría que enfrentarse.

Shawn Douglas, que no había apartado la mirada de la del detective, se dejó caer pensativo contra el respaldo del asiento.

—No hacía falta pasar directamente a las amenazas. Yo también estoy desconcertado. Dirijo una de las entidades bancarias más importantes del país y, por ende, de las más seguras. Es evidente que ha tenido que tratarse de una equivocación.

—Con el debido respeto, la situación es la que es, así que... ¿podemos ir ya al grano y ver esas grabaciones?

Era la undécima vez que Vincent reproducía la grabación del banco. Con otro café recién hecho sobre la mesa, el tercero de la tarde, dejó escapar de nuevo el aire mientras se llevaba la taza a los labios.

Se sentía perdido, como si acabara de entrar en un laberinto sin salida en el que no dejaba de dar vueltas. Alguien había abierto la caja de seguridad y ni siquiera con las imágenes, que Shawn Douglas le había ofrecido sin chistar, había logrado identificar al hombre que había firmado con su nombre: un rostro sin forma que se había escondido de todas las cámaras del banco. Un profesional, pues quedaba claro que había estudiado al detalle el sistema de seguridad del edificio. Mientras volvía a adentrarse en la grabación, ansiaba una vez más obtener algún detalle que le facilitara dar con ese tipo, pero volvió a comprobar que en el instante en el que el desconocido salió del banco tras haberle hecho la visita al cofre, se mezcló con maestría entre los transeúntes y desapareció.

Vincent cerró los ojos un segundo mientras se masajeaba el puente de la nariz. Tras la reunión con Douglas, de la que habían pasado ocho horas, había llevado a su padre a casa. La conversación durante el trayecto se había limitado a cero y las dos miradas, de un color miel idéntico, no habían hecho ningún amago de encontrarse. Thomas se sentía devastado, impotente. Aunque el cofre seguía en el banco, y lo había comprobado con sus propios ojos, no dejaba de pensar en lo fácil que había resultado llegar hasta a él; daba igual la protección que le proporcionara o los escondites que pensara, esa organización no parecía tener límites. Estaba seguro de que nadie más se habría atrevido a suplantar la identidad de un policía.

—Ha tenido que ser Stefan —había murmurado Thomas mientras esperaban a que el semáforo cambiara a verde—. Tenéis una complexión parecida, además de la ropa. ¿Quién más podría haberlo hecho? Tienen el zafiro, el topacio... Era cuestión de tiempo que necesitaran el cofre para localizar la tercera piedra. Quieren completar la Corona de las Tres Gemas. Tenemos que hacer algo, Vincent;

tenemos... —Se quedó callado al ver que su hijo no mostraba intención de responder—. ¿Por qué no dices nada?

Porque se había hecho una promesa.

—No es problema mío —respondió al fin. Faltaban tres calles para llegar, pero sentía que los segundos no avanzaban, sobre todo por la expresión rígida en el rostro de su padre—. No te han quitado el cofre; cámbialo de sitio o busca otro banco. A mí no me interesa perseguirlos, sobre todo porque no sabes si se trata de Stefan o no. Podría ser cualquiera que tenga un mínimo parecido conmigo, porque el tío de la grabación llevaba gorra y el hijo de puta ni siquiera ha dejado que le viéramos el perfil. Sabía lo que hacía, así que te pido que no hagas nada y te olvides de esto, porque lo único que conseguirás es ponerte en peligro. Dudo que vuelvas a ver esas dos gemas, y mucho menos que completes la Corona. No vale la pena, papá. Pasa página. Lo único que te ha traído esta búsqueda es sufrimiento, dolor y pérdidas.

Silencio.

De esos silencios que causan una presión en el pecho, que se perpetúan en el tiempo haciendo que las palabras punzantes duelan más. Thomas se bajó del coche un segundo antes de que el semáforo hubiera cambiado a verde y se ganó la protesta inmediata de los conductores que estaban detrás. Le dio igual, de la misma manera que tampoco le importó el ruego de su hijo para que regresara. «No vale la pena», había dicho. La Corona de las Tres Gemas se le escapaba de las manos y él no quería renunciar a un tesoro al que había dedicado parte de su vida.

El portazo de su padre había sido contestación suficiente para que el detective comprendiera que lo había cabreado, y no tuvo más remedio que marcharse debido al coro de bocinas e insultos que exigían que no detuviera el tráfico.

Se había tomado el primer café nada más llegar al estudio; el segundo, después de comer. Había intentado olvidar la amarga conversación, pero nada parecía funcionar mientras reproducía una y otra vez las imágenes de ese tipo. El tercer café había llegado con la primera luz del atardecer, y no descartaba la opción de tomarse otro, mientras se frotaba el rostro y dejaba escapar un pequeño bostezo. Faltaban unos minutos para que dieran las seis de la tarde y unas horas para que comenzara su turno de noche, y había estado todo el día investigando. Vincent preveía que se le iba a hacer eterno.

Cerró la tapa del portátil y se llevó las manos a la cara una vez más, aunque acabó deslizándolas hacia la zona de la nuca. Quería esconderse del mundo, cerrar los ojos y despertar en una isla para sumergirse en el sonido de las olas del océano cuando rompen. Sin querer, ese pensamiento lo transportó a la República Dominicana. La imagen de Aurora seguía allí: en la playa, de noche y con la luna en lo alto del cielo. El viento se le había enredado entre los mechones negros y su aroma se entremezclaba con el del salitre.

«Basta. Por favor».

Se levantó del taburete, pues durante las últimas horas había estado trabajando en la isla de la cocina, y su espalda se quejó de dolor. Se estiró cuanto pudo mientras se percataba de la presencia de Sira a unos metros, descansando en lo alto de la torre que le había comprado meses atrás. Quiso acercarse a ella, pero decidió no molestarla y, en su lugar, le dio un nuevo sorbo al café para, segundos más tarde, quedarse embobado con las infinitas burbujas que flotaban en la superficie.

Frunció el ceño y tardó medio segundo en reproducir de nuevo la grabación. El desconocido había tirado un vaso de café antes de atravesar la entrada del banco. A pesar de que seguía sin verle bien el rostro, pues la cámara estaba situada dentro, el color característico del vaso de papel se apreciaba con claridad. Agrandó la imagen para capturarla y llevarla a un programa para conseguir mejor definición.

A veces eran esos detalles los que conseguían resolver los casos; llevaron al detective a preguntar por la zona a la mañana siguiente. Si el tipo se había deshecho del café antes de entrar en el edificio, significaba que lo habría pedido en alguna de las cafeterías de la cadena que estuviesen cerca del banco. Preguntó en cada una de ellas dando una descripción aproximada del sujeto. En las primeras cuatro juraron no haberlo visto nunca; en la quinta dudaron por un momento, pero tampoco hubo suerte. En la sexta, sin embargo, la camarera frunció el ceño, pensando, mientras alternaba la mirada de la fotografía al rostro del detective.

—Se parece a usted —aseveró—. Es decir, tienen un aire. Y sí, me acuerdo, el de la gorra negra de los Lakers, porque pidió un café peculiar: cortado, descafeinado de máquina, con sacarina y «acariciado» con licor de crema. Tuve que asegurarme de qué quería decir con eso y me dijo que solo es echarle una cucharadita de…

—Señorita —la cortó Vincent—. Discúlpeme, tengo algo de prisa, necesitaría las grabaciones del catorce de marzo de la cámara que enfoca al mostrador.

La chica asintió con la cabeza, ligeramente avergonzada al percatarse de que había hablado de más, y para cuando quiso darse cuenta miraba cómo el encargado hacía entrega de una copia al detective. Media hora más tarde, ya en comisaría, Vincent tenía en sus manos la imagen del hombre que había cometido el gran error de hacerse pasar por él: blanco, mandíbula perfilada, labios no muy gruesos pero tampoco finos, aunque con una pequeña cicatriz alargada en la parte inferior derecha. Cejas pobladas, ojos claros y un lunar cerca de la nariz. Un solo pendiente en forma de aro decoraba una de las orejas...

Bajo la mirada curiosa de alguno de sus compañeros, que arrugaban la frente preguntándose qué caso estaba investigando, Jeremy entre ellos, el detective esperaba a que el programa de reconocimiento con la base de datos de la policía le diese una pista que seguir. La ficha se abrió segundos más tarde y lo primero en lo que se fijó fue en el nombre del sospechoso: Benjamin Barlow.

Vincent endureció la mandíbula y ni siquiera se dio cuenta de que aguantaba la respiración.

«¿Siempre que te haces pasar por otra persona escoges un nombre y un apellido que empiecen por la misma letra?».

«Sí».

5

Vincent sentía una presión en el pecho que se desplazaba despacio hacia la cabeza mientras intentaba convencerse de que debía de tratarse de una casualidad, de que, aun en el caso de que la ladrona de guante negro siguiera viva, era una mujer inteligente y, de haber querido ocultar sus huellas, no habría cometido un error tan estúpido.

Aurora se lo había confesado, la característica que compartían todos los personajes a los que les había suplantado la identidad alguna vez, la misma que Benjamin Barlow reflejaba con su nombre. Era evidente que el detective habría dado con él tarde o temprano, y eso Aurora lo sabía. Sin embargo... ¿y si la ladrona, escondida y vagando entre las sombras, hubiese cometido ese error debido a su ansia por encontrar la Corona?

De nuevo, la esperanza volvió a llamar a su puerta al pensar en que la supuesta muerte de Aurora había sido un engaño para despistar al mundo, incluyendo al inspector. Un engaño para que la población se olvidara de la delincuente más famosa, para que él también lo hiciera.

Vincent frunció el ceño ante aquel pensamiento; después de lo que habían compartido, la promesa que le había hecho de entregarle su confianza... ¿Aurora habría sido capaz de engañarlo? Habían transcurrido seis meses desde aquella noche. Seis meses de silencio, de querer desaparecer, de replantearse incluso su puesto en el departamento. Seis meses de mentiras, de sueños rotos, de un corazón que había dejado de latir y una gata que maullaba triste para que su dueña regresara. ¿De verdad se habría atrevido a esconderse de él también? ¿A no dejarle ni una mísera nota?

Empezaba a divagar; quería deshacerse de esos pensamientos que no podía frenar, como si acabara de empujar la primera ficha del dominó. Si estuviera viva, seguro que se habría llevado a Sira con ella; en cambio, la tenía viviendo en su estudio. Si hubiera fingido su muerte, habría aparecido dos días más tarde para asegurarle lo que habría necesitado escuchar: que estaba bien. Vincent se habría acercado con cautela, sin dejar de contemplar su rostro, sus ojos verdes, y le habría puesto una mano en el pecho, cerca del corazón, para comprobar que seguía latiendo. Si hubiera sobrevivido a aquella noche, a Vincent le habría gustado saberlo y habría guardado el secreto por encima de todo.

Pero Aurora había muerto y que Benjamin Barlow compartiera la misma inicial en el nombre y el apellido solo era una casualidad a la que no le concedería más importancia.

El detective volvió a encerrar la esperanza a la vez que apagaba el ordenador. Poco o nada había en el historial de Barlow, un par de multas por límite de velocidad y un tíquet de aparcamiento sin pagar. No tenía sentido, pero se había apuntado su dirección para ir a hacerle una visita, pues no se quedaría tranquilo hasta averiguar para quién trabajaba; aunque fuera cierto que la organización italiana hubiera iniciado la caza del tesoro, no podía olvidarse de los Smirnov. No sabía lo que haría una vez lo supiera; lo que le había dicho a Thomas era cierto: se había desvinculado por completo de la Corona de las Tres Gemas y lo último que necesitaba era volver a adentrarse en esa búsqueda sin sentido. Sin embargo, no dejaría expuesto a su padre.

Mientras esa Corona siguiera existiendo, le daba la sensación de que su padre nunca se desligaría de ella. No quería pensar en cuando llegara el momento de completarla; con las tres piedras sobre la mesa, ¿quién haría los honores? Estaba seguro de que aquello acabaría en carnicería. «Los juegos del hambre entre las organizaciones criminales», se dijo mientras ponía rumbo al ascensor, pero, antes de entrar, la voz de Jeremy a sus espaldas se lo impidió.

—¿Adónde vas? —preguntó acercándose.

Vincent se tragó el suspiro. No le apetecía nada mantener esa conversación, así que no se le ocurrió nada mejor que decir:

—Me voy a pillar a los malos; es mi trabajo, ¿no?

—Podrías dejar las bromas aparte.

—¿Qué quieres, Jer? Tengo prisa.

—¿En qué andas metido? Porque estás yendo por libre otra vez —dijo con énfasis. Quería que recordara lo que había pasado la última vez que lo había hecho—. Te lo digo porque Beckett te ha visto muy concentrado y quiere saber a qué se debe.

—¿Quiere saberlo él o quieres saberlo tú?

—Para mí no sería un problema averiguarlo. Yo también soy detective; ya sabes, investigo y averiguo cosas.

En aquel instante se abrieron las puertas del ascensor y Vincent ingresó primero pensando que su compañero lo seguiría, pero este, en cambio, interpuso el pie para impedir que se marchara.

—No vengo a darte la chapa otra vez —continuó—. Lo único que digo es que, si necesitas que te acompañe a matar dragones, me avises.

Un segundo después Jeremy dejó de obstaculizar la puerta del ascensor y ninguno apartó la mirada hasta que se hubo cerrado del todo. Tras un tiempo largo, Vincent tuvo la sensación de que los fragmentos rotos de su amistad empezaban a unirse de nuevo. La pregunta era cuánto tardaría su compañero en averiguar lo que había estado haciendo a espaldas del departamento. Había violado su honor como policía y Jeremy no conocía una lealtad mayor que la que se le daba a la placa.

Y ese pensamiento lo acompañó hasta que arrancó el motor del coche con el propósito de encontrar a Benjamin Barlow. Cuando llegó a la dirección que indicaba la ficha policial, abrió la puerta quien dedujo que sería su pareja. El rostro denotaba cansancio, sobre todo por las ojeras marcadas y el vientre abultado, que dejaba entrever que dentro de poco daría a luz.

—¿Puedo ayudarle en algo? —cuestionó la mujer.

—¿Benjamin Barlow vive aquí? —preguntó mientras enseñaba la placa—. Tengo unas preguntas que hacerle.

—Dios mío, pero ¿qué ha pasado? ¿Se ha metido en algún problema? Soy su mujer. —No dejaba de acariciarse el vientre mientras el detective contemplaba la preocupación de su rostro—. No está aquí; ha tenido que hacer un viaje por negocios. Volverá mañana, ¿se puede saber qué ha ocurrido?

—¿Está segura?

—Por supuesto que lo estoy. Ben nunca me oculta nada. Ahora está con un proyecto importante con no sé qué compañía de telecomunicaciones y por eso ha tenido que viajar a Atlanta.

—¿Cuándo se marchó?

—Hace dos días; no, tres. Tenía el vuelo el martes por la mañana. Oiga, ¿puede decirme qué pasa?

—Estamos investigando a su marido por una suplantación de identidad y posible participación en banda armada. Tenemos pruebas que lo sitúan en Nueva York el martes, 14 de marzo, a las diez y trece de la mañana.

—Un momento...

—Tenemos las grabaciones del banco y una testigo lo ha identificado, señora. Necesito que me diga qué sitios suele frecuentar y en qué empresa trabaja.

—No puede ser, él no... —La mujer palidecía por momentos—. ¡Él no hace esas cosas! Lo conozco, llevamos siete años juntos y nunca me ha hecho sospechar de nada. ¿Me toma por estúpida? Es la primera vez que se presenta un policía en mi casa para inculpar a mi marido. ¿Suplantación de identidad? ¡Es empresario y vamos a tener un bebé! ¿Cree que lo arriesgaría todo de esta manera? ¿Qué clase de broma es esta?

—¿Es este su marido? —preguntó Vincent alzando el móvil delante de ella para enseñarle la imagen de la grabación.

—Está de espaldas y no se le ve la cara.

—¿Niega el parecido?

—Sí, no; es decir... Se parecen, pero... ¿Piensa que con eso es suficiente? Además, él nunca lleva gorra, no le gusta, y menos de ese equipo. ¿Y a quién se le ocurre entrar en el banco con una gorra?

—Antes de entrar en el banco fue a comprarse un café y la camarera lo ha identificado —continuó, ignorando su comentario—. Me temo que no se trata de ninguna broma. Necesito encontrar a su marido para interrogarlo. ¿Podría facilitarme el nombre de su empresa, si es tan amable?

Aunque le habría gustado alzar el tono de voz y ponerse

firme, pues era como solía actuar, Vincent mantuvo la calma mientras esperaba paciente a que la mujer de Barlow respondiera; no obstante, en el fondo sospechaba que no faltaba mucho para que le cerrara la puerta en las narices.

Y así fue.

Había dado un portazo tras repetirle que su marido era una blanca paloma, que nunca había roto un plato y que sería incapaz de cometer ilegalidad alguna; que la policía se estaba equivocando de hombre y que esa grabación no era prueba suficiente para inculparlo. La señora había defendido a Benjamin enseñando los dientes y no había dudado en acompañar su discurso de algunos insultos que habían hecho que el detective arqueara las cejas sorprendido.

Vincent escondió el móvil en el bolsillo trasero del pantalón y no supo si volver a llamar al timbre. Desistió de la idea retrocediendo un paso con el pensamiento de hacer otra visita a la cafetería, pero cuando estuvo a punto de subirse al coche, el ruido de un motor lo alertó. Se acercaba despacio, a paso de tortuga, pero sin detenerse del todo. El detective no perdía detalle; debido al reflejo del sol aún no podía ver quién se escondía tras el vidrio, pero tenía un presentimiento que le decía que estuviera alerta. No se equivocó, ya que, cuando los dos rostros cruzaron miradas, Vincent no dudó en gritarle que se detuviera.

El vehículo aceleró, pues cuando Benjamin Barlow se percató de la placa que llevaba enganchada al cinturón, arrancó sin pensárselo demasiado. Gran error, Vincent no dejaría escapar al hombre que se había hecho pasar por él. Empezó a perseguirlo por las calles del barrio residencial; el ruido de la sirena retumbaba en el aire y el detective no hacía más que acelerar esperando que no cometiese el error de adentrarse en alguna calle principal. Estaba cerca, un poco más y rozaría su carrocería, pero Benjamin no daba tregua y, de repente, giró el volante para meterse en un callejón estrecho.

—Puto gilipollas —siseó el detective pegando un frenazo mientras contemplaba el mapa en la pantalla. No iría detrás de él si tenía la posibilidad de tomar un atajo y acorralarlo.

El sonido característico de la sirena despertaba la curiosidad de los vecinos, además de los pocos vehículos que se apartaban para no entorpecer la persecución. Al detective le dio igual haber atravesado una zona verde; en aquel instante no pensaba en nada más que en atraparlo. No podía permitirse perder la concentración, pues la última vez que había iniciado una persecución había sido para impedir que Aurora se escapara. Tensó la mandíbula sin poder evitarlo y avanzó con rapidez hacia el final de la siguiente calle, por la que saldría Benjamin. Giró el volante mientras tiraba del freno, sorprendiéndolo, y Barlow no tuvo más remedio que frenar cuando el policía apareció cortándole el paso; sin embargo, cuando se percató de que no tenía salida, no se le ocurrió mejor idea que dar marcha atrás.

Segundo error. Vincent tenía un pie en el suelo, el arma en alto y no dudó en apretar el gatillo; la bala acabó en la rueda y el sonido del disparo provocó que Benjamin se estremeciera. El juego había llegado a su fin y él había perdido.

Vincent se mantuvo detrás de la puerta abierta del vehículo; no quería arriesgarse a dar un paso más. Agarrando la pistola con fuerza, apuntaba hacia el hombre, aún escondido en el interior del coche.

—¡Policía de Nueva York! —gritó—. ¡Bájate del coche, despacio, y las manos donde pueda verlas!

El hombre vaciló un segundo sin apartar la mirada. Estaba confundido, no sabía por qué había huido, por qué no había levantado el pie del acelerador. Ahora parecía culpable, y lo peor de todo era que no sabía exactamente por qué.

—¡¿No me has oído?! ¡Quedas detenido por suplantación de identidad! ¡Bájate del puto coche!

Benjamin abrió la puerta y el agarre en la empuñadura se hizo más firme. Vincent estaba preparado para encontrarse con lo que fuera; retrocedió un paso, sin dejar de mirarlo, y empezó a acercarse a él a la vez que este salía del coche.

—Las manos arriba, sin movimientos extraños, o disparo. Muévete dos pasos atrás y date la vuelta —ordenó. Cada vez estaba más cerca y, cuando se colocó detrás de él, guardó el arma con rapidez para esposarlo después de poner su cara contra el vehículo mientras le leía sus derechos—. Ahora vamos a hablar y vas a explicarme por qué coño has creído que era buena idea hacerte pasar por mí.

Benjamin Barlow, con las esposas rodeándole las muñecas, no había pronunciado palabra. Mantenía la calma, aunque por dentro sentía un torbellino de emociones que le impedía pensar con claridad. El detective lo había encerrado en la sala de interrogatorios y notaba que los minutos avanzaban sin descanso.

Intentaba evitar el contacto con ese espejo imponente; sabía lo que había detrás y, si se esforzaba lo bastante, sentía que sería capaz de escuchar la conversación entre los policías. Quería morderse las uñas, pero las esposas que lo agarraban a la mesa impedían su propósito; notaba el temblor en la pierna y la gota de sudor que se le deslizaba por la espalda. ¿Suplantación de identidad? Él no había suplantado a nadie.

De repente, la idea de abrir la boca y reclamar su injusta detención se presentó delante de él, pero se abstuvo de decir nada cuando el policía que lo había apresado entró en la habitación con brusquedad. Los ojos castaños, brillantes, irradiaban furia, y Benjamin Barlow tragó saliva sin querer, nervioso.

Pensó que el detective utilizaría la silla que quedaba libre, pero se mantuvo de pie sin dejar de mirarlo, procurando que apreciara la carpeta azul que sostenía en la mano. «Intimidación». Los músculos de su rostro, contraídos, y la diferencia de altura lo situaban en una posición de poder. A pesar de la enorme desventaja, Benjamin quiso explicarse:

—Oiga, me asusté, ¿de acuerdo? No quería huir, pero le vi la placa y... —Se quedó callado durante un instante, recordando que el policía no había mencionado nada de sus negocios en Atlanta o de las cuentas en Panamá, sino de una supuesta suplantación de identidad—. No sé de dónde habrá sacado eso; aun así, yo no me he hecho pasar por nadie. Y las esposas son innecesarias.

Vincent elevó la comisura del labio en una mueca cargada de ironía.

—Tiene que creerme —continuó él—. Ni siquiera estaba en la ciudad, venía del aeropuerto, y hay que estar ido de la olla para hacerse pasar por un poli.

—Entonces, si dices que eres inocente, ¿por qué huías? —preguntó, aunque ni siquiera le dio tiempo para responder—. Las cámaras del Bank of America de la Quinta Avenida te sitúan entrando el día 14 a las diez y dos de la mañana, ¿y sabes lo mejor? Que te presentaste con mi nombre para acceder a una caja de seguridad. Dime, Ben, ¿quién te ha pasado el marrón?

—Que yo no he sido... Estaba fuera de la ciudad..., ¡puede comprobarlo con los billetes! Ese día aún seguía en Atlanta.

—¿Alguien puede confirmarlo?

Benjamin no respondió.

—¿Nadie? —Vincent no dejaría de pincharle hasta que confesara—. Necesito un nombre, Ben; alguien que te saque de este berenjenal. ¿Sabes cuántos años podrían caerte? Además de la multa, que no será barata... Y no creo que ahora podáis permitíroslo, sobre todo con la llegada del nuevo miembro de la familia. —Se acercó a la mesa ignorando el ruido de las cadenas, pues aquella simple mención había hecho que Benjamin apretara los puños—. En cambio, si confiesas, el fiscal te rebajará la condena, pero para ello yo tendría que informarle y preparar el acuerdo. ¿Lo hago, Ben? ¿Lo preparo?

Silencio. A Benjamin se lo comían los nervios.

—Yo no he hecho nada...

En aquel instante, el detective, con la paciencia pendiendo de un hilo, se acercó con rapidez a la mesa para estampar la carpeta sobre la superficie de metal. Benjamin se sobresaltó, asustado, aunque intentó mantener la compostura.

—¿Y cómo explicas que pidieras un café antes de entrar en el banco y que la camarera te haya identificado? Las grabaciones no mienten, Ben —expresó mientras le enseñaba las imágenes—. Este eres tú en la cafetería, captado por la cámara de vigilancia. Tu recorrido hasta el banco, entrando en el edificio, hablando con el chico rubio de la recepción, luego accediendo a la cámara acorazada. ¿Para quién trabajas?

—Para nadie.

—¡¿Para quién cojones trabajas?! —repitió más alto.

—¡No sé de qué me está hablando! Ese no soy yo, joder. Y siempre está de espaldas, no se le ve la cara. ¡Y a mí no me gusta el café!

El detective dejó escapar una respiración profunda; los ojos de color miel no abandonaban los de Benjamin.

—¿Quién puede confirmar lo de Atlanta?

—Y yo qué sé, joder. ¿Las azafatas? ¿Las cámaras del aeropuerto? Estaba en la calle, llegando al hotel Hilton, porque a las diez y media tenía una reunión con un cliente. Recuerdo que llegué diez minutos antes. Puede preguntar en recepción, se lo confirmarán.

—Claro que lo haré, y ya puedes empezar a rezar para que sea cierto.

Con el punto final sobre la mesa, Vincent Russell abandonó la sala de interrogatorios. Estaba confundido. Benjamin parecía haber dicho la verdad y en el fondo sabía que, si comprobaba su coartada, esta se confirmaría. ¿Se habría equivocado de hombre? Necesitaba dar solución a las dudas que lo asaltaban, pero antes de llegar a su mesa la voz grave del inspector lo detuvo:

—A mi despacho.

Howard Beckett ni siquiera se molestó en esperarlo; ya estaba pasando el umbral de la puerta y confiaba en que el detective no le hiciera perder más tiempo, teniendo en cuenta que esa mañana se había despertado con el pie izquierdo.

—Cierra la puerta y siéntate —ordenó clavando la mirada en la de Vincent—. Ahora vas a explicarme en qué caso estás metido, porque, que yo recuerde, no llevamos los de suplantaciones de identidad. Y los fraudes financieros me parece que también se nos escapan.

En aquel momento Vincent se dio cuenta del error que había sido llevar a Benjamin Barlow a la comisaría.

—Si en los próximos segundos sigues sin decirme nada, te suspendo otra vez. ¿Piensas que puedes hacer lo que te dé la gana? Eres un soldado más que sigue mis órdenes, así que habla de una puta vez.

Howard hervía de rabia y Vincent era capaz de percibirlo incluso con los ojos cerrados. Sin embargo, seguía sin saber qué decirle y no se le ocurrió nada mejor que...

—No es asunto tuyo.

Solo hizo falta un instante para que la risa burlesca del inspector inundara el despacho.

—¿Tú has oído lo que acabas de decir?

—Howard...

—Inspector.

Vincent enderezó la espalda un poco más.

—Siento decírselo, pero no es un caso que le competa, inspector —respondió con severa ironía que ni siquiera trató de disimular—. Benjamin Barlow es sospechoso por posible participación en banda armada, y de esos casos sí que nos ocupamos, ¿no?

—Ahórrate la ironía, hijo, ¿quieres? Conmigo no funciona.

—Trato de volver a mis obligaciones porque no dejas de amenazarme con lo de suspenderme de nuevo, ¿y ahora que estoy investigando a ese tío te enfadas?

Vincent no podía compartir con su superior lo que había pasado con la caja de seguridad del banco, pues si lo hacía Howard no tardaría en descubrir la relación entre el contenido de esta y lo que había sucedido meses atrás. Y tampoco estaba en sus planes hacer resurgir un caso que ya habían cerrado.

—Psicología inversa, ¿eh? Buen truco, pero seguirá sin funcionarte. ¿Te olvidas de cómo funciona este mundillo? Yo os asigno lo que tenéis que investigar, a quiénes atrapar y cuándo apretar el gatillo. Vincent, espabila de una vez. Le prometí a tu padre que te dejaría en paz un tiempo, pero no puedo hacerlo si no estás a lo que tienes que estar. Te aprecio, pero no les busques las cosquillas a los de arriba, porque ellos sí que te quitan la placa y adiós a tu carrera.

La voz de Howard, que se había mostrado rotunda al principio, se suavizó para convertirse en la voz de un padre que se preocupa por su hijo. Se sentía responsable de él y deseaba que volviera a ser el de antes.

—Te he visto crecer y siempre has perseguido todo lo que te has propuesto y has cumplido con ello —continuó el inspector—. Te conozco desde que naciste, como si te hubiera criado, y aun así... —Soltó una respiración profunda y negó con la cabeza de manera leve—. Mira, no quiero meterme, pero todavía puedes acudir a mí, ¿vale?

El detective, de brazos cruzados, seguía sin mostrar ninguna reacción, aunque las facciones endurecidas delataban que las palabras de su mentor habían significado algo para él: la posibilidad de agarrarse a un salvavidas en medio de un naufragio.

La misma sensación que le había dado su padre por teléfono, o Layla al presentarse en su casa sin avisar.

—Lo sé —contestó el policía un segundo después mientras notaba el molesto nudo que había empezado a formársele en la garganta—. Voy a seguir trabajando —dijo, y enseguida abandonó el despacho dejándolo con la palabra en la boca.

El problema de aquella situación, que Vincent reconocía como una consecuencia inminente, era que quería encontrar su propio salvavidas, que nadie se lo ofreciera, pues lo que sentía, el vacío que le había quedado, era muy diferente a todo lo que había experimentado con anterioridad. Si empezaba a contarlo, a explicar sin tapujos que la ladrona había conseguido que su corazón latiera por ella, estaba seguro de que ni el inspector ni su padre lo entenderían, porque no los veía capaces de separar a la delincuente de la persona, y crearía una disputa que no podría resolver.

De nuevo en su mesa, delante del ordenador, observó la puerta que conducía a la sala donde había interrogado a Benjamin. Si resultaba ser inocente, una víctima a quien habían utilizado, volvería al punto de partida, y ese pensamiento fatal se presentó delante de él al cabo de unas horas, cuando verificó que su coartada se confirmaba.

A pesar de que todas las pruebas le señalaban, Benjamin Barlow se había librado de la condena dejando al detective en un estado de perplejidad absoluta. Entonces ¿quién había abierto la caja de seguridad haciéndose pasar por él? Tenía muchas dudas, que lo persiguieron incluso durante las semanas siguientes.

Marzo había llegado a su fin dejando que el nuevo mes hiciera una entrada triunfal: con una llovizna agradable que la ciudad percibió como un oasis en medio del desierto. Vincent, que iba conduciendo para regresar a casa, se perdía en aquel sonido cada vez que se detenía en un semáforo. Ese ruido le proporcionaba paz y se permitió cerrar los ojos un instante mientras esperaba a que el semáforo cambiara a verde.

Cuando volvió a enfocar y activó el limpiaparabrisas, se fijó por el espejo retrovisor en la intención de un motorista de adelantar a todos los coches para ponerse en primera fila. Al detective le molestaba que lo hicieran, aunque él también pecaba de ello de vez en cuando. Tampoco quería darle más importancia, así que aceleró justo cuando el círculo rojo desapareció. El ruido del motor de aquella moto opacó incluso el de la lluvia; se movía con agilidad, una elegancia que pocas veces había visto, y con extrema rapidez.

Tras la muerte de la ladrona, Vincent no había vuelto a subirse a una motocicleta y no podía negar que lo echaba de menos: el ruido ensordecedor, la sensación de libertad, la adrenalina que lo invadía a uno cuando tomaba una curva.

Quizá había llegado el momento de encontrarse de nuevo con esa sensación, y esa idea provocó que levantara la comisura del labio; la primera sonrisa que mostraba en semanas, pues, tras el desastre que había supuesto no encontrar a la persona que había suplantado su identidad, había tenido la tentación de tomarse un trago que le quemara la garganta.

Sin embargo, trató de resistirse.

Divisando el color rojo del siguiente semáforo, el detective volvió a apoyar la cabeza mientras frenaba con suavidad y se detenía el primero de la fila. Entonces se fijó, entre las gotas que resbalaban por el vidrio, en el motorista que antes se había colado entre los coches; estaba junto a él, en paralelo, y miraba distraído la otra calzada. Vincent lo observaba sin ningún tipo de interés; no obstante, frunció el ceño al darse cuenta de que la figura que conducía la moto pertenecía a un cuerpo femenino.

Apartó los ojos al instante. Estaba experimentando la misma sensación que había provocado en él la secretaria pelirroja del director. Sus ojos verdes lo habían transportado al pasado sin remedio, y lo mismo ocurrió en aquel momento cuando, de reojo, se fijó una vez más en la conductora: vestía de negro, incluido el casco, que ni siquiera dejaba ver el color del pelo. Las manos estaban cubiertas por un par de guantes de cuero y el vehículo era una Honda deportiva totalmente oscura, imponente.

Daba igual que se lo hubiera prometido semanas atrás, tampoco importaba cuántas veces lo intentara; cada vez que aparecía el reflejo de la imagen de Aurora, su recuerdo lo arrastraba de nuevo hacia la oscuridad. «Deja de pensar en ella», se imploró. Y cuando quiso apartar la mirada de nuevo, la mujer se volvió hacia él; su rostro escondido tras la visera oscura del casco.

De pronto, el tiempo pareció detenerse, pues la mente traicionera del detective volvía a jugarle una mala pasada: ¿qué habría pasado si su coche no hubiera caído al río? La misma pregunta que se hacía una y otra vez, la que revivía la sensación de ahogo, de angustia, de saber que jamás volvería a verla.

«Basta».

Aunque su corazón permaneciese frío, sentía que le quemaba. Entonces, mientras volvía a comprobar que el semáforo aún no había cambiado a verde, deseó no haberla conocido nunca.

El arrepentimiento no tardó en impactar de lleno en él y, mientras borraba aquel pensamiento, la mujer salió disparada dejando que el ronroneo del motor se oyera con claridad. No obstante, el semáforo seguía en rojo y no cambió de color hasta un segundo después, tiempo suficiente para que el detective colocara la sirena en el techo y la activara. Las calles vibraron con ese sonido y la lluvia pasó a un segundo plano mientras Vincent iniciaba una nueva persecución tras la motorista que se había saltado el semáforo en rojo y que podría haber provocado un accidente fatal.

Los demás coches se apartaban como podían y Vincent pisó el acelerador en cuanto tuvo ocasión. Trataba de no perderla de vista, pero cualquier persona subida en un vehículo de dos ruedas se volvía escurridiza.

Pensó que la mujer se detendría, estaba obligada a hacerlo, pero no fue el caso; en su lugar, la distancia crecía cada vez más. Vincent no iba a permitirlo y el destino, que hasta el momento no había mostrado señales de vida, le concedió un empujoncito; una ayuda hizo que la mujer de negro acabara en un callejón sin salida después de que ambos hubieran serpenteado unas cuantas manzanas.

«Jaque mate», se dijo al verla frenar con brusquedad y quedar de lado. El coche le impedía cualquier maniobra y el detective, que no iba a esperar un segundo más, abrió la puerta para ponerse de pie y apuntar hacia ella.

—¡Bájate de la moto despacio! —pronunció con voz firme. La mujer no dejaba de mirarlo y su mano seguía estrechando el acelerador—. ¿No me has oído o qué? Casi provocas un accidente. Bájate y quítate el casco —volvió a ordenar; sin embargo, ella seguía sin moverse, así que empezó a acercarse poco a poco—. ¡Que te quites el puto casco!

Las manos de la mujer empezaron a subir con lentitud. Vincent no apartaba los ojos de su figura mientras la conocida sensación volvía a golpearlo y observaba cómo, poco a poco, los guantes negros se alzaban a la altura de la cabeza y se despojaba del disfraz que la había estado ocultando.

Entonces, el mundo volvió a detenerse.

Y allí, en ese callejón sin salida, bajo la suave lluvia de principios de abril, el corazón de Vincent empezó a latir de nuevo.

6

Un sueño.

La imagen que Vincent contemplaba en aquel momento no podía tratarse más que de un sueño; otro que se sumaba a la larga lista que hacía que, al despertar, el nombre de Aurora continuara allí, al acecho, como una sombra que lo perseguiría hasta el fin de sus días.

Los segundos transcurrían y ninguno de los dos parecía tener intención de decir nada; la lluvia mitigaba el silencio espeso que se había instalado. Las miradas seguían sin apartarse y sus ojos verdes... El corazón de Vincent latía desbocado, confundido a más no poder. No sabía qué hacer ni qué decir ni si acercarse sería prudente, pero tenía que asegurarse de que Aurora, todavía subida a la moto, no era ninguna alucinación.

—Estás... —murmuró él con un hilo de voz, pero volvió a juntar los labios. Sabía que ella no lo había oído, que estaba lejos para hacerlo, así que avanzó mientras, sin darse cuenta, dejaba caer el brazo que sujetaba la pistola.

Continuó acortando la distancia, despacio, provocando que la ladrona se percatara de sus intenciones. Ella respondió alzando de nuevo el casco para volver a colocárselo; no obstante, Vincent no dejaría que se marchara, no hasta comprobar que no se trataba de ninguna fantasía, así que volvió a apuntar en su dirección.

—No te muevas —pidió. Cada vez faltaba menos, tan solo unos pocos metros, hasta que ya no quedó ninguna separación y Vincent Russell dejó que el cañón del arma le tocara el corazón. Lo engulló una sensación de *déjà vu*, pues repetía la misma maniobra que cuando descubrió el rostro de la ladrona de guante negro bajo la luz de la luna menguante, casi un año atrás—. ¿Por qué no dices nada?

Ella no contestó, consciente del arma que le tocaba el pecho; aun así, seguía mostrándose serena, sin titubear.

—¿Quieres matarme, Vincent?

Era la misma pregunta que le había hecho aquella noche, la misma sensación de superioridad que le había inspirado en aquel momento. Las facciones del detective se endurecieron, pues no pudo evitar tensar la mandíbula. Después de meses en los que se había sentido perdido, volvía a oír su voz.

—Dímelo tú —pidió él.

—¿No lo sabes?

El policía frunció el ceño. ¿De verdad estaban teniendo esa conversación?

—Lo que no sé es si eres real o un sueño… —murmuró mientras levantaba la mano para acariciarle la mejilla con el dorso. Dejó de respirar por un segundo ante el contacto, ni siquiera la lluvia era ya relevante. Nada le importaba excepto sentirla a ella—. Necesito saber que no estoy perdiendo la cabeza… —Apretó los dientes una vez más cuando la ladrona inclinó la cabeza hacia su mano para que le acunara la mejilla. Respirar se volvía cada vez más complicado—. ¿Por qué me haces esto?

—Vincent...

—Creí que habías muerto y que ya no volvería a verte... Pensé que... —Tragó saliva con la intención de deshacerse del nudo que le comprimía la garganta—. ¿Por qué has dejado que viva en una mentira? Porque si ahora no hubiera ido detrás de ti... —La ladrona seguía sin contestar—. Contesta, joder.

El agarre alrededor de la mejilla se volvió más firme, necesitado; temía que, si la soltaba, Aurora desapareciera de nuevo.

—Tengo que irme —murmuró ella, y las alarmas del detective se encendieron—. No puedo arriesgarme a que me vean.

—No hay nadie.

—Estamos en la calle.

—Un callejón sin salida por el que no pasa un alma —aclaró él, y, de repente, la pistola ya no le apuntaba al pecho—. Necesito saberlo, Aurora —pidió en un susurro mientras acortaba la distancia entre ambos rostros—. Necesito saber que eres real, que no desaparecerás cuando abra los ojos, que estás viva.

—Nada cambiará si te lo digo... —trató de responder, pero él no quería escuchar nada más y la necesidad de probar sus labios, de acabar por sentirla, prevaleció ante todo lo demás.

La boca del detective rozó la de ella con suavidad, como si estuviera acariciando el pétalo de una rosa, una que se había marchitado pero que siempre se mantendría con las espinas intactas, dispuesta a defenderse. Sin embargo, nada de aquello ocurrió, pues Aurora se dio por vencida ante la desesperación y el ansia que Vincent desprendía. Él movía los labios buscando adentrar la lengua mientras el agarre en la mejilla se hacía cada vez más fuerte. Entonces, la ladrona respondió y el beso se convirtió en una batalla para ver quién de los dos se hacía con el control.

«Viva». Aurora estaba viva y él no podía pensar en nada que no fuera en sentirla por completo, aliviado de tenerla de nuevo entre los brazos. Dejó escapar un jadeo cuando ella se separó, aunque no tardó en esconderse en su cuello para posar allí los labios y continuar sintiéndola. Le asustaba que, si dejaba de tocarla, ella amenazara con desaparecer de nuevo. Así que buscó una vez más su boca y no le dio demasiadas vueltas cuando volvieron a protagonizar otro beso cargado de tensión, de rabia, de reproche por haberlo engañado.

Aurora no dejaba de responderle con la misma intensidad; las manos traviesas se colaron por debajo de la cazadora para acariciar la espalda del detective, provocando que este tensara los músculos y volviera a escondérsele en el cuello. Sentía su hambre voraz, la necesidad de no romper el beso… En aquel instante se daba cuenta de que ella también lo había echado de menos y de que su corazón también latía al ritmo del de él.

Sin embargo, no dejaba de ser un error; la burbuja tenía que explotar y Aurora debía seguir escondida del mundo.

—Vince… —susurró con la intención de que la mirara de nuevo, pero sus brazos la rodeaban con firmeza y sus labios continuaban sin detenerse, así que recurrió a lo único que sabía que lo haría cejar en su empeño—: Para, por favor —pidió después de haberle apartado el rostro. Las manos de él frenaron al instante mientras retrocedía un paso; varios, en realidad, como si un muro acabara de levantarse entre ambos. Se guardó la pistola sin poder apartar aún la mirada, aunque deseara hacerlo—. Morí aquella noche y el mundo tiene que seguir pensando que…

—¿Eso soy para ti? ¿Alguien de quien debías esconderte

porque no creías que fuera a guardarte el secreto? Dijiste que confiabas en mí ¿y ahora esperas que me aparte para que desaparezcas otra vez?

—No podía arriesgarme, ¿es que no lo ves? Nadie podía saberlo, ni siquiera tú. Y ahora necesito que te apartes para que pueda marcharme.

—¿Era yo una amenaza?

—No hagas esto.

—Contesta —exigió acercándose de nuevo. Todavía le costaba creer que Aurora estuviera allí, que no se trataba de ningún sueño, que el beso que acababan de compartir había sido real—. No pensabas decírmelo, ¿verdad? Habrías dejado que continuara así, pensando que estabas muerta y que no volvería a sentirte. —La voz del detective se rompía por momentos, aunque intentaba que el dolor que le suponía verla no se transparentara—. Eres tú la que no lo entiende.

—Por favor.

—No me pidas que te deje ir.

—Vincent... —La ladrona de joyas sabía el efecto que provocaba en él que pronunciara su nombre, sobre todo cuando se tomaba el tiempo para acariciar cada letra. El detective cerró los ojos un instante y, para cuando volvió a abrirlos, se acercaba de nuevo a la mujer que todavía no se había dignado a bajarse de la moto—. No te acerques, no...

Él ignoró su petición e hizo que Aurora se quedara callada cuando volvió a rodearle la mejilla mientras juntaba las frentes.

—Me has jodido, Aurora —confesó en un hilo de voz—. Y lo peor de todo es que supe que ibas a hacerlo desde la primera vez que me arrodillé ante ti. ¿No lo ves? —preguntó, e interpuso una distancia mínima solo para poder contemplar esos ojos que tanto había echado de menos—. Te he visto y lo primero que he pensado ha sido si eras otro puto sueño, porque te tengo tan clavada aquí dentro, que… —Se quedó callado para agarrar su mano y colocársela sobre el pecho, donde estaba el corazón—. Te dije una vez que te lo entregaría aun a riesgo de que me rechazaras.

—No lo hagas.

Aurora trató de apartarla, pero él se lo impidió colocando la suya encima. La otra seguía rodeándole la mejilla, aunque acercándose despacio al cuello.

—¿Por qué? —Quiso saber, pero ella no contestó—. ¿Tienes miedo de lo que pueda decirte?

—No es eso.

—Entonces, ¿qué es?

—También me dijiste que nuestro final era inevitable, que solo nos unía una tregua, que nunca dejarías de ser el detective que haría lo imposible por verme entre rejas. La tregua se ha acabado, Vincent; hemos llegado al final de la historia. Tu corazón late, pero no por mí. Deberías estar enfadado, deberías…

—¿Crees que no lo estoy? ¿Que no me quema sentir tu mano sobre el pecho, y más cuando no dejas de decirme que tienes que marcharte? No quiero volver a pasar por lo mismo, volver a perderte… Ven a casa —pidió en un ruego. Deseaba que ella aceptara, pero sus ojos reflejaban lo contrario—. Hablémoslo. Seguimos teniendo una conversación pendiente; todo lo que pasó aquella noche…

—¿Te refieres a cuando morí? —interrumpió ella.

—No estabas dentro del coche, te busqué; estuve dos días sin dormir pensando que en cualquier momento aparecerías, que volverías a mí. Hice que peinaran toda la zona, pero cuantas más horas pasaban, más me convencía de que ya no había nada que pudiera hacer, y cuando encontraron tu cuerpo… —Hizo una breve pausa mientras recordaba lo que había sentido cuando presenció aquel momento—. El que apareció fue el cuerpo de una mujer blanca, de pelo negro y una complexión similar a la tuya. Tú no moriste aquella noche, te aprovechaste, así que no quiero oír ni una palabra más. Estás viva, Aurora, y te estoy notando el pulso. Y ahora vendrás a casa conmigo porque no pienso permitir que vuelvas a irte.

—No puedes obligarme.

—Claro que puedo.

—¿Con qué derecho?

—El que me otorgaste tú cuando dijiste que somos compañeros —respondió el detective haciendo énfasis en el uso del presente, y fue entonces, sin dejar de contemplar cómo entrecerraba los ojos debido a la lluvia que seguía cayendo, cuando apretó un punto específico de su cuello para dejarla inconsciente.

—¿Qué...? —trató de decir ella al notar que la envolvía una sensación extraña, y no pudo evitar cerrar los ojos por completo.

Vincent la sujetó, pues él nunca la dejaría caer, y no tardó en levantarla cual princesa para tumbarla con cuidado en los asientos traseros de su coche.

Era consciente de que cuando despertara el enfado sería descomunal, pero era lo mejor que se le había ocurrido. El miedo de que se marchara lo había azotado con fuerza y él no quería que lo hiciera cuando aún tenían una conversación pendiente en la que la ladrona tendría que darle varias explicaciones; la más importante de todas, cómo había conseguido que el mundo la creyera muerta cuando estaba más viva que nunca.

«Viva».

Había transcurrido poco más de media hora desde que la ladrona de joyas había perdido el conocimiento, pero a ella le pareció una eternidad.

Empezaba a recobrar la consciencia; fruncía el ceño sin darse cuenta mientras dejaba escapar ruiditos que al detective, a unos metros de la cama, le parecieron adorables, sobre todo porque estos, disfrazados de tiernos quejidos, se debían a que Sira no dejaba de lamerle el rostro para que despertara. Maullaba cada dos segundos y no dejaba de acariciarle el hombro con la cabeza.

El reencuentro entre Aurora y Sira se produjo segundos más tarde, cuando ella abrió los ojos despacio, aunque algo desorientada, e identificó al instante a la gatita, que exigía su completa atención. También se dio cuenta de dónde se encontraba: en el estudio del detective, después de que él la hubiera dormido y llevado contra su voluntad. No tardó en toparse con su mirada, pues sus ojos la observaban con fijeza, mientras se erguía y empezaba a acariciar a Sira.

—¿Es necesario que me apuntes? —preguntó ella mientras arqueaba las cejas con suavidad—. ¿Temes que te haga daño por haberme secuestrado?

—¿No lo has hecho al fingir tu muerte?

Aurora levantó la comisura del labio, el reflejo de una sonrisa torcida, mientras no dejaba de jugar con la gatita.

—A mí no me hace gracia.

—¿Me ves reír? —replicó ella.

El detective tensó la mandíbula y no tardó en llevarse la copa de whisky a los labios. Se había prometido dejar de beber; de hecho, llevaba semanas sin probar una gota de alcohol, pero esa mañana de abril, mientras contemplaba a la ladrona plácida en su cama, no había encontrado la manera de resistirse a abrir una botella. Al fin y al cabo, tenía algo que celebrar; el regreso de la princesa del reino de los muertos era motivo suficiente para montar una gran fiesta: la ladrona, él y la botella más cara de whisky, que había estado reservando para una ocasión especial.

—A lo mejor tendría que estar riéndome yo —contestó él; seguía sin mostrar intención alguna de bajar la pistola, que aún apuntaba con desdén a la mujer—. Me hiciste creer que no volverías y me engañaste como solo tú podías hacerlo. Felicidades. Pero ahora estás aquí, te he encontrado sin buscarte y siento haberte traído a la fuerza, pero necesito que hables conmigo, Aurora. Necesito que me digas cómo lo has hecho, cómo conseguiste salir del coche. El cuerpo que apareció... ¿Lo tenías planeado?

—Vincent... —La expresión de la ladrona se suavizó mientras contemplaba la mirada seria de su compañero, que ya no brillaba con la misma intensidad. Sus ojos se habían apagado y reflejaban dolor, tristeza, miedo—. Esto es...

—No lo digas —la interrumpió él—. No digas que esto es un error. ¿Por qué me apartas? ¿No merezco una explicación al menos?

—Baja el arma.

—¿Me consideras capaz de apretar el gatillo?

Silencio.

El único sonido que se extendía por la estancia eran los ruidos de Sira, pues Aurora no mitigaba el deseo de la gata de seguir jugando con ella.

—Yo lo hice.

—Responde —insistió Vincent de nuevo—. ¿De verdad piensas que sería capaz de hacerte daño cuando lo único que quiero es verte bien? Vives en mí, Aurora. Los primeros días incluso me dolía respirar —confesó agarrando con fuerza la culata—. Te he estado pensando como un puto imbécil durante todo este tiempo, obligándome a dejar de soñar contigo porque sentía que tu recuerdo me consumía. ¿Dónde has estado? ¿Por qué no viniste a mí?

—Beckett sigue teniéndote en el punto de mira.

—Él no tiene nada que ver en esto.

—¿Lo dices en serio? —insinuó la ladrona levantándose de la cama. Vincent no tardó en imitarla para colocarse delante de ella, con el cañón apuntando al corazón. Mismos personajes, misma escena, aunque con los papeles intercambiados—. Baja el arma —repitió.

—No dejaré que te vayas.

—Solo quiero un vaso de agua.

—No me estaba refiriendo a eso.

Demasiado cerca. Las palabras desaparecían en suaves susurros y él trataba de resistirse a la tentación de acariciarle de nuevo la mejilla. Lo que el detective quería en realidad era besarla y perderse una vez más en su aroma. Quería perderse dentro de ella, compartir una noche sin reparar en el tiempo. Quería a Aurora para él, que ambos se saciaran del otro y dejar que el silencio los envolviera mientras las caricias hablaran por ellos, pues Aurora y Vincent jamás dejarían de estar hechos de silencios.

Quería que la ladrona volviera a ocupar el sitio que le correspondía y que luego le explicara cómo había sobrevivido a aquella noche, aunque lo más importante era que le contara qué había ocurrido entre ella y su padre para que se hubiese atrevido a irrumpir en su casa con el arma en alto.

—Deja de repetir que tienes que marcharte —continuó Vincent—. Concédeme un par de días, es lo único que te pido. Puedes quedarte aquí; he tenido cuidado al traerte, te lo prometo. Nadie se dará cuenta, pero no vuelvas a desaparecer. Yo... —Tragó saliva, una pausa que aprovechó para bajar la pistola—. No lo soportaría.

7

No era la primera vez que Aurora escuchaba esas palabras; de hecho, aún las recordaba de cuando Vincent se las había confesado en la República Dominicana: el temor a que algo malo le pasara, el mismo sentimiento que reflejaba en ese instante. En su mirada había preocupación, temor y angustia por que la ladrona no aceptara su propuesta.

Ella seguía sin apartar la vista de él, no podía; los ojos cálidos del detective se lo impedían. Y más cuando notó el agarre de su mano alrededor de la cintura. El contacto hizo que aguantara la respiración un instante y soltara el aire despacio. Sentía que el corazón le estallaría de un momento a otro, pues no podía negar lo que Vincent le provocaba.

—¿Te acuerdas de nuestro viaje? —preguntó Aurora, y el detective pareció relajarse—. En Puerto Plata. Nos quedamos en la habitación después de habernos pasado todo el día investigando. Pedimos la cena al servicio de habitaciones y luego tú sacaste el tema de la comida. ¿Te acuerdas de lo que me prometiste?

Vincent esbozó una pequeña sonrisa mientras lo recordaba.

—No eres la única con buena memoria.

—¿Qué me dijiste? —inquirió Aurora con las cejas arqueadas, dejándose llevar. Había tomado una decisión y quería que él se percatara de ello, si no lo había hecho ya.

—Que te prepararía cualquier cosa que me pidieras.

—¿Y qué te pedí?

—Pasta a la carbonara y un tiramisú de postre. «Un menú en condiciones», dijiste.

Esa vez fue la ladrona quien sonrió mientras se acordaba de algo más: el ingrediente estrella.

—Supongo que no tendrás vino.

—No soy mucho de vinos, tiro más por las bebidas fuertes, pero investigué y... —Se quedó callado mientras se separaba de ella para dirigirse a la cocina y abrir un armario—. Compré una botella un día después de volver. Es un...

—Chardonnay, un Kistler... ¿Has comprado un vino de doscientos euros?

—Creo que me costó un poco menos, aunque yo pagué en dólares —respondió mientras ella continuaba admirando la botella—. Dijiste que querías un reserva que acompañara a la pasta. Este es del 2013 y es suave y aromático... Supongo que ya lo sabías si has reconocido la botella. —Aurora alzó la mirada para dedicarle una sonrisa de agradecimiento—. ¿Significa que te quedas?

—Sería un pecado no abrirla, ¿no te parece? —dijo mientras la dejaba en la encimera y daba un paso hacia él—. Y la idea de que cocines para mí me resulta interesante.

—Necesito que lo digas.

El detective se apoyó sobre el borde de la isla, las manos aferrándose también, mientras la ladrona se colaba en el espacio que él había creado y lo rodeaba por los hombros.

—Me quedo —aseguró ella mientras las miradas volvían a aprisionar la proximidad que había surgido—. Y te veré cocinar mientras me tomo una copa de ese chardonnay que no ha dejado de hacerme ojitos.

—El vino es para la cena —rectificó Vincent a la vez que apoyaba las manos en su cintura.

«A la mierda la distancia», pensó, y no tardó en hacer firme el agarre para sentir el cuerpo de Aurora pegado al suyo.

—El vino es para mí —contestó, e hizo que del detective brotara una risa suave, preparado para contradecirla—. ¿De qué te ríes? Lo digo en serio.

—¿Es lo único que harás? A mí me toca el trabajo duro ¿y tú vas a estar con la copita en la mano mientras me miras?

—Es un cincuenta y cincuenta: uno mira y el otro cocina —aclaró, y no pudo resistirse a levantar la mano para empezar a acariciarle el rostro; un simple roce que hizo que él cerrara los ojos—. ¿Desde cuándo te la estás dejando crecer? —quiso saber refiriéndose a su barba; debía de tener semanas, quizá un par de meses.

—¿No te gusta?

—No —contestó sin rodeos—. ¿Te gusta a ti? —Vincent se encogió de hombros y a la ladrona no le hizo falta saber más—. ¿Y por qué no te afeitas?

—No lo sé —confesó. Y era cierto, aunque tampoco quería explicarle que se había debido a su falta de ganas. Una mañana se había levantado sintiendo el peso del mundo sobre los hombros y su aspecto había dejado de importarle—. Supongo que me despertaré un día, me veré en el espejo y, sin pensármelo demasiado, arreglaré el desastre.

Los dedos de la mujer seguían paseándose por la mandíbula perfilada y a Vincent no se le pasó por alto el roce imperceptible que le ofrecían sus caderas. Se aclaró la garganta sin dejar de mirarla, preguntándose a qué se debía la sonrisa sugerente que acababa de aparecer.

Antes de preguntárselo, notó que lo agarraba de la mano y entrelazaba los dedos. Aurora retrocedió un par de pasos, con la intención de ir al cuarto de baño, y él no tuvo más remedio que seguirla.

—¿Qué vas a hacer? —preguntó, aunque lo intuyese. No había que ser muy inteligente para saber lo que Aurora haría con él. De pronto, la idea le pareció divertida.

—Necesito una silla —se limitó a responder ignorándolo por completo para ir en busca de una.

—Oye, no es necesario... —trató de decir, pero una sola mirada bastó para que guardara silencio—. Muy bien; tú mandas.

—Siéntate y apoya el cuello aquí —ordenó tras colocar una toalla doblada sobre el borde del lavamanos. Vincent obedeció enseguida mientras una sonrisa se le escapaba, contento con lo que su imaginación acababa de mostrarle—. ¿Dónde tienes las cosas que utilizas para afeitarte?

—En ese armario de ahí.

Aurora no respondió y se fue directa a preparar todo lo que necesitaría para iniciar la labor. El detective la miraba sin decir una palabra, contemplando cómo husmeaba por las baldas sin ningún tipo de pudor, y eso hizo que se le encogiera el pecho: la veía allí, en el baño, buscando a saber qué, mientras Sira la perseguía sin descanso. En un momento parecía que su mundo volvía a dar un giro de ciento ochenta grados y eliminaba esos siete meses como si nunca hubieran existido. Frunció el ceño ante el pensamiento. La noche anterior se había dormido recordándola, pues su nombre siempre aparecía cuando el atardecer se dignaba a llamar a su puerta, y horas más tarde había protagonizado otra persecución sin saber que la motorista que se había saltado el semáforo era la ladrona que le había robado el corazón, aunque él se lo hubiera entregado antes.

Otra sonrisa se le escapó de los labios mientras el destino, pendiente de los pensamientos de ambos, abría los ojos, maravillado ante la confesión.

—Estás muy sonriente hoy —pronunció Aurora acercándose. Llevaba consigo lo necesario para el pequeño cambio de imagen que iba a hacerle al detective—. Para que quede claro: esto lo haré una única vez en compensación por la cena que vas a prepararme.

—No iba a pedirte nada a cambio.

—Lo sé —respondió, y abrió el grifo para empezar a regular la temperatura—. Siéntate bien; te he dicho que apoyes la cabeza aquí.

—Eres muy mandona —murmuró él acatando la orden—. ¿Te lo han dicho alguna vez?

—Créeme, no lo estoy siendo.

No estaban protagonizando ninguna discusión, tampoco intercambiaban ironías ni respuestas vacías; se trataba de una conversación divertida que buscaba que ambos se olvidaran de lo que sucedía en el mundo.

—¿Y tú dónde vas a sentarte?

—¿Hace falta? —inquirió ella mirándolo desde arriba. Se había colocado a su lado, tentando al roce, aunque sin sucumbir a él, a pesar de que ambos cuerpos lo estuvieran ansiando.

—¿Vas a trabajar de pie?

Entonces, la ladrona contempló la razón que se había escondido tras aquella pregunta. Apartó la mirada un segundo, sonriendo, tanteando aún la temperatura del agua: estaba templada tirando a caliente. Humedeció una toalla limpia que había encontrado y cerró el grifo.

—¿Y dónde propones que me siente, detective Russell? ¿Encima de ti?

—No te lo impediría.

—Pero te distraerías, y recuerda que voy a tener una cuchilla acariciándote el cuello. Un movimiento en falso y...

—Moriría —terminó por decir él, y entre ellos se instaló un nuevo silencio que Aurora aprovechó para empezar a humedecerle el rostro a toques suaves con la toalla que había empapado—. Te he pedido que te quedes para poder hablarlo. Lo que ocurrió con mi padre...

—Te lo explicaré todo, pero no ahora —interrumpió ella; las miradas volvieron a encontrarse. El detective notaba las gotas de agua resbalándole por el cuello hasta que desaparecían al tocar el borde de la camiseta—. En la cena —sugirió, y, sin darse cuenta, dejó escapar una caricia ínfima con las yemas de los dedos. Los toques que la ladrona le regalaba eran delicados, ágiles, y el detective sentía que se relajaba más a cada segundo que pasaba—. Cierra los ojos.

—¿Por qué?

—Ciérralos —insistió—. No puedo concentrarme si no dejas de mirarme así, y mantén las manos quietas si no quieres que te las corte.

—Eres una criatura sumamente peligrosa —respondió, y no dudó en cerrar los ojos mientras se instaba a sí mismo a no caer en la tentación que suponía perderse en su mirada. Permanecieron un momento sin decir nada, pero él no dudó en añadir—: Si no acabaste conmigo cuando tuviste la oportunidad, dudo que ahora sea diferente, y menos con una cuchilla de afeitar.

Aurora no detenía el movimiento de las manos; la piel ya se había calentado y ahora tocaba aplicarle el gel.

—Que no te engañe; aunque sea pequeña, es bastante afilada —aseguró mientras se echaba una cantidad generosa de espuma en la mano; empezó a esparcirla procurando que no quedara ningún hueco libre—. Intenta no hablar —pidió concentrada en la tarea; había llegado el momento de pasarle la cuchilla.

—¿Nunca te cansarás de darme órdenes?

—Me entretiene bastante, la verdad.

—Pensaba que lo hacía la lectura.

Las palabras del detective habían conseguido que ambos se sumergieran en el recuerdo de lo que había sucedido en ese estudio: la princesa de la muerte acurrucada en el sofá leyendo y la mirada de Vincent puesta en ella, con el deseo a flor de piel. «Léeme un párrafo, Aurora», le había pedido, dejando que el sonido de su voz ondeara por el espacio.

—Y lo hace —aseguró ella, y cuando se percató de su intención de abrir la boca, lo frenó—: Te he dicho que te quedes callado y mantengas los ojos cerrados.

—Prometo no decir nada más si tú sigues hablándome.

—¿Sobre qué?

—De lo que quieras, pero háblame —pidió, y volvió a cerrar los ojos mientras trataba de ponerse cómodo—. He echado de menos tu voz.

Aurora no se movió y se quedó un momento en silencio para contemplar cómo esa respuesta acababa de abrazarla para no soltarla jamás. «Tocadlo y estáis muertos», había dicho una vez, aunque ella hubiese sido la primera en intentar arrancarle la vida. En aquel instante se preguntó qué habría pasado si el corazón del detective hubiera dejado de latir aquella noche cuando se hizo con el Zafiro de Plata.

Se aclaró la garganta y, mientras le acercaba la maquinilla al rostro, dijo:

—Aquella noche, cuando robé el Zafiro, eras un obstáculo; no te veía de otro modo. Mi único objetivo era acabar contigo. Sopesé las consecuencias que podía traerme tu muerte, porque da igual que sea cuidadosa y elimine los cabos sueltos, siempre puede quedar un hilo del que tirar. Llegué a la conclusión de que no valías la pena y de que haría contigo lo mismo de siempre: marear a la policía con pistas falsas. Pero me quitaste el pasamontañas y dejé de pensar; me negaba a creer que precisamente tú habías conseguido lo que muchos habían intentado.

—Fallaste el tiro.

—Y todavía me pregunto cómo —confesó. Casi había acabado con la mejilla izquierda—. Lo intenté de nuevo en el hospital, pero entonces tu padre me sorprendió. Luego llegó la tregua y, a medida que iban pasando las semanas, iba dejando de verte como una amenaza. No parabas de confundirme y tampoco podía negar la atracción; eso hacía que te odiara porque no había un momento en el que no pensara en ti. Pero ese día me dejaste encerrada y te odié más aún. —Vincent endureció la mandíbula, aunque no dijo nada—. Cuando vi que no había sido tu intención, que no lo sabías… Sentí tu preocupación, tu mirada preguntándome en silencio qué necesitaba. Me subiste a tu regazo dejando atrás las diferencias y en aquel momento volví a sentirme protegida, segura, mientras oía el latido de tu corazón. Entonces empecé a mirarte con otros ojos, aunque en aquel momento no me di cuenta. Y luego, cuando te vi colgado del techo, herido… Enloquecí. —Hizo una pausa para alzar la mirada y contemplar el color miel—. Te quedaste, aun cuando te dije que te fueras… Te metiste en la boca del lobo sin dudar. «No voy a dejar que te enfrentes al mundo tú sola», me dijiste una vez. —Otra pausa, más breve, pues debía encargarse del otro lado del rostro; sin embargo, la mano de Vincent la rodeó por la muñeca al ver su intención de moverse—. Todavía queda la otra mejilla.

—Siéntate.

La ladrona quiso rebatirle la orden; no le gustaba que nadie se creyera con ese derecho, pero lo que hizo, en cambio, fue elevar ambas comisuras, sin sonreír del todo, mientras apoyaba una mano sobre su hombro. No podía negar que la faceta dominante de Vincent la atraía a niveles inimaginables.

—¿Me prometes que no vas a distraerte?

—Siéntate, Aurora. —De nuevo, el tono de exigencia que a la ladrona le gustaba.

Sin apartar la mirada, y mientras dejaba que un nuevo silencio cargado de tensión y deseo se instalara entre ellos, la ladrona de guante negro alzó una rodilla para pasar la pierna por encima y sentarse a horcajadas sobre Vincent, que no mostró ninguna reacción mientras ella se acomodaba y se echaba hacia delante con suavidad. Lo notaba y sabía que al detective no le había sido indiferente el roce que le había regalado.

—¿Contento?

La respuesta de Vincent fue apoyarle una mano en cada muslo y apretar la piel para después trazar una caricia que llegó hasta las nalgas. Los dos cuerpos emanaban calidez y unas ganas infinitas de saciar el ansia que tenían de unirse.

—¿Acabas de decirme que tu corazón me pertenece? —preguntó él.

Aurora se mordió el interior de la mejilla, aunque no tardó en aclarar la cuchilla para retomar la labor, consciente de que su mirada no la abandonaba, sobre todo cuando la dirigió a los labios.

—No sé querer, tampoco lo que significa estar enamorada, ni me ha salido decir nunca un «te quiero» —confesó en un susurro, concentrada mientras le afeitaba la mejilla derecha—. Jamás he tenido una relación porque no me han interesado; no les encontraba el propósito. Yo solo buscaba placer, que me distrajeran, y siempre dejaba las cosas claras. ¿Querían una noche para follar? Les concedía la mejor de su vida. Incluso repetía si los dos queríamos, pero si volvían con la idea de tener una cita para «conocernos»... —Frunció el ceño mientras lo recordaba—. Contigo no habría sido diferente: aquella noche en el club, después de bailar, si yo solo hubiera ido a divertirme y tú no hubieras sido un policía, o no me hubiese dado cuenta, nos habríamos encerrado en el baño para rematar la tensión sexual, y al acabar me habrías invitado a tu casa para tomarnos la última. Y ahí habría acabado, pero la historia se torció, y ahora estamos aquí...

—Aurora... —la interrumpió, pues no comprendía adónde quería llegar.

—Aunque ahora estemos así, llegará el momento en que tengamos que explotar la burbuja —murmuró, y Vincent lo sintió como si acabara de caerle un balde de agua helada encima—. Giovanni decía que... —dejó caer mientras le pedía con un gesto que escondiera el labio superior para que pudiera rasurar la zona del bigote—... el amor no es más que una debilidad que vuelve torpes a quienes lo padecen: una enfermedad. Lo recordé después de volver del viaje, hablando con él, y entonces me pregunté si el amor es un estorbo, algo que no quieres que te pase.

—¿Lo es?

La ladrona detuvo el movimiento de la mano dejándola suspendida entre ellos para encontrarse con la mirada cálida de Vincent.

—«El amor duele más de lo que te imaginas», me aseguraste —repitió lo que el detective le había dicho una vez y volvió a la labor—. Y yo he crecido con lo que Giovanni me ha inculcado; sin embargo, contigo... —Le costaba encontrar las palabras; era la primera vez que se sinceraba, pues seguir ocultándolo había dejado de tener sentido—. *Creo que para mí el amor representa fuerza, y lo comprendí cuando Sasha y los suyos nos encontraron al salir de la cueva: a pesar de que eras mi punto débil, y él lo sabía, no dejé que me asustara porque no habría dejado que te hicieran daño.*

—De verdad, yo tampoco...

—Lo sé —interrumpió ella.

Vincent no podía resistirse más; situó la mano sobre su mejilla, los dedos le rodeaban el cuello y las ganas de besarla no hacían más que incrementarse.

—Entonces, ¿por qué me hiciste creer que no volverías?

—¿No lo ves? Mi corazón nunca te pertenecerá mientras tú sigas siendo policía, sin olvidarnos de que para el mundo estoy...

Vincent no quería volver a escucharlo. Para él no lo estaba; su corazón palpitaba dentro del pecho y no podía quitarse esa palabra de la cabeza: «Viva». Quería que dejara de repetirlo, así que, dominado por el impulso, actuó: la besó e introdujo la lengua sin que le importara haberla pillado desprevenida. Empezó a mover los labios con fuerza mientras las manos le acariciaban el largo de la espalda y se colaban por debajo de su camiseta. Necesitaba sentirla más, que ningún centímetro les estorbara; sentir su calidez y que se dejara caer despacio hasta encajar por completo. Bastó con imaginárselo para que a Aurora le brotara un jadeo de la garganta; entonces, le arrancó la prenda que la cubría sin pensárselo demasiado.

—Atrévete a repetirlo —la retó para enseguida volver a juntar los labios en un beso desesperado a la vez que se enroscaba la trenza alrededor de la mano y tiraba de ella hacia atrás, con suavidad, para esconderse en su cuello. Aurora dejaba escapar gemidos entrecortados, sobre todo cuando él movía la pelvis y ella reaccionaba trazando círculos con la cadera—. Me da igual que tengas que esconderte del mundo —susurró sobre su piel; la respiración se había acelerado y él no deseaba parar. Alzó la mirada para encontrarse con la de ella, bañada en el más puro deseo—. No quiero perderte de nuevo —confesó—. Joder, Aurora, te necesito conmigo.

La confesión de Vincent quedó suspendida en el aire cuando los labios de la ladrona se unieron a los de él para protagonizar otro beso. Ambos notaban la desesperación, el ansia quemándoles los sentidos, la ropa que les seguía apretando... Aurora movía las caderas en círculos pequeños; notaba la dureza, que se le marcaba cada vez más, la caricia impaciente de sus manos buscando desabrocharle el sujetador, que un segundo más tarde ya se encontraba en el suelo. La respiración se descontroló cuando Vincent abandonó su boca para besarle en su lugar un pezón mientras manoseaba el otro pecho.

«Te necesito conmigo».

«Vincent Russell es mío».

Necesitaba tocarlo, sentirlo dentro y que se movieran en sintonía. Aurora agarró el borde de su camiseta para quitársela y la tiró en alguna parte mientras el roce de ambos sexos, cubiertos aún por la ropa, se intensificaba. Las manos de la ladrona lo recorrían con deseo mientras Vincent continuaba torturándola; sus dientes trazaban caricias delicadas que le hacían cerrar los ojos ante el cúmulo de sensaciones. Su interior palpitaba y ella no podía aguantar más, pues la última vez que se había permitido disfrutar había sido durante la búsqueda de la segunda gema: hacía una eternidad.

—¿Por qué? —preguntó Aurora tratando de esconder el gemido; sin embargo, no lo consiguió: las manos de Vincent batallaban para adentrarse en sus pantalones—. Responde —insistió mientras le alzaba el rostro asiéndole la barbilla.

—¿Podemos hablarlo más tarde?

—No.

—Aurora... —El detective tragó saliva e intentó seguir, pero el roce suave de antes se convirtió en ella rodeándolo por el cuello y el pulgar acariciando la mandíbula. Había detenido el movimiento de las caderas mientras los ojos verdes le exigían una respuesta.

—Antes de seguir necesito saber por qué no te has olvidado de mí.

—Ya te lo he dicho.

—Que no quieres perderme otra vez, que me necesitas... Quiero saber por qué.

Vincent soltó el aire despacio y cerró los ojos; quería impregnarse de su toque, de su mano rodeándolo, de ella sentada a horcajadas, del aroma dulce que desprendía y que lo hacía desear enfrascarlo para conservarlo el resto de su existencia. La respuesta que Aurora le pedía iba más allá de una simple confesión: suponía abrir las puertas y que ella viera su interior. Podría negarse y volver a cerrar con llave, pero hacerlo sería engañarla.

—Volví a respirar cuando te vi —contestó él después de abrir los ojos; las miradas se encontraron una vez más y el agarre de la ladrona disminuyó, pues pasó a rodearle la mejilla ya con suavidad—. ¿Era lo que querías escuchar? Te necesito más de lo que pensaba y eso es lo que más me jode: necesitarte para que mi corazón lata, porque no puedo dejar de pensarte, incluso cuando creía que no volverías, porque te tengo tan metida bajo mi piel que...

Se quedó callado de repente, quizá por el jadeo que se le había escapado debido al movimiento imperceptible que Aurora había trazado con las caderas y que lo había desconcentrado por completo.

—Continúa —susurró ella sobre su rostro; los labios apenas rozaban la piel, tentando un beso que solo ella tenía el poder de regalarle.

—Eres mi ruina, Aurora —confesó mientras las manos se encargaban de apretarla un poco más a él—. Y ahora necesito saber si quieres…

Iba a decir algo más, pero volvió a interrumpirlo cuando se abalanzó sobre sus labios para protagonizar otro beso desesperado. Las manos se fueron directas a desabrocharle el pantalón, pero Vincent no tardó en frenarla para que se pusiera de pie, delante de él y entre sus piernas. Era consciente de las palabras que había utilizado, de lo que suponía, pues se había entregado a ella aun a riesgo de que se apartara, de que le repitiera una vez más que jamás dejarían de ser rivales y que su corazón no le pertenecía.

Se equivocaba.

Así como la ladrona le había robado el suyo, Vincent había atrapado el de ella, y se lo hizo saber al levantar la mirada para encontrarse con sus ojos esmeraldas, que lo contemplaban desde arriba exigiéndole más. Él, a pesar de las ganas que lo quemaban, quería tomarse el tiempo de disfrutarlo y, valiéndose de sus manos ágiles, empezó a despojarla de las últimas prendas que la cubrían: deslizó despacio los pantalones de cuero junto a las bragas de encaje y la ladrona se encargó de apartar la ropa hacia un lado mientras Vincent se rendía ante ella.

Le levantó una pierna por la rodilla y la colocó en su hombro para tener el acceso que deseaba; no se lo pensó demasiado cuando acarició el clítoris con el pulgar y la besó justo ahí, donde sabía que le haría arquear la espalda.

No se equivocó, así que continuó dándole placer mientras sentía el suyo propio rozar la desesperación. El detective, sin desatenderla, se desabrochó el pantalón para bajarse la cremallera con una mano y liberarse, pues sentía que, de lo contrario, estallaría. Empezó a masturbarse y, mientras alzaba el rostro una vez más, adentró el dedo corazón por su cavidad solo para contemplar que el deseo se apoderaba de ella con lentitud.

Las manos de la ladrona se movían con impaciencia: le acariciaba el cuello y parte de la espalda, y entrelazaba los dedos en el pelo castaño para tirar de varios mechones. Pero lo que hizo que Aurora se mordiera el labio inferior fue contemplar la imagen de ambos reflejada en el espejo: la espalda de Vincent no dejaba de tensarse y el brazo tatuado trazaba movimientos de arriba abajo… Esa escena la enloqueció.

Quería disfrutarlo, que siguiera tocándola, pero presentía que, si no lo detenía, sobre todo cuando le introdujo otro dedo más, llegaría al orgasmo antes de tiempo.

—Vincent… —pronunció ella en un hilo de voz pensando que no reaccionaría, pero lo hizo: alzó la cabeza, aunque sin detener el movimiento tortuoso de la lengua, y la contempló a la vez que aceleraba el ritmo.

Sin embargo, la italiana pocas veces solía pedir, sino que actuaba, y no se lo pensó demasiado cuando lo agarró del rostro después de apoyar el pie en el suelo, frenando de esa manera el juego de su lengua. Volvió a acomodarse sobre él, una pierna a cada lado de su cuerpo, mientras lo besaba con ímpetu; se inclinó hacia delante despacio, sin detenerse, solo para provocar la caricia de su sexo sobre el largo creciente de la erección. «Eres mi ruina, Aurora». No podía quitarse esas palabras de la cabeza, la voz ronca que las había acompañado, el brillo de su mirada, las prisas por tocarla.

Entonces se preguntó si Vincent también era la suya o solo era el capricho de un destino que había decidido juntar a dos almas incompatibles. Aurora se separó dejando apenas un respiro entre ellos, aunque no detenía el movimiento de la cintura, que seguía incitando al roce.

—Tendría que habértelo dicho —susurró ella sobre sus labios.

—No quiero hablar de eso ahora.

De hecho, él deseaba una explicación, pero en aquel momento nada de eso importaba. Con las manos apoyadas en las caderas de Aurora, el detective provocó un roce mucho más fuerte haciendo que ella no pudiese esconder el nuevo gemido, más violento. Ambos rozaban el límite y ni habían empezado todavía, así que, aprovechando que la ladrona no dejaba de besarlo, alargó el brazo para abrir el último cajón donde guardaba la caja de preservativos, que no había tocado durante los últimos meses.

La ladrona se alertó con el ruido del envoltorio; bajó la cabeza solo para contemplar sus manos ágiles y no pudo evitar acabar lo que había empezado: deslizó el plástico sobre la erección. Las miradas no se separaron en ningún momento mientras ella se alzaba con cuidado, después de haberlo rodeado con los brazos, para inclinarse hacia delante. De nuevo, otro roce que hizo que Vincent cerrara los ojos un instante a la vez que le apretaba los muslos y le hundía las yemas en la piel.

—No vuelvas a irte —repitió el detective en un hilo de voz.

Buscó su mano para que bajara entre los dos cuerpos. La ladrona no tardó en rodearlo con suavidad, sin apartar la mirada, y lo condujo hacia la entrada húmeda, que pedía a gritos que alguien la calmara; sin embargo, frenando el deseo que sentían, Aurora acercó los labios a los de él, aunque sin tocarlos.

—No lo haré —contestó ella en el mismo tono, y fue entonces cuando empezó a deslizarse con extrema lentitud. Aurora trataba de habituarse a su tamaño, subiendo y bajando con delicadeza mientras notaba las manos de Vincent abarcar cada centímetro de piel, como si estuviera tratando de memorizar su cuerpo.

Había sonado a promesa, a una de las que se quedan grabadas a fuego. Aurora era consciente de que acababa de poner la mano sobre ese mismo fuego, pues conocía el riesgo que implicaba prometer algo que era incierto. No podía borrar lo que eran, a lo que se dedicaban, y cuando abrieran los ojos al día siguiente la realidad se encargaría de recordárselo; sin embargo, en aquel instante, mientras el roce de las pieles se intensificaba, no quería que ninguna preocupación la molestara, sobre todo cuando la confesión del detective seguía presente, como si alguien la hubiera escrito con pintalabios rojo en el espejo:

«Eres mi ruina, Aurora».

«Volví a respirar cuando te vi».

«No quiero perderte de nuevo».

El corazón de la italiana latía con fuerza y la respiración trazaba un camino irregular, pues la intensidad que los envolvía hacía que moviera las caderas más rápido.

Hacía mucho tiempo, meses, que no había vuelto a sentir nada parecido, pues la última persona con la que había estado era, precisamente, la que se encontraba debajo de ella: notaba el pecho agitado de Vincent y esos labios que se negaban a abandonar su piel; las manos grandes que le abarcaban casi toda la espalda y su intención de sincronizarse con el movimiento de cintura que dictaba ella. Sin embargo, Aurora no iba a cederle el control y era algo que el detective sabía y que, además, le excitaba.

Vincent Russell se había rendido a la mujer con la que tantas veces había soñado, se había plegado a sus deseos y al susurro de su voz, a su aroma, a los ojos verdes que en aquel instante lo contemplaban con lujuria. Se deleitaba con la sensación de encontrarse en su interior cálido, o la que ella le ofrecía al subir y bajar con fuerza mientras su cintura trazaba círculos de tanto en tanto. Aurora se había convertido en su adicción y en ningún caso quería buscarle una cura. Había atrapado a la ladrona de joyas en el sentido más figurado y no quería que ella se escapara otra vez de sus brazos, sobre todo cuando le había confesado que sentía algo por él, que era su punto débil.

«No sé querer», recordó. Pero eso a Vincent le traía sin cuidado. Nadie conocía la teoría a ciencia cierta, ni siquiera él, y esperaba que, de la mano, se enfrentasen a ese camino oscuro y lleno de altibajos.

8

La princesa de la muerte cerró los ojos un segundo debido al aroma que le había acariciado la nariz; el detective, concentrado en conseguir que el punto de la pasta fuese perfecto, acababa de agitar la sartén y ella no pudo evitar transportarse años atrás, cuando el control todavía reinaba en su vida: el recuerdo de aquellos domingos en los que el *capo*, Nina y la ladrona se juntaban en la mansión familiar para compartir una comida digna de restaurante de estrella Michelin, pues la cocinera de Giovanni, Antonia, tenía manos de oro, sobre todo para los dulces, a los que Aurora nunca se había podido resistir; tampoco Nina, que siempre acababa repitiendo y, a veces, cogiendo otro trozo para disfrutarlo a escondidas.

La imagen de Nina provocó que Aurora tensara la mandíbula a la vez que abría los ojos. Daba igual la de veces que intentara deshacerse de esa sensación, no podía dejar de pensar en ella ni en los años que habían compartido.

Siempre había creído que el lazo que las había unido sería indestructible, que nada ni nadie lo rompería y que su amistad vencería cualquier obstáculo. «Imparables», pensó mientras se pellizcaba la piel de las manos sin darse cuenta; quería apaciguar la sensación que le provocaba pensar en la única persona con la que se había mostrado tal como era, sin máscaras ni engaños de por medio, sin apariencias ni sonrisas falsas. Desde el primer momento, cuando Giovanni las presentó, Aurora tuvo la sospecha de que se llevarían bien, sobre todo por la mirada que Nina le regaló: mostró curiosidad, sin referirse a ella como el «juguete nuevo» o la huérfana a la que habían abandonado.

Nunca le había preguntado sobre su vida pasada, tampoco por su paso por el orfanato, y siempre que alguien se burlaba de ella, Nina salía a defenderla aun sabiendo que el carácter de Aurora era capaz de neutralizar cualquier ataque. Por ello, si alguien le hubiera dicho que su *hermana* sería quien traicionaría una amistad de años, se habría reído a carcajada limpia y, para cuando el sonido hubiera cesado, le habría cerrado la boca con una sola frase: «Vigila el tono y piensa a quién estás acusando». Al fin y al cabo, Nina era, o había sido, la segunda al mando de la organización, y Aurora siempre la había respetado frente a los demás miembros, aunque Nina no se hubiese percatado de ello.

Los celos la habían nublado y razonar con ella había dejado de tener sentido, sobre todo desde el instante en el que había tomado la decisión de aliarse con los Smirnov.

Aurora había eliminado al hermano pequeño y no podía olvidarse del mayor; sería estúpido por su parte si lo hiciera, pues si Serguei llegase a descubrir la mentira, iría a por ella y a por la Stella Nera, sobre todo cuando la ladrona estaba a un solo paso de completar la Corona de las Tres Gemas.

—Aurora. —Era la voz del detective, que intentaba despertarla del trance—. ¿Me estás escuchando? —La muchacha parpadeó un par de veces y se percató de que Vincent se había colocado delante de ella, entre las piernas, mientras apoyaba la mano sobre las suyas con el propósito de frenar su horrible manía—. ¿En qué piensas?

Ella seguía sin contestar; miraba la unión de las manos recordando las veces que Vincent la había frenado: bastaba con que le dedicara un apretón suave para que se diera cuenta de que debía parar antes de hacerse daño.

Levantó la mirada segundos más tarde para encontrarse con sus ojos cálidos, que no dejaban de observarla en silencio, esperando.

Había transcurrido poco más de una hora desde su encuentro en el baño, en el que ambos habían acabado con la respiración agitada y el cuerpo temblando. Ni siquiera les habían quedado fuerzas para plantearse la posibilidad de repetir, aunque lo habrían deseado. La ladrona se había rendido al cuerpo del detective abrazándolo con fuerza y ninguno había querido separarse durante el minuto siguiente mientras combatían los estragos del demoledor orgasmo, ya que él no había dejado de estimular su punto más sensible hasta el último segundo, cuando el cuerpo de Aurora empezó a vibrar con brío. Y solo cuando el latido de ambos corazones se hubo calmado ella se levantó despacio, todavía sintiendo la palpitación en su interior, provocando que una corriente lo atravesara entero.

Envueltos en un silencio agradable, y esbozando una pequeña sonrisa, una sola mirada había bastado para que se dieran cuenta de que ya no tenía sentido negar ese sentimiento que no dejaba de consumirlos, de que sus palabras seguían allí, danzando alrededor: «Eres mi ruina, Aurora». Se habían dedicado esa mirada que reflejaba la exclusividad que los unía, pues él no dejaría que ningún otro hombre la tocara, y la misma sensación se despertaba en Aurora, quien nunca la había experimentado hasta conocer a Vincent.

—La comida estará lista en nada —murmuró el detective—. ¿Quieres comer aquí o pongo la mesa en el comedor?

—Depende de si al final vamos a encender las velas o no.

Vincent sonrió sin dejar de contemplarla. Le gustaba verla con su ropa puesta, sobre todo cuando se trataba de camisetas grandes que le dejaban las piernas al desnudo, aunque más le fascinaba cuando podía acariciar la piel suave y apretarla, como en aquel instante, en que había colocado una mano en cada muslo y trazaba caricias perezosas pidiendo que se abriera un poco más de piernas.

Aurora se había subido a la isla desde el minuto en el que él había empezado a cocinar. «Mala idea», pues, cada vez que se giraba hacia ella, veía la invitación en sus ojos para acercarse. El detective había estado resistiéndose hasta hacía unos minutos, cuando se percató de que la mirada de su compañera se había perdido y se pellizcaba la piel de las manos y la arañaba también.

La conocía; había aprendido a interpretar sus miradas, o los gestos que hacía con las manos, igual que sabía que la primera respuesta de Aurora siempre era esquivar la pregunta o cambiar el rumbo de la conversación. Por ello volvió a preguntar:

—¿Qué te preocupa?

La segunda respuesta que la ladrona daba solía ser mucho más agresiva que la primera, pues no soportaba que le insistieran; sin embargo, en aquel instante, con él entre las piernas y notando además la caricia de sus manos...

Con Vincent había dejado caer la máscara fría y manipuladora que utilizaba con sus víctimas para conseguir su propósito.

—Pensaba en Nina y en Smirnov.

La confesión consiguió que la mirada del detective se endureciera. Les había perdido la pista hacía meses, aunque ni siquiera se había molestado en dar con ellos, teniendo en cuenta que había tomado la decisión de desvincularse de la búsqueda y de todo lo relacionado con Aurora.

—Si se entera de que estás viva...

—Lo sé —interrumpió ella.

—¿Quién más está al tanto?

Había llegado el momento de mantener esa conversación.

—Stefan, Romeo y Grace.

—¿Y Grace es...?

—Quien ahora ocupa el puesto de Charles. Dirige la subdivisión de Nueva York.

Vincent arqueó las cejas sorprendido y en ese instante recordó la noche del accidente; los minutos se habían vuelto eternos mientras la desesperación rugía y se entremezclaba con el sonido agitado del río. Los tres miembros de la organización habían aparecido minutos después de que el agua hubiese engullido el coche, y Vincent todavía recordaba las duras palabras que le había soltado la líder antes de partir: «Si hubiese hecho lo que le correspondía, al menos aún estaría viva». Grace ni siquiera lo había dudado: estaba segura de que Aurora había muerto, a diferencia de los dos italianos; sobre todo de Stefan, quien, entre lágrimas y reclamos, se negaba a aceptarlo.

—¿Ella sabía que ibas a morir? ¿Estaba todo planeado? —Se lo había preguntado horas antes, cuando Aurora abrió los ojos después de que la hubiera dejado inconsciente, sin obtener respuesta de su parte, así que volvió a insistir al ver que la ladrona seguía sin decir nada—: Un plan de emergencia por si la policía llegaba a descubrirte, y la muerte de Dmitrii solo fue una distracción para que pudieras escapar entre el caos. Daba igual que yo te persiguiera o no, ¿verdad? Aunque sabías que iba a hacerlo porque no iba a permitir que desaparecieras. Necesitabas que yo fuese el primero en creer que habías muerto para que el mundo también lo hiciera, sobre todo Beckett.

—Te equivocas.

—¿En qué? —soltó él de inmediato, incluso la voz había cambiado: ya no era el tono dulce y juguetón de hacía unos minutos; el resentimiento se había adueñado una vez más de él haciendo que la caricia se esfumara—. Podrías habérmelo contado y te habría protegido. Si necesitabas que el mundo creyera que habías muerto, ¿por qué...?

—No tenía nada planeado; ni siquiera sabía que acabaría en el agua o si conseguiría salir del coche... Improvisé sobre la marcha y cuando apareció Beckett y me descubrió... Sentí que el tiempo se detenía y me vi atrapada de nuevo. —Las manos de la ladrona se aferraron a la encimera; todavía recordaba la expresión de triunfo en el rostro del inspector—. Lo único que quería era escapar, no pensaba en nada más; entonces vi el coche vacío y... aceleré. No me di cuenta de que estabas siguiéndome hasta que te pusiste a mi lado, y luego... nada.

La ladrona se quedó callada con la mirada fija en algún punto, ya que la imaginación volvía a jugarle una mala pasada: no dejaba de presentarle escenarios, cada uno más cruel que el anterior, solo para verla flaquear. Durante los años en los que su nombre se había adueñado de los titulares del mundo, acaparando los canales televisivos, nunca había vivido con miedo a que la atraparan. Siempre había tenido cuidado y, aunque se escondía, podía hacer su vida a la luz del día. En aquel instante, sin embargo, daban igual los meses que habían pasado, no podía deshacerse de ese temor, que la perseguía a todas horas. Se dormía con el miedo de abrir los ojos al día siguiente y encontrarse con las muñecas esposadas. El miedo a que la descubrieran la paralizaba y cada día que transcurría sentía que su libertad se fragmentaba más.

—¿Cómo conseguiste salir del coche?

La voz suave del detective la había sacado de sus pensamientos. Quería contestar, Vincent se merecía una explicación, teniendo en cuenta que le había hecho daño a su padre y él todavía no se lo había echado en cara.

Inspiró hondo con el propósito de calmarse, pues era consciente de que debía contarle la historia desde el principio; sin embargo, contempló por encima de su hombro la comida, que seguía haciéndose, y lo que respondió, en cambio, fue:

—Comamos primero.

La ladrona de joyas sujetaba la copa de vino con delicadeza; había dado un sorbo escasos segundos antes y todavía notaba el sabor del chardonnay recorriéndole el paladar.

Sentados en los taburetes de madera, uno al lado del otro, habían decidido comer en la barra de desayuno; los platos blancos, colocados encima de los manteles individuales, hacían un contraste perfecto con el mármol negro que cubría la isla. El detective se había esforzado por cumplir con las expectativas de la italiana, que en silencio degustaba la pasta a la carbonara, su plato favorito.

Vincent esperaba una valoración, aunque lo que más le interesaba era retomar la charla que la ladrona había finalizado con un punto y aparte. Seguía teniendo muchas preguntas y no ayudaba que siguiera dándole evasivas.

—¿Más vino? —preguntó Vincent girándose con la botella en la mano, lo que hizo que se produjera un roce suave entre las rodillas, gesto que solía considerarse inofensivo, imperceptible, pero entre la ladrona y el detective implicaba que saltaran chispas.

Aurora, sin apartarse, trató de ignorar la sensación mientras acercaba la copa y veía caer el líquido ambarino.

—Está rico —murmuró ella observando cómo él también se servía—. No sabía que supieras cocinar.

—Ya te lo dije; solo es seguir una receta.

Aprovecharon el momento de silencio para darle un sorbo mientras las miradas continuaban batallando para ver cuál se apartaba primero. Ninguna lo hizo y la ladrona entendió que, como siguiera posponiendo lo inevitable, la desconfianza y la tensión volverían a reinar, y era algo que no deseaba.

—¿Por dónde quieres que empiece? —soltó de repente, aunque ya conociera la respuesta, pues había aprendido a leer su mirada y en ese momento los ojos del detective reflejaban impaciencia—. ¿Por lo que pasó con tu padre o por cómo conseguí salir del coche?

—No quiero hablar de mi padre ahora.

—Le disparé...

—Y si hubiera muerto ni siquiera estaríamos teniendo esta conversación, pero está bien —contestó algo arisco, aunque se dio cuenta un instante más tarde, por lo que trató de suavizar el tono antes de añadir—: ¿Cómo saliste del coche? Se supone que las puertas se bloquean, y la corriente era fuerte. Cuando lo sacamos no había ninguna ventana rota ni abierta...

Pero el detective se quedó callado cuando observó que Aurora inspiraba hondo para luego soltar el aire despacio. Entonces recordó lo que los espacios cerrados provocaban en ella. «Tiene miedo a que le arrebaten la libertad», le había dicho una vez su padre, casi un año atrás, cuando el detective despertó en el hospital después de que la ladrona le hubiera disparado en el abdomen. Se imaginó el infierno que debió de sentir mientras los segundos se volvían minutos y el agua empezaba a engullirla con rapidez.

—Recuerdo que tardé en reaccionar —empezó a decir Aurora, y no pudo evitar morderse el labio inferior; era la primera vez que iba a abrirse, pues lo poco que les había contado a sus amigos no era comparable con lo que iba a decir a continuación: quería explicarle a Vincent lo que había sentido desde el principio, pero antes se bebió el contenido de la copa de un trago. Necesitaba que esa sensación viajara por su sistema; solo así se veía capaz de hablar—. No sabía qué ocurría, por qué de repente notaba que el agua me cubría los pies, ni siquiera me percaté de lo fría que estaba hasta segundos después. Estaba helada y no dejaba de subir con rapidez; entonces la sentí en las manos. Las tenía mojadas y la corriente no dejaba de arrastrar el coche. Me dio la sensación de que el tiempo no avanzaba, pero el agua no se detenía y yo me estaba quedando sin aire, estaba...

Los ojos de la ladrona buscaron la botella de vino; una mirada fugaz que pedía a gritos un nuevo sorbo, pero Vincent la frenó colocando una mano sobre la de ella para envolverla en un apretón suave; el mismo gesto de antes, solo que en aquel instante no dudó en rodear también su mejilla con la otra mano.

La muchacha inclinó la cabeza de manera sutil para encontrarse con su caricia.

—Siento haber disparado a tu padre. —Ni siquiera sabía por qué había cambiado de tema de manera tan abrupta; sin embargo, al detective no pareció sorprenderle, pues la caricia del pulgar no había cesado.

—Aurora, no...

—Nunca quise hacerlo, solo quería hablar, que me contara la verdad… Con él también sentí que me quedaba sin aire, que no podía respirar; el pecho me ardía y la cabeza no paraba de punzarme. Entonces llegaste tú y solo vi rojo. Estaba tan enfadada…

—¿Sigues estándolo?

Aurora se mordió el labio inferior; no sabía qué decir o qué sentía con exactitud. Lo había estado; descubrir que Thomas había tenido algo que ver con sus padres, que había sido el responsable…

—No lo sé —respondió ella después de que el detective le liberara el labio con el pulgar—. Tampoco sé si merece la pena.

—¿A qué te refieres?

—Tendría que contarte la historia desde el principio para que lo entendieras.

—¿Quieres hacerlo? —Aunque Vincent se moría de ganas por conocerla y entender por qué había llegado al orfanato, no la presionaría. Prefería que fuera ella quien deseara contárselo y que ese muro entre ellos dejara de existir.

La mujer volvió a respirar hondo; le costaba hablar, sobre todo cuando se trataba de dejar libres aquellos recuerdos que cerraba con llave justo para que no le hicieran daño. Pero lo que comprendió en aquel instante fue que, si quería que el miedo dejara de paralizarla, debía enfrentarse a él expresándolo en alto y abriéndose por completo.

9

Desde el instante en el que Aurora se había dejado caer en el sofá, con las piernas flexionadas, como los indios, Sira no dudó en acostarse en el hueco que se había formado. Giró un par de veces sobre sí misma, tratando de encontrar la posición más cómoda, y apoyó la cabeza en su muslo mientras cerraba los ojos.

La ladrona esbozó una sonrisa diminuta, tierna, y contempló el collar de diamantes incoloros. La había echado de menos y, aunque le había dolido separarse de ella, siempre supo que estaría en buenas manos, segura.

Empezó a acariciar el pelaje oscuro y la gata ronroneó en respuesta. El detective se acercó con la botella de vino y las dos copas vacías, y las colocó en la mesita auxiliar para después sentarse él también, a su lado y con el torso dirigido hacia ella. Habían decidido continuar la conversación allí con el propósito de estar más cómodos.

—Me asustaba la idea de morir. —Antes de adentrarse en su vida, necesitaba acabar de explicarle cómo había sobrevivido y qué había hecho durante los seis meses siguientes hasta ese día en que el destino los había vuelto a juntar—. Así que traté de calmarme, de respirar, y me di cuenta de que, hasta que la presión del interior del coche no se igualara con la del exterior, jamás conseguiría abrir la puerta.

—Y para igualarla... —intervino Vincent, aun conociendo la respuesta.

Ella asintió de manera leve y bajó la cabeza para admirar a una Sira que dormía plácida en su regazo.

—Tenía que esperar hasta que el coche estuviera totalmente inundado; solo así lo conseguiría. Aunque no pasó mucho tiempo, porque el agua no dejaba de subir... Recuerdo que fueron segundos, y cuando inspiré el aire que quedaba... Me prometí mantener los ojos abiertos —murmuró, e hizo una breve pausa mientras alzaba la mirada de nuevo. Vincent la observaba atento, con la expresión seria y la mandíbula en tensión—. Funcionó, pero ni siquiera me había dado tiempo a salir cuando la corriente ya estaba arrastrándome. Sentía que los pulmones me ardían, que de un momento a otro todo el esfuerzo habría sido en vano. No estoy segura de cuántos segundos pasaron, pero... Conseguí llegar a la superficie y lo primero que vi fue...

—Nada —completó el detective, porque él recordaba la oscuridad de aquella noche, el negro destrozando cualquier rastro de luz, el miedo al no poder ver nada. Jamás olvidaría el sonido de la corriente o de sus gritos desesperados, que habían partido el cielo en dos. Todavía recordaba cada sensación, pensamiento, el ruego por que Aurora apareciera—. Estaba muy oscuro.

—Me costó orientarme —añadió ella—. No veía el puente ni en qué dirección debía ir, pero no quería que el agua siguiera arrastrándome, así que nadé con la esperanza de dar con algo a lo que pudiera sujetarme. Al final conseguí salir pasados unos... minutos, tal vez. Me topé con una rama gruesa y trepé como pude, y solo cuando noté que había salido del agua volví a respirar.

—¿Por qué Grace me dijo tan convencida que no habías sobrevivido?

—Ya te he dicho que no lo tenía planeado. Por poco...

—No lo digas —la interrumpió frunciendo el ceño. No quería volver a escucharlo—. Es que... La reacción de Stefan fue... Los segundos pasaban y seguía sin haber rastro de ti. Romeo tampoco quería creérselo, y luego Grace tuvo que arrastrarlos porque no querían marcharse. Actuó con indiferencia, y eso fue lo que me extrañó, si es que ella lo sabía.

—Hablé con Grace un día después de volver; aquella noche que llamé a tu puerta y me abalancé sobre ti había estado antes con ella tomando unas copas. Me dijo entonces que se había especializado en Medicina forense y, entre risas, simplemente hablamos de que si alguna vez necesitaba desaparecer o fingir mi muerte, ella me ayudaría. Nunca pensé que una semana más tarde Howard Beckett me descubriría, así que aproveché la caída del puente. Después de salir del agua...

—Fue culpa mía.

Las palabras habían salido atropelladas interrumpiéndola. Habían permanecido atascadas en la garganta de Vincent durante demasiado tiempo y sentía que, si no se lo decía en aquel instante, no sería capaz de hacerlo.

—Beckett no tendría que haber aparecido y fue culpa mía que perdieras el control del coche. Estaba oscuro, no se veía nada y me acerqué demasiado a ti. Se produjo un pequeño choque, creo que solo fue un roce, pero a esa velocidad... Todo sucedió tan rápido que cuando comprendí lo que había pasado ya estaba en la orilla gritando tu nombre. Estuve a punto de lanzarme para buscarte, pero entonces llegaron Grace y tus amigos. Y tú seguías sin aparecer. Recuerdo que fueron los minutos más...

La voz se le entrecortó y no pudo evitar que un suspiro denso se le escapara, pero lo que hizo que se quedara sin respiración fue notar que los brazos de Aurora lo rodeaban por los hombros. Había inclinado el cuerpo hacia él y le ofrecía un abrazo delicado, suave, que le aseguraba que estaba ahí, a su lado, y que no volvería a marcharse.

Sira se quejó con un ronroneo grave, pero volvió a calmarse mientras se acomodaba de nuevo sobre las piernas de su dueña, quien se mantenía en la misma posición: sin separarse del detective, sobre todo porque él estaba devolviéndole el abrazo. Las manos grandes acaparaban el largo de la espalda y solo hacía falta un movimiento para que ella acabara otra vez a horcajadas encima de él. Sin embargo, ninguno de los dos se movió y dejaron que el latido de ambos corazones se acompasara.

Aurora le acariciaba la nuca hundiendo los dedos en el pelo; tras unos segundos, dijo:

—Cuando salí del agua lo primero que hice fue esconderme. No quería arriesgarme a que alguien me viera, y menos sabiendo que la policía estaba allí. Y solo cuando me sentí segura empecé a caminar para alejarme del lugar. Todavía era de noche y seguía teniendo la ropa mojada, el frío... Aunque nada de eso me importaba. Conseguí llegar a una estación de servicio y recuerdo ver un reloj que marcaba las 3.47 de la madrugada. Llevaba dos noches sin dormir y aquella se había convertido en la tercera. El dependiente no dejaba de mirarme, solo al principio, porque me escondí en el baño y me pasé allí minutos, los suficientes para que posara su atención en otra cosa. Me cambié de ropa y me fui sin que él se diera cuenta, como si nunca hubiera entrado.

—Eres una ladrona —murmuró él, y la caricia de los labios provocó en ella cosquillas suaves sobre la base del cuello. Aurora sonrió inclinándose un poco más hacia su cuerpo y notó los brazos de Vincent aferrársele alrededor de la espalda—. Supongo que nunca se deja de serlo.

—¿Ahora te parece bien que robe? Que yo recuerde tenías la misión de atraparme.

—Lo hice.

—Por poco. —El tono de diversión no desaparecía, tampoco la que se reflejaba en ambas miradas, aunque no pudieran verse, pues el detective no parecía tener la intención de liberarla y la tentación de ella por subirse a su regazo no dejaba de crecer. Aurora soltó el aire despacio y apartó el rostro—. Creo que...

—Nunca dejarás de huir de mí, ¿verdad? —preguntó Vincent sin romper la unión de los brazos. No había sido ningún reclamo, tampoco se mostraba enfadado ni receloso. Sus ojos de color miel seguían arrojando ese sentimiento que envolvía a la ladrona de joyas en un abrazo cálido.

—¿Te parece que tengo intención de huir? —El detective no respondió y lo que hizo en su lugar fue agarrarla por debajo de la rodilla para pasar su pierna por encima de él y colocarla a horcajadas. Sira abrió los ojos ante el movimiento brusco y maulló en protesta mientras abandonaba el regazo de su dueña—. La has enfadado.

—Siempre lo he pensado —contestó él ignorando al animal—. Cuando pasamos la primera noche juntos, en casa de mi padre, y a la mañana siguiente apareció Beckett... No pude evitarlo; imaginé que de un momento a otro te escaparías y no te volvería a ver. Tuve la misma sensación en República Dominicana, y se intensificó aquella noche cuando te llamé para saber cómo estabas. Te noté tan extraña que me asusté, sobre todo cuando me hablaste de cómo te trataban en el orfanato y me contaste que no sabías pronunciar bien...

Aurora apartó la mirada; no había dejado de morderse el interior del labio mientras se resistía a pellizcarse otra vez la piel de las manos. Daba igual cuántas veces tratara de superarlo, imaginarse lo que podría haber sido de su vida siempre conseguía que el pecho se le encogiera. Había habido ocasiones, sobre todo durante las primeras semanas, en que la joven ladrona había deseado acurrucarse en la cama y que el tiempo avanzara sin ella.

—¿Por qué te asusta tanto? —decidió preguntar Aurora tras el silencio momentáneo. No se le pasaba por alto la caricia que Vincent le ofrecía; había deslizado una mano por debajo de su camiseta y trazaba círculos perezosos con el pulgar—. ¿Qué ha pasado durante estos meses?

—¿A qué te refieres?

—Ya lo sabes. —La distancia entre los rostros era mínima, como si los labios estuvieran tentando al beso que la ladrona y el detective necesitaban—. Dijiste que habías vuelto a respirar al verme... ¿Qué has querido decir con eso?

—¿Por qué reaccionas así? —respondió él, consciente de que había empleado su mismo proceder: lanzar otra pregunta a la ya formulada—. ¿Tienes miedo de lo que pueda llegar a decirte?

—¿Tanto te afectó saber que no volverías a verme?

La sonrisa diminuta del detective desapareció en ese instante, igual que la caricia del pulgar, aunque no quitó la mano de su cintura.

—¿Quieres saber si me he pasado los últimos seis meses pensándote sin parar? ¿Que te diga que no me veía capaz de avanzar porque aún podía sentir tu tacto sobre la piel? —Con la simple mención, colocó la otra mano en su cintura dejando que los dedos se hundieran justo en la curvatura—. Una vez te dije que me quemabas y lo decía en serio, Aurora. Me quemas. Y estos meses han sido un infierno sin ti, porque tu recuerdo me dolía. ¿Es eso lo que querías escuchar? Me asusta la idea de que te vayas porque no quiero volver a pasar por lo mismo, porque me importas y no soportaría que te pasara algo malo o que te hirieran… —confesó, y afianzó un poco más el agarre que la mantenía prisionera encima de él—. Hace tiempo que dejé de verte como a una ladrona.

—¿Y cómo me ves? —susurró ella a la vez que trataba de ignorar la cercanía de ambos cuerpos, sobre todo la caricia de sus manos, pues variaba la presión con la que seguía tanteándole la piel. Intentaba respirar con calma, pero era difícil cuando el calor empezaba a concentrarse entre los muslos—. ¿Cómo me ves ahora?

Vincent entreabrió la boca a la vez que alternaba la mirada de los ojos verdes de Aurora a sus labios.

—Veo a una mujer que se ha levantado tras cada caída y que ahora no deja que nadie la derrumbe; que sigue sufriendo en silencio, pero intenta buscar la manera de vencer sus miedos. Veo a alguien que ha cometido errores, pero no se esconde tras ellos ni refleja una imagen que no le corresponde. —La caricia, que hasta ese momento era firme, se suavizaba a cada palabra que pronunciaba—. Me imagino el motivo por el que decidiste empezar a robar o unirte a esa organización; la vida te ha tratado mal y te determinaste a responder porque no ibas a rendirte sin más. Eres una mujer sin escrúpulos; sin embargo, caminas sobre una escala de grises. No quiero ignorar los crímenes que hayas cometido, pero desde que me has permitido conocerte, aunque sea un poco, he visto a una mujer que no teme ningún enfrentamiento por aquellos a los que quiere, que no pone en peligro a inocentes y no roba a los necesitados. Mantienes tus objetivos claros y luchas por lo que quieres. Puede que seas la ladrona más buscada y que no te tiemble el pulso a la hora de actuar, aunque eso no esconde tus virtudes. A pesar de la faceta fría y oscura que proyectas siempre, desprendes calidez, Aurora.

Las palabras de Vincent provocaron una pequeña brecha en la fortaleza de la ladrona de guante negro, un rayo de luz que surgió de la pared de sombras que la rodeaba, pues el detective había conseguido traspasar los obstáculos y ver más allá.

Aurora no sabía qué decir, aunque su rostro expresaba lo que su interior era incapaz de transformar en palabras. Jamás le habían dicho nada semejante, quizá porque nunca se lo había permitido a nadie, y no podía parar de repetirlo en su mente: «Desprendes calidez». Siempre había considerado que el negro era el color que la representaba; no existía otro, se sentía cómoda con aquello que simbolizaba: poder, fuerza, autoridad, elegancia... Pero estando junto a Vincent esa luz que él decía que desprendía no la repugnaba, como pensaba que haría.

—Has dicho que, si yo no hubiera sido policía —continuó él, sabiendo que ella no respondería; la conocía bien—, habríamos acabado en el baño de aquel club, y luego cada uno habría seguido su camino. ¿Crees que me habría conformado con una sola vez? ¿Lo habrías hecho tú?

—¿Tan irresistible te consideras?

El detective esbozó una sonrisa a la vez que dejaba escapar un sonido divertido. Levantó una mano para apartarle el mechón negro del rostro y colocarlo detrás de la oreja.

—Habló la que ha dicho que concede noches mágicas.

—Mágicas no; inolvidables.

—¿Por eso pronuncias mi nombre en sueños cada vez que acabamos de follar y te duermes rendida?

—Yo no hago eso.

—Admítelo: te dejo hecha polvo —rectificó él sin esconder la sonrisa—. Y como no te basta con eso, lo continúas en sueños y me nombras en susurros para pedirme que no me detenga, que necesitas más.

Aurora se mordió el labio inferior, pero el agarre no duró demasiado; el detective lo liberó con el pulgar mientras aprovechaba para rodearle la mejilla con la mano. Se dejó caer contra el respaldo del sofá, ya que lo que quería era que la ladrona notara el deseo que había despertado entre ambos.

—Te lo diré una vez más: yo no hablo en sueños.

—Tampoco pasaría nada si lo hicieras, sobre todo cuando vas pasada de copas. Estás muy graciosa cuando empiezas a hablar sin pensar y te cuelgas de mí para que te abrace.

Llegó el turno de que Aurora esbozara una sonrisa incrédula mientras ambos recordaban aquella noche. Ella no pasaba por alto el brillo un poco más oscuro que en aquel instante traslucía la mirada de Vincent, tampoco la caricia a lo largo de la cintura desplazándose con suavidad por la espalda tras bordear la prenda inferior de encaje. Asimismo, se había percatado de la posición algo más cómoda que el detective había adoptado buscando que ella se encajara para incitar el roce entre las pelvis. Se trataba de la misma postura a la que se habían rendido en el cuarto de baño: la favorita de ambos, al parecer, ya que era la única que conseguía que Vincent se hundiera por completo en ella.

—Espero que no me hayas grabado.

—No necesito grabarte para recordar cada momento que hemos pasado juntos —respondió él mientras dirigía las manos a sus caderas y la persuadía para que iniciara un balanceo suave. Aurora separó los labios de manera inconsciente al notar la dureza, que permanecía escondida en sus pantalones, mientras arqueaba la espalda. La envolvía un cúmulo de sensaciones que no era capaz de frenar ni controlar. El apetito había despertado y ninguno parecía estar dispuesto a pasar hambre.

—¿Recuerdas estos momentos también? —preguntó la ladrona sin detener el balanceo mientras variaba la presión del roce. Se tomaba el tiempo necesario para que el deseo se encargara de nublar los sentidos del hombre que tenía debajo de ella, quien buscaba besarla como fuera—. ¿Cada vez que nos hemos besado?

—Los recuerdo como si hubieran sido ayer.

La lujuria en los ojos de Aurora se intensificó.

—¿Has sentido por alguien más de lo que sientes por mí ahora?

—No sabía que te preocuparan mis relaciones anteriores.

De repente, Aurora detuvo el movimiento de las caderas, aunque no se separó del detective ni un centímetro; le acariciaba la mandíbula con los labios, provocándolo. Él frunció el ceño al notar que el deseo se detenía sin motivo.

—No me preocupan —aseguró la ladrona.

—¿Y por qué paras?

—¿Te refieres a esto? —Aurora sabía cómo jugar; era una maestra en ese campo y Vincent lo sabía mejor que nadie, pues esbozó una sonrisa divertida al notar que volvía a mover las caderas sobre él: una sola vez, una sola caricia que le supo a poco—. Quiero saber si soy la única.

—¿Por qué? —Con las manos aferradas a sus caderas, el detective trató de moverlas de nuevo, pero en aquel instante la fuerza de Aurora era muy superior a la suya y no fue capaz de remediar la quemazón que empezaba a recorrerlo entero—. Nunca te he dado motivos para estar celosa.

—Hablas como si fuésemos pareja.

—Que yo recuerde, lo fuimos.

—No una oficial.

Vincent entrecerró la mirada. Tenía una vaga idea de adónde se dirigía la conversación, pero necesitaba estar seguro, así que no se lo pensó dos veces cuando, de un movimiento rápido, tomándola desprevenida, hizo que la espalda de Aurora impactara con suavidad sobre el sofá mientras él se colaba entre sus piernas y presionaba su punto más sensible. La ladrona dejó escapar un leve jadeo sin poder evitarlo.

—¿Qué me estás proponiendo exactamente? —preguntó él en un susurro que recorrió el cuello de Aurora, haciendo que ella se excitara y se abriera un poco más de piernas. Vincent lo notó al instante y siguió presionando ese punto, pero sin moverse, tal como ella había hecho segundos antes—. ¿Que seamos pareja?

—Te quiero para mí.

Solo cuatro palabras, pero hicieron que al detective se le acelerara el pulso.

Esperó a que se explicara o a que le dijera más, aunque en el fondo sabía que la ladrona de guante negro era un ser de palabras escasas y ese día ya había dicho demasiado. Así que la besó sin que le importara nada más, dejando a un lado el juego de las caricias y los roces provocativos. Necesitaba sentirla y perderse en el calor de su cuerpo; bajó una mano solo para tirar del borde de la camiseta y despojarla de ella.

Empezó a repartir besos por el pecho, entre los senos, y no tardó en llevarse un pezón a la boca mientras Aurora se retorcía y dejaba escapar soniditos que lo encendían por momentos. Pero seguía sin ser suficiente; el aroma de su piel conseguía llevarlo al límite de la cordura y estaba seguro de que, si no se unía pronto a ella, reventaría.

La misma sensación que notaba la ladrona: el calor

agolpándose entre los muslos, en su interior, exigiendo liberarse. Condujo las manos hacia abajo, acariciando los brazos fuertes de Vincent con el propósito de liberarlo, pero el detective ya se había anticipado a su deseo y no tardó en ponerse de pie para acabar de desnudarse por completo. Volvió a ella un segundo más tarde; los labios se unían de nuevo mientras la agilidad de él se encargaba de deslizar por las piernas esbeltas la última prenda que la cubría.

El gemido de Aurora acaparó sus sentidos cuando él introdujo un par de dedos por su cavidad y se percató de la humedad que lo recibiría en unos segundos. Bombeaba con no demasiada fuerza, sin dejar de besarla, mientras notaba que su mano lo rodeaba con infinita delicadeza para acabar de estimularlo. La deseaba. Solo a ella. A nadie más. No quería tocar ningún otro cuerpo ni besar otros labios que no fueran los suyos. No le importaba que Aurora perteneciera al bando contrario donde regía la oscuridad, tampoco que un año atrás se hubiera prometido capturarla. Nada importaba cuando lo único que deseaba era estar con ella, porque se había dado cuenta de que la necesitaba.

—Tengo los condones en el cajón del baño —susurró con la respiración entrecortada. Odiaba detenerse, que el deseo se enfriara, pero no podía obviar su obligación de protegerse—. Ahora vuelvo.

La ladrona se relamió los labios al sentir que su mano la abandonaba, pero asintió con la cabeza mientras se erguía con los codos y observaba el cuerpo desnudo de Vincent ponerse de pie. No apartó la mirada ni un momento. Él tampoco lo hizo cuando regresó con el preservativo entre los dedos mientras lo rasgaba para deslizarlo despacio por su longitud, consciente de que estaba haciéndole esperar. Sonrió ante el pensamiento, ante la sensación que todavía latía en él. «Te quiero para mí». El calor se incrementaba y la impaciencia por unirse se apreciaba a cada segundo que transcurría.

Vincent volvió a ella, a la calidez que emanaba de su cuerpo, y, sin pronunciar una palabra, la agarró de las caderas para llevarla a su encuentro. Con las rodillas flexionadas y ligeramente separadas, acarició la humedad de su entrada con el largo de la erección; a pesar de la urgencia, de la necesidad que los envolvía, quería tomarse el tiempo de disfrutarlo, de que ella también lo sintiera, de confirmar lo que le había dicho antes.

—¿Acabas de decirme que soy tuyo?

Pero, antes de que la ladrona contestara, el sonido de una llamada entrante arruinó el momento haciendo que el detective maldijera en voz baja; los músculos del cuerpo se tensaron mientras dejaba escapar un suspiro en señal de frustración.

Decidió ignorar la llamada tras ver de quién se trataba, pero la vibración que se notaba en la pequeña mesa al lado del sofá no ayudaba en absoluto. Frunció el ceño y no tardó en apoderarse de la boca de Aurora para besarla con fuerza; el roce entre ambos sexos persistía, pero se veía incapaz de continuar si no zanjaba el asunto en aquel instante.

—Voy a apagarlo —susurró cerca de sus labios.

—¿Quién es?

—Jeremy, mi compañero.

—Contesta.

—Puede esperar.

—Si es una emergencia y no contestas, ¿sería capaz de presentarse aquí? Porque como venga y no le abras la puerta... —Vincent chasqueó la lengua y no hizo falta más respuesta que aquella para confirmarlo—. Contesta —insistió Aurora una vez más.

—No tardaré —respondió a la vez que se erguía para

bajarse del sofá; sin embargo, la ladrona no se lo permitió y se agarró más fuerte—. ¿Qué...?

—Tendrás que disimular bien, porque no pienso esperar un segundo más. Ahora responde antes de que vuelva a llamar.

Al detective siempre le había parecido excitante jugar durante el sexo; le gustaba experimentar y, a veces, se atrevía a dejarse llevar al aire libre, cuando las ganas superaban a la parte racional. Pero lo que Aurora le estaba pidiendo en aquel instante superaba cualquier escenario.

Alargó el brazo después de inclinar el cuerpo hacia delante, haciendo que la ladrona cerrara los ojos por un instante, pues el simple movimiento había provocado que se apretara contra ella. Con el móvil en la mano, volvió a la posición inicial mientras contemplaba cómo sus manos pequeñas lo dirigían a su entrada.

—Déjame a mí —susurró ella.

Vincent aceptó la llamada un segundo antes de que Jeremy colgara. No apartaba la mirada de Aurora: seguía acostada en el sofá, con las piernas abiertas para él y la melena esparcida de manera caótica. Apoyó la mano libre en su cadera y no dejó de contemplar cómo esta se movía hacia él. No dudó en empujar despacio, dejándose controlar por ella, mientras trataba de prestar atención al relato de su compañero al otro lado de la llamada.

—¿Dónde cojones estás? —preguntó Jeremy algo alterado—. Llevo toda la mañana tratando de localizarte y por fin contestas. ¿Ha pasado algo?

—Nada, es que... —Pero la voz se esfumó cuando Aurora hizo que se saliera para que pudiera hundirse de nuevo, tan despacio como la primera vez—. ¿Es importante? —Trató de que el jadeo no lo delatara, incluso aguantó la respiración unos segundos mientras se concentraba en lo que fuera que le estuviera diciendo Jeremy.

Pero las caderas de Aurora se movían tan despacio, tan… Tensó la mandíbula sin querer; notaba el cuerpo rígido, sobre todo cuando sus manos se encargaban de sacarlo para que volviera a hundirse en ella con la misma lentitud. Sabía que no aceleraría el ritmo hasta que la llamada no acabase, pero…

Se equivocó.

Aurora empezó a moverse más rápido, lo suficiente para que él quisiera lanzar el móvil lejos y centrarse de nuevo en lo importante, sobre todo cuando sus ojos verdes seguían mirándolo con deseo.

—¿Me estás escuchando? —rugió Jeremy, cada vez más impaciente—. ¿Estás corriendo o algo así?

«Algo así».

Vincent se relamió los labios y se dio cuenta de que había sido un error contestar. Se agarró más fuerte a su cintura y detuvo cualquier movimiento, aunque sin separarse de ella. Se encontraba todavía en su interior mientras contemplaba el desconcierto y un leve enfado en el rostro de Aurora.

—Jer, me pillas ocupado ahora mismo. Tengo que ir a un sitio y no he podido avisarte antes. Después hablamos, ¿vale?

Ni siquiera le permitió que contestara cuando ya había colgado la llamada. Entonces empezó a moverse con fuerza, sin un rastro de la delicadeza que había prevalecido antes; había agarrado la cintura de Aurora con las manos y no había dudado en adentrarse robándole un gemido que atesoró en la memoria. La espalda de la ladrona se arqueaba con desesperación mientras movía la pelvis a cada empuje del detective, en completa sincronía, a la vez que se acariciaba a ella misma.

Aurora sentía que ya no podía más, que las fuerzas la abandonaban mientras el calor no dejaba de acumulársele dentro. El estudio de Vincent se había rendido al sonido que el choque de los cuerpos producía, junto al de los jadeos y la respiración acelerada.

Se deseaban, no podían ni querían ocultarlo. Se habían dedicado palabras que nunca imaginaron que fueran a decir en alto, y no perdían ni un solo instante en entregarse de nuevo, como si su objetivo fuera repetir su primera vez.

No obstante, en el fondo sabían que se avecinaba una tormenta y que pronto tendrían que hacer estallar la burbuja en la que se habían adentrado.

10

La noche había caído como una lluvia de verano: inespe-
rada y tranquila. Las últimas luces habían desaparecido y
Aurora se percató de ello al acostarse bocabajo en la cama
de Vincent mientras admiraba lo que sucedía más allá de
las cortinas.

Esperaba a que el detective saliera de la ducha. La ladrona había sido la primera en hacerlo después de haberse
pasado la última hora y media entre sus brazos; habían
dejado que el agua templada los envolviera mientras el
cuerpo de Vincent la acorralaba con la intención de perderse en ella una vez más. Esbozó una sonrisa tímida, pequeña,
al recordar lo que había sucedido allí: sus brazos fuertes la
habían apresado mientras sus labios se ceñían sobre los de
ella, protagonizando otro beso igual de potente que les había hecho soltar varios gemidos.

No podían parar; bastaba una mirada para que el deseo
volviera a florecer, una caricia inofensiva para frenar cualquier conversación y dar paso a un roce mucho más decidido, el que los hacía enterrarse en la piel del otro. Entre ellos
no existían los besos delicados o tiernos; la manera que la

ladrona y el detective tenían de besarse aceleraba el pulso y provocaba incendios, sobre todo cuando la pasión se intensificaba y daba lugar a que se arrancaran la ropa.

Aurora soltó el aire despacio mientras cerraba los ojos y los abría de nuevo tras unos segundos: un método que era eficaz en algunas ocasiones para calmar lo que empezaba a hormiguear en su interior. No dejaba de preguntarse qué tenía el detective que lo convertía en una necesidad, que despertaba en ella un instinto que nunca había experimentado: era la primera vez que sentía celos por un hombre, que le pedía que solo se dejara tocar por ella. Un instinto de posesión, de dominio, que colocaba al detective junto a ella, como una pareja.

«Te quiero para mí».

Se mordió el interior del labio cuando notó que el pecho volvía a vibrar ante esas palabras. Habían pasado unas pocas horas desde aquella conversación y aún quedaba pendiente retomarla, igual que varios asuntos más. La ladrona debía plantearle la situación a Vincent y lo que necesitaba para que pudiera continuar con la búsqueda de la Corona de las Tres Gemas.

En un instante el silencio volvía a ser protagonista; el detective había cerrado la llave de la ducha y en unos segundos abriría la puerta. Ella continuaba tendida en la cama, bocabajo y de espaldas al resto de la estancia, mientras contemplaba el cielo oscuro y las tres o cuatro estrellas que se distinguían en él brillando de manera tenue.

Oyó los pasos despreocupados que se acercaban a ella. Estaba segura de que Vincent no tardaría en decirle algo. Podía imaginarse su sonrisa debido a la imagen que le estaba ofreciendo: la espalda desnuda, aunque con algún que otro mechón húmedo acariciando la piel, mientras movía los pies en el aire con las rodillas flexionadas. Lo único que la cubría eran unas bragas negras que había encontrado en su cajón de los días que había convivido con él: ropa interior y algunas prendas de estar por casa.

De pronto, notó que la recorría un escalofrío.

—He echado de menos esto —murmuró Vincent con la voz ronca mientras hundía la cama con su peso y se acercaba a ella; depositó en su espalda un beso delicado, que duró segundos, dejando que la ladrona notara la caricia de su nariz subiendo hacia el cuello—. Prométeme que no te irás por la mañana sin avisar —susurró para luego acostarse a su lado. Le dio igual la toalla en la cintura o las gotas que se resbalaban y mojaban la cama; empezó a trazar caricias lentas con la punta de los dedos—. No me gustaría despertarme y no verte a mi lado.

En realidad, lo que él temía era que estuviera tratándose de otro sueño. Habían pasado doce horas desde su reencuentro y no quería plantearse la posibilidad de que todo fuera una alucinación. Frunció el ceño ante el pensamiento; el cuerpo de Aurora era real, su esencia estaba allí, igual que el brillo de sus ojos.

—¿Seguirás siendo real cuando despierte? —añadió él en un susurro, incluso frenó la caricia en la espalda, aunque no apartó la mano de su piel. La duda saltaba de un hombro al otro y no podía evitar que el miedo hiciera acto de presencia.

La respiración de Aurora se detuvo un segundo y su respuesta fue darse la vuelta para buscar la mirada insegura del detective, quien continuaba observándola en silencio, esperando a que contestara.

—Ven aquí —pronunció ella a la vez que apoyaba la espalda sobre las almohadas apiladas.

Vincent obedeció mientras contemplaba sus brazos ligeramente abiertos, comprendiendo su propósito. Un segundo después colocó la cabeza sobre su pecho desnudo, cerca del corazón, mientras se acostaba sobre la mitad de su cuerpo dejando que las piernas se entrelazaran a su voluntad. El latido provocó que entrara en un estado de paz y cerró los ojos sin querer, sumiéndose en el ritmo tranquilo y acompasado, sobre todo cuando la caricia de Aurora se adueñó de sus hombros, de la nuca y del largo de la columna.

—No te lo conté porque necesitaba que el mundo se lo creyera, que a Beckett no le quedara ninguna duda; tampoco a Smirnov, que tenía que ver que mi muerte te había afectado. Necesitaba que cerraras de una vez el caso y pasaras al siguiente. Lo discutí con Grace varias veces; quería contártelo, estar de nuevo con Sira... Pero ella no daba su brazo a torcer y yo acabé aceptándolo porque nunca dejarías de ser un policía.

—¿Lo piensas de verdad? —preguntó él—. ¿Que te habría traicionado para llevarte delante de Beckett?

—Lo creía al principio, pero me convenciste de que podía confiar en ti.

—Puedes.

—Pero aquella noche volví a oír las sirenas de la policía. Luego apareciste tú y un segundo después lo hacía el inspector, y sentí que todo lo que habíamos vivido ya no importaba, que había sido un juego para ti.

—Aurora...

—Te di motivos para enfadarte; le había hecho daño a tu padre y estabas en todo tu derecho. Aunque nunca quise que pasara, al menos no físicamente. Yo solo... —Hizo una pausa breve para respirar y continuó cuando sintió el roce de su pulgar en el brazo, una caricia ínfima—: Más tarde comprendí que tú no los habías llamado, que había sido Jeremy, pero yo ya había decidido no volver a contactar contigo; habían pasado semanas y lo más sensato era que cada uno continuara con su vida.

—¿Lo más sensato?

Aurora notó que sus hombros se volvían rígidos; entonces, comprendió que había tomado aquella decisión sin pensar en el detective, sin contar con su opinión. A pesar de lo que había sucedido aquella noche, se había apartado de él aprovechándose de su «muerte». Ni siquiera habían tenido la oportunidad de hablar, de aclarar por qué se había enfrentado a Thomas.

Repasó la respuesta en su cabeza antes de pronunciarla en alto, pues no quería que Vincent pensara algo que no era:

—Tú lo dijiste una vez: «Nuestro fin es inevitable» —murmuró ella mientras volvía a iniciar la caricia por su espalda—. Dos desconocidos que viven en mundos incompatibles. Tu misión desde el principio siempre fue atraparme y lo único que te retenía era tu padre. Ahora la situación ha cambiado. No puedo dejar que me descubran... Ya no es como antes, cuando podía salir a plena luz del día sin preocuparme; tampoco me importaba que nos vieran juntos, pero ahora...

—He salido en las noticias —la interrumpió Vincent como si lo lamentara—. «El agente de policía que ha acabado con la ladrona de guante negro».

—Un descuido y se acabó.

—¿Y ahora qué va a pasar?

—¿Entre nosotros? —preguntó ella, aunque supiera que la duda del detective había ido por ese camino—. Yo también te he echado de menos —confesó en un susurro tímido. No estaba acostumbrada a las muestras de afecto ni a las declaraciones espolvoreadas con azúcar; sin embargo, comprendía que, en aquel momento, él necesitaba escucharlo—. Y mañana cuando despiertes seguiré aquí, en tu cama. No sé lo que pasará entre nosotros. Tú sigues siendo detective y se supone que yo he muerto, y mientras esto siga así... Te prometo que lo hablaremos cuando todo acabe.

Vincent levantó la cabeza solo para encontrarse con la mirada de Aurora, que estaba sumergida en una tranquilidad profunda. En sus rasgos había seguridad, decisión, y pudo darse cuenta de a qué se refería: la ladrona de guante negro no había dejado de liderar la búsqueda de la Corona de las Tres Gemas.

Recordó lo que había pasado en el banco dos semanas atrás, el laberinto sin salida en el que se había metido y la incursión en la cámara donde su padre había escondido el cofre. No podía haberse tratado de nadie más. Había sido una Aurora disfrazada de Benjamin Barlow quien había abierto el cofre para descubrir el paradero de la tercera gema. Y estaba seguro de que, a esas alturas, ya la habría encontrado.

—Sigues buscando la Corona.

—Nunca he dejado de hacerlo.

—¿Cómo supiste cuál era la caja de seguridad?

—Stefan lo descubrió mientras nosotros aún seguíamos en República Dominicana. No tardó en suponer el motivo que llevaba a tu padre a hacer una visita al banco al menos una vez por semana, teniendo en cuenta que se volvió un poco paranoico con este tema. Tardamos poco en averiguar cuál era su caja de seguridad; solo tuvimos que entrar en la base de datos del banco y buscar su contrato.

—Y ahí te diste cuenta de que yo también tenía autorización para abrir la caja.

—Era más fácil disfrazarse de ti que de tu padre; a él lo conocen.

—¿Y la implicación de Benjamin Barlow? ¿Lo hiciste para confundirme más?

Aurora se quedó mirándolo unos segundos, levemente

desconcertada, aunque no tardó en recordar aquella conversación en la que le había explicado por qué siempre se hacía pasar por personas cuyo nombre y apellido empezaran por la misma letra. «Una manía, a lo mejor, desde que me infiltré por primera vez». En ocasiones la ladrona olvidaba que tenía ese hábito.

—Él fue una distracción, y es lo mismo que hago con la policía para ganar tiempo —respondió Aurora—. Yo no quería…

La risa suave del detective inundó el espacio haciendo que la ladrona se quedara en silencio.

—Aquel día no entendí nada, y cuando di con ese gilipollas y me dijo que nunca había entrado al banco… Tuve que convencerme de que tú no habías tenido nada que ver, de que era imposible. Supongo que tendría que haber indagado más, haberte buscado, pero me doy cuenta de que habría sido un error, porque es verdad lo que dices: la situación ha cambiado y no voy a dejar que nadie te encierre o se permita el lujo de hacerte daño.

—¿Es una promesa?

—Las promesas implican despedidas —respondió Vincent; de pronto una sensación amarga se adueñó de él—. No quiero prometerte que no vaya a pasarte nada, Aurora; lo hice una vez y después tuve que ver cómo tu coche se hundía. Lo que trato de decir es que, como alguien te ponga una mano encima, no le bastará el mundo para esconderse, porque pienso acabar con él.

El brillo en los ojos verdes se intensificó y la respuesta de la ladrona fue abalanzarse sobre los labios de Vincent, quien no pudo evitar echar el cuerpo hacia atrás debido a la fuerza con la que ella se había impulsado. Se sentó de nuevo a horcajadas sobre él mientras tiraba de varios mechones cortos y se apoderaba de su boca. Su confesión la había excitado y no quería controlarse escondiéndose de ese deseo que había vuelto a despertar.

Vincent Russell era suyo, de nadie más, y no tardó en dejárselo claro cuando deslizó la mano entre los cuerpos para rodearlo con una mano y proporcionarle ese placer que solo ella podía darle.

La sonrisa que surgió en el rostro de Aurora indicaba lo que iba a suceder a continuación, y el detective se rindió a ella por completo.

Otra vez.

Y todas las veces que estarían dispuestos a soportar: en cada rincón de ese estudio o cada vez que el deseo despertara para compensar aquellos meses que habían estado separados.

El reloj acababa de marcar la medianoche y la ladrona y el detective seguían acostados en la cama; las sábanas habían quedado enredadas entre las piernas, tapando alguna que otra zona de los cuerpos abrazados, mientras él dibujaba círculos imperfectos en la espalda desnuda de Aurora, que había apoyado la cabeza en su pecho y le rodeaba el abdomen con el brazo.

En ese instante les importaba poco recordar su verdadera naturaleza; habían pasado de ser desconocidos a dos personas que se habían reencontrado, a pesar de los meses, debido a ese destino que los miraba satisfecho, como si su trabajo allí hubiese acabado.

Vincent y Aurora eran pareja, o así era como ella lo había dejado caer. No habían retomado aquella conversación; de hecho, habían saltado de una a otra durante el transcurso de ese día, aunque permitiéndose el debido tiempo para que Vincent se enterrara en ella cada vez que el deseo así lo requería.

Todavía quedaban dudas que aclarar y varios asuntos por cerrar, pero en aquel momento, cuando ambas miradas contemplaban el silencio de la noche, ninguno de los dos deseaba interrupción alguna.

—¿En qué piensas? —preguntó Vincent en un susurro.

—En que hoy es cinco de abril. —Él frunció el ceño, algo desconcertado, y antes de preguntar qué tenía de especial, la ladrona añadió—: Es mi cumpleaños.

Aurora cumplía veinticinco años ese día y habían pasado veinte desde la muerte de sus padres; un recordatorio de que su cumpleaños no era motivo de celebración. Era mejor dejar que las próximas veinticuatro horas transcurrieran en silencio y sin que les dedicara ningún tipo de atención.

—Nunca lo he celebrado —continuó ella—. Los únicos que lo sabían eran Nina y Giovanni, y él siempre me felicitaba, aunque era consciente de que a mí no me gustaba que lo hiciera. Odio mi cumpleaños porque siempre recuerdo el momento en que llegué al orfanato, a la monja que abrió la puerta... Los niños que llegan sin papeles reciben un apellido común y se les asigna como nacimiento la fecha de la llegada al convento, pero en mi caso... Yo no dejaba de repetir que ese día cumplía cinco años. Es de las pocas cosas que recuerdo, y conviví con ello durante mucho tiempo, porque nunca me interesó saber el motivo que había llevado a mis padres a abandonarme. Aprendí a aceptarlo y me llevó años entender que quizá no era yo la que estaba estropeada, sino ellos. Habían decidido dejarme desamparada y yo jamás les daría la oportunidad de recuperarme.

—¿Qué pasó aquella noche? —preguntó el detective. No detenía la caricia mientras continuaba notando la respiración tranquila de Aurora. Era consciente de que debía ir con cuidado; no quería alterarla y escucharía lo que ella estuviera dispuesta a contar. Necesitaba saber su versión de la historia y qué papel había desempeñado en ello su padre, pues todavía no se había atrevido a contárselo.

—Tu padre tiene un cuaderno que me llamó la atención la primera vez que lo vi. ¿Te acuerdas cuando nos reunimos para descubrir la localización de la Lágrima? —La ladrona alzó la cabeza, rompiendo el contacto, para encontrarse con su mirada. Vincent asintió—. Nunca lo había mencionado antes y yo no quería quedarme con la duda de saber qué contenía.

Lo cierto era que su padre tampoco le había mencionado la existencia de ese cuaderno. Era la primera vez que oía hablar de él.

—Y supongo que se lo habrás robado.

Aurora esbozó una sonrisa triste.

—No creo que «robar» sea la palabra adecuada —respondió ella—. «Quitar», a lo mejor, porque para habérselo robado tendría que haberle pertenecido, y ese cuaderno no era suyo. De todas maneras, les pedí a Stefan y a Romeo que se encargaran de ello; quería una copia, no me interesaba tener el original.

El aire se percibía un poco más pesado, denso; un nuevo silencio volvía a reinar entre la ladrona y el detective, pero no duró demasiado, ya que Vincent no dudó en preguntar aun haciéndose una ligera idea de la respuesta:

—¿De quién era?

—De la persona que contribuyó a mi creación. —A diferencia del tono calmado del detective, aunque el de ella también lo fuera, Aurora reflejó una ironía con la que pretendió agregar diversión a aquella historia. Se estaba protegiendo para que esa conversación no se convirtiera en un altercado del que luego pudiera arrepentirse—. Desde la discusión con Thomas no he vuelto a sacar el tema; tampoco tenía con quién, en realidad. Me he pasado gran parte de estos meses sola por precaución.

—¿Por eso crees que mi padre ha tenido algo que ver? ¿Porque tiene el cuaderno que perteneció al tuyo?

—¿Qué edad tenías cuando falleció tu madre?

El cambio abrupto de conversación hizo que el detective parpadeara.

—Fue a principios del 2004, en enero; yo aún no había cumplido los once... —murmuró, y no pudo evitar acordarse de algo mientras contemplaba el rostro pasivo de Aurora.

Tras la muerte de su madre, motivo que había empujado a su hermana a estudiar Medicina, su padre no había vuelto a ser el mismo, sobre todo aquel año. Se había encerrado en él porque no se perdonaba no haber sido capaz de hacer frente a las facturas del hospital.

Layla tendría unos siete años, a punto de cumplir los ocho, y recordaba aquella semana, pocos meses después del fallecimiento de su madre, en la que Thomas los había dejado con la abuela con la excusa de que esta los echaba de menos, pues la madre de Thomas no vivía en Nueva York, sino en otra ciudad.

—El 5 de abril de 2004 entré en el orfanato y mis padres murieron. Tres muertes —susurró, aunque no estuviera refiriéndose a ella—. Mi madre estaba embarazada cuando la asesinaron.

Las facciones de Vincent se endurecieron; respiraba despacio, sin dejar de mirarla, mientras la imagen de una niña de pelo negro y ojos verdes aparecía delante de él: una chiquilla con el rostro húmedo debido a las lágrimas incontrolables; las rodillas en el suelo, implorando que su madre acudiera a su rescate.

—Aurora, yo...

—Te niegas a creer que tu padre haya sido capaz de hacer nada, ¿verdad?

—Es que... Joder. —Se llevó las manos a la cara para frotarse el rostro mientras dejaba escapar un suspiro largo—. Es mi padre. Necesito pruebas, hablar con él, que me explique cómo encontró ese cuaderno.

—Me lo confesó aquella noche, antes de que tú vinieras. Yo tampoco quería creerlo, y cuando me planté delante de él... No lo negó. —Las palabras salían vacías y desde hacía segundos su mirada se había perdido. Recordaba a la perfección aquel momento: el miedo que Thomas había mostrado al ser descubierto, las palabras convertidas en puñales que se habían dirigido al corazón de Aurora, el dolor que le había supuesto descubrirlo. La ladrona volvió a levantar la mirada para encontrarse con la de él—. No sé si tu padre mató a los míos, pero estoy segura de que algo tuvo que ver.

Vincent no sabía qué decir ni qué hacer. El tono frío de la ladrona, la indiferencia que había reflejado al decir lo último, daba a entender que debía escoger bando entre su padre o ella, como si acabara de establecer fecha para la inminente batalla y precisara saber de qué lado se pondría el detective.

—Antes de que tomes cualquier decisión...

No obstante, se quedó callado cuando vio que la ladrona abandonaba la cama y se ponía de pie. Desnuda, tras encender la lámpara y que la cálida y suave luz se apoderara de la estancia, como el fuego al crepitar, se puso una de sus camisetas.

—Continúa. No quería interrumpirte —aseguró echándole una última mirada para luego dirigirse a la cocina.

Vincent no dudó en ir tras ella. Le dio igual cubrirse y avanzó despacio por el estudio bajo la atenta mirada de

Aurora, que estaba apoyada contra el borde de la encimera mientras se llevaba un vaso de agua a los labios. Él apoyó una mano a cada lado de su cuerpo y se inclinó con suavidad hacia delante dejando varios centímetros entre los rostros.

—Me gustaría que me avisaras antes de hacer cualquier movimiento —pidió él en voz baja mientras la contemplaba con seriedad.

—No voy a hacer nada.

—Aurora, por favor —replicó el detective. Quiso decir algo más, tratar de apaciguar el sentimiento que debía de estar consumiéndola, pero la mano de ella rodeándole la mejilla frenó cualquier propósito. Un segundo después comprendió su respuesta.

—No busco vengarme de tu padre. Solo quería contártelo, que entendieras por qué reaccioné como lo hice —explicó mientras dejaba el vaso en la mesa.

—¿Estás segura? Podría hablar con él, averiguar qué ocurrió, encontrar al responsable.

—¿Y de qué me serviría? Han pasado veinte años. No recuerdo nada de mis padres, ni cómo eran ni los momentos felices. Y tampoco es mi intención averiguarlo, porque nada conseguirá traerlos de vuelta.

Una vez que Aurora se enteró de la verdad, que seguía velada para ella, había transcurrido un tiempo prudencial hasta que llegó a esa conclusión. Habían sido muchas noches sin dormir, deseos de volver al pasado y cambiar el curso de la historia, de odiarse a sí misma.

—De acuerdo —aceptó Vincent en un murmullo, cerca de sus labios. Aprovechó para juntar las frentes y de esa manera terminar la conversación—. Vamos a la cama.

A la ladrona no le hizo falta asentir cuando notó que sus manos la alzaban de manera ágil; rodeó su cintura con las piernas mientras lo abrazaba, consciente de que seguía desnudo. Un instante más tarde, el detective la dejó caer con suma delicadeza mientras se acostaba junto a ella y la instaba a que volviera a colocar la cabeza sobre su pecho dejando que las piernas se entrelazaran una vez más.

Dejó escapar un suspiro largo; el latido de su corazón conseguía tranquilizarla y no pudo evitar cerrar los ojos al notar la pesadez sobre sus párpados, como si se hubiera quitado un peso de encima.

—Buenas noches, Aurora —pronunció Vincent con suavidad, y la ladrona se acurrucó aún más contra él, dejando escapar un ruidito como respuesta.

A pesar de lo que le había confesado, el detective percibía su respiración sosegada y la calma que la envolvía. No podía quitárselo de la cabeza. «Mi madre estaba embarazada cuando la asesinaron».

Si su padre había participado de cualquier manera en semejante atrocidad, él quería saberlo.

11

Notaba que se estaba despertando de un sueño, pero aún quedaban unos minutos para que sonase la alarma, y Vincent dudaba sobre qué mundo pisaba en aquel instante: si el real o si continuaba perdido en el de los sueños.

Percibía algún que otro sonido, aunque no sabía si su imaginación le estaba jugando una mala pasada. Sentía también una calidez acariciándole las mejillas, parecida a cuando los rayos del sol se cuelan juguetones entre las cortinas, pero tampoco estaba seguro de si esa calidez era real o todavía seguía durmiendo. Entrecerró los párpados con suavidad mientras dejaba escapar un ronroneo involuntario. Estaba despertando y lo primero que distinguió, después de frotarse los ojos, fue el lado vacío de la cama.

El lado de Aurora.

—¿Aurora? —pronunció al instante desperezándose por completo mientras se giraba para buscarla con la mirada. Había acabado bocabajo, como de costumbre, y lo último que recordaba era a ella tendida a su lado; se había escondido en el hueco de su cuello y había pasado el brazo alrededor de su cintura, necesitado de su cercanía. Había sido real, ella se lo había dicho. La llamó de nuevo—: Aurora, ¿estás aquí?

No tardó en ponerse de pie, se colocó el primer bóxer que encontró en el cajón y, cuando quiso pronunciar otra vez su nombre, se percató de que la puerta del baño estaba cerrada y la luz del interior se colaba por la rendija de la puerta. Oyó que tiraba de la cadena y toda la tensión que se le había acumulado en los hombros se disipó en un segundo al verla salir soltando un bostezo.

—¿Qué pasa? —preguntó ella con la voz pastosa. Todavía seguía con su camiseta puesta y la melena le caía enredada por el pecho.

—Nada, me he despertado y... —No quería que las palabras lo traicionaran o que el miedo irracional volviera a apoderarse de él—. ¿Has dormido bien? —Ella se quedó mirándolo sin decir nada; inclinó la cabeza hacia un lado, como tuviera intención de colarse en sus pensamientos—. Estoy bien, ¿vale? —añadió con un aire divertido mientras la rodeaba por la cintura para acercarla a él—. ¿Qué te apetece para desayunar?

Pero la ladrona seguía sin responder, aunque no rechazó el abrazo. Pasó los brazos por detrás de su cabeza permitiendo que los torsos se tocaran. Las manos de Vincent la sujetaban con dulzura; abarcaban también la parte baja de la espalda mientras se permitía dibujar caricias pequeñas con el pulgar.

—¿Tú has dormido bien? —preguntó ella un segundo después.

—No recuerdo la última vez que dormí tantas horas seguidas.

—Y supongo que no habrá sido porque haya pasado la noche contigo, ¿no?

—En absoluto.

—¿Y esta noche seguirás durmiendo igual de bien? —preguntó Aurora, y esbozó una sonrisa torcida, divertida también.

No había reclamo en su voz y él tampoco se sentía incómodo, pues esa conversación le recordaba a las que solían mantener, sobre todo las que habían protagonizado durante el viaje.

—Depende.

—¿De qué?

—De si volverás a dormir conmigo o no —confesó despacio, como si temiera su respuesta, aunque no dudó en añadir—: No estoy diciendo que no pueda hacerlo sin ti, pero me gusta tenerte en mi cama y estas últimas veinticuatro horas han sido... —La caricia se intensificó, igual que el agarre a la cintura—. No nos hemos separado en ningún momento —murmuró, y Aurora entreabrió los labios ante esa afirmación, pues entendió a lo que se refería. De pronto, los recuerdos acudieron a ella y no pudo evitar juntar las piernas con disimulo.

—Supongo que te refieres a cuando me llevaste del sofá a la cama, ¿no?

La sonrisa en el rostro del detective se ensanchó y su inmediata respuesta fue apretarla más contra sus caderas.

—Justo.

Después de terminar la llamada con Jeremy y de lanzar el móvil en algún lugar cerca del sofá, Vincent la había agarrado de las caderas para marcar el ritmo que sabía que la haría rozar el límite. Y no contento con brindarle solo aquella sensación, la cargó sujetándola de las nalgas mientras ella lo rodeaba con las piernas, profundizando todavía más la unión, para acabar en la cama lo que habían iniciado.

—Estuvo bien —se limitó a decir ella, y Vincent arqueó las cejas.

—¿Solo bien? ¿Y qué tendría que hacer para mejorar esa valoración?

—Vincent...

—Dime, Aurora —pronunció cada una de las letras, despacio, pero, antes de dejar que dijera nada, añadió—: Podrías pedirme cualquier cosa y te lo concedería.

—¿Lo que yo quisiera? —preguntó sintiéndose de pronto maravillada ante la declaración, aunque no le hacía falta que se lo jurara, pues sabía que él estaría dispuesto a cumplir cualquier fantasía que ella quisiera—. ¿Sin límites?

—Nunca los hemos tenido.

A Aurora la idea de poner a prueba sus palabras le pareció tentadora, pero no podía permitirse pasar otro día más junto a él; tenía que reunirse con su equipo y pasar a la siguiente fase del plan: utilizar el cofre por última vez.

—Me gustaría, pero... —empezó a decir la ladrona mientras interponía distancia entre los cuerpos—. Tengo que marcharme.

—Lo sé.

—Volveré.

—¿Lo harás?

La pregunta había sonado triste sin que Vincent lo pretendiera. Sabía que volvería, Aurora se lo había asegurado, pero no podía evitar inquirir una vez más.

—Seguimos teniendo una conversación pendiente cuando todo esto acabe, ¿recuerdas?

—¿Y no nos veremos hasta entonces?

—No lo sé —confesó, aunque en el fondo deseaba que fuera más fácil. Dio un paso hacia atrás, pues enseguida se dio cuenta de la presencia de Sira entre sus pies—. ¿Los periodistas siguen detrás de ti?

—¿Viste alguno cuando te acorralé en el callejón y te quitaste el casco?

Aurora frunció el ceño mientras se agachaba y agarraba a su gata en brazos. Se levantó un segundo después para dirigirse a la cocina.

—Tú tampoco me diste opción entre los gritos y que no dejabas de apuntarme —replicó colocándose de espaldas a él para abrir la puerta del armario, donde había visto que Vincent guardaba la comida para Sira.

—¿Me estás culpando de algo?

—¿Sacas el arma cada vez que tienes oportunidad?

—Te saltaste un semáforo, sin tener en cuenta el numerito que montaste para escaparte; mis más sinceras disculpas por hacer mi trabajo. Recuérdame que te deje escapar la próxima vez.

Antes de que la ladrona hubiera tenido oportunidad siquiera para contraatacar, Vincent alzó el brazo para alcanzar la lata de comida y el simple gesto provocó que su cuerpo se pegara a la espalda de ella.

El ambiente se sumió en un silencio tenso, sobre todo porque los cuerpos continuaban cerca. Aurora se mordió el labio inferior sabiendo que no podía verla, y no tardó en responder, aunque en un tono más relajado:

—Te dejé atraparme —confesó ella—. Iba en moto, me habría sido fácil despistarte, pero acabé en ese callejón vacío y sin cámaras. Supongo que... —Pero la caricia que sintió en el brazo, los nudillos de la mano de Vincent, le hicieron aguantar la respiración durante unos segundos. Su toque, ese roce delicado, sutil, conseguía apartarla de su ser racional—. Sabes que tengo que irme —recordó, pero él no parecía tener intención de apartarse.

—¿Qué ibas a decir?

—¿Acaso importa?

—Sí.

Aurora se relamió los labios y cerró los ojos con el objetivo de que su aroma no le calara los sentidos. Vincent despertaba en ella un sentimiento que nunca pensó que conocería, y su cercanía, la delicadeza con la que siempre la tocaba, no dejaba de confirmarlo: necesitaba su tacto, a él abrazándola y rodeándola como si temiera perderla.

—Me dejé llevar —murmuró ella un instante después—. Y debido a eso puede que ahora te haya puesto en peligro.

—No lo sabes.

Esa respuesta consiguió que la ladrona se volviera a él para encararlo.

—¿Cómo estás tan seguro?

Vincent pareció pensárselo y el pequeño momento de vacilación bastó para que Aurora se cruzara de brazos mientras se percataba de la proximidad, de la posición que había adoptado: las manos se apoyaban a cada lado de ella, sobre el borde de la encimera, con el cuerpo levemente inclinado hacia delante. Vincent había creado una jaula con los brazos.

—Porque sabía dónde me metía cuando decidí pactar esa tregua contigo o cuando te dije que te acompañaría para rescatar a Sira. Puse un pie en tu mundo sabiendo el peligro que suponía, y aun así, lo hice. Porque no habría soportado mantenerme al margen mientras tú te enfrentabas a Smirnov —pronunció con la voz ronca, sin dejar de mirarla—. Tú no me pones en peligro, Aurora; la decisión fue mía desde el principio, como ahora.

—Creo que no eres consciente de lo que estás diciendo.

—Mírame...

—Lo hago —lo interrumpió—. Estás traicionando a Beckett y entrar en mi mundo implica que luego no podrás salir de él. Giovanni está en Milán, pero eso no significa que se haya olvidado de tu padre o de ti. Ha ordenado que sigan informándolo, sobre todo cuando el cofre continúa en manos de Thomas. Grace lo mantiene al tanto y él sabe que tú estás al margen.

Vincent arqueó las cejas.

—Giovanni no sabe que sigues viva. —La ladrona negó para confirmarlo—. Pero Grace no le dirá nada que tú no quieras.

—El *capo* no es estúpido; como se entere de que vuelves a estar involucrado empezará a hacer preguntas, y por el momento no quiero que sepa que no morí aquella noche.

—¿Lo dices por Nina?

—Me espero a ver qué hará y, si llega a presentarse delante de Giovanni, no quiero que él le haga sospechar. Hay que tener cuidado con Nina y no debemos perderla de vista.

—¿Sabes dónde está?

—Tenemos localizado a Smirnov, pero ella no está con él. Supongo que se escapó aquella noche, antes de que llegara la policía, cuando Serguei estaba ocupado impidiendo que le hiciera daño a su hermano.

—¿Y si sabe que sigues viva?

Aquella era una pregunta que Aurora se había planteado en repetidas ocasiones; incluso en ese instante, la duda la asaltaba. Si existía la posibilidad de que Nina se hubiera dado cuenta del engaño, ¿por qué seguía escondida? ¿A qué esperaba para acabar de una vez con la ladrona?

—Si lo supiera, ya habría actuado —respondió no muy convencida, aunque trató de que no se le notara—. Nina no es de las que esperan, ella...

En realidad, Nina había esperado al momento perfecto para atacarla. Aurora aún recordaba la noche del robo del Zafiro de Plata: cuando había llegado al punto de encuentro y su compañera había aparecido esbozando una sonrisa afilada. En lugar de sentarse y arreglarlo, había preferido traicionarla aliándose con Dmitrii Smirnov.

«La traición se paga con sangre». Una amenaza que los miembros de la Stella Nera conocían y temían, pues el *capo* no se lo pensaba dos veces a la hora de arrancarle la vida a quien se atrevía a traicionarlo. Pero acababa de cumplirse un año y Nina ni siquiera había recibido un castigo.

—No estábamos hablando de ella, sino de ti —exclamó Aurora con algo de brusquedad. Cada vez que pensaba en lo que había pasado su enfado crecía, igual que la decepción y el pesar—. Me gusta estar contigo y tenerte solo para mí, pero eso no significa que vaya a dejar que vuelvas a implicarte en esto.

—¿Y cómo planeas impedírmelo?

—Vincent...

—¿Sabes? Siempre he sentido curiosidad por saber cómo se pronuncia mi nombre en italiano, supongo que habrá alguna variación.

—Te estoy hablando en serio.

—Y yo también. ¿Ves que me ría? —Y, sin poder contenerse, ambos dejaron escapar una pequeña sonrisa mientras las miradas se suavizaban—. ¿Cómo es mi nombre en italiano?

—Vincenzo —pronunció en esa lengua melódica que deleitó al detective—. ¿Satisfecho?

—Por supuesto, pero lo estaría más si me dejaras ayudarte. Admítelo: trabajamos mejor juntos que por separado y, si quieres encontrar la Corona, porque asumo que ya tienes la tercera piedra, me necesitas, igual que necesitas el cofre para dar con su ubicación. Porque el truco de que Stefan vuelva a hacerse pasar por mí no os funcionará, y lo sabes.

Aurora inclinó la cabeza y, sin apartar la mirada, torció las comisuras de la boca en una mueca para mostrarse en desacuerdo. Aunque el detective tuviera razón, ella ya lo había contemplado.

—¿Crees que no lo sé?

—¿Lo sabes?

—¿Y qué le dirás a Beckett?

—No te preocupes por él.

—Pero lo hago.

—Pues deja de hacerlo.

—¿Y si no quiero? —replicó ella, y antes de que Vincent tuviera la oportunidad de responder, añadió—: Supongamos que accedo a que me ayudes, ¿Beckett no sospechará nada? La Corona podría estar en cualquier parte del mundo y no creo que vuelva a tragarse eso de que te marchas otra vez de vacaciones.

—Aurora...

—Dime. —Era la misma contestación teñida de fanfarronería que él le había soltado antes y que en ese momento la ladrona decidió devolver, aunque en un tono mucho más magnético; sin embargo, no pudo evitar decirle—: Esta es mi manera de demostrarte que me preocupo por ti.

El detective volvió a notar que la calidez lo envolvía como si se tratara de un abrazo al corazón que rara vez experimentaba. Era cierto que las acciones solían pesar más que las palabras, pero en aquel instante, mientras se adentraba en ese color esmeralda, deseó capturar esa confesión para repetirla en su cabeza las veces que quisiera.

—Y me gusta que lo hagas, créeme —respondió en medio de una sonrisa—, pero confía en mí cuando te digo que quiero permanecer a tu lado y ayudaros.

La ladrona necesitó unos segundos para pensárselo, hasta que al fin dijo:

—Está bien.

En la barra de desayuno, con las tazas de café medio vacías, Vincent contemplaba a la ladrona de guante negro mientras ella le contaba cómo había conseguido hacerse con su joya número cuarenta: el broche de oro que contenía la tercera y última piedra que componía la Corona de las Tres Gemas.

El detective había sugerido que la reunión con Grace, Stefan y Romeo tuviera lugar en su estudio para poder estar presente; no había razón para que se mantuviera al margen, así que, después de la llamada entre las dos mujeres, en la que Aurora había explicado por encima la situación, la colombiana aceptó acudir con la exigencia de que ella fuera la que diera el visto bueno.

—No te preocupes por ella, yo me encargo. Lo que pasa es que detesta los cambios de última hora —había dicho Aurora después de terminar la llamada—. ¿Desayunamos?

Y Vincent no dudó en ofrecerle la luna y las estrellas; tal como había hecho con el vino, había descubierto qué café era el que le gustaba más a la ladrona, un *espresso* con una pizca de leche y una cucharadita de azúcar, y no había dudado en preparárselo sin preguntarle siquiera. Sonrió satisfecho al verla sonreír después de que se hubiera llevado la taza a los labios mientras se deleitaba con el sabor. También había llevado a la mesa sus galletas favoritas para después preguntarle si quería algo más.

El destino, que los observaba en silencio, sonrió mientras cataba ese mismo café y se daba cuenta de lo detallista y atento que se volvía el detective cuando su amada estaba cerca.

—¿La joya tiene nombre? —preguntó él aprovechando que Aurora se llevaba una galleta a la boca.

—Diamante de Medialuna.

—Así que la Corona está compuesta por un zafiro, un topacio y un diamante —murmuró, sorprendido, al darse cuenta de que, hasta el año anterior, solo se sabía de la primera gema—. ¿Por qué «medialuna»?

—Me alegra saber que el nombre te gusta —respondió ella sin dejar de sonreír.

—Espera... ¿Se lo has puesto tú?

—Creo que merecía tener uno y que este debía seguir la línea: Zafiro de Plata, Lágrima de Ángel y Diamante de Medialuna —pronunció con orgullo—. Aunque encontrar el diamante fue algo más complicado.

—¿Más que el topacio?

Aurora asintió.

—Solo un poco —admitió—. Imagínanos a Romeo, a Stefan y a mí aterrizando en una ciudad cuyo idioma no hablamos, perdidos y sin saber por dónde empezar. Viajar con ellos ha sido como ir con dos niños que a los cinco minutos empiezan a quejarse por todo.

—Nos lo pasamos mejor tú y yo —aseguró el detective en tono arrogante mientras arqueaba las cejas y sonreía para dar a entender lo que había querido decir—. ¿Qué ciudad era?

—Almería, al sur de España. El problema fue que las coordenadas nos llevaron a un albergue abandonado en medio de la nada, a unos cuarenta kilómetros de la ciudad.

—Un momento —la interrumpió al percatarse de un detalle—. Han pasado unas tres semanas desde lo del banco y el cofre, ¿y habéis tenido tiempo de viajar a España, encontrar la joya y volver en este tiempo? En República Dominicana nos tiramos casi un mes, y eso que está en el mismo continente. ¿Cuántas horas son en avión?

—¿De verdad quieres saberlo? —advirtió la ladrona sabiendo lo que los aviones generaban en él. Al verlo asentir, dijo—: Unas nueve, más o menos.

—Qué bien, muy poquitas —susurró Vincent, con la ironía en su máximo esplendor, mientras se ganaba una sonrisa divertida por parte de Aurora—. A mí no me hace gracia.

—Perdona, es que... —Se puso de pie, con la mirada de color miel persiguiéndola, para abrazarlo por detrás—. Te ves tierno —murmuró cerca del oído, como un susurro que le acarició la piel. Vincent suavizó las facciones del rostro; aún no se había acostumbrado a esa nueva faceta: jovial, cariñosa, expresiva... No obstante, le gustaba, y mucho. La esencia de Aurora seguía ahí, la oscura, la que conocía bien, pero ahora con un toque de luz—. Te habría agarrado de la mano durante el viaje.

—¿Las nueve horas? ¿Sin soltarme?

—Sí.

Aurora apoyó la barbilla en su hombro después de haberlo rodeado con los brazos.

—¿Y qué pasó después?

—¿Te acuerdas cuando nosotros llegamos a Puerto Plata? La estatua del ángel por lo menos nos dio una pista que seguir, pero en este caso... —Se encogió de hombros mientras recordaba el momento con claridad—. Stefan no entendía nada, caminaba en círculos pensando si se había equivocado al apuntar algún dígito de las coordenadas; Romeo trataba de tranquilizarlo, y yo, de brazos cruzados, no dejaba de mirar el albergue medio derruido que, según internet, era un «lugar de interés histórico» —dijo mientras se separaba. Vincent acabó de brazos cruzados y ella volvió a sentarse en el taburete—. Empezaba a creer que, a lo mejor, ese no era el sitio; estábamos en medio del desierto y por allí no pasaba nadie, tampoco había ningún pueblo cerca donde pudiéramos preguntar. Pero entonces me di cuenta de las similitudes entre los dos enclaves.

Vincent no había tardado en llegar a la misma conclusión; sin embargo, no la interrumpió y dejó que ella continuara:

—El albergue también debía de tener su historia, como la

tenía la estatua del *Ángel* de Puerto Plata, aunque también recordé tu teoría sobre que la gema pudiera estar debajo.

—Me equivoqué al final —apuntó Vincent.

—Pero no dejaba de tener sentido: las coordenadas situaban al ángel y, si no hubiera sido por el pescador y su hermana, habríamos acabado moviendo esa estatua. Lo digo en serio.

—Te creo —respondió él esbozando una media sonrisa—. ¿Dónde estaba el Diamante?

Llegó el turno de que la ladrona curvara las comisuras para reflejar lo inverosímil que había resultado el hallazgo del broche de diamantes.

—Debajo de la construcción.

Todavía recordaba las caras de asombro de Romeo y Stefan cuando contemplaron la trampilla escondida debajo del montón de piedras, bajo tierra; el polvo que se había acumulado alrededor, la luz de las linternas alumbrando la puerta oxidada o el candado en las mismas circunstancias críticas. No les había sido difícil romperlo y traspasar la barrera que los separaba del diamante. Aunque lo que más había temido ella había sido contemplar el agujero reducido que conducía a lo que parecían ser unas galerías subterráneas antiguas.

Entre las miradas preocupadas de Stefan y Romeo, Aurora había necesitado unos minutos para ahuyentar los recuerdos que se habían arremolinado a su alrededor, como si las búsquedas de las gemas hubieran sido pruebas hechas a medida.

Durante los minutos en los que los tres habían permanecido en silencio, Aurora no había apartado la mirada de aquel pozo profundo y oscuro; la invitaba a acercarse, como si esa oscuridad le tendiera la mano mientras le susurraba al oído que no tuviera miedo.

—Entraste —murmuró Vincent; no se había tratado de ninguna pregunta, y Aurora asintió con la cabeza de manera débil.

—Había llegado hasta allí y no quería echarme atrás.

A pesar de lo que había vivido, la ladrona de joyas seguía enfrentándose a los obstáculos. Libraba batallas contra sí misma; había perdido la cuenta de las veces que el miedo la había derribado o paralizado y se había apropiado de su mente. Y la entrada hacia esa oscuridad no había sido la excepción.

—Stefan se ofreció a ir delante —continuó ella—. Habíamos formado una fila, con Romeo detrás de mí cubriéndonos las espaldas, y caminamos durante un buen rato. Parecía un laberinto de pasillos anchos y había calaveras incrustadas en las paredes, y un olor que... —Se quedó callada mientras lo recordaba, tratando de encontrar las palabras para describirlo.

Olor a muerte; almas que habían quedado condenadas al olvido, atrapadas en el tiempo, con el aroma a cerrado y la humedad calándose en los huesos.

Continuaron vagando por los interminables pasillos, con Romeo señalizando el camino de vuelta. No sabían adónde se dirigían o con qué iban a encontrarse; no obstante, cuanto más avanzaban, más segura estaba Aurora de que allí debía de encontrarse el tercer corazón de la Corona, como si el fuerte latido estuviera conduciéndolos a su paradero.

No se equivocó.

—Llegamos a una sala ovalada, impresionante; había sillas hechas de piedra que rodeaban el espacio y, en el centro, una plataforma circular con una calavera encima que miraba a un estrado, que no era más que una roca enorme y tallada en forma de mesa, medio destruida también. Aun-

que lo que más me sorprendió fueron los esqueletos sentados cada uno ocupando un lugar; llevaban trapos encima,
como si estuvieran vestidos, y parecía como si... Como si
alguien los hubiera colocado de esa manera.

—También nos encontramos con un esqueleto en la cueva en la que hallamos la Lágrima —recordó el detective, y
Aurora asintió—. ¿Cuántos sitios había en la mesa?

—Uno, y también había alguien allí, aunque más vestido que el resto.

—Parece un juicio para decidir si se vive o se muere
—concluyó él—. El juez en el estrado, el jurado sentado
alrededor y el acusado en el centro suplicando piedad.

Aurora no dijo nada; esa era la impresión que daba, la
que había sentido ella también. Una sensación espeluznante
que les había provocado un escalofrío en la espalda, sobre
todo a Romeo; las películas de miedo no eran de su agrado
y aquella escena parecía sacada de la más terrorífica. En
medio de la oscuridad, no dejaba de apuntar con la linterna
a cada uno de los esqueletos, temiendo que alguien de carne
y hueso apareciera por detrás y los sorprendiera, y cuando se percató de que Aurora se acercaba al más temible, el
que se sentaba en el estrado, el eco de su voz hizo que las
paredes vibraran:

—¿Se puede saber qué haces? Espera, que todavía no
hemos trazado un plan —advirtió Romeo, y a Stefan, a su
lado, se le escapó una risita—. No te rías, que no tiene ninguna gracia.

—¿Te preocupa que aparezca un fantasma y me torture
hasta matarme?

—¿Eres tonto? —replicó el joven francotirador apuntándole con la linterna—. No los convoques, y menos a
los...

Pero lo que había hecho que aquella sala acabara por

estremecerse fue el susurro de la ladrona, que había acariciado el cuello de su amigo. Sin advertirlo de su presencia, se había acercado con cautela y había murmurado su nombre en un tono más grave, aterrador, haciendo que Romeo prorrumpiera en un conjunto de insultos y maldiciones mientras se agarraba el corazón con una mano, pues con la otra se había aferrado al brazo de Stefan sin darse cuenta.

El espacio, a pesar de la muerte que se respiraba en la sala, quedó inundado de las risas de los otros dos.

—Muy bonito por vuestra parte; casi se me sale el corazón, un poco más y habríais tenido que ir a buscarlo, par de idiotas. —Las risas continuaron, aunque más suaves, pues Romeo tenía un sentido del humor que era difícil de obviar. Cuando se dio cuenta de que aún seguía agarrado a su compañero, como si la vida le fuera en ello, se separó sintiéndose de pronto tímido—. Encontremos la joya de una vez y vayámonos.

Después de murmurar una disculpa, todavía sonriendo, la ladrona se dirigió al juez sin vacilar, pues la vocecilla de su interior le había susurrado que se olvidara de los miembros del jurado, que un tesoro como la joya que contenía la tercera gema debía guardarlo alguien con poder. A esa misma conclusión llegaron también los dos muchachos, que se mantuvieron cerca de ella mientras alumbraban.

—Espera —pronunció Vincent interrumpiéndola—. ¿A Romeo le gusta Stefan?

—Al revés. A Stefan le gusta Romeo desde hace tiempo, pero no se lo dice porque piensa que echaría a perder la amistad que tienen —explicó ella—. Cuando vengan no te quedes mirándolos, ¿vale? Sobre todo a Stefan, que se da cuenta y odia sentirse presionado.

—¿Lo has hablado con él alguna vez?

Aurora no respondió y aprovechó el silencio para llevarse la taza de café, ya frío, a los labios y acabar con el último sorbo. La ladrona era observadora; le gustaba fijarse en los detalles cuando nadie parecía estar prestando atención: los gestos en el rostro; el significado de cada mirada; las palabras, que a veces daban a entender otro… Se entretenía pensando teorías, aunque no siempre las corroboraba, pues no le gustaba meterse en la vida de los demás, como tampoco que lo hicieran con la suya.

Nunca había hablado con Stefan respecto a lo que sucedía con su corazón, y no lo haría a menos que él sacara el tema, porque sabía cuánto detestaba los consejos no solicitados.

—Yo creo que es algo más complicado que no se resuelve teniendo una conversación. Stefan no acepta opiniones a no ser que las pida, y cuando lo haga dudo mucho que acuda a mí —explicó ella, y Vincent enseguida comprendió por qué; no dijo nada más, se limitó a asentir y la instó a que continuara—. En cuanto a la tercera gema… La encontramos escondida en una bolsita de tela, encajada entre las rocas por debajo de la mesa. Tuvimos que mover el esqueleto para hacerlo. Romeo ni siquiera se atrevió a acercarse.

Vincent esbozó una pequeña sonrisa al imaginarse la escena.

—¿Pasó algo más? ¿Apareció alguien?

—No —aseguró, y ambos recordaron lo que había sucedido con Sasha y sus hombres—. Con el broche de diamantes a salvo, volvimos a colocarlo todo en su sitio y nos fuimos por donde habíamos llegado. Al día siguiente por la mañana ya estábamos subidos al avión para volver a Nueva York.

—¿Por qué no a Milán? ¿No tendrían que presentarse ante Giovanni?

Aurora negó.

—Giovanni ha dejado la búsqueda de la Corona en manos de Grace, y ella pidió que Romeo y Stefan la ayudaran. Ellos solo aceptaron cuando descubrieron que yo estaba bien. Volverán a Milán cuando encontremos la pieza que falta.

—¿Y tú?

La muchacha se dio cuenta de lo que había querido decir en realidad, la pregunta que se arremolinaba en la cabeza de Vincent: ¿qué pasaría una vez que completaran la Corona de las Tres Gemas? La ladrona de guante negro había muerto, su título había quedado sepultado bajo los miles de noticias que se habían publicado desde su accidente. Aunque lo deseara, Aurora no podía volver a esa vida.

—Ya te lo he dicho: lo hablaremos una vez que todo esto acabe.

Vincent no dijo nada más ni volvió a insistir; en su lugar, apoyó la mano sobre la de ella con suavidad dejando que una caricia delicada respondiera por él. No podía forzar esa conversación cuando ni siquiera sabía lo que pasaría con su puesto. Había descuidado sus responsabilidades, la obligación que había adquirido con la ciudad; las palabras de Grace volvieron a aparecer en su cabeza: «Tendría que haberse mantenido al margen o haberla esposado cuando tuvo oportunidad, ser un verdadero policía».

Un policía de verdad la habría dejado inconsciente en el pasillo del museo, la habría esposado sin que nada importara y habría recuperado el Zafiro de Plata de sus manos. Un policía como él no habría caído en ninguna de sus trampas ni aceptado tregua alguna, y mucho menos se habría acostado con ella; tampoco habría arriesgado su vida ni confesado que, en realidad, Aurora le importaba y que la consideraba su compañera.

Un policía de verdad la habría traicionado a la primera oportunidad que hubiera tenido. Pero él no había hecho nada de eso, ya que existía una razón que explicaba su comportamiento: Vincent Russell se había enamorado de Aurora.

Se había enamorado de su mente, de su inteligencia, del carácter que había construido su personalidad; se había rendido a ella y lo había hecho con fuerza, sin esperárselo siquiera, con ese tipo de intensidad en la que el arrepentimiento no tiene cabida. Un amor que lo quemaba, pero no cuando la tocaba o cuando estaba a su lado, sino cuando no la tenía cerca; los meses en los que había creído que no volverían habían sido un infierno para él.

El detective se había enamorado de la ladrona de guante negro y no se marcharía de su lado a menos que ella se lo pidiera.

12

El timbre sonó una vez y su cántico se expandió por el espacio como una canción estridente.

Aurora hizo el amago de levantarse, pero Vincent se adelantó a ella y, tras dedicarle una mirada divertida, abrió la puerta segundos más tarde para encontrarse con las tres personas a las que creyó que jamás volvería a ver.

Tras un breve saludo los hizo pasar haciéndose a un lado, y el primer comentario, como era de esperar, fue de Stefan:

—Pero bueno, ¿qué tenemos aquí? Menudo pisito de soltero. —Era la primera vez que el italiano contemplaba el estudio por dentro, y no se alejaba de lo que se había imaginado: decoración industrial, alguna que otra pared vestida de ladrillos, el negro y la madera que predominaban, y las pocas plantas que otorgaban el toque verde—. Me gusta. —La mirada siguió vagando mientras Aurora se acercaba a Grace para saludarla y Romeo entablaba conversación con el detective. Entonces, los ojos de Stefan se detuvieron en un rincón que le llamó la atención—: ¿Eso se lo has comprado tú? —preguntó a la vez que se aproximaba a la torre donde una Sira despreocupada se encontraba tendida sobre la plataforma más alta—. Qué detalle por tu parte. Aurora nos dijo que Sira estaría en buenas manos, pero no creí que fueras a comprarle un palacio. Ahora no querrá irse nunca de aquí.

El detective arqueó las cejas y no pudo evitar fijarse en la ladrona, quien no había pasado por alto el comentario de Stefan.

—¿Cuánto hace que sabes que está aquí conmigo? —preguntó Vincent. Su voz no reflejaba enfado, sino interés, pues podía intuir la respuesta. Esa gatita lo era todo para Aurora, y no la habría dejado en unas manos en las que no confiara.

—Esa misma noche, horas después del accidente, cuando llegué a casa de Grace y lo primero que hice fue averiguar dónde estaba Sira.

—Y supongo que no te la llevaste porque necesitabas que tuviera una razón más para creer que sí habías muerto; sé lo importante que es ella para ti y, si la gata hubiera desaparecido de un día para otro, habría sospechado.

—¿Estás enfadado?

—No, Aurora, no estoy enfadado —dijo haciendo énfasis.

Stefan carraspeó y se colocó al lado de Romeo a la vez que Aurora abría la boca para responder. La colombiana, de brazos cruzados, miraba curiosa a la pareja mientras discutían como si los tres miembros de la organización no estuvieran; era la primera vez que los veía interactuar y lo que ella se había imaginado distaba mucho de la realidad. Supuso que se toparía con un ambiente rígido, cargado de tensión, teniendo en cuenta que la ladrona lo había engañado durante meses. En lugar de eso, estaba presenciando una pelea sin importancia y estaba segura de que, en cuanto se marcharan, Aurora y Vincent retomarían el propósito de acabar en la cama y arrancarse la ropa.

—¿Ustedes acabaron de discutir? —intervino Grace segundos más tarde mientras se percataba de que Stefan se había sentado a la isla de la cocina con una cerveza en la mano. Había abierto la nevera sin pedir permiso, sintiéndose como en casa, y no reparó en el ceño fruncido que su compañero le dedicaba a pocos metros—. ¿Y tú qué? ¿Te has dejado los modales en casa?

—Quería amenizar la espera mientras papá y mamá pelean.

—¿Bebiendo alcohol desde por la mañana?

Stefan se encogió de hombros, se llevó el botellín a los labios para darle un pequeño sorbo y contempló por el rabillo del ojo cómo Romeo se sentaba a su lado, indiferente, mientras la ladrona y el detective se acercaban. Entre los cinco formaron un círculo alrededor de la isla.

—Hay café, por si alguien quiere; el agua está en la nevera, y supongo que una cerveza no vendría mal, pero ya veo que te has adelantado —pronunció el detective con los ojos puestos en Stefan, quien sonrió alzando su bebida, como si fuera a brindar. De hecho, esos botellines llevaban semanas escondidos en la nevera. Vincent se había olvidado de ellos, pues, a cada día que pasaba, notaba que recuperaba el control y ya no escuchaba la voz molesta de la bebida llamándolo—. Como si estuvierais en vuestra casa.

Stefan arqueó las cejas sin apartar la mirada. Hubo algo en el tono de Vincent que no le gustó; sin embargo, no dijo nada. En el ambiente se respiraba una tensión extraña, que provenía del italiano, y Romeo se percató de ello; lo había hecho incluso antes de entrar en el estudio del policía. Stefan llevaba días con esa actitud arisca; desde que habían vuelto de España se había mantenido distante, perdido en algunos pensamientos que se negaba a compartir.

Romeo decidió que se lo preguntaría más tarde. Lo conocía bien y sabía que él no iniciaría la conversación; que Stefan se abriera y explicara qué pasaba por su cabeza era igual que obligar al verano a que dejara caer unos cuantos copos de nieve del cielo despejado.

—¿Te ha molestado? —respondió Stefan señalando la cerveza—. No quería interrumpir la pelea y, dado que has tenido la amabilidad de invitarnos a tu casa, pensé que no habría problema.

—No nos estábamos peleando y, como ya he dicho antes, no hay problema.

—¿Seguro?

—Stef —intervino Romeo a su lado, y buscó algo de ayuda en la mirada de la ladrona—. Creo que ya vale, ¿no? Hemos venido para hablar de la Corona. Deja ya el temita de la cerveza.

Stefan se volvió hacia él con la intención de responder, pero antes de que pudiera hacerlo, la voz tranquila de Grace resonó en una amenaza clara y directa:

—Otra mención más a la condenada cerveza y se quedan fuera de la misión. A ver cómo se lo van a explicar al jefe, de seguro que le encantará saber que sus hombres se comportan como dos *pelaos* —aseveró la líder, y Vincent esbozó una sonrisa sin querer, pero en aquel instante a la colombiana no se le escapaba ni una—: No crea que usted está a salvo, detective. Accedí a reunirme en este lugar, pero está loco si supone que le dejaré participar. Usted se queda fuera, ¿estamos?

La miró sorprendido mientras llegaba el turno de que Stefan sonriera divertido. Nadie estaba a salvo de Grace.

—Ahórrese la mirada, que no pienso cambiar de opinión —continuó ella—. ¿Hace falta que le explique la diferencia? Usted es el policía y nosotros los delincuentes. Somos como el agua y el aceite; no se les puede mezclar. Y si el jefe estuvo de acuerdo en su día, eso ya se acabó. Así que, con esto ya aclarado, pasemos al primer y único punto de esta reunión: el cofre.

—Por eso has aceptado venir aquí y que yo esté presente —respondió Vincent. Los demás continuaban en silencio—. El cofre sigue en el banco y mi padre ha rogado que se refuerce la seguridad para que no vuelva a producirse ningún incidente, así que, sin mí, estáis perdidos.

—Se equivoca; en el plan nunca entró que acudiéramos a usted, pues lo habríamos conseguido sin su ayuda, de eso puede estar seguro. Pero no niego que su participación agilizaría el proceso. Y antes de que diga nada —lo detuvo al ver que Vincent pretendía contestar—, me gustaría saber qué gana enfrentándose a sus colegas. ¿Se da cuenta del desmadre que se podría armar? Por no olvidarnos del riesgo al que nos está sometiendo, sobre todo a ella. —Señaló a Aurora con la mano—. Aurora ha dejado de existir para el mundo y así debe seguir.

—¿Crees que no lo sé? —replicó él.

—Me da lo mismo. ¿Cómo me asegura que podrá mantener al inspector a raya cuando sospeche que usted vuelve a estar metido en los asuntos del jefe? O peor aún, si por accidente Beckett descubre que la ladrona de guante negro está viva.

Grace hablaba como si Aurora no estuviera. La líder velaba por su protección y no dejaría que un lío pasajero la llevara a la ruina, pues seguía sin saber lo que sucedía en realidad: no se trataba de ningún romance de una noche, un desliz desatado por la pasión; lo que había entre Vincent y Aurora hacía que el amor suspirara por ellos.

El detective esperó un segundo, se humedeció los labios y dijo:

—Si hubiera querido que Beckett la atrapara, se la habría entregado yo mismo sin pensármelo dos veces —confesó con franqueza. Aurora ni siquiera se inmutó ante aquellas palabras, y permaneció en silencio dejando que continuara—: Igual que habría hecho con vosotros. ¿Qué me impedía aparecer con Beckett en una de las reuniones con Giovanni? Podría haberlo hecho y, sin embargo, vuestra organización sigue operativa. No me hables como si no supiera cómo funciona el mundo. Y me parece que está de más discutir como si Aurora no estuviera aquí.

Grace le regaló una mirada a su compañera, aunque no abandonó su postura: la espalda recta, los hombros echados hacia atrás, las manos entrelazadas y la barbilla alzada de manera leve para ratificar que seguiría teniendo la última palabra. Pero era consciente de que la ladrona lo sabía, y respetaba su puesto; sin embargo, su silencio la sorprendió. Grace se había dado el gusto de conocerla y habría jurado que Aurora no se quedaría callada cuando era de ella, y en su presencia, de quien estaban hablando.

—¿En qué piensas? —preguntó la líder mirándola fijamente.

Los demás pares de ojos se posaron en ella, sobre todo los de color miel del detective:

—A veces reflexiono sobre qué habría pasado si no hubiera aceptado robar el Zafiro de Plata. También pienso en Nina y en lo que hizo, en las razones que la llevaron a traicionarnos. No la justifico, pero he llegado a comprender los motivos, y me pregunto durante cuánto tiempo más habría seguido con la mentira de que todo va bien. En una ocasión me planteé si vale la pena lo que estamos haciendo, si mi ambición es razón suficiente; ya no se trata de entrar en cualquier edificio y robar mientras le echamos un pulso a la policía. Esta corona…

Se quedó callada un instante. No dejaba de mirarse las manos, apoyadas la una sobre la otra en la superficie de mármol. Sentía el repentino deseo de acariciarse la piel del dorso, de pellizcarla, pero se abstuvo. Para cuando quiso continuar y terminar lo que quería decir, notó un roce tímido en el antebrazo.

—Puedes decirlo, no pasa nada. —Era la voz de Stefan, que la miraba con suavidad. Parecía haber dejado atrás la actitud tosca para centrarse en ella. Rompió la unión un segundo más tarde y añadió—: Esta corona ha sido un puto dolor de cabeza desde el principio y ha abierto heridas del pasado que creías cerradas. Si quieres dejarlo, si no quieres volver a saber nada más, nadie te va a decir nada. Antes, que se enfrente a mí.

La ladrona sonrió, conmovida de pronto por sus palabras, mientras Romeo le dedicaba una mirada fugaz a su amigo. Y si Stefan se hubiera percatado de ese gesto, habría visto la sonrisa diminuta que se le había formado en los labios o su intención de colocarle una mano en el hombro.

—¿Te enfrentarías a Giovanni? —preguntó ella.

—Si hace falta, sí, claro. Y Grace me acompañaría, ¿verdad?

La colombiana entrecerró la mirada ante la diversión salpicada en los ojos del joven.

—Ay, pero no me lo puedo creer. ¿Un océano de por medio y sigues teniéndole tanto miedo al jefe que necesitas escudarte detrás de mí? —se burló, y Romeo rompió a reír. Incluso Vincent se unió, más suave; hasta ese momento se había mantenido en silencio—. A mi parecer, Aurora está más que capacitada para defenderse solita y enfrentarse al mundo si le diera la gana.

El detective arrugó la frente y la sonrisa desapareció,

pues opiniones como aquella solo conseguían despertar una necesidad de considerarse invencible y la obligación de llevar una carga sobre los hombros que, tal vez, no le correspondía.

—¿Y eso por qué? —preguntó Vincent, y alzó la mano al percatarse de la intención de Aurora de intervenir. Detestó hacerlo, pero quería que Grace contestara.

—¿Está usted reclamándome algo, detective?

—Para nada, pero sí me gustaría saber qué te hace pensarlo.

—¿Duda de sus capacidades? —replicó la líder. De nuevo, se habían adentrado en otra conversación de tono similar, y aquella pregunta molestó al policía, que endureció la mandíbula sin querer.

—En absoluto. —Vincent siempre la había contemplado como alguien inigualable, incluso antes de que se conocieran, cuando solo su apodo era el que resonaba—. Aurora es de esas personas que moverían cielo y tierra si hiciera falta, pero eso no significa que tenga que hacerlo sola o que no pueda pedir ayuda porque piense que la haría parecer débil.

—No hable si no sabe, que yo no quise decir eso —protestó Grace, y se dirigió a Aurora—. ¿Lo has sentido así?

La ladrona no respondió; se puso de pie para colocarse entre ella y Vincent, y pasó un brazo por los hombros del detective, quien relajó los músculos con su contacto sin darse cuenta. Ese gesto provocó que las miradas se posaran sobre la pareja, en esa muestra de afecto que reflejaba el sentimiento que los unía.

—Hubo veces en las que pensé que lo que quería era tener el mundo a mis pies, sobre todo al principio: cuando cumplí los dieciocho y me creía alguien que no era, capaz de todo, poderosa. Supongo que debo darle las gracias a Nina por abrirme los ojos, porque me he dado cuenta de que solo soy una simple ladrona y de que he llegado hasta aquí porque tenía un equipo que me respaldaba, que me he ayudado siempre. —La caricia en los hombros se detuvo, aunque Aurora no retiró el brazo de donde estaba—. No me ha molestado lo que has dicho, Grace. Y en cuanto a ti... —murmuró bajando la mirada a su encuentro—. Gracias.

Por dar un paso hacia delante, por saltar en su defensa aun cuando sabía que ella era perfectamente capaz de responder, porque hay ocasiones en las que el nudo en la garganta no lo permite, y Aurora había aprendido que no estaba mal reconocerlo o pedir ayuda de vez en cuando.

—Qué bonito —murmuró Stefan de repente, y eso bastó para que Aurora se separara de su compañero y se dirigiera de nuevo a la colombiana.

—Confío en él —añadió Aurora mientras contemplaba los ojos marrones de Grace, más oscuros que de costumbre—. Y no hará nada para perjudicarnos.

—El riesgo es grande —comentó ella.

—Siempre lo es.

—¿Y que esté en ambos bandos a la vez? Eso es jugar con fuego, *mor.*

Aurora, de brazos cruzados, se volvió hacia Vincent y, mientras lo miraba, dijo:

—Yo creo que ya lo ha decidido... O está a punto. —La voz de Aurora fue delicada, suave: la caricia de una pluma sobre la piel del cuello—. Pero no lo admitirá hasta que no tengamos la conversación que le he prometido, y eso solo ocurrirá cuando encontremos la Corona.

Se giró de nuevo colocándose de espaldas a él y buscó los ojos color café de Grace.

—Confía en que todo irá bien —pidió, y notó al instante la mano de Vincent sobre la cadera, apoyada como si estuviera sosteniendo una flor, una rosa que estaba empezando a florecer de nuevo—. Además, a ti siempre te ha gustado el riesgo, no digas que no.

La colombiana sonrió y, con ese gesto, Aurora supo que acababa de aceptar.

—Pues para encontrar la Corona necesitamos el dichoso cofre, que ya me tiene mamada. ¿Qué me dice, detective? —preguntó, y la ladrona se apartó hacia un lado, pero sin romper el contacto con su mano—. ¿Será capaz de engañar a su padre para descubrir la última ubicación?

Ni siquiera fue necesario que Vincent respondiera; estiró la mano en dirección a la líder y esta no dudó en aceptar el apretón.

Quizá encontrar ese tesoro por el que habían muerto sus padres haría que las heridas de Aurora se cerraran de una vez y pondría el punto final a un libro que había permanecido abierto durante demasiado tiempo.

13

Quedaban unas pocas horas para que el día se esfumara y el cumpleaños de Aurora pasara al olvido. «Durante otro año más», pensó ella mientras se sentaba en el sofá y cruzaba una pierna encima de la otra. En cuanto despertara a la mañana siguiente, cuando viera tachado el 5 de abril, sus pensamientos volverían a la normalidad.

Sin embargo, ese último año era diferente a los demás, en ese había vivido demasiadas revelaciones y se habían destapado secretos y confesiones que Aurora nunca se habría imaginado. Y la mayoría tenían en común su fecha de nacimiento. Aunque tratase de recordar lo que se había prometido, no quedarse anclada en el pasado, ese día en especial, cada vez que había desbloqueado el móvil y había visto el número cinco en la pantalla, le había entrado un deseo desmedido de retroceder en el tiempo y descubrir lo que había sucedido con sus padres veinte años atrás.

Se mordió el interior de la mejilla sin darse cuenta y fijó la mirada en algún punto débilmente iluminado del estudio. Ni siquiera se percató de la presencia del detective, que se acercó a ella despacio para sentarse a su lado.

El silencio los acompañó durante unos segundos, hasta que Vincent se movió para que la cabeza quedara apoyada sobre el regazo de ella, con el resto del cuerpo tendido en el sofá, mientras las miradas volvían a encontrarse. Aurora ni siquiera dudó en pasarle los dedos por el pelo.

—Mañana por la mañana llamaré a mi padre —murmuró él, y la ladrona asintió. Había transcurrido menos de una hora desde que los tres miembros de la organización habían abandonado el edificio tras haberse pasado toda la tarde hablando sobre las tres gemas—. Lo más probable es que me reúna con él, así que estaré fuera durante un par de horas. Si quieres quedarte aquí, quédate. Nadie puede entrar y, si alguien toca el timbre, ignóralo.

—¿Y si quisiera salir?

Vincent no reaccionó, la mirada suave tampoco desapareció.

—Sería estúpido por mi parte impedírtelo, ya cometí el error una vez —dijo, y ambos recordaron lo sucedido en la casa de Thomas, cuando todavía eran dos seres tratando de frenar la atracción que sentían—. Hace tiempo que no vives en una jaula.

—Creo que sigo estando encerrada en una —confesó sin querer, un pensamiento que no había querido decir en alto. Se percató de que Vincent guardaba silencio para escucharla. Entretenida mientras le acariciaba la cabeza, continuó—: ¿Nunca te ha pasado que quieres olvidar algo y no puedes, aunque no hayas vivido ese recuerdo?

—Siento algo similar cuando pienso en mi madre. A veces me gustaría olvidar que no está, porque su ausencia nunca deja de doler, pero luego me doy cuenta de que, si lo hiciera, olvidaría también los momentos divertidos o la sensación de cuando me abrazaba para que dejara de tener miedo —respondió dándose cuenta de que la ladrona había detenido la caricia. Alzó la mano y el roce en su mejilla provocó que reaccionara—. Dime qué necesitas.

Aurora alzó la mirada para observar el reloj en la pared. Dos horas más y el 5 de abril desaparecería.

—Estoy bien.

—¿Qué necesitas? —insistió, y ella volvió a enfocarlo.

La ladrona supo, por su voz, que haría realidad cualquier deseo que le pidiera, que bastaría la caricia de un susurro cerca de su oído para que entendiera que lo necesitaba a él.

Sin apartar los ojos, hizo descender la mano libre por su pecho aún cubierto por la camiseta. Vincent no reaccionó, sino que dejó que continuara, y la ladrona no dudó en levantar la tela para acariciarle el abdomen duro, rozando también el límite que marcaba el pantalón.

—Me gustaría que el tiempo pasara más rápido.

—Si lo que quieres es que te distraiga, solo tienes que decirlo —susurró él, y esa voz ronca bastó para que el interior de la ladrona se derritiera—. Podrías pedirme cualquier cosa y lo haría.

Vincent apoyó la mano sobre la de ella e hizo que sus dedos se le marcaran en la piel. Solo hizo falta una palabra por su parte para que el detective uniera los labios en un beso que pretendía ser delicado, pero que acabó desatando el deseo de ambos.

Había ocasiones en las que Thomas Russell se olvidaba de que dejaba el móvil en silencio; odiaba que lo molestaran mientras trabajaba, y, aunque eran pocas las veces, su hijo protagonizó una de ellas. Arrugó la frente cuando oyó el pitido y el posterior aviso de que dejara un mensaje de voz si lo deseaba.

Vincent terminó la llamada y se quedó viendo la foto de su padre en la pantalla.

—No contesta —dijo mientras se acercaba a la cocina y se sentaba a la barra de desayuno todavía mirando el móvil. Aurora acababa de servirle una taza de café y se la llevó a los labios al instante—. ¿Por qué no contesta?

—Estará ocupado.

—¿A las ocho y media de la mañana? Entra a trabajar a las diez.

—Quizá no lo haya oído. Inténtalo otra vez —lo animó, y a Vincent no le hizo falta más para volver a marcar—. ¿Nada? —preguntó un instante más tarde. El detective negó con la cabeza y colgó.

—No lo entiendo.

—A lo mejor no lo oye porque lo tiene en silencio.

—Puede —murmuró él, y se levantó del taburete para acercarse a la ladrona—. Iré a ver si está en casa primero y luego me pasaré por el museo, por si acaso. ¿Te quedas aquí? —Colocó las manos en la mesa, una a cada lado de su cuerpo, mientras se inclinaba de manera leve hacia ella. Aurora entreabrió los labios sin querer; esa posición en concreto, la de sus brazos atrapándola mientras tentaba a que los rostros se acercaran, hacía que sintiera mariposas en el vientre. «Mariposas», repitió en su mente; nunca se imaginó que llegaría a experimentar ese aleteo intenso. Unos años atrás se habría reído ante la sola idea—. Aurora —la llamó el detective, y esbozó una pequeña sonrisa, de esas torcidas que conseguían que los pensamientos de la muchacha se quedaran en pausa, mientras acercaba el rostro despacio; los labios acariciando la mejilla, cerca de la oreja—. ¿Necesitas que te repita la pregunta?

—¿Qué pregunta?

—¿Acabaste satisfecha con la distracción de anoche?

—No me has preguntado eso...

—Entonces sí estabas prestando atención. —La sonrisa en el rostro del detective se ensanchó mientras juntaba un poco más las manos. Aurora notó el roce minúsculo en la piel—. Pero sigues sin contestarme, y las preguntas se van acumulando, ¿sabes?

Movió la pierna derecha hacia delante y el simple movimiento, que rozó la de Vincent, hizo que al hombre se le escapara un sonido gutural parecido a una risa leve, ronca. Ella también quería jugar, dejarse llevar de nuevo.

—Seguiré aquí cuando vuelvas —aseguró. La diversión en los ojos cálidos se suavizó, pues la respuesta de la ladrona había hecho que el pecho de él se calentara—. Y en cuanto a tu otra pregunta...

—¿Sí?

—Hiciste que dejara de pensar.

—Te gustó, entonces.

—¿Qué esperas que diga? —soltó ella en el mismo tono bajo, con la seducción recorriendo cada palabra—. ¿No bastó con que te devolviera el favor?

—Aunque tu lengua me haga ver las estrellas —susurró el detective sin dejar de mirarla mientras colaba una mano dentro del pijama para acariciar su sexo por encima de su ropa interior—, no se compara a cuando estoy dentro de ti y te mueves como a ti te gusta. —El roce del dedo corazón se intensificó; había dado con el clítoris y no dudó en apretar ese punto con suavidad—. Da igual cuántas veces acabe entre tus piernas, Aurora; nunca me bastará.

—«Nunca» es de esas palabras que no se deben usar a la ligera —comentó ella mientras buscaba agarrarse al borde de la encimera. Apretó con fuerza cuando volvió a notar que Vincent la acariciaba de nuevo, aunque sin ir más lejos.

—Lo sé.

—¿Y también sabes lo que significa?

—Que soy tuyo —respondió él con la voz débil.

—Lo eres.

Y esa respuesta, que no sabía que había necesitado escuchar, bastó para que Vincent introdujera un solo dedo por su cavidad mientras la besaba con fervor. No se movió, no hizo nada para satisfacer el creciente deseo que brotaba de Aurora; mantuvo la mano allí quieta, percatándose de que sus caderas empezaban a exigir.

—Aurora —pronunció con la intención de que se detuvieran—. Tengo que ir a buscar a mi padre.

—Entonces... ¿por qué...? —Intentó decir entre respiraciones entrecortadas—. ¿Por qué empiezas algo que sabes que no podrás terminar?

—Te equivocas, amor. —Otro susurro, un poco más denso que el anterior, mientras deslizaba la mano hacia fuera, que provocó que a Aurora le flaquearan las piernas por un segundo. No obstante, él jamás la dejaría caer—. Esto no es nada comparado con lo que tenía pensado hacerte.

Otro susurro, un poco más denso que el anterior y mientras deslizaba la mano hacia fuera, provocó que a Aurora le flaquearan las piernas por un segundo. No obstante, él jamás la dejaría caer.

—No te equivoques, amor.

Aurora se mordió el labio inferior dejando que esa palabra, que ella había pronunciado incluso en un par de ocasiones, aunque en su versión italiana e irónica, continuara rodeándola. Ella nunca había sido de palabras cariñosas ni apodos melosos, el único que permitía era el *principessa* de Giovanni, pero ese «amor» en la voz ronca de Vincent le había generado una sensación indescriptible.

—¿Y qué era lo que tenías planeado?

—¿No te gustaría esperar a esta noche para comprobarlo?

—No.

—Qué impaciente —respondió él, separándose, y ambos notaron de inmediato una corriente helada ante la falta de contacto.

—Nunca me han gustado las sorpresas.

—Tampoco se trata de una —aseguró, y el desconcierto que se dibujó en la mirada esmeralda le despertó ternura—. Lo que digo es que, cuando follamos, me gusta saber que cuento con tiempo para que podamos disfrutarlo bien. Pero, si lo prefieres rápido... Dime, Aurora, ¿cómo te gusta? ¿Lento o rápido?

La ladrona pareció recapacitar mientras lo observaba prepararse para salir. De brazos cruzados, dio pasos cortos y perezosos hasta acercarse a la puerta, donde Vincent ya estaba esperando.

—Dependiendo del sitio —confesó ella sonriendo—. Si hace un año hubiéramos acabado en el baño del club, habría sido algo rápido. Y supongo que habría quedado igual de satisfecha que ayer. Quizá un poco más, porque lo de tener sexo en sitios públicos no es algo que haga a menudo. Le da ese puntito de adrenalina que me gusta.

Esa conversación se estaba volviendo cada vez más interesante. Ya en la puerta, con el calzado puesto y las llaves del coche en la mano, Vincent apoyó la otra en el pomo mientras esperaba su siguiente movimiento. Aurora se detuvo a un paso.

—Pero cuando estamos los dos solos... —dejó caer provocativa— me gusta que sea lento al principio; que te tomes el tiempo para tocarme y luego vayas incrementando el ritmo y se vuelva más y más intenso.

La mirada de Vincent se oscureció, pues recordaba con exactitud lo que había sucedido la noche anterior: las caricias, los besos robados, los gemidos que le había arrancado.

Recordaba cada susurro o cada vez que ella había murmurado su nombre.

—Volveré más tarde —prometió el detective dando por terminada la conversación. No quería arriesgarse a que el impulso de acabar de nuevo entre sus piernas lo domara—. Pórtate bien —añadió, y la respuesta de Aurora fue arquear las cejas—. Y procura que Sira no me arañe el sofá; he tenido que cambiarlo hace poco.

—No me sorprende.

Vincent dejó escapar una risa suave.

—Todavía me maravilla lo parecidas que sois.

Como si la hubiera llamado, la gata se acercó sigilosa, maullando, mientras buscaba la caricia de su dueña. Aurora no dudó en alzarla en brazos; los diamantes de su collar brillaban como nunca, lo que indicaba que el detective se había encargado de limpiarlos.

—Gracias por cuidarla.

—Ella también me ha cuidado a mí.

—Puedes irte ya —murmuró ella segundos más tarde, divertida, tras haberle dedicado una mirada fugaz: seguía con la mano aferrada al pomo de la puerta y la otra en la cadera, y sus ojos reflejaban el deseo de no querer marcharse—. Estaremos bien.

Aurora sabía cuidarse, lo había demostrado infinidad de veces, y el detective también se había dado cuenta de ello, pero en aquel instante lo invadió una preocupación desconocida; no sabía con exactitud a qué podía deberse, pero una ráfaga de intranquilidad lo acorralaba. Una advertencia.

Esbozó una sonrisa, con la intención de esconderla, y, tras una última mirada, junto a la promesa de que volvería para la hora de comer, el detective abandonó el estudio consciente de que no debía echar la llave; tiró de la puerta con suavidad y empezó a caminar por el pasillo en dirección al ascensor. No era capaz de disimular la seriedad en el rostro, tampoco los músculos tensos. La preocupación estaba ahí, caminaba junto a él, en silencio, mientras los diversos escenarios lo asaltaban:

Serguei Smirnov entrando con sus hombres para llevarse a la mujer que había acabado con su hermano.

Howard Beckett, junto a su séquito de policías, poniéndole las esposas y cantando las docenas de delitos de los últimos años.

Su hermana entrando al estudio, con los rusos dentro, y Smirnov esbozando una sonrisa cruel al tener en sus manos otro punto débil del detective.

Aurora acurrucada en el suelo, junto a Sira, y con un charco de su sangre alrededor.

Aurora con una bala en el pecho, sin vida.

«Basta», se dijo tras cerrar los ojos. Con el coche todavía parado, se aferró al volante mientras trataba de deshacerse de esas imágenes, convenciéndose de que no había motivo para que ocurrieran, de que confiaba en ella y en su habilidad para escapar. Frunció el ceño mientras encendía el motor y salía disparado hacia las calles de la ciudad; la ladrona de guante negro no dejaba de ser humana: si la superaban en número o la pillaban desprevenida, la balanza se inclinaría en su contra hasta el punto de caerse.

El motor rugió cuando el semáforo cambió a verde. Quería dejar de darle vueltas, de sabotear la confianza que tenía en ella; sin embargo, no podía escapar de esa preocupación aunque lo intentara. Intentó concentrarse en el tráfico que lo rodeaba y, en ese instante, una llamada entrante se adueñó del vehículo. Vincent contestó pensando que sería su padre.

Error.

—Al fin contestas —reclamó Jeremy—. ¿No ves los mensajes o qué? Faltas al trabajo, intento averiguar dónde estás y si te ha pasado algo, y me dices que me llamarás luego. ¿Luego cuándo? ¿Eh? Me tienes harto, de verdad te lo digo. ¿Dónde cojones estabas ayer?

Vincent tardó en responder; no sabía qué decirle, cómo aplacar el enfado. Era consciente de que estaba actuando mal y de que tendría consecuencias si no pensaba en una excusa lo bastante creíble para que Jeremy se mantuviera quieto.

—Me surgió un compromiso con mi padre y se me pasó avisarte, lo siento. Ya voy de camino a comisaría —mintió—, aunque antes tengo que pasar un momento por su casa para ver si está bien. ¿Qué le has dicho a Howard?

—Te he cubierto; es lo que hacen los compañeros, ¿no? Le he dicho que te dolía el estómago, que algo te había sentado mal. —Aunque Vincent se lo agradecía, se daba cuenta de que esa situación no podía seguir—. Que sea la última vez, ¿me oyes? Beckett no es tonto, y a mí tampoco me gusta estar mintiéndole a la cara cada vez que desapareces y no avisas. Que puedes contarme a dónde vas, ¿sabes? Ya sé lo que pasó la última vez y por eso no confías en mí, pero...

—Jer...

Quiso cambiar el rumbo de la conversación, pero su compañero lo interrumpió:

—Espera, ¿has dicho que ibas a ver a tu padre?

—Sí, ¿por qué? —La preocupación, un nuevo escenario, invadió al detective—. Antes no me ha respondido al móvil.

—Lo estoy viendo entrar —respondió el joven, aunque en un tono más bajo mientras no dejaba de mirar al padre de su compañero cruzar el pasillo.

—¿En dónde?

—¿A ti qué te parece? —Jeremy se contuvo de poner los ojos en blanco—. Tu padre está aquí y me acaba de saludar con la mano —murmuró sin apartar la mirada del hombre, que seguía avanzando con ayuda del bastón—. Acaba de entrar en el despacho de Beckett.

Vincent ni siquiera dudó al cambiarse de carril para girar a la derecha en cuanto vio un hueco por el que colarse. Era inusual que su padre pusiera un pie en comisaría si no era por una emergencia y, aunque lo fuera, Thomas Russell no era de los que se presentaban en lugar de trabajo ajeno; prefería acordar una cita y hablar del asunto con calma.

—¿Vince? ¿Estás ahí?

Volvió a cambiarse de carril con brusquedad, provocando que más de uno apretara el claxon en protesta.

—Gracias por avisarme; voy para allá.

A Jeremy ni siquiera le dio tiempo a decir nada cuando Vincent colgó la llamada y aceleró. Quizá estaba exagerando; la visita de su padre podía ser fortuita; tal vez hubiera ido a buscar al inspector para irse a almorzar. O estaba equivocado y la sensación intranquila solo era producto de su imaginación. Apretó el volante mientras serpenteaba entre algunos coches, acarició el acelerador de nuevo y esquivó el semáforo que acababa de ponerse en rojo.

O quizá la emergencia era real y su padre necesitaba hablar con Beckett. «¿Sobre qué?». No dejaba de repetirse la pregunta mientras intentaba encontrarle una explicación. ¿Por qué justo en aquel instante, cuando había dejado a Aurora sola en casa? Con un ojo puesto en la avenida y el otro en la pantalla del móvil, buscó su número entre los contactos, pero se percató de que Aurora había dejado de existir para el mundo y llamarla ya no era seguro; incluso su número debía de ser otro.

Chasqueó la lengua, bloqueó el dispositivo y volvió a

girar el volante, esa vez hacia la calle que conducía al edificio donde Thomas acababa de sentarse en el despacho de su amigo, con el bastón entre las rodillas y las manos apoyadas, una encima de la otra, sobre la empuñadura.

—Tenemos que hablar —murmuró el inspector, y Thomas trató de acomodarse mejor mientras asentía.

14

Era la decimocuarta vez que Jeremy alzaba la mirada para observar el ascensor cada vez que las puertas se abrían; el único acceso que permitía la entrada a la planta donde estaban el despacho de los inspectores, el del comisario y el espacio diáfano con varias mesas colocadas que utilizaban los policías de rango inferior, las de Jeremy y Vincent entre ellas.

Habían transcurrido doce minutos desde la llamada con su compañero, y él había dado a entender que estaba cerca. Jeremy se sentía nervioso, y lo peor era que no sabía la causa. Era la primera vez, que él recordase, que Thomas Russell hacía acto de presencia en la comisaría sin que su hijo lo supiera.

Levantó una vez más la mirada cuando el sonido de las puertas al abrirse volvió a irrumpir por el espacio. Esperaba que Vincent apareciera; cuando lo hizo, no se sorprendió, sino que se levantó de donde estaba para ir a su encuentro.

—Tu padre sigue con Beckett —murmuró colocándose a su lado y sin dejar de caminar. Quiso decir algo más, pero se interrumpió a sí mismo cuando contempló el cambio físico en su rostro—: ¿Te has afeitado?

—¿No me ves?

—Ya era hora.

Vincent se detuvo en medio del pasillo, a unas puertas del despacho, y dijo:

—Gracias por el cumplido.

—De nada, para eso estamos. ¿Cuál es el plan?

—¿Qué plan?

—Tu padre está con Beckett, ¿qué piensas hacer?

—Entrar ahí y preguntar qué tal les va la vida —respondió Vincent, y se quedó en silencio por un instante mientras contemplaba la mirada hastiada de su compañero—. No hay plan, Jer. Es mi padre hablando con su mejor amigo; lo único que voy a hacer es decirle que para la próxima se digne a cogerme el móvil cuando lo llame, que estaba preocupado —dijo esperando que se lo creyera—. Luego hablamos, ¿vale?

Sin embargo, con esas palabras lo único que pretendía era apagar las ansias de Jeremy por saber, pues los cotilleos lo atraían como la luz a las polillas. Había ocasiones en las que la necesidad de calmar su curiosidad lo superaba por momentos. Vincent esperaba que esa ocasión no fuera una de ellas. Respiró satisfecho cuando su amigo asintió de manera leve y se despidió con una palmada amistosa en el hombro, por lo que el detective reanudó la marcha, despacio, hasta que se acercó al despacho, situado al final del pasillo, lejos de las miradas curiosas, donde Howard y Thomas hablaban.

No quería acercarse demasiado y que lo descubrieran; se mantenía a un paso de la puerta, la espalda pegada a la pared y con la esperanza de oír la conversación.

Nada. Silencio absoluto.

La decepción cruzó la mirada de color miel y Vincent se pasó la lengua por los dientes mientras trataba de pensar cómo acceder sin exponerse. Sabía que, si su padre se había tomado la molestia de ir hasta allí, la conversación debía de ser delicada. «O no», se regañó a sí mismo ante la idea de escuchar a escondidas, pero era la única opción que le quedaba.

Se palpó los bolsillos del pantalón en busca del móvil, pues recordó que había una opción que permitía escuchar a tiempo real a través de los auriculares inalámbricos, aunque el móvil debía estar en la misma habitación, lo bastante cerca del sonido para captarlo. Miró alrededor, como si esperara encontrar una solución a todos sus problemas, delante de él y con la mano extendida, para indicarle el camino. Debía actuar con rapidez; entonces, a lo lejos, se percató de la persona que lo haría posible. «La solución al problema», pensó. El detective avanzaba hacia el agente, de espaldas a él; solía archivar casos en el almacén y hacer copias para el inspector, además de llevarle el café. Ricky. Estaba a unos pasos de alcanzarlo cuando este se giró estremeciéndose. Incluso se llevó la mano al pecho para comprobar que el corazón le siguiera latiendo.

—Lo siento, no pretendía asustarte —se disculpó Vincent mientras lo observaba intentando agarrar mejor la pila de carpetas que sostenía con el brazo—. ¿Estás ocupado?

—Casi se me sale el corazón —murmuró el joven policía, aunque no tardó en recomponerse al ver la seriedad en el rostro de Vincent—. ¿Qué tal, detective? Hace mucho que no le veo.

—Solo falté ayer. —El muchacho se quedó pensando, como si intentara recordarlo, pero Vincent no tenía tiempo que perder—: ¿Qué vas a hacer con esos casos?

—¿Estos de aquí? —Ricky bajó la mirada y los sujetó

un poco más cerciorándose de no haberlos mezclado—. Pues la mitad se van para el almacén, porque ya están resueltos, y el resto se los tengo que llevar a Beckett en cuanto Martínez me entregue un informe que falta. ¿Por qué?

«Demasiado tiempo», opinó Vincent mientras recorría el departamento con la mirada, así que no tuvo más remedio que improvisar.

—Llévaselos ahora y luego yo le daré el informe de Martínez.

—¿Ahora? Pero si está reunido, no creo...

—Sí, con mi padre. ¿De dónde crees que vengo? Beckett me ha pedido que te diga que se los lleves porque necesita comprobar una cosa. Por eso te he preguntado qué ibas a hacer con ellos. ¿Vas a desobedecer una orden de tu superior?

—No, claro que no —respondió el chico, que parecía asustado ante la idea de que Howard Beckett lo reprendiera por no hacer bien su trabajo—. Ahora mismo voy.

—¿Alguno de los informes necesita su firma?

—Eh... Sí, este de aquí. —Alzó la primera carpeta de manera inconsciente.

La suerte pareció sonreírle a Vincent.

—Recuérdaselo. —Una excusa para que Howard no se enzarzara con el pobre muchacho en cuanto pisara su despacho.

Ricky asintió y, mientras volvía a acomodar las carpetas entre los brazos, Vincent no dudó en palmearle el hombro. El joven policía le dedicó una mirada en señal de agradecimiento, como si el detective acabara de salvarle la vida; se guardó las manos en los bolsillos mientras lo veía avanzar hasta el final del pasillo. Vincent se colocó los auriculares mientras se escondía en el baño y, al instante, distinguió la voz de Ricky:

—Señor, lamento la interrupción. Dejo por aquí los casos para que los mire, y recuerde que en la primera carpeta encontrará...

Ricky se quedó quieto, con las carpetas todavía en la mano, cuando la voz grave del inspector retumbó por la habitación:

—¿Quién te ha dicho que pases?

Howard no se andaba con rodeos; el muchacho no había esperado la confirmación tras llamar a la puerta, había abierto sin darse cuenta y no sabía de qué manera encogerse para desaparecer de la mira del inspector.

—¿Ahora resulta que también tengo que enseñaros modales? Hasta mi sobrina sabe que tiene que esperar, y solo tiene seis años —continuó Beckett, a quien le dio igual la mirada de Thomas—. ¿A qué esperas?

—Lo siento, yo...

—Deja los putos informes y lárgate.

—Sí, señor. —La voz de Ricky tembló; odiaba ese tono, pues le hacía pensar que no servía, que era un inútil—. Lo lamento una vez más.

El agente cerró la puerta del despacho y Thomas no pudo evitar aclararse la garganta. El silencio había pasado a ser incómodo, tirante, y el inspector no tardó en responder ante aquella mirada que seguía juzgándolo.

—¿Qué? Ni se te ocurra reprocharme nada; son mis agentes y yo decido cómo enseñarles. Si no me pongo firme, después se rebelan y pasa lo que pasa.

—No te he dicho nada —respondió Thomas.

—Ni falta que hace. ¿A que yo no me meto en tus asuntos?

—¿Quieres relajarte? El chico ha cometido un pequeño error, pero no ha matado a nadie. Una cosa es tener mano dura y otra pasarse de la raya.

—Habló el padre ejemplar, porque tú nunca te has pasado con Vincent, ¿no? Hace lo que quiere contigo y tú sigues permitiéndolo —soltó el inspector sin medir las palabras, y se percató de ello cuando su amigo arqueó las cejas asombrado—. Vale, perdón, no quería decirlo así.

—Pero lo piensas. —Los dedos de Thomas repiqueteaban contra la empuñadura del bastón—. Sé que te preocupas por él y que por eso me has pedido que venga, pero... Está todo bien, ¿vale?

—Y una mierda.

—Howard...

—Este último año ha faltado más que en toda su carrera, no parece ni él. Se escaquea cada vez que puede y nadie consigue dar con su paradero. Por no hablar del mes de vacaciones que me ha pedido, y los posteriores después de la muerte de la ladrona. ¿Qué cojones pasa?

—Me prometiste que no preguntarías.

—Y tú me dijiste que me lo contarías cuando llegara el momento. ¿O piensas que seguiré pasando por alto tu disparo en la pierna? —Howard le echó un vistazo al bastón que su amigo sostenía entre las rodillas—. Me tomas por estúpido, pero no lo soy en absoluto. Que no haya insistido, porque recordemos que tú me lo pediste, no significa que no me dé cuenta de lo que pasa. Y Vincent empezó a cambiar desde la primera vez que mencioné a la ladrona de guante negro. ¿O me equivoco?

—No, claro que no —contestó Thomas—. Era un caso difícil e hizo todo lo que estuvo en su mano para atraparla. Era lo que querías, ¿no? Le dio prioridad y consiguió lo que muchos no han podido durante años.

Hubo un momento de silencio que se adueñó del despacho por completo, denso, deseando explotar. Aunque Vincent no podía verles el rostro, era capaz de imaginarse la seriedad en las dos miradas, sobre todo en la de su jefe, que no dejaba de exigir una explicación. Pero el padre del detective no lo delataría; su hijo no tenía la culpa de la decisión que había tomado al aliarse con la ladrona de joyas debido a la ambición por conseguir la Corona de las Tres Gemas.

Thomas se descubrió soltando un suspiro. Ese tesoro lo estaba llevando a la ruina y él seguía sin abrir los ojos.

—No me obligues a abrir una investigación —murmuró Howard.

—¿Lo harías?

—Si no me das más opción…

—Vincent no es cualquier policía.

—¿Crees que no lo sé? —La indignación del inspector refulgió—. De haber sido otro lo habría arrestado por encubrimiento, ¿o te olvidas de lo que pasó aquella noche? Dale las gracias a Jeremy, que me avisó, porque si no tu hijo habría acabado de rodillas en el suelo y con Smirnov apuntándole. ¿O vas a decirme que la decisión de ir sin refuerzos tenía otro motivo que el de encubrir a esa delincuente? ¿Eh? —añadió al ver que Thomas seguía sin decir nada—. Smirnov consiguió atraparla y por eso Vincent fue a su rescate, porque él ya la conocía.

—¿Insinúas que mi hijo tenía relación con la ladrona?

—No estoy insinuando nada. Lo que digo es que consiguió dar con ella y, en vez de esposarla y traerla ante mí, como era su obligación, la dejó escapar vete a saber por qué. ¿O me equivoco?

—Estás dudando de él.

—¡¿Y crees que quiero hacerlo?! —exclamó el inspector poniéndose de pie y provocando que Thomas tensara los músculos de la espalda—. Ya sé que te lo prometí, que me mantendría al margen y trataría de dejarlo estar, pero ¿cómo pretendes que lo haga si Vincent no rinde como debería?

¿Vuelvo a suspenderlo para que se dé cuenta? ¿Hago la vista gorda? Dime qué hago.

—No sería la primera vez —murmuró Thomas.

—¿Cómo has dicho?

—Que no sería la primera vez —repitió él mientras se aferraba al bastón. La mirada seria de Thomas bastó para que el inspector supiera a qué se refería—. Lo que pasó con esa familia…

—Baja la voz.

—¿O qué? ¿Te da miedo que alguien descubra lo que hiciste?

—¿Lo que hice? —repitió Howard incrédulo—. Me pediste ayuda y te la di, porque lo que pasó en Italia fue un accidente y lo encubrí lo mejor que pude; de lo contrario hubiéramos acabado los dos en la cárcel. ¿Quieres que siga? Yo no hice nada. Fue culpa de tu ambición por conseguir ese puto colgante. Si lo hubieras dejado estar, tu mujer…

—Basta.

—… no habría muerto sola.

—¡Que te calles, joder! Atrévete a mencionarla una vez más y…

—¿Y qué? ¿Qué harás? —Se notaba el descontrol en la voz del inspector; sus ansias por seguir pensando que él no había hecho nada malo eran implacables. No admitía haberse equivocado debido a que ese error, veinte años atrás, habría supuesto su fin. Y lo seguiría suponiendo si el comisario llegaba a enterarse y decidía abrir una investigación contra él—. No me eches toda la culpa cuando tú eres igual de responsable. Me jugué mi carrera por ti y te ayudé porque eso es lo que hacen los amigos. Se suponía que debía ser un plan sencillo, pero todo se fue a la mierda porque no aceptabas que habías perdido.

Thomas no era capaz de abrir la boca; mantenía la mirada fija en algún punto de la pared blanca, incapaz de girarse, como si el despacho de Beckett se estuviera transformando en el salón de la casa de los Sartori. Volvía a rememorar la secuencia de imágenes: ellos entrando a escondidas, la pareja de ladrones interceptándolos, las armas, los gritos, el llanto de una niña en la planta de arriba, la sangre...

Jamás se había imaginado que volvería a encontrarse con esa niña veinte años después, en su versión adulta y siguiendo los pasos de sus padres, y que ella descubriría el cuaderno que le había quitado a Enzo Sartori. Recordaba la furia en sus ojos verdes, la tristeza al haber descubierto una parte de la verdad... La culpa atormentaba a Thomas, pero ya no había nada que él pudiera hacer.

—¿Por qué no dices nada? —insistió el inspector un poco más calmado, aunque seguía notando los hombros rígidos—. No sirve recordar lo que pasó...

Sin embargo, antes de que Howard Beckett acabara la frase, la puerta del despacho se abrió con rabia, de par en par, y Vincent entró apretando los dientes y con el rostro más serio que su padre hubiera visto jamás.

—Ahora vais a explicarme qué coño sucedió con esa familia y el Zafiro de Plata, y ni se os ocurra mentirme, porque os he estado escuchando.

Los ojos de Howard se dirigieron a las carpetas que Ricky había llevado.

—Vincent, escucha... —El inspector sabía que estaba contra las cuerdas y, aun así, hizo un intento a la desesperada.

«No recuerdo nada de mis padres».

«Han pasado veinte años».

«Nada conseguirá traerlos de vuelta».

Aurora lo había dejado claro; sin embargo, Vincent nunca esperó que su mentor estuviese involucrado también.

—¿Qué habéis hecho? —insistió él una vez más, y la mirada que Howard y Thomas se dedicaron bastó para que el detective sintiera una profunda decepción hacia las dos personas que, durante toda su vida, había considerado sus referentes.

El destino, a veces, llegaba a ser cruel.

15

El Zafiro de Plata siempre había sido una joya digna de admirar; a pesar de su apariencia sencilla —pues no dejaba de ser un colgante de zafiros blancos entrelazados— tenía un brillo singular. Se trataba de una gema inalcanzable, única, pero que provocaba desgracias a todo aquel que tuviera intenciones de poseerla.

Vincent alternaba la mirada entre Howard y su padre esperando a que alguno de los dos se dignara a hablar. No dejaba de pensar en la sangre que por ese colgante se había derramado o en las consecuencias para quienes habían sobrevivido.

La muerte de los Sartori y el abandono en ese orfanato cruel de una niña que acabaría formando parte de una organización criminal.

La ambición de un hombre desesperado que no había dejado de lamentarse un segundo.

El deseo de una ladrona, que seguía llorando la traición de la que se hacía llamar su hermana, de perpetrar el mayor robo de la historia.

Tres situaciones diferentes, pero que tenían algo en común: la irrefrenable codicia por descubrir el paradero de la Corona de las Tres Gemas.

Vincent se sorprendió a sí mismo con la idea de destruirla; de encontrarla y hacerla desaparecer para siempre. Volverla inservible, un recuerdo roto de lo que podría haber sido.

Dejó escapar un suspiro y se aclaró la garganta. Solo habían pasado unos segundos desde que había irrumpido en el despacho, pero el silencio que aún predominaba le daba la sensación de que esos segundos se habían vuelto minutos.

—¿Y bien?

—Cierra la puerta y siéntate —pidió Thomas esperando que la voz no le fallara. Una sensación extraña aunque familiar lo recorría por dentro. La cabeza le martilleaba y la presión en el pecho no desaparecía—. Por favor, hijo —añadió al ver que no se movía—. Te lo explicaré todo, pero necesito que te sientes.

Vincent dirigió una mirada al inspector, quien asintió de manera leve, resignado. Howard sabía que había llegado el momento de desenterrar la verdad, y la idea lo asustaba. Aunque se había esmerado por llevarse el secreto a la tumba, una pequeña parte de él siempre supo que daba igual cuánto se intentara ocultar algo, siempre acababa saliendo a la luz.

—La primera vez que oí hablar del Zafiro de Plata fue en febrero de 2004 —empezó Thomas al ver que su hijo tomaba asiento a su lado.

—Unos meses antes de que mamá muriese —murmuró el detective, y Thomas bajó la mirada mientras asentía. Cada vez que la imagen de su mujer aparecía sentía unas inmensas ganas de llorar; habían pasado veinte años, pero él seguía recordándolo con precisión, como si la vida deseara que Thomas Russell no pasara página jamás. Un castigo—. ¿Quién te dio la información? —animó Vincent para que continuara.

—Por aquel entonces yo trabajaba en una joyería pequeña, de barrio, ¿te acuerdas? A unas calles de Prospect Park. Me pasaba día y noche encerrado porque las facturas del hospital me estaban ahogando y ya no sabía qué más hacer; me habían denegado el préstamo y, por más que lo intentaba, no conseguía ningún trabajo que cubriera los gastos médicos de tu madre.

—No sabía que...

—¿Cómo ibas a saberlo? —bramó él sin querer. No le gustaba hablar de ello—. Tenías diez años, y Layla siete. Erais unos niños, mi responsabilidad, al igual que tu madre, y no iba a permitir que ella nos abandonara, así que me prometí que no me rendiría. —La voz de Thomas se apagó con las últimas palabras debido a la promesa que se había hecho, pero que no fue capaz de cumplir—. Una noche, recuerdo que eran pasadas las once y aún me quedaba trabajo por hacer, entró un señor de unos ochenta años, que debía de ser un sintecho, por el aspecto descuidado y el hedor que desprendía.

»En aquel instante pensé que iba a robarme; estaba a punto de decirle que llamaría a la policía si no se iba, para asustarlo, pero entonces me preguntó si la piedra que tenía él en la mano era un zafiro de verdad. —Se quedó callado echándole un vistazo a Howard, pues le había contado esa misma historia a la mañana siguiente—. Ni siquiera me hizo falta verlo de cerca; era evidente que se trataba de una imitación, un trozo de plástico brillante, pero le pedí que me lo entregara.

»El hombre esperó, sin tocar nada, mientras yo examinaba esa baratija y, antes de decirle que la piedra era falsa, le pregunté de dónde la había sacado. Se encogió de hombros sin saber qué decir. Quise probar a preguntarle algo más, pero entonces me explicó que se la había dado una chica que había salido de la nada, que se había sentado a su lado y había empezado a explicarle una historia extraña. Él ni siquiera se atrevió a interrumpirla pensando que acabaría dándole algo de dinero para comprar comida.

Howard, que no quiso interrumpir, frunció el ceño mientras recordaba lo que había hecho aquella mañana después de que Thomas abandonara su hogar: había comprobado la cámara de tráfico de esa calle; quería identificar a la chica misteriosa, pero se encontró con la sorpresa de que nunca apareció. Nadie se había acercado al vagabundo, salvo una persona que le había lanzado algo al vaso de plástico al pasar junto a él. Quizá la piedra era de plástico. El anciano la sostuvo entre las manos y se levantó minutos más tarde para dirigirse a la joyería de Thomas. En aquel momento Howard no supo qué pensar y dejó que la incógnita perdurara en el tiempo; nunca le había contado a su amigo que esa chica en realidad no había existido.

El inspector nunca creyó que, años después, volvería a plantearse la misma interrogante: ¿Quién era aquel hombre?

—¿Te explicó de qué iba la historia? —preguntó el detective, lo que hizo a Howard volver al presente. Vio que Thomas asentía.

—Hacía referencia a una familia de la realeza —empezó a decir él—. Se había dividido su tesoro más preciado y, para unirlo de nuevo, había que alzar el zafiro a la luz de la luna y contemplar el mar plateado que indicaría el camino.

»Al principio pensé que estaba delirando y que necesitaba ayuda, pero se veía tan convencido... Aseguraba que había hablado con la chica; que le había dicho que ese zafiro no era como los demás y que se lo había dado sin pedirle nada a cambio. Él pensaba que la baratija era un zafiro de verdad, así que le hice ver que no, que la chica lo había engañado. Recuerdo que se enfadó bastante, dijo que él solo quería algo para comer, así que le compré unas cuantas hamburguesas y un par de botellas de agua. No pude negarme ni pedirle que se largara de mi tienda, yo... —Se encogió de hombros mientras negaba con la cabeza—. Me vi reflejado en él; sin dinero, viudo, mis hijos en una casa de acogida... No quería terminar así, de modo que empecé a investigar sobre ese zafiro. Algo me decía que era real y que, si lo encontraba y lo vendía, podía llegar a salvar a mi familia.

»Y, como si los astros se hubiesen alineado... —A Thomas le seguía pareciendo surrealista aquel momento—. A los pocos días apareció la noticia de un zafiro único cuyo valor excedía los cien millones de euros. Fue entonces cuando enloquecí. Me pasé semanas tratando de averiguar más... Incluso contacté con un viejo amigo, un informático de esos que entran en cualquier red, para que me ayudara a estar pendiente de cualquier información al respecto, y, de repente, el primer titular: «Tras años desaparecido, se halla un colgante de zafiros blancos que podría valer ciento cincuenta millones de euros: el Zafiro de Plata». El artículo no hacía más que especular con que se había encontrado en un pueblo pequeño en la frontera entre Italia y Suiza, y que un multimillonario francés ya había anunciado su interés en comprarlo. Me negué en redondo. Era yo quien necesitaba esa joya, no un tipo que ya tenía la vida resuelta; no le hacía falta más. Tu madre empeoraba día tras día, era la única opción que me quedaba y no dudé en hacer lo que debía. Le pedí ayuda a Howard...

Thomas dejó de hablar para encontrarse con la mirada de su amigo y, sin apartar los ojos de él, continuó con la historia:

—Al principio me dijiste que no, que era arriesgado y que no estaba bien.

—Querías robar una joya que estaba fuera de tu alcance —murmuró el inspector repitiendo las mismas palabras que le había dicho en aquel entonces.

—Esos zafiros no eran de nadie.

—Seguía sin estar bien.

—¡¿Y por qué decidiste venir conmigo?! —exclamó Thomas, y al instante notó el pinchazo en el pecho, la respiración entrecortada y esa sensación de vacío que volvía a invadirlo por dentro—. Tendrías que haberme dejado ir si tan mal te parecía.

—Papá —se interpuso Vincent buscando sosegar la conversación—. No creo que merezca la pena que os lo echéis en cara ahora —hizo énfasis, pues no debían olvidarse de las dos décadas que había de por medio—. ¿Qué pasó en Italia?

Thomas se concentró en respirar, calmarse, mantener la cabeza fría. Nunca pensó que llegaría a desempolvar esa historia que vivía arrinconada en su cabeza, y mucho menos se planteó que el mundo sería tan pequeño que acabaría juntando a dos personas que no deberían haberse encontrado. Como si la vida se hubiera esmerado hasta lo incansable por colocar a la hija de los Sartori en el camino de Vincent, llevándose a Thomas también por delante.

«Bum, bum. Bum, bum».

El corazón le latía apresurado, notaba que cada pálpito golpeaba más fuerte; el sonido era parecido al de las fichas de dominó cuando caen imparables. Una detrás de otra, consecuencia tras consecuencia. «Un accidente, solo había sido un accidente». Dos décadas después y él seguía sin olvidar el grito desgarrador de Enzo Sartori, los ojos sin vida de su mujer, el dolor mezclándose con la ira…

Las manos manchadas de sangre.

Thomas endureció la mandíbula mientras se fijaba en las suyas, apoyadas en el bastón, y un escalofrío le recorrió la espalda. Lo que había hecho no tenía perdón; había destrozado una familia para intentar salvar la de él, había separado a una niña de sus padres, había..., había...

El hombre parpadeó varias veces al darse cuenta de que Vincent había estado llamándolo. Se fijó en él, en sus ojos preocupados, aunque también se percató de unos sentimientos más oscuros que se reflejaban en su rostro: el enfado, la decepción, la desconfianza...

Lo peor era que no podía culparlo. Lo hacía consigo mismo por no haber sabido frenar esa ambición que, hasta en ese momento, seguía burbujeando dentro de él; una obsesión que se había hecho más y más grande.

—Papá, ¿estás bien?

No lo estaba. Quería cerrar la herida y no hablar más, levantarse y volver a su zona de confort. Quería olvidarse de ese tema, pasar página y no escuchar jamás el apellido Sartori. Sin embargo, en el fondo sabía que Vincent merecía conocer toda la historia o si no la descubriría por su cuenta. Y Thomas no quería que su hijo pensara que él era un cobarde que prefería esconderse antes que dar la cara.

—Perfectamente —respondió valiéndose de la fuerza que le quedaba, y se aclaró la garganta—. Solo necesito un vaso de agua.

Howard no necesitó más para alargar el brazo y alcanzarle una botella. Thomas cerró los ojos un instante cuando sintió que el agua lo sosegaba, una caricia para el alma.

—Gracias —murmuró, y el inspector asintió para tranquilizarlo, pues sabía que estaban acercándose al capítulo más difícil de la historia—. Fue complicado dar con esa pareja —continuó Thomas dejando la botella de agua sobre la mesa, y no pudo evitar soltar un suspiro rápido—. No quiero aburrirte con detalles respecto a cómo conseguimos encontrarlos, el caso es que lo hicimos. Averiguamos que vivían en una pequeña localidad a las afueras de Milán, en una casa apartada en medio del bosque, así que planificamos el viaje; ni siquiera me di cuenta de que ya habíamos entrado en abril... El tiempo pasaba tan rápido, y yo lo único que esperaba era que todo saliese bien. Me despedí de tu madre prometiéndole que volvería pronto, que tenía algo importante que hacer. Ella continuó dormida en esa habitación de hospital, pero siempre pienso que lo escuchó... Le di un beso en la frente, el último. —Otro suspiro triste, la sensación de quemazón apoderándose de su garganta. Notaba que las lágrimas, de aquellas que escocían, amenazaban con salir.

—Por eso nos mandaste esa semana con los abuelos —murmuró Vincent intentando transportarse a aquel abril lejano.

Su padre asintió.

—Mi intención siempre fue hablar; queríamos llegar de noche, por sorpresa, y que Howard enseñara la placa. Entonces les propondría un trato: no los delataría si me entregaban el Zafiro de Plata, nadie tenía por qué resultar herido. Pero cuando pusimos un pie dentro de esa casa, la alarma se disparó. Habíamos desactivado la de la entrada, pero no nos dimos cuenta de que había otra escondida. Todo se descontroló en cuestión de segundos, tanto las puertas que daban al exterior como las ventanas se bloquearon. Estábamos atrapados y con los Sartori apuntándonos.

—¿Esos son...?

—Los ladrones.

En realidad, lo que Vincent había querido preguntar era

si los Sartori eran los padres de Aurora, y cuando Thomas lo interrumpió se dio cuenta de que el inspector no sabía que la niña de esa historia, la hija de esa pareja de delincuentes, era la mujer a la que había intentado atrapar. «Una familia de ladrones», pensó, como si la vida se hubiera esmerado por que Aurora siguiera los pasos de sus padres.

—¿Cómo se llamaban? —Vincent había frenado el impulso de volverse hacia su mentor; los ojos miel del detective a veces solían jugarle una mala pasada debido a lo expresivos que eran, y él no quería echarle más leña al fuego.

—Lorenzo y Rosella —intervino Howard, y el detective lo encaró al instante—. Sus nombres reales, aunque él se hacía llamar Enzo. Movimos cielo y tierra para dar con ellos.

En aquel instante, Vincent se preguntó si el nombre de Aurora era el real, pero entonces recordó lo que la ladrona le había dicho meses atrás, horas antes de la disputa con su padre: «Cuando era pequeña me costaba pronunciar algunas palabras». ¿Existía la probabilidad de que una de esas palabras hubiese sido su propio nombre? Antes de que la teoría cruzara la mente del detective, se vio preguntando:

—¿Y el de la niña?

—Dianora —respondió el inspector impasible, sin mostrar señales de que estuviera sospechando, pues ¿de qué le serviría al detective conocer ese dato?

Thomas, por el contrario, se tensó sin poder evitarlo; recordó de repente el momento en que se lo preguntó a Aurora cuando escapaba del hospital. Como una pieza del rompecabezas que se coloca sin esperar que encaje, pero que finalmente lo hace.

«Aurora. Ese es tu nombre, ¿no?».

«Así me llaman».

Aunque la respuesta había asombrado a Thomas, no

había querido darle más importancia de la que tenía, pues la preocupación en aquel momento era sacarla ilesa de un hospital que Howard Beckett había llenado de policías.

Él nunca se habría imaginado que Aurora era esa niña, que sus caminos se cruzarían en el lugar más recóndito. Ni siquiera lo había pensado, pues tanto él como el inspector estaban seguros de que la hija de los Sartori había fallecido, aunque años más tarde, en aquel orfanato de la ciudad.

—Creemos que la niña también murió —murmuró Howard segundos después, provocando que Thomas volviera a reaccionar. Se aclaró la garganta mientras contemplaba a su hijo de reojo.

—¿Qué les hicisteis? ¿Qué pasó con Dianora? —insistió el detective, harto de que siguieran enredándose con las palabras.

—Murieron —se limitó a contestar Howard, y el sonido que se escapó por la habitación provocó que Thomas tensara un poco más los hombros.

Vincent se levantó arrastrando la silla con él, sin apartar la mirada de la de su mentor, mientras apretaba la mandíbula para dejar entrever la frustración.

—Es un caso cerrado. Fin de la conversación.

—¿Y cómo estás tan seguro de que la niña también ha muerto?

—Vincent... —murmuró Thomas, en tono suplicante, pero el inspector no dudó en intervenir.

—Punto número uno —empezó él levantando el mentón. A pesar de la diferencia de altura, pues el inspector continuaba sentado, Howard Beckett no se dejaba intimidar por nadie—. Vigila ese tono conmigo y no olvides con quién estás hablando. Punto número dos —se apresuró antes de que lo interrumpiera—: la próxima vez que quieras saber algo te agradecería que me lo preguntaras y no escucharas a escondidas, ¿o te crees con los cojones suficientes para meterte en conversaciones que no te incumben? Y punto número tres: ¿qué pasa con este interés repentino?, ¿qué importa lo que haya pasado con esa niña? Hice lo que tenía que hacer. Punto. Porque no creas que esa pareja se paseaba por la vida con las manos limpias.

»Eran ladrones, Vincent, ¿te enteras? Robaban sin importar qué y entraban en cualquier casa que les llamara la atención aunque fuera un poco. Ni pienses que iban de moralistas, eso de «les robo a los ricos para dárselos a los pobres». Eran unos ladrones porque les apetecía serlo; se divertían provocando el caos y haciendo que la prensa italiana los nombrara cada dos putos artículos, igual que esa ladrona insufrible, y mira cómo ha acabado. Lo mismo te pasará a ti —aseguró clavando la mirada en la de su amigo. Thomas se mantenía callado; las palabras se le habían anudado en la garganta y no pudo evitar echarle una mirada a Vincent, que endureció la mandíbula ante las últimas palabras—. ¿Y tú qué quieres demostrar con esa joya? Porque lo único que haces es seguir torturándote. Han pasado veinte años, ¿no crees que ya va siendo hora de que pases página?

Thomas seguía sin poder moverse y no dejaba de notar cómo el nudo que tenía en la garganta acababa con él haciéndose más y más grande, raspando las paredes. Quería gritar, pero era incapaz; salir corriendo y poner fin a esa conversación. Ni siquiera sabía cómo había surgido, por qué habían abierto ese cajón. La verdad le escocía por dentro, la misma sensación de cuando los pulmones se quedan sin aire y piden auxilio, sobre todo cuando la imagen furiosa de Aurora, llorando, aparecía de repente para reclamar la vida que le había arrebatado.

—¿Piensas que no lo he intentado? —contestó Thomas con aire cansado. No había habido un solo día que él no hubiera pensado en esa familia. Si tuviese la posibilidad de dar marcha atrás al tiempo... Si el destino de su esposa había sido el de morir aquella noche, tendría que haber estado junto a ella para agarrarla de la mano. Se arrepentía tanto y la echaba tanto de menos... Thomas notó de pronto una gota salada acariciándole los labios. Varias lágrimas le recorrían las mejillas en silencio. Ni Howard ni Vincent se atrevían a interrumpirlo—. Lo que pasó... —Dejó escapar un suspiro y se sorbió la nariz—. ¿Crees que no me arrepiento de haber ido tras el Zafiro? Lo hago noche tras noche. Me obsesioné con esa joya, dejé que me cegara para ver la «oportunidad» que me ofrecía. Jugó con mi desesperación y caí en la trampa. Pero nada de eso justifica lo que hicimos. Da igual que se tratara de unos ladrones...

—No da igual —interrumpió el inspector.

—Entramos a la fuerza en mitad de la noche para robar una joya... —murmuró Thomas—. Somos responsables, Howard; unos miserables que encubrieron esas muertes para no acabar en prisión, porque nos habrían condenado de por vida.

Los rostros de las dos personas que Vincent más admiraba revelaban sentimientos diferentes: el de su padre se había perdido en el desconsuelo, la necesidad de cambiar el rumbo de la historia, pero el del inspector... El rostro de Howard Beckett despedía una brisa helada: la mirada fría y los músculos de la cara estaban tensos, sin ningún atisbo de arrepentimiento. No había nada. El detective convirtió las manos en puños. Habían muerto dos personas y Howard seguía actuando con indiferencia.

—Quiero saber qué sucedió —pidió el detective una vez más, serio, en un tono que hizo que el inspector arqueara las cejas—. ¿Merecían morir solo porque eran ladrones? A los delincuentes se los mete en prisión para que cumplan condena, «la muerte es el camino fácil», decías. Es lo que me has estado repitiendo durante años, y resulta que...

—¿Qué? —respondió Beckett de malas maneras—. ¿Qué vas a decirme? Murieron porque no me tembló el pulso al apretar el gatillo, porque de lo contrario los Sartori habrían acabado con nosotros. Me defendí y traje a tu padre de vuelta vivo. ¿Vas a restregármelo, a culparme? ¿O habrías preferido perderlo también a él?

Golpe bajo.

—Howard... —intervino Thomas frunciendo el ceño, pero Vincent no dudó en adelantársele, pues no era de los que se quedaban callados.

—También me enseñaste que apretar el gatillo tendría que ser la última opción, que, ante todo, lo importante es hacer justicia, porque no puedes meter un cadáver en la cárcel, ¿no? —escupió Vincent. No quería contenerse, tampoco podía; la imagen de Aurora no dejaba de aparecer, como si estuviera allí presente, con ellos, escuchando la crueldad que salía por la boca de Howard—. ¿En qué te convierte eso?

—Vigila el tono —gruñó el hombre—. No te lo diré otra vez.

—¿O qué? ¿Qué me harás? —El enfado recorría el rostro del detective en oleadas frías, amenazantes. Colocó las manos en el respaldo de la silla para inclinarse con suavidad hacia su mentor. Howard endureció la mandíbula—. ¿Os dais cuenta de lo que hicisteis? —añadió sin darles tiempo a contestar—. ¿De que destrozasteis una familia, dejasteis a una niña sin sus padres y cubristeis sus muertes para no acabar en prisión?

—Hijo, escucha...

—¡Y una mierda! —Las paredes se agitaron de nuevo y Thomas tensó la espalda sin querer; apretó los dientes mientras buscaba la mirada enfurecida de su hijo. Un enfado que iba más allá, hacia Aurora. Porque él sabía que Vincent no había podido sacársela de la cabeza, que su ausencia se debía a ella—. ¿Este es el ejemplo que querías darme? —reclamó mirando al inspector—. «Agente de policía irrumpe en una casa fuera de su jurisdicción para robar una joya y acaba con la pareja a sangre fría para luego encubrir las muertes y evitarse la condena». ¿Qué te parece el titular? Es de esas historias por cuya exclusiva los periodistas matarían. Acabaría con tu carrera en cuestión de segundos.

—¿Eso es lo que quieres? —quiso saber Howard. La expresión de su mirada no reflejaba nada, salvo una completa indiferencia—. ¿Acabar conmigo cuando lo único que hice fue actuar en defensa propia? ¿Crees que me enorgullece, que no daría lo que fuera por cambiar el rumbo de la historia? Actué en consecuencia.

—Como un cobarde —añadió Vincent con rapidez—. Pudiste haberte entregado y no lo hiciste.

—¡¿Y qué habrías hecho tú?! —bramó el hombre levantándose también de la silla, dejando que las miradas estuviesen a la misma altura—. Dime, ¿qué cojones habrías hecho tú? —Hizo una pausa breve para que Vincent contestara, pero este se mantuvo en silencio—. Fui egoísta, sí, ¿y qué? Pensé en mí y en mi futuro, también en el de tu padre, porque así funciona el mundo. O actúas o estás muerto, y yo no iba a dejar que acabaran conmigo. Ni siquiera nos dieron tiempo para explicarnos; apreté el gatillo antes de que esa mujer lo hiciera, pero entonces dejó de respirar y el mundo se detuvo. Un segundo más tarde lo tenía a él encima, fuera de sí. Había disparado y ella estaba muerta… —El labio inferior de Howard tembló como si aquel recuerdo todavía le doliera, pero Vincent seguía sin suavizar la mirada—. Así que lo empujé; coloqué las manos en su pecho y reuní todas mis fuerzas para sacármelo de encima. Lo último que recuerdo es verlo trastabillar hacia atrás, y luego el golpe en la cabeza, la sangre...

El inspector Beckett se dejó caer en la silla. Tenía los ojos perdidos y el rostro se le estaba poniendo pálido; aun así, Vincent continuó sin decir nada, tampoco reaccionó cuando su padre intervino:

—Buscamos el Zafiro de Plata por toda la casa —murmuró Thomas—, pero no estaba allí.

Esas palabras provocaron que los ojos desconcertados del detective se desviaran a los de su padre. «No estaba allí». Habían muerto dos personas y el Zafiro de Plata no estaba allí. No quería darle crédito, la conmoción estaba pudiendo con él. Todo lo que había creído, lo que Howard Beckett le había enseñado, estaba empezando a desmoronarse, como si hubiera vivido en una mentira durante todo ese tiempo. Su mentor había acabado con la vida de dos personas y había encubierto sus huellas para refugiarse en una mentira que salvara su carrera.

Vincent se puso las manos en las caderas y acarició sin darse cuenta la placa, aquel trozo de metal enganchado al cinturón, con el que se suponía que hacía el «bien» y encerraba a los delincuentes y criminales. Entonces recordó el motivo que lo había llevado a convertirse en policía. Howard había estado allí, junto a él, su héroe; el ejemplo a seguir que lo había acompañado desde siempre, que lo había impulsado a formar parte de algo más grande. Le había hablado de la adrenalina en las persecuciones, de la satisfacción al «atrapar a los malos», de las pistas y cada rompecabezas que se formaba, de utilizar el arma con cabeza, de ser más inteligente y de ir siempre un paso por delante...

El inspector le había enseñado a ser un buen policía, el

mejor, pero lo que había hecho con los Sartori... ¿Quién le aseguraba que en esos veinte años no hubiera cometido otra atrocidad? Howard había estado ocultándose detrás de una máscara, igual que su padre. Se había burlado de la ley, de la justicia... Aquel pensamiento hizo que Vincent frunciera el ceño y acariciara aún más la placa con el pulgar. La imagen de Aurora volvió a aparecer delante de él, que juzgaba a Beckett sin decir nada.

Entonces, el detective colocó despacio el trozo de metal en la mesa. Hizo lo mismo con el arma y, antes de que Howard abriera la boca desconcertado, Vincent pronunció lo último que el inspector se habría imaginado que haría:

—Dimito —murmuró sin apartar los ojos. Le habría gustado decir algo más, pero lo único que pudo articular fue—: Espero que los años que te queden de servicio vayan bien, inspector Beckett.

16

Vincent Russell no había dimitido solo por lo que había descubierto acerca del inspector y su padre. Había tomado esa decisión hacía tiempo, meses atrás, pero no la había materializado hasta aquel momento. Necesitaba aire, respirar, asimilar lo que había sucedido.

El inspector ni siquiera podía articular palabra, aunque por dentro notara un torrente de preguntas y reclamaciones. Reaccionó un segundo más tarde al ver a Thomas levantarse con cierta dificultad para ir en busca de su hijo; quiso decirle que se detuviera, pero se arrepintió al percatarse de que había perdido ese derecho. Acababa de hacer añicos una relación de muchos años y lo peor de todo era que, en el fondo, sabía que de nada serviría tratar de unir los pedazos.

En comparación con su padre, Vincent volaba por los pasillos, esquivaba a los demás agentes con habilidad y había llegado a las puertas del ascensor en cuestión de segundos. Se adentró en él, pero un grito bastó para que se detuviera antes de oprimir el botón de la planta baja. Thomas alcanzó las puertas y respiró hondo mientras impedía que se cerraran; luego se colocó al lado de su hijo.

El ascensor empezó a descender y el silencio se adueñó de las paredes como una niebla espesa.

—Sobre lo que ha pasado antes...

Vincent suspiró y ese sonido molesto hizo que Thomas se callara; de repente se sentía pequeño ante el mundo, desnudo.

—¿Necesitas que te lleve a casa?

—¿Podemos hablarlo? Por favor.

Las dos miradas, cálidas y de un tono parecido al de la miel, se encontraron, aunque la de Vincent reflejaba un mar de confusión y enfado.

—Creo que ya ha quedado todo claro —respondió él.

Las puertas se abrieron y el detective salió disparado; sin embargo, no podía quitarse de la cabeza el lazo familiar que los unía, el que era inquebrantable daba igual lo que sucediera. Durante un segundo tuvo el deseo de romperlo, pero, por más disgustado que estuviera con él, seguía siendo su padre. Giró sobre sí mismo para volver a encararlo—. ¿Necesitas que te lleve a casa? —insistió, consciente de que habían llamado la atención de algunos policías.

—Lo que quiero es que hablemos.

—Papá...

—No me discutas.

—¿Para qué quieres hablar? Yo me he equivocado y por eso he dimitido, pero lo que habéis hecho vosotros... —No pudo continuar. Juntó los labios y apretó los dientes con fuerza, quizá porque aún seguían plantados en medio del vestíbulo de la comisaría o porque una pequeña parte de Vincent deseaba creer que el inspector jamás se habría escondido de la ley—. Lo siento, papá, pero lo último que quiero es seguir hablando de esto. ¿Qué pretendes? ¿Convencerme de que vuelva, de que olvide lo que hicisteis?

Thomas se aclaró la garganta mientras buscaba la manera de tranquilizarse, de calmar la presión que sentía en el pecho. Quería encontrar las palabras para tratar de explicarse, aunque en el fondo supiera que no tenía justificación, que la ambición lo había llevado a tomar la peor de las decisiones. ¿Qué había hecho? ¿Por qué había dejado que la obsesión lo dominara? Dos personas habían muerto y una niña había crecido sin el cariño de sus padres. Les había arrebatado la vida a dos personas, y esa niña… La niña de pelo negro con la mirada inundada en lágrimas. Aurora. Ella había sido una broma cruel de la vida para recordarle lo que le había hecho a la familia Sartori.

¿Qué perdón podía esperar cuando ni él mismo había conseguido alcanzarlo? ¿Qué otra reacción tendría que haber esperado de su hijo, teniendo en cuenta lo que había despertado la ladrona en él?

—¿La querías? —se atrevió a preguntar haciendo que Vincent frunciera el ceño de manera leve—. ¿Llegó a despertar algo en ti?

Entonces le llegó el turno a Vincent para aclararse la garganta. Miró alrededor con disimulo, pero nadie les estaba prestando atención.

—Vamos, te llevaré a casa —respondió él en voz baja mientras se giraba y avanzaba hacia la salida.

No quería responder a esa pregunta teniendo a su padre delante; no porque no supiera lo que Aurora despertaba en él, sino porque no quería que Thomas se percatara de que en realidad no había muerto.

Cuando Vincent arrancó el motor, después de que su padre se hubiera sentado en la plaza del copiloto, esperaba que no volviera a mencionar el tema, que reinara el silencio durante el resto del trayecto. Sin embargo, al igual que él, Thomas tampoco sabía quedarse callado, sobre todo cuando la situación era tan delicada. Las manos jugaban inquietas sobre el regazo, los dedos repiqueteaban con rapidez. Parecía como si los nervios se estuvieran preparando para comérselo.

Thomas dejó escapar un suspiro con disimulo y dijo:

—Desde pequeño soñabas con ser policía.

Vincent se pasó la lengua por los dientes sin apartar los ojos de la carretera.

—¿Qué quieres decirme con eso?

—No me gustaría que echaras a perder tu carrera por algo que nada tiene que ver contigo. El error lo cometimos nosotros, y no intento justificarme; lo único que te pido es que, antes de dar cualquier paso, lo pienses bien. Actuar en caliente nunca lleva a nada bueno. —Thomas se mordió la punta de la lengua al darse cuenta de sus palabras—. Vincent, por favor…

—¿Qué crees que opinaría Layla si se lo contara? —La voz del detective sonaba fría, indiferente, teniendo en cuenta a qué se dedicaba su hermana—. Decidió estudiar Medicina por mamá, para salvar a la gente. ¿Qué pensaría de ti, de Howard, si llegara a descubrirlo?

—¿Vas a contárselo?

—¿Quieres que lo haga?

Thomas no respondió mientras volvía a aparecerle la sensación de opresión en el pecho. Layla era luz, un punto blanco en medio de la oscuridad, una sonrisa cálida, amable, aunque por dentro estuviese agotada. Su hija se entregaba a los demás con devoción, no toleraba la violencia e iba con los ojos cerrados a salvarles la vida a quienes lo necesitaran. No quería imaginarse lo que pasaría si ella llegaba a enterarse, cómo reaccionaría.

—Deja a tu hermana fuera de esto.

—¿Te asusta la idea de que se aleje de ti?

—No volveré a decírtelo; no se te ocurra contarle nada.

—Entonces, ¿vas a dejar que continúe viviendo en una mentira? ¿Que siga creyendo que mamá murió sola porque tú decidiste embarcarte en una aventura que no sabías si iba a salir bien?

—¡Quería salvarla! —El aire vibró con la voz rota de Thomas; un grito apagado que hizo que su hijo se arrepintiera de sus palabras—. Yo quería a tu madre, quería que viviera, quería que... —El hombre juntó los labios en una línea delgada; volvía a notar el escozor habitual apoderándose de su garganta, el que indicaba que, si abría la boca para decir algo más, estallaría y se rompería del todo—. No fui con la idea de... ¿Crees que...? Solo quería hablar sin causar ningún tipo de daño, pero entonces sucedió: Howard disparó y el suelo se llenó de sangre, y yo me quedé en blanco. Me bloqueé y de pronto me vi entre rejas. Os habría perdido, ¿no lo entiendes? Bastante ausente estuve debido al trabajo como para permitir que me alejaran de ti y de tu hermana. ¿Qué habrías hecho tú en mi lugar?

—Papá...

—Dime, ¿qué habrías hecho?

Vincent se aferró al volante con más fuerza, apretó los labios y suspiró despacio. ¿Qué podía contestarle cuando él también había actuado mal? Había tenido la oportunidad de acabar con una de las organizaciones criminales más grandes y, sin embargo, esta seguía activa y actuando desde el pozo más profundo de la ilegalidad. Tampoco podía olvidarse de lo que había hecho en República Dominicana al salir de la cueva; aunque había sido Aurora quien había rematado los cuerpos, él también había ayudado a derribarlos. Las huellas de Vincent estaban allí, junto con las de la ladrona, y el bosque había sido testigo de aquello.

¿Que qué habría hecho él en su lugar? No lo sabía. Y ese pensamiento era el que le provocaba malestar: no tener claro lo que era evidente. Vincent aún diferenciaba el blanco del negro, pero hacía tiempo que se escondía en el gris, que vivía en él; se descubrió a sí mismo imaginándose a Aurora caminando junto a él por esa misma escala de grises.

—Condenasteis a una niña a pasar por un infierno —pronunció Vincent ignorando la mirada de su padre—. Lo que habría hecho habría sido velar por su bienestar, asegurarme de que no le faltara de nada, de que estuviera en buenas manos. ¿Sabes lo que ese orfanato significó para ella? —preguntó, aunque no esperó respuesta—. Era lo menos que debíais haber hecho sabiendo que le habíais quitado a sus padres.

—Me dijo que había tenido una infancia difícil. —Un recuerdo de las pocas conversaciones que Thomas había mantenido con Aurora, al que ni siquiera le había dado importancia—. No pensé que...

—Estuvo cinco años viviendo allí. Tenía algunas cicatrices por el cuerpo, sobre todo en la espalda, y cada vez que recordaba aquella época se le oscurecía la mirada. ¿Qué culpa tuvo? ¿Ser hija de unos ladrones? ¿Nunca te has imaginado qué habría pasado si hubiera sucedido al revés? ¿Que alguien hubiera entrado en casa y hubiera acabado llevándose a Layla?

La respiración de Thomas empezaba a descontrolarse otra vez. Se sentía al borde del colapso y lo último que necesitaba era imaginarse a su pequeña siendo agredida. Era consciente de que Aurora lo había pasado mal, pero... Se mordió el interior de la mejilla; quería vencer aquel pensamiento que no dejaba de aparecer, el que iba precedido del «pero», tratando de buscar cualquier otra justificación. No obstante, él sabía que esas excusas no eran más que disculpas vacías que solo servían para perdonarse a uno mismo.

¿Qué había hecho Aurora para merecer ese infierno al que Thomas la había condenado sin querer?

La culpa lo atormentaba, sobre todo en aquel momento; no dejaba de repetirse que debería haberle contado la verdad a su hijo cuando ella llegó aquella noche exigiéndole explicaciones. Thomas se odiaba por lo que había hecho, pero más aún por haberse callado. Aurora ya no estaba, y él tendría que convivir con ello, como lo había estado haciendo los últimos veinte años, aunque con una carga más.

—Ella lo descubrió esa noche cuando vino, y luego apretó el gatillo sin querer. Esa noche... —Thomas se quedó en silencio al notar que el coche se detenía en el semáforo en rojo. Rojo, como la sangre que había manchado el suelo. Se acarició el muslo sin darse cuenta, justo en la zona donde había quedado la cicatriz de la operación—. Cuando Howard comprobó que Enzo y Rosella no tenían pulso, experimenté una sensación parecida a cuando ves una imagen a cámara lenta. Me quedé estático y Howard no dejaba de zarandearme por los hombros intentando que reaccionara.

»Lo hice segundos después, cuando lo vi dirigirse a la cocina y abrir los cajones. Lo único que me dijo fue que teníamos que esconder los cuerpos, que él se encargaría de todo. Parecía que estuviera hablando solo, en alto. Entonces escuché: "Busca el Zafiro de Plata". No había dejado de mirar las escaleras que conducían a la planta de arriba, y con la simple mención del colgante sentí que los pies se me movían solos. Abrí la primera puerta y me topé con una especie de despacho, aunque parecía más un taller. Revolví todos los cajones. Fui habitación por habitación y, de repente, lo oí: una voz aguda y asustada llamando a sus padres. En ese momento sentí que el mundo se me venía abajo.

»Me entró pánico, miedo… Todo a la vez. Deseaba que fuera mi imaginación, pero, cuanto más me acercaba al origen de ese sollozo, más real parecía. Entré en la habitación principal, la de matrimonio; la cama estaba revuelta y, antes de agacharme, vi sobre la mesita de noche un cuaderno, de esos que están forrados en cuero y se cierran dándoles vueltas con un cordón. En ese instante no le di importancia; no podía pensar con claridad porque el corazón me latía desbocado. Y cuando escuché que esa vocecilla volvía a llamar a su padre… Creo que nunca olvidaré sus ojos llenos lágrimas, asustados; no supe qué hacer. Sus padres acababan de morir y yo no supe qué hacer. Tendría la misma edad que Layla y no podía dejarla allí sola, aunque tampoco llevármela…

—Entonces la llevaste al orfanato —murmuró Vincent. No se había tratado de ninguna pregunta; aun así, Thomas asintió sin atreverse a mirarlo a los ojos. No soportaba que su hijo siguiera juzgándolo, sobre todo cuando sabía que era imposible enmendar el error. Tres personas habían muerto y él había sido el responsable.

—¿Aurora te contó algo más? Sobre esos años…

Vincent frunció el ceño mientras giraba hacia la calle donde vivía su padre.

—¿Qué quieres saber? ¿Si consiguió encontrar un poco de felicidad? No —aseguró tajante—. Pasó de vivir en un infierno a hacerlo en un mundo criminal. Dudo que la encontrara. Lo que hizo fue sobrevivir y enfrentarse a los obstáculos.

Silencio.

Thomas dejó escapar un suspiro profundo mientras se percataba de que cada vez se encontraban más cerca del punto final de la conversación. No quería perder a su hijo de nuevo, aunque dudaba de que su relación volviera a ser la misma; sin embargo, necesitaba cerciorarse de que estaban «bien». Él no quería que Vincent se apartara de nuevo o que volviera a encerrarse en su apartamento. Era su hijo, lo quería y anhelaba que los tres volvieran a ser una familia de esas que comparten cenas esporádicas y se llaman varias veces durante la semana, las que celebran los cumpleaños y se juntan para el día de Acción de Gracias, Navidad o Año Nuevo.

Él quería volver a la normalidad, pero, antes de que pudiera decírselo, Vincent se le adelantó:

—¿Qué harás con el cofre?

Thomas se volvió hacia él confundido. Vincent acababa de apagar el motor del coche y el silencio momentáneo no hizo más que incrementar la rigidez en los hombros.

—¿Cómo dices?

—¿Qué piensas hacer con el cofre? —repitió, y Thomas parpadeó desconcertado para luego arquear las cejas. ¿Qué creía su hijo que iba a hacer? ¿Entregárselo a la policía? Para ello tendría que confesar... Tragó saliva ante la sola idea, sobre todo cuando su imaginación le enseñó una versión de él vestido con un uniforme azul y condenado a pasarse allí lo que le quedara de vida.

—¿A qué te refieres?

—Me habéis preguntado qué habría hecho yo en vuestra situación. —La voz del detective sonaba tranquila, aunque apagada—. ¿Por qué has seguido buscando el Zafiro incluso tras la muerte de mamá? Te ganó la ambición, ¿es eso? Ese colgante, el cofre, la búsqueda... ¿No te gustaría darle fin? Cerrar el capítulo y tratar de vivir tranquilo, sin ponerte en riesgo. —Thomas bajó la mirada sin querer—. ¿Qué me dices, papá? —insistió una vez más.

—Al principio lo pensé, pero después... —Ni siquiera sabía qué decir, cuál podía ser la respuesta más adecuada que explicara lo que sucedía en su interior. Sentía que batallaba consigo mismo y que perdería si no conseguía sincerarse al fin—. Durante las primeras semanas, después de volver de Italia y de que tu madre muriera, yo... No podía quitarme la culpa de la cabeza. Me pasaba noches sin dormir arrepintiéndome a cada segundo de lo que habíamos hecho. Me di cuenta de que no podía seguir así, de que era lo único que os quedaba a ti y a tu hermana, así que me convencí de que necesitaba mantenerme ocupado. Continué con la búsqueda del Zafiro de Plata solo, sin Howard, y me pasé casi veinte años tratando de encontrarlo, porque hacerlo supondría imaginarme que ella nunca había muerto y que tendríamos la cita romántica que tantas veces le había prometido. Quería el Zafiro de Plata para sentir a tu madre un poco más cerca, para acabar lo que había empezado.

La sonrisa triste y rota de Thomas fue la ruina para Vincent, porque el amor jamás dejaría de doler y él había amado a su madre. Recordarla suponía abrir una puerta que le costaría cerrar después, y que su padre continuara mencionándola hacía que sintiera un deseo inmenso de llorar.

Daba igual cuánto tiempo pasara; jamás conseguiría hacerse a la idea de que su madre se había ido.

—Por eso te obsesionaste —murmuró el detective mientras dirigía la mirada hacia el final de la calle. Thomas asintió avergonzado, sin saber qué decir—. Pero aunque quieras completar la Corona, no puedes. Y con lo que ha pasado en el banco, porque estoy seguro de que fueron ellos, a estas alturas ya deben de tener la tercera gema. Irán a por el cofre otra vez, papá, y lo sabes. Están a un paso de averiguar su ubicación, y el truco de hacerse pasar por mí no les funcionará de nuevo. Irán a por ti —aseguró el detective volviéndose hacia él—. Y, si les dices que no, no dudarán en amenazarte con hacerle algo a Layla. Sin Aurora poniendo orden, porque ella era la que frenaba al jefe de esa organización, nada les impide actuar.

—¿Quieres decir que...?

En el fondo, aunque había tratado de ignorarlo, Thomas siempre había sido consciente del peligro que suponía aliarse con una delincuente internacional, y más cuando esa delincuente había pertenecido a una organización que, aunque operaba a la luz, se escondía de los cuerpos policiales.

Dejó de respirar un instante cuando Vincent pronunció serio:

—Deshazte del cofre antes de que vengan.

—¿Deshacerme del cofre? —preguntó con el ceño fruncido. Ni siquiera se dio cuenta de que había empezado a respirar de manera apresurada—. ¿A qué te refieres? ¿A que lo esconda en otra parte?

—A que lo destruyas.

Esa afirmación sonó como un balde de agua helada cayendo encima del hombre que había dado una parte de su vida para encontrar la Corona de las Tres Gemas.

—Sin el cofre, nadie podrá encontrar la Corona. Piénsalo, papá: tienen las gemas, lo único que les queda es conseguir las coordenadas. ¿Y luego qué? Completarán el tesoro y se acabó. Tú te quedarás sin nada. ¿No prefieres que siga escondida?

Thomas dejó que el silencio fluyera a través de él. A pesar de que la respuesta estuviera acariciándole la punta de la lengua, no se sentía capaz de contestar. Si destruía el cofre, echaría a perder todos los años que había empleado en buscar las gemas, sentiría en vano la muerte de su esposa y viviría la culpa en carne viva. Si destruía lo único que le quedaba, ya no habría vuelta atrás. No obstante, si lo hacía, Layla estaría a salvo. La partida habría acabado y Thomas cerraría un capítulo que no había hecho más que provocarle pesadillas.

Antes de contestar, Vincent volvió a adelantársele:

—Sabes que puedes pedírmelo, papá —pronunció en voz baja—. Pídemelo y yo me encargaré. Sé lo importante que ha sido para ti, pero destruirlo significará que no habrá más muertes, que no podrán tocar a Layla si tú no tienes nada que ofrecerles. Dímelo y lo haré —insistió con suavidad, sin apartar los ojos.

Thomas se relamió los labios para luego frotarse el rostro con fuerza; se estaba tomando el tiempo necesario para asegurarse de que era la decisión correcta. Pensó en su hija y en lo mucho que se parecía a su madre: los mismos rasgos delicados; el pelo, que no se decidía a ser ondulado o liso; los ojos castaños tirando a chocolate; la complexión pequeña; la voz… Thomas sonrió al recordar uno de los discursos de la verdad de Layla, en los que se encargaba de abrirle los ojos a quien fuera. Él jamás se lo perdonaría si alguien se atrevía a hacerle daño o si volvía a suceder algo parecido a la noche de hacía siete meses.

—¿Lo estás diciendo en serio? —preguntó Thomas un segundo más tarde—. ¿No se trata de ningún truco para quitarme el cofre y dárselo a ellos?

Vincent no se inmutó ante la acusación.

—¿Por qué iba a hacerlo? —contestó sin esperar respuesta, aunque no dudó en mostrar un deje de confusión en la voz—. Los ayudé al principio porque, te lo vuelvo a decir, sabía lo importante que era la Corona para ti. Me alié con Aurora para asegurarme de que no te la jugaba.

Ahora la situación ha cambiado y no tengo ningún tipo de interés en que la consigan, menos si va a suponer un peligro para Layla.

Hubo un momento de silencio y, antes de que a Thomas le hubiera dado tiempo para arrepentirse, dijo:

—Hazlo. Destruye el cofre.

17

El detective, que desde hacía una hora había dejado de serlo, giró la llave para abrir la puerta del estudio. Había tardado más tiempo del que había previsto y esperaba que Aurora hubiera encontrado algo con lo que entretenerse. Sonrió cuando la vio acurrucada en el sillón.

De pronto, un aroma dulzón le hizo cosquillas en la nariz. Vincent no pudo evitar volverse hacia el origen mientras trataba de adivinar qué podía ser. Se dio cuenta de que el horno todavía estaba funcionando y en su reflejo advirtió una figura acercándose: la responsable de que su apartamento oliera a lo que estaba seguro de que era una tarta de manzana, uno de los postres que Vincent más disfrutaba.

Aurora se colocó detrás de él, con las manos juntas en la espalda, esperando a que se diera la vuelta.

—Vi las manzanas y me apeteció algo dulce —explicó cuando las dos miradas se encontraron, listas para entrelazarse y no soltarse el resto de la noche. Apreció la pequeña sonrisa del detective, la comisura que apenas se levantaba, e imitó el gesto sin ser consciente—. No te aseguro que esté buena de sabor —advirtió.

—Pensaba que no sabías cocinar.

—Y sigo sin saber —respondió ella dando un paso hacia delante, acortando la distancia—. Seguir una receta paso a paso no es saber cocinar, sobre todo cuando decides echar los ingredientes a ojo.

Vincent se rio.

—¿Por qué a ojo? Tengo una báscula.

—¿Ah, sí? Pues no la he encontrado, y eso que he abierto todos los armarios y los cajones. He estado tentada de llamarte para preguntarte dónde la tienes escondida.

—¿Y por qué no lo has hecho?

—Porque se supone que para el mundo soy un fantasma —contestó con suavidad.

La sonrisa en el rostro del detective desapareció. Aunque era consciente de que el humor de la ladrona a veces cruzaba límites y que en ese instante había utilizado un tono burlesco, no podía esconder la sensación que le generaba cada vez que pensaba en ello o se trasladaba a aquella noche en el puente.

Decidió acortar la distancia y pasarle los brazos alrededor de la cintura, lo que provocó que los cuerpos se pegaran. Aurora tuvo que levantar la barbilla para no perder el contacto visual, y no dudó en rodearlo por los hombros.

—¿En qué piensas? —preguntó ella al cabo de unos segundos.

Vincent endureció la mandíbula sin querer. Pensaba en todo y en nada a la vez; en la conversación con su padre y en la ambición que había vivido; en las duras palabras del inspector y en su falta de arrepentimiento... Pensaba en los padres de Aurora, en la vida que habría tenido la pequeña Dianora si Enzo y Rosella Sartori hubiesen vivido. Pensaba también en su madre, en Layla y en la manera en que acababa de manipular a su padre para conseguir el cofre.

—Vincent —susurró Aurora, y el detective cerró los ojos un instante. Jamás se cansaría de ese sonido, el de su nombre cuando la ladrona lo pronunciaba despacio, sobre todo debido a la tonalidad melódica en las primeras letras.

La agarró de la cintura un poco más.

—He hablado con mi padre con respecto al cofre.

—¿Y bien?

—Mañana iré al banco a primera hora para llevármelo y cancelar el servicio de la caja de seguridad —se limitó a decir, pero Aurora esperaba más explicación que esa; él se percató de ese detalle por sus ojos, que exudaban curiosidad—. Lo he engañado utilizando a mi hermana —confesó sin mostrarse orgulloso; de hecho, notaba una carga sobre los hombros que antes no estaba ahí.

Le explicó a la ladrona la conversación que había mantenido con Thomas, aunque sin entrar demasiado en detalle, pues seguía sin estar seguro de contarle que el responsable de la muerte de sus padres era el inspector Beckett, el hombre a quien Vincent le habría confiado su vida.

«Nada conseguirá traerlos de vuelta», había asegurado ella días antes. Y estaba en todo su derecho a seguir viviendo sin conocer la verdad, a no ponerle rostro a la persona que había apretado el gatillo sin pestañear. Entonces, Vincent se preguntó cómo reaccionaría Aurora si se enterase. ¿Iría contra el inspector para atacarlo? ¿Se vengaría? No sabía qué pensar, pues la ladrona se volvía impredecible en esos casos. Él no quería que aquello sucediera, pero tampoco podía vivir mordiéndose la lengua.

—Destruiremos el cofre cuando demos con la Corona —murmuró la ladrona.

Una promesa. Vincent asintió de manera leve mientras percibía el estado de paz que su caricia le generaba. Quiso cerrar los ojos y abandonarse a su tacto, a las cosquillas sutiles que notaba en la nuca, pero se obligó a mantenerse despierto; antes de encerrar ese tema para siempre, debía asegurarse de que Aurora seguía sin querer enfrentarse a su vida pasada.

—¿Por qué quieres encontrarla? ¿Es por tus padres? —preguntó con cuidado y sin apartar la mirada. Se mantenía serena, expectante, cuando el detective decidió añadir—: Creo que sabes el riesgo al que te enfrentas exponiéndote de esta manera, sobre todo ahora que estás... —Se quedó callado. Todavía no se atrevía a decir esa palabra en alto—. Para el mundo has dejado de existir; al mínimo error que cometas, sonará la alarma. ¿Por qué te arriesgas cuando podrías tener la vida que siempre has deseado?

—¿Y cuál es esa vida? —inquirió ella con algo de brusquedad. No había hecho el amago de apartarse; seguía en los brazos del detective, aunque con el ceño ligeramente fruncido—. ¿Vivir en una isla perdida, desconectada del mundo, para esconderme de la policía? ¿O una de esas vidas que, para que sean consideradas como tal, debe tener sí o sí una casa en un barrio decente, un perro que pasear, un marido y un par de niños correteando por el jardín? El clásico final feliz de las novelas románticas.

Vincent dejó escapar un suspiro disimulado.

—¿Tú quieres tener hijos?

—No estábamos hablando de eso.

—¿Sí o no?

—¿Para qué quieres saberlo?

—Para poder responderte bien —soltó el detective en el mismo tono que la ladrona había empleado antes—. ¿Sí o no? —insistió al ver que juntaba los labios sin saber qué decir.

—No lo sé —confesó ella segundos más tarde, apartándose. Se dirigió a la cocina con pasos torpes para echarle un vistazo al horno. Entonces, volviéndose hacia Vincent, añadió—: Pero esto no tiene nada que ver con que quiera tenerlos o no. De todas maneras, ¿eso no supondría vivir con más riesgo todavía? Imagínate que la policía me descubre, ¿qué le pasaría a mi niño? O si llegaran a apartarlo de mi lado...

La voz de Aurora sonó frágil, rota, mientras se veía a sí misma reflejada al recordar lo que había pasado con sus padres. No soportaba la idea de que su hijo fuera a quedarse solo en el mundo, tal como había sucedido con ella.

—Dudo mucho que eso llegue a ocurrir —reflexionó Vincent y, antes de que la ladrona respondiera, añadió—: Comprendo tu miedo; creciste sin tus padres y no quieres que la historia se repita, pero no puedes condenarte imaginándote algo que todavía no ha pasado. El futuro también es impredecible, Aurora —murmuró con suavidad—. Ahora tienes que vivir con cuidado, pero eso no significa que tengas que limitarte si en unos años decides dar el paso.

De brazos cruzados, la ladrona se mordía el interior del labio sin ser consciente de estar haciéndolo; la mirada volaba del detective a la tarta, que continuaba dorándose en el horno, mientras notaba las palabras atascadas en la garganta. Eran pocas las veces que había pensado en cómo sería la sensación de tener una vida creciendo en su interior, pero, cada vez que lo había hecho, las facciones del rostro se le habían suavizado dejando que la imaginación volara un poco más. Esa vida, indefensa e inocente, a la que protegería de todo mal se convertiría en su familia.

Una familia de verdad.

Aurora le devolvió la mirada al detective; entonces, se percató de la distancia prudencial que había entre ellos. Vincent estaba dándole espacio, como siempre hacía cuando ella se perdía en su pasado.

—No me gustan los cambios abruptos —confesó la ladrona.

—Lo sé.

—Tendría que pensarlo bien antes de tomar cualquier decisión, también estar bien conmigo misma... —Aurora se apoyó contra el borde de la encimera y Vincent, con las manos en los bolsillos, se acercó despacio para colocarse delante de ella, sin tocarla, con un paso de separación—. Encontrar una pareja con la que me sienta segura, que quiera formar parte de mi vida —añadió en voz baja y notó que la respiración se le entrecortaba cuando Vincent se inclinó, acercando el rostro, y apoyó las manos en la mesa, a ambos lados de su cuerpo—. Que me acepte como soy, con mis errores y defectos.

—Todo el mundo comete errores —respondió él con suavidad, como si se tratara de una verdad absoluta—. Nadie se salva.

—¿Eres de los que perdonan con facilidad?

—No siempre.

—¿Perdonarías una mentira?

Vincent frunció el ceño. La reciente conversación con el inspector y su padre empezó a hacerle eco en la mente; sin embargo, trató de que no se le notara.

—Depende —se limitó a decir—. No perdonaría una infidelidad o algo que me rompiese por dentro hasta el punto de no saber cómo arreglarme.

La ladrona de joyas ladeó la cabeza sin apartar la mirada.

—¿A mí me has perdonado? —se atrevió a preguntar, y Vincent entendió al instante a lo que se refería.

—¿Por haberme engañado durante meses haciéndome creer que habías muerto? —inquirió sin alterar la voz. La muchacha esperó a que respondiera—. Entiendo por qué lo has hecho y no te culpo. Aunque me dolió, también me sentí aliviado. No tengo por qué perdonarte nada. ¿Por qué me lo preguntas? Pensaba que ya lo habíamos zanjado.

—Quería asegurarme de que estábamos bien.

El detective acercó el rostro un poco más, hasta que fue capaz de rozarle la mejilla con la punta de la nariz. Aspiraba el aroma que Aurora desprendía: suave, atrayente, el olor propio de las flores. Cerró los ojos un instante y, para cuando los volvió a abrir, susurró:

—Lo estamos.

Se dio cuenta de que ella también los había cerrado y mantenía los labios entreabiertos, solo un poco, como si estuviera invitándolo a entrar, quizá por la mano traviesa del detective, que acariciaba su cintura con parsimonia. Trazaba con el pulgar círculos pequeños y se acercaba cada vez más a la zona donde se sitúa el hueso.

—Me haces cosquillas —lo amonestó ella.

—¿Quieres que te diga lo que me haces tú?

Aurora sonrió.

—Todavía no me has contestado —continuó él cambiando de tema. Detuvo la caricia y los rostros volvieron a quedar separados.

—¿A qué?

—A si te gustaría tener hijos.

Aurora se soltó el labio inferior; ni siquiera se percató de que había estado reteniéndolo.

—Me gustaría; en un futuro, quizá. Cuando me sienta preparada —respondió ella.

—Porque lo que quise decirte antes, cuando has mencionado lo de los finales de las novelas románticas, es que no es malo aspirar a una vida así. Y quien te haya hecho creer que sí se equivoca. Construye el final que quieras, el que te dicte el corazón, porque tú serás la que lo viva. Nadie más.

—El detective alzó la mano para colocarle el mechón rebelde detrás de la oreja y aprovechó para acariciarle la mejilla con el dorso, haciendo que Aurora cerrara de nuevo los ojos ante la sensación—. Esa es la vida que mereces.

La vida que ella no había tenido; volvía a tener una oportunidad para remediarlo, para decidir cuál era el camino que trazaría a partir de ese momento. La ladrona de guante negro había dejado de existir para dejar en su lugar a una joven de veinticinco años que volvía a tener el mundo en la palma de la mano y que podía hacer con él lo que quisiera, aunque aquello implicara marcharse a un lugar en el que nadie la conociera.

Los ojos verdes contemplaron los del detective mientras ese pensamiento latía dentro de ella al ritmo del corazón.

—¿Y si quisiera que tú formaras parte de esa vida? —preguntó ella con cuidado—. ¿Vendrías conmigo?

Vincent esbozó una sonrisa tímida, diminuta, que camufló la emoción que esa pregunta le había generado.

—¿Qué te hace pensar que te diría que no cuando me he enamorado de ti hasta el punto de necesitarte para dormir?

El corazón de Aurora empezó a latir descontrolado ante la intensidad de la confesión; el mismo ritmo frenético que notaba el destino dentro del pecho, que empezó a dar saltitos mientras se tapaba la boca con una mano. «Enamorado». Vincent Russell estaba enamorado de ella y no había tenido reparo en decírselo.

—¿No dices nada? —inquirió el detective ante el silencio repentino. No se sentía asustado por la respuesta de Aurora, tampoco nervioso. En el fondo, sabía que su compañera era una mujer de pocas palabras y que, por tanto, debía fijarse en los detalles; como en aquel momento, en que su mirada se había suavizado.

—¿Debería?

Vincent dejó escapar un sonido gutural, parecido a una

risa, que Aurora acompañó levantando las comisuras del labio.

—Sería un detalle por tu parte, si te soy sincero; así me sacarías de la duda. Aunque, teniendo en cuenta que me acabas de pedir que vivamos juntos..., creo que ha quedado bastante claro —contestó él. Las sonrisas no desaparecían, tampoco la emoción que bailaba alrededor de la pareja.

Aurora volvió a morderse el labio inferior sin darse cuenta; se sentía como pez fuera del agua, pues no estaba habituada a que el corazón quedara expuesto para hablar de sentimientos, tampoco a imaginarse un futuro junto a alguien que la entendía, que se había lanzado a la oscuridad por ella... Quería pensar que ella también se había enamorado, que en aquel instante el pecho le latía con fuerza debido a la calidez que Vincent le generaba con su tacto; que el torbellino que notaba dentro eran las famosas mariposas aleteando con fuerza; que la necesidad de unir los labios para perderse en el deseo que ambos sentían no era sino otro efecto de aquel sentimiento que conseguía quemarlos por dentro.

«El poder no reside en el amor, tampoco te hace fuerte», le había dicho una vez Giovanni a la ladrona. Pero en ese instante, mientras los ojos de color miel la contemplaban con adoración, Aurora se sentía invencible.

—No te he pedido eso —protestó la ladrona, y Vincent arqueó las cejas sin que su rostro abandonara la sonrisa.

—Yo diría que sí.

—Te he preguntado si quieres formar parte de mi vida.

—Sí —respondió él al instante. Un «sí» no para confirmar que eso era lo que había dicho, sino para responder a su pregunta, la que tenía que ver con su futuro.

—¿Aunque implique alejarte de tu familia?

Vincent se tomó unos segundos para responder mientras se entretenía con uno de los mechones negros; lo entrelazaba con suavidad entre los dedos, sin apartar la mirada.

—Buscaría la manera de mantener el contacto.

—No quiero que luego te arrepientas.

—¿Por qué iba a hacerlo?

—Porque sé lo que significa no tener una familia con la que poder hablar siempre que quieras.

—Aurora, quiero estar contigo —aseguró el detective mientras fruncía el ceño con suavidad—. Sé lo que quiero para mi vida, y quiero que tú estés en ella. No te preocupes por mí, ¿vale? No pienses que eres mi condena. Seguiré hablando con mi padre, con Layla o con Jeremy, pero ellos tendrán que entender que decida marcharme para empezar de cero.

—¿Estás seguro?

—¿Y por qué no?

La ladrona volvió a sonreír.

—Podrías dejar de contestarme con preguntas, para variar.

—¿Me culpas? —inquirió divertido mientras se colocaba la mano en el pecho en señal de ofensa—. No puedes recriminármelo cuando tú llevas haciéndolo desde que nos conocimos. —Aurora se quedó en silencio, sin saber con qué argumento contraatacar—. ¿No dices nada? —repitió, pues sabía que la había puesto entre la espada y la pared.

El detective disfrutaba de esos momentos, de cuando se adentraban en una disputa entretenida para ver quién de los dos se haría con la victoria. No había nadie más para él, quería a la ladrona de joyas en su vida para seguir conociéndola y descubrir con qué otros secretos lo sorprendería; para descifrar los silencios mientras dejaba que los colores de las miradas se fundieran en uno solo; para enterrarse en ella y sucumbir ante la pasión de los cuerpos.

—A veces pienso en mis padres. —Las palabras se acompañaron por una pausa breve mientras la ladrona inspiraba para luego soltar el aire despacio—. En lo que habría dado por recibir un consejo de mi madre o un abrazo reconfortante. Le habría hablado de ti y de lo que me haces sentir cada vez que me tocas o cuando me abres los ojos en las situaciones que me superan. Supongo que ella me habría escuchado atenta, sonriendo —murmuró, y volvió a morderse el interior de la mejilla—. Sé que existen maneras de seguir manteniendo el contacto, pero no es lo mismo a tener a tu familia cerca y abrazarla. Por eso quiero que estés seguro, que...

Se calló al instante cuando notó el impacto de los labios de Vincent y de su mano en la mejilla. No pudo evitar rendirse al beso delicado, tierno, que duró apenas unos segundos.

—Estoy seguro —repitió, y lo haría las veces que ella necesitara escucharlo. Aurora asintió mientras colocaba la mano sobre la de él—. ¿Echas de menos a tus padres? —inquirió.

—Me siento diferente al pensar en ellos, aunque lo que veo son dos manchas negras; nunca he sido capaz de ponerles rostro, pero... —Se quedó callada mientras buscaba las palabras adecuadas—. Antes los odiaba, pero ahora que sé que no me abandonaron... De todas maneras, no puedo echar de menos a dos personas a las que no recuerdo; lo que siento es tristeza por no haberlos conocido.

—Me dijiste que no sabías lo que les había sucedido.

La ladrona negó y, antes de que Vincent preguntara si deseaba conocer la verdad, añadió:

—Y tampoco quiero saberlo —aseguró—. Podría averiguarlo, decirle a Stefan que me hiciera el favor, pero no quiero. He estado meses debatiéndome entre «vengarme» o no, pensando si debería honrar su memoria, pero nada de eso hará que los recupere. Y tampoco estoy segura de si soportaría saberlo.

El labio inferior de Aurora tembló sin querer. Era la pregunta que se hacía cada noche antes de irse a dormir, la que se repetía a cualquier hora del día: ¿Valía la pena abrir ese candado? Le había costado comprenderlo, sobre todo las primeras semanas después del enfrentamiento con Thomas: Dianora Sartori había muerto junto a sus padres. Ya no quedaba nada de la niña que había sido, pues los años en el orfanato habían marcado un antes y un después en su vida, y ella no se identificaba con otro nombre que no fuera el suyo.

«Aurora», como la princesa del cuento de hadas que tantas veces había disfrutado de pequeña, aunque ella no lo recordara.

El detective no insistió; la postura de la ladrona de joyas había quedado clara y él nunca la obligaría a hacer nada que no quisiera.

Entonces, el temporizador del horno emitió el sonido que indicaba que la tarta de manzana estaba lista y que puso fin a esa conversación, porque Dianora Sartori había dejado de existir y carecía de sentido seguir hablando sobre ella.

18

El zafiro, el topacio y el diamante brillaban como si alguien hubiera rociado polvo de estrellas por encima.

Aurora había colocado las piedras sobre el terciopelo negro y las contemplaba con expresión exultante. Era la segunda vez que las admiraba juntas, pues la primera había sido una semana atrás, tras regresar de España, cuando la líder de la subdivisión de la Stella Nera pidió ver el tercer y último elemento de la Corona de las Tres Gemas.

Eran las diez y media de la mañana y los cinco volvían a estar reunidos, no en el estudio del detective, como la vez anterior, sino en una localización que había escogido Grace y que le había servido a Aurora de escondite durante un tiempo. Se trataba de la habitación de un motel ubicado en uno de los barrios del distrito de Brooklyn, donde más delincuencia había, a casi una hora en coche del estudio.

Vincent colocó el cofre sobre la mesa redonda, a una distancia prudencial de donde estaban expuestas las gemas, y juntó las manos sin decir una palabra, como si su silencio bastara para que los miembros de la organización vieran que había cumplido con su parte.

Stefan, con aire despreocupado, se llevó el cigarrillo a los labios y le dio una calada, provocando que la habitación se llenara de humo. No apartó la mirada del detective mientras se preguntaba cómo había logrado engañar a Thomas para que este le hubiera hecho entrega de su posesión más preciada.

—A tu padre le habrá costado desprenderse del cofre, ¿no? —preguntó el italiano, y Vincent arqueó las cejas mostrándose indiferente; no le había gustado el tono de Stefan ni quería empezar una discusión con él—. ¿Qué excusa le has puesto?

—No creo que importe, ¿no? —respondió en el mismo tono—. Centrémonos en descubrir la ubicación de la Corona y acabar con esto de una vez.

—¿Tantas ganas tienes de encontrarla?

—Stefan —advirtió Grace en tono cansado—. Mantén el pico cerrado o te me vas para fuera. No ando de humor como para estar soportando peleas de niños chiquitos. Veamos esas coordenadas, que tengo cosas que hacer.

Las dos mujeres intercambiaron una mirada cuando la colombiana se dio cuenta de que los ojos verdes de Aurora la miraban interrogantes. Grace negó con suavidad y enderezó los hombros para deshacerse de la carga que notaba.

—¿Ha pasado algo con el jefe?

La pregunta de Romeo hizo que Stefan se fijara en él: un mechón rizado le caía por la frente, aunque a él parecía no molestarle, y mantenía la barbilla apoyada en la palma de la mano. Lo peor de todo fue que Romeo, sentado delante del joven conductor, ni siquiera hizo el esfuerzo de devolverle la mirada. Stefan le dio otra calada al cigarrillo y se percató de que Grace movía los labios mientras gesticulaba con las manos. Quizá estuviera quejándose del *capo*; desde la «muerte» de la ladrona de joyas, Giovanni Caruso había dejado de ser el mismo. Había reforzado la fortaleza, volviéndola todavía más inquebrantable, y no dejaba que nadie le preguntara al respecto. Seguía vistiéndose como solía, pero no todo lo que reluce por fuera se mantiene intacto por dentro, y los pedazos rotos de Giovanni seguían con él, en el interior del pecho, mientras trataba de asumir que su *principessa* jamás regresaría.

Stefan contempló a Aurora con disimulo. Estaba sentada junto a él y parecía estar hablando también, quizá respondiéndole a la líder, pero el joven conductor había dejado de escuchar. Le costaba prestar atención y no pudo frenar la pretensión de que Romeo le dirigiera la mirada.

Pero no funcionaba.

Dejó escapar un suspiro de frustración, pero sus ojos castaños continuaban fijos en las manos enguantadas de Aurora. La ladrona de joyas, con delicadeza y precisión, colocaba las gemas en los espacios correspondientes del cofre. Nadie se atrevió a hacer ningún ruido cuando alzó el diamante para encajarlo en el último hueco que quedaba. Estaban a solo un paso de completar uno de los tesoros más valiosos de la historia; el último esfuerzo y la Corona de las Tres Gemas sería suya.

Aurora siguió el mismo procedimiento que en las dos ocasiones anteriores: cerró el cofre para darle la vuelta; entonces, los engranajes empezaron a funcionar. El sonido se esparció por el espacio como el susurro de las ramas de los árboles al danzar con el viento. Los ojos verdes de la ladrona no se apartaron del instrumento hecho de madera mientras apreciaba las decoraciones dibujadas en dorado: símbolos que se enroscaban entre sí y que se extendían por la superficie.

Los segundos iban pasando y la muchacha contó hasta doce cuando el último engranaje se colocó en su sitio. La habitación volvió a quedarse en silencio, pero la voz de Romeo no dudó en interrumpirlo cuando preguntó:

—¿Puedo hacer los honores? —Había inundado la voz de evidente entusiasmo, lo que consiguió que Stefan se fijara de nuevo en él. Adoraba la ternura que desprendía, sobre todo porque lograba el equilibrio perfecto: Romeo era letal cuando se precisaba, un cazador con ojo de halcón, pero no dejaba de ser un joven algo tímido, que disfrutaba de los pequeños placeres y que sentía las emociones de los demás como suyas.

Stefan quiso responder, pero la líder se le adelantó:

—Deja que Aurora lo haga.

El joven francotirador se hundió un poco más en la silla y la ladrona no tardó en proceder después de haberle dedicado una mirada corta: levantó la tapa y, junto a las otras dos combinaciones de letras y números, había aparecido una nueva: las coordenadas que conducirían hasta la Corona.

—Estoy en ello —murmuró el detective, con el móvil entre las manos, antes de que ella hubiera abierto siquiera la boca.

Vincent se puso en pie con intención de acercarse al cofre para ver mejor las coordenadas y Aurora no se apartó. Los hombros de ambos se rozaron, una tenue caricia a la que ninguno reaccionó.

Sí lo hicieron, sin embargo, los tres miembros de la organización, que contemplaron el gesto con expresión incrédula. Aunque se habían hecho una idea del tipo de relación que los unía, no era lo mismo imaginárselo que verlo: la complicidad que reflejaban sus miradas, que el detective se adelantara a los pensamientos de ella, el roce sutil que acababa de producirse...

Era un trato distinto al que Stefan recordaba.

Las dos esmeraldas que Aurora tenía por ojos brillaban con más intensidad todavía, como si su corazón se hubiera descongelado y se filtrara luz entre las grietas.

—¿Y bien? —inquirió Stefan—. No tenemos todo el día.

Fue ese comentario el que provocó que la atención de Romeo por fin recayera sobre su compañero. Las miradas se entrelazaron al instante, en un nudo parecido al del ocho: resistente, que hacía que ninguno de los dos fuese capaz de apartar los ojos. Parecía que el tiempo transcurriese sin pestañear, fugaz; sin embargo, Romeo se encargó de que las manecillas del reloj volvieran a funcionar: de brazos cruzados sobre la mesa, rompió el contacto visual con Stefan para centrarse en lo que fuera que estuviese diciendo el detective.

—... en Milán.

—¿Cómo has dicho? —saltó Stefan, en un tono más arisco que el de hacía unos segundos.

Vincent contuvo las ganas de ignorarlo y, antes de responder, no pudo evitar echar un vistazo a Aurora, que mantenía la mirada fija en un punto.

—Las coordenadas indican que la Corona está escondida en Milán, en el Duomo.

—No puede ser. —El italiano se mostraba confundido—. ¿No te habrás equivocado en algún número? —inquirió de malas maneras.

—Adelante; compruébalo —respondió Vincent desafiante y frunciendo el ceño. Se había hartado de su actitud—. No sé qué te pasa y tampoco me interesa, pero baja el tono, ¿estamos? —A pesar de la calma con la que había hablado, el tono severo consiguió que Stefan arqueara las cejas, aunque sin decir una palabra—. En cuanto a la ubicación, no es descabellado pensarlo si tenemos en cuenta que el joyero era originario del sur de Europa.

—¿De dónde sacó eso? —preguntó la colombiana.

—Lo descubrimos en República Dominicana, hablando con un pescador que resultó ser descendiente de quienes esculpieron la estatua en... —Se quedó un momento en silencio tratando de recordar el año—. A finales del siglo XVIII. Nos dijo que un joyero europeo le había encargado a su familia esculpir la estatua de un ángel.

—¿El que dividió la Corona y escondió las piedras? —quiso saber Romeo.

—Creemos que sí. Tampoco indagamos mucho sobre él, porque la prioridad era encontrar el topacio. No sé si Aurora os lo ha contado —murmuró, volviéndose hacia ella—. Sobre el esqueleto que encontramos en la cueva.

—Ah, sí, la pila de huesos —comentó Grace, lo que provocó la risa sutil en el más joven del grupo, que se calló al instante cuando la líder le lanzó una mirada admonitoria—. ¿Buscaron información sobre el origen de la Corona? A quién perteneció y toda la vaina. Antes de comprar los boletos para el avión, habría que empezar por ahí y descubrir qué está haciendo en Milán. Aurora —la llamó. Grace pensó que se sobresaltaría, pero la muchacha continuó de brazos cruzados y con el rostro apagado—. ¿Qué tienes?

—Estoy bien.

—Váyale con ese cuento a la vecina —respondió ella—. ¿Es por el jefe? ¿Te asusta que descubra que le mentiste? No podrás mantenerlo engañado para siempre; lo sabes, ¿no? Ya lo hablamos, *mor*. Si llega a enterarse por otros medios, pondrá el mundo patas arriba hasta encontrarte, y dudo que vaya a soltarte así como así.

La ladrona recordaba aquella conversación; con una copa en la mano y las dos botellas de vino sobre la mesa, se habían pasado horas hablando sobre Giovanni. Y Grace acababa de recordarle lo mismo que le había dicho en aquella ocasión: Giovanni Caruso era el *capo*; no estaba acostumbrado a que las posesiones más preciadas se le escaparan de las manos. Él jamás aceptaría la pérdida de Aurora mientras ella siguiera con vida. Era *su* ladrona, el alma rota que había recogido de la calle para arreglarla y moldearla a su capricho. Pero la muchacha se había cansado de pertenecerle y no dudó cuando tomó la decisión de que viviera en la misma mentira en la que el resto de la humanidad.

—No tiene por qué enterarse si lo planificamos bien —contestó ella—. Lo único que debo hacer es tener más cuidado del que ya tengo.

—¿Entonces?

Aurora contempló los ojos oscuros de Grace. Sentía su preocupación, esa sensación que Nina también le había inspirado en el pasado; sin embargo, la de Grace reflejaba una calidez distinta, sincera.

Grace no era Nina.

Sin pretenderlo, se quedó con la mente en silencio, páginas en blanco en las que no se veía capaz de escribir ningún pensamiento, hasta que el suave roce de la mano de Vincent hizo que parpadeara.

—Me ha sorprendido que todo vaya a acabar en Milán, eso es todo —murmuró.

En realidad, había algo más, pero Aurora no iba a compartirlo en ese momento. Si se notaba con un nudo en la garganta cada vez que intentaba explicarle a una persona cómo se sentía, tratar de hacerlo con un auditorio mayor solo conseguiría que se viera atravesando un camino entre dos paredes cuyo propósito era aplastarla. Y aquello Grace lo notó con solo una mirada, por lo que optó por no seguir preguntando. Lo haría en otra ocasión, cuando estuvieran las dos solas y con una botella sobre la mesa.

—Muy bien, pues —concluyó la líder poniéndose de

pie—. Mis amores, sus deberes para el fin de semana: busquen todo lo que se sepa sobre la Corona, qué tiene de especial la catedral de Milán y, ya de paso, un mapa detallado del interior, que nos hará falta. Luego nos pondremos manos a la obra con el viaje.

—¿Quiénes iremos a Milán? —preguntó Romeo—. Entiendo que tú debes quedarte porque no puedes abandonar la organización, así que iríamos nosotros tres y...

Las miradas, exceptuando la de Aurora, se centraron en Vincent, el detective que había dejado de serlo, aunque ninguno de los presentes lo supiera aún, y que les había conseguido la pieza fundamental para dar con el tesoro. Vincent arqueó las cejas, sin entender por qué se estaba poniendo esa cuestión en duda, y dijo:

—¿Algún problema con que yo también vaya?

—No, a ver... —Romeo se rascó por detrás de la cabeza, resoplando—. Lo que pasa es que los medios te reconocen, mucho menos que antes, por supuesto, pero tendríamos que tomar precauciones. Además, ¿no vas a tener problemas con Beckett? Será un viaje de «vete a saber cuándo volveremos», algo parecido a cuando os fuisteis a República Dominicana, pero con la diferencia de que vamos a por el premio gordo.

—No os preocupéis —se limitó a contestar.

Stefan esperó a que añadiera algo más, pero cuando se dio cuenta de que no lo haría, saltó:

—¿Y ya está? ¿Esa es tu defensa?

—¿Qué más quieres que diga?

—Joder, pues vamos apañados, ¿no? Teniendo en cuenta que tú eres el policía...

—Agradece que os esté ayudando.

—¿Que lo agradezca? —En un momento, la habitación se sumió en una discusión entre Stefan y Vincent, que se acaloraba por segundos. Al italiano le daba igual el tipo de relación que su amiga y él mantuvieran, pero no permitiría que Vincent la pusiera en peligro—. Que yo recuerde, querías atraparla a toda costa, y no nos olvidemos de que aceptaste el trato porque tu padre estaba involucrado. ¿Ahora cómo va la cosa? ¿Vas a seguir jugando a dos bandas? No le des otro motivo más a Giovanni para que decida quitarte de en medio de una vez.

La mención del *capo* provocó que Aurora reaccionara aclarándose la garganta. Quiso intervenir, pero la mirada que le dedicó el detective advirtió que él era perfectamente capaz de manejar la situación, porque se había percatado de que la molestia de Stefan nada tenía que ver con él, sino consigo mismo.

—Cuéntaselo —animó el detective. Stefan arqueó las cejas confuso—. Dile a Giovanni que vuelvo a estar implicado, y ten por seguro que empezará a hacer preguntas. Lo conoces; no se detendrá hasta entender por qué y, tarde o temprano, descubrirá que Aurora no murió aquella noche. Creo que sois conscientes de lo que pasará si eso llega a suceder, porque Giovanni no es de esos que soportan que sus hombres le mientan a la cara. Sin olvidarnos de que ella os ha pedido que le guardéis el secreto. Cuéntaselo y desata la catástrofe, serás tú el que saldrá mal parado, no yo.

El italiano arrugó un poco más la frente. En el fondo sabía que Vincent tenía razón, que implicar al *capo* de la Stella Nera solo tendría consecuencias negativas. Se relamió los labios y esbozó una sonrisa cargada de incredulidad, de ironía. Entonces, se fijó en los ojos verdes de Aurora, en la calma que transmitía. No negaba que hacían buena pareja, pero la palabra «policía» no dejaba de resonarle en la cabeza.

—De todas maneras, aunque juegues a ser lo que no

eres, te olvidas de que, a la larga, se volverá insostenible. ¿O estarías dispuesto a renunciar a tu carrera o a tu vida por ella?

—¿No me ves capaz?

—Lo que veo es a alguien que no ha pisado el mundo real y piensa que todos los finales son de cuento de hadas. Puede que ahora te funcione, que puedas escaparte por unas horas de la rutina para buscar ese puntito de adrenalina que te falta, pero Aurora no es ningún juguete y, si algo sale mal, ella será la primera afectada.

—Lo sé.

—Y una mierda lo sabes.

—A ver —intervino la colombiana—. Vamos a calmarnos.

—¡No me digáis que soy el único que lo ve! —saltó Stefan alterado—. Que me da igual que nos haya traído el cofre, que lo habríamos conseguido tarde o temprano, como siempre, pero lo que no me parece normal es que se haya convertido en «un miembro más del equipo». Que es un puto detective, por el amor de Dios. ¿Por qué no dices nada? —preguntó con la mirada puesta en la líder.

Pero, antes de que Grace abriera la boca, Romeo intervino con voz seria, firme, algo que no se presenciaba con regularidad:

—Stefan, acompáñame un momento afuera —pidió, sin darle oportunidad alguna para rebatir la exigencia.

Romeo abrió la puerta y salió de la habitación dejando a Stefan pensativo y con el ceño fruncido. Sin decir una palabra, este se puso de pie, abandonó el espacio y cerró la puerta empleando un poco más de fuerza de lo habitual. Los tres pares de ojos contemplaron la escena sin atreverse a abrir la boca, aunque fue el carraspeo de Grace el que cortó el silencio tenso que se había formado.

—Mmm... Más tarde hablaré con ellos, que luego se

creen que soy una blanda por permitirles estos arrebatos. En cuanto a lo que preguntó Romeo hace unos minutos, tendríamos que valorarlo, porque usted sigue siendo policía y no me da la gana de que suponga un peligro para nosotros.

—No creo que... —trató de decir la ladrona, pero cuando notó que la mano de Vincent se colocaba encima de la suya, juntó los labios mientras contemplaba el gesto.

—Espera, déjame contestar —pidió él y, un segundo después, añadió—: Mi participación no os supondrá un problema.

—Ah, ¿no? ¿Y eso por qué?

Aurora permaneció en silencio esperando a que Vincent respondiera; se sentía nerviosa de repente, pues intuía lo que iba a decir a continuación.

—Porque ayer dimití.

Cuando Stefan cerró la puerta de la habitación y vio a Romeo, que se había alejado unos metros, quiso que la tierra se lo tragara. Aunque intuía por dónde iría la conversación, temía que su compañero acabara apartándose por completo, sobre todo después de lo que habían vivido un par de semanas atrás, antes del viaje a España.

Se acercó temiendo cada paso, cada palabra que saldría de su boca. Romeo se mantenía con la mirada perdida en el horizonte, con el cuerpo inclinado ligeramente hacia delante y los brazos apoyados en la barandilla. Decidió colocarse junto a él, aunque dejando una distancia prudencial. Sabía que se había comportado como un patán con el detective, y odiaba que Romeo hubiese tenido que intervenir para sacarlo fuera porque él no había sabido controlarse.

Pero lo que más odiaba era la cobardía que vivía en él, la que le impedía sincerarse al recordarle lo que pasaría si se atrevía a hacerlo.

—Mira, estoy bien, ¿vale? Solo me he alterado un poco —murmuró Stefan mientras lo miraba de reojo, aunque no tardó en volver la vista al frente. Estar cerca de él, a solas, lo ponía nervioso, aunque siempre trataba de disimularlo—. Tampoco es tan grave, pero ni de coña pienso disculparme con él. Me da igual la relación que tenga con Aurora; no va a durar, y menos aún sabiendo lo que Thomas les hizo a sus padres.

—No lo sabemos —rectificó Romeo, y Stefan tensó la mandíbula. Era cierto, la ladrona les había pedido que se olvidaran de la historia.

—Tampoco hay que ser muy inteligente para saber sumar dos más dos.

—Es problema de ella, al fin y al cabo. Ha tenido tiempo para pensarlo y nadie tiene derecho a influir en sus decisiones, tampoco en con quién decida compartir su vida. Podrá parecernos peor o mejor, pero... —Se quedó un momento en silencio para volverse hacia Stefan, aunque con la mano todavía apoyada en la baranda—. ¿No las has notado un poco más relajada? Han pasado cuatro días desde que se reencontró con Vincent, pero parece como si nunca se hubieran separado. A lo mejor piensas que es la mayor de las cursiladas, pero se hacen bien el uno al otro, o esa es la sensación que me generan, y que des a entender que no tienen futuro...

—Yo no he dicho eso.

—«A la larga se volverá insostenible» —repitió sus palabras de antes, y Stefan juntó los labios de nuevo al recordarlo—. No tienes ni idea de si les irá bien o mal, o qué sucederá con su puesto en la policía, pero es su problema, no el tuyo. Ya pensarán en algo. Lo que ha estado mal es asumir algo que no sabes y actuar como si solo tu opinión valiera.

Stefan frunció el ceño, pues le dio la sensación de que, con esas palabras, Romeo estuviese recriminándole algo más.

—¿Y cuándo he actuado así? Quiero verla feliz, que esté bien... También he notado que está más relajada, pero ¿no puedo advertirla? Si se junta con un policía solo conseguirá levantar sospechas, y no hace falta decir que es lo que menos le conviene.

—Que no es eso...

—¿Entonces? —inquirió Stefan arqueando una ceja—. Yo también deseo que Aurora tenga una vida, una pareja con la que no deba dormir con un ojo abierto. Lo único que estoy haciendo es preocuparme por ella, porque no soportaría verla rota otra vez.

—Stef...

—¿Es que ahora todo el mundo se está poniendo de parte de él?

—A ver, que no es cuestión de elegir bando.

—¿Ah, no? —Cuando Stefan se ponía nervioso, cuando se sentía atrapado en un mar de palabras, no era capaz de hilar las ideas, tampoco de entender que Romeo no estaba juzgando su preocupación por su amiga, sino cómo se había expresado—. Grace tampoco ha dicho nada, y ahora tú...

Stefan se quedó callado, en blanco, interrumpido por un gesto que, si bien no era la primera vez que recibía, en ese instante lo golpeó diferente: Romeo había apoyado la mano en la de él haciendo que un escalofrío lo recorriera entero. Juntó los labios y bajó la mirada hacia esa unión.

—El problema es que asumes cosas que, a lo mejor, no

son ciertas, y vives convencido de que, si intentas cambiarle el rumbo a lo que según tú está establecido, te llevarás una decepción porque odias arriesgarte. Pero ¿sabes qué? La vida no está escrita sobre el papel y, dependiendo de las decisiones que tomes, elegirás un camino u otro. La zona de confort es lo peor que el ser humano ha inventado, Stef. Una cosa es sentirte seguro en tu espacio o con alguien, pero otra es estancarte en el mismo sitio por el miedo a perderlo todo si pones un pie fuera del círculo.

Era como si Romeo acabara de colocarle el manual de cómo funcionaba la vida sobre la mesa, delante de él. Un golpe seco, sin haberlo pensado demasiado, mientras se mantenía con la mirada puesta en él y le decía, sin necesidad de abrir la boca, que se apresurara, que ese tren solo pasaba una vez y debía aprovecharlo.

Entonces, Stefan decidió arriesgarse: puso un pie fuera del círculo y empezó a correr para no perder ese tren, porque lo último que quería era que luego el arrepentimiento le hiciera compañía por las noches. Con el corazón latiéndole a mil por hora, sujetó el rostro de Romeo y se abalanzó sobre sus labios en un beso que provocó que estallara en fuegos artificiales por dentro.

Al principio saboreó la sorpresa, hasta que Romeo le correspondió cerrando los ojos para dejarse llevar y entregarse a ese deseo que no sabía que llevaba tiempo sintiendo. Y Stefan lo había notado cuando, semanas atrás, contempló una cercanía inusual en él. No supo qué pensar, o si tal vez se hubiera tratado de su imaginación, que a veces solía jugarle una mala pasada invitándolo a comerse la cabeza con mil excusas diferentes.

Pero todo eso había dejado de importar, sobre todo cuando Romeo notó la espalda tocando la pared mientras se deleitaba con la exigencia de los labios de Stefan.

Estaban viviendo uno de esos besos que arrancan suspiros e intensifican el brillo en la mirada. Un beso que Stefan había ansiado durante años y que lo tenía flotando por encima de las nubes.

19

La princesa de la muerte apenas levantó las comisuras de los labios cuando sintió los dedos de Vincent entrelazándose con los suyos. Dejó de mirar por la diminuta ventana del avión y contempló el roce suave del pulgar sobre el dorso de la mano; entonces, se la tomó un poco más fuerte mientras alzaba la mirada para encontrarse con sus ojos cálidos, bañados en ese oro tostado que tanto disfrutaba ver.

Habían transcurrido seis días desde la reunión en la habitación del motel. Los tres primeros los habían pasado recopilando cualquier migaja de información sobre la Corona de las Tres Gemas: no habían obtenido nada que no supieran, pero había servido para repasar el camino que habían trazado en el mapa, por si surgía algún detalle que se les hubiera escapado. El cuarto día lo habían aprovechado para juntarse una vez más y planificar el viaje a Milán: las nuevas identidades que Aurora y Vincent usarían; la excusa con la que Stefan y Romeo se presentarían delante del *capo*; dónde dormiría cada uno; la primera visita de reconocimiento que harían al Duomo; el plan, que ya tenían preparado y les serviría para colarse por la noche...

Se enfrentarían de nuevo a la oscuridad, a una misión en la que tendrían que marchar a ciegas, y aquello era algo que volvía a inquietar a la ladrona de guante negro.

—¿Existe una razón para tu miedo a volar? —preguntó Aurora en un susurro suave mientras le permitía al detective apretarle la mano cuanto quisiera.

—Que se estrelle.

Ella sonrió.

—Entonces deberían darte miedo los vehículos en general. ¿Crees que es más seguro ir en moto? Una curva mal trazada y dile adiós a la vida.

—No es mi caso. Soy un experto conductor.

—Qué engreído.

—Como si tú no te jactaras de ello.

—Pero es que yo sí tengo razones para hacerlo.

—¿Porque eres una experta? —Vincent arqueó una ceja divertido. Aunque notara todavía la vibración de las ruedas, se sentía un poco más relajado—. Siempre acabo alcanzándote.

—Dejo que me atrapes, que es diferente.

—Por supuesto —contestó él con evidente ironía. Se deslizó como pudo en el asiento, porque la clase turista jamás entendería de tener espacio para las piernas, y apoyó la cabeza contra el respaldo mientras volvía a contemplar la unión de las manos—. Lo decía en serio —murmuró captando la atención de Aurora, que no tardó en apoyar la mejilla para no romper el contacto de las miradas—. Lo del miedo a que el avión se estrelle. Me inquieta pensar que podría pasar algo en cualquier momento y que no podría hacer nada para impedirlo; que la única opción que queda es la de esperar no morir. Odio la sensación al despegar, y da igual si entiendo por qué los aviones vuelan; mi niño interior sigue haciéndose esa misma pregunta cada vez que me subo a uno. Supongo que lo de morir... La muerte me genera demasiado respeto y siempre voy a preferir mantenerla lejos.

Aurora lo miraba con la frente arrugada, los labios ligeramente fruncidos y los ojos que se habían fusionado con una lástima que nunca había sentido. Pensó en lo que Vincent había debido de sentir al verla caer al agua y desaparecer en el vacío. A ella tampoco le gustaba la sensación fría que producía la muerte, aunque a veces solía ocasionarla. No disfrutaba cuando arrancaba el alma del cuerpo, aunque Giovanni opinase que sí. Hacía tiempo que había dejado de hacerlo, pues el sentimiento se intensificó cuando descubrió lo que había pasado con sus padres.

—Pero aun así, has decidido venir —murmuró, y Vincent asintió con suavidad—. No quiero que vuelvas a sentirte en la obligación de acompañarme siempre...

—Quiero hacerlo —contestó él al instante—. Date cuenta de que también estoy enfrentándome a lo que me asusta. Tú hiciste lo mismo en la cueva.

—Fue diferente.

—¿De verdad lo crees? Todas las veces que me dijiste que entrarías, que estabas bien y que no tenía de qué preocuparme... Tu mirada reflejaba lo contrario. No querías entrar, te daba miedo quedarte atrapada, pero lo hiciste porque tu objetivo pesaba más que el miedo.

Aurora no dijo nada. Era cierto. Cada palabra que salió de la boca del detective relató la batalla interna a la que se había enfrentado, el querer vencer a ese temor y no poder.

Se sorprendió de lo mucho que Vincent la conocía, del libro abierto que parecía cuando él estaba cerca; veía en su interior y prestaba atención a los detalles. Él sabía cuándo la ladrona precisaba espacio para controlar la oleada de emociones y pensamientos que solía echársele encima, lo que el encierro y los espacios diminutos suponían para ella. Se había percatado de cuáles eran sus galletas favoritas y de su devoción por el vino, o de lo mucho que le gustaba leer.

Era la primera vez que experimentaba una conexión como aquella, y le gustaba. Le agradaba saber que, a pesar de todo lo que había hecho, Vincent había tomado la decisión de formar parte de su vida. El detective había dimitido y una de las razones había sido ella, porque había escogido quedarse a su lado.

—¿En qué piensas? —preguntó él rompiendo el momento de silencio.

Aurora negó moviendo la cabeza con suavidad y se acercó un poco más hasta apoyar la mejilla en el brazo de él. Cerró los ojos un instante mientras trataba de asimilar lo que le estaba sucediendo: a pesar del sentimiento que se había adueñado de su corazón, al que no estaba acostumbrada, este latía con calma, como si llevara años esperándolo. Se había enamorado de Vincent, de un policía, aunque ya no lo fuera. No recordaba el momento exacto en el que había dejado que el corazón tomara las riendas, pero lo había hecho y le gustaba esa sensación.

El susurro de la voz de Stefan acariciaba la piel de Romeo provocándole cosquillas. Habían transcurrido varias horas desde que el avión había despegado y ellos estaban sentados unas filas más adelante.

Envueltos en una oscuridad acogedora, Stefan continuaba sin romper el contacto visual con su compañero; se habían enfrascado en una conversación divertida sobre las películas que más les habían decepcionado. Hablaban dejando que el melódico italiano fluyera entre ellos, como un par de desconocidos que habían chocado por accidente y que no habían podido resistirse a la atracción que había hecho chispas. Dos desconocidos que, aunque no lo fueran, se sentían como tales: estaban descubriéndose mientras se perdían en la mirada del otro, con una sonrisa diminuta en los labios que reflejaba el peso que se habían quitado de encima.

—Esa saga está sobrevalorada, tiene unas escenas de acción poco creíbles y que rozan lo absurdo —aseguró Stefan—. Da igual que entiendas de coches o no, cualquiera que tenga dos dedos de frente se llevaría las manos a la cabeza con el simple planteamiento: ¿un coche con un cohete pegado al techo que va al espacio? Surrealista. Que sí, que el foco principal que reflejaba las carreras ilegales se ha perdido, pero ¿al espacio? —repitió incrédulo a la vez que se acordaba de cuando vio esa escena el día del estreno.

—A mí la situación me pareció graciosa. Pasé un buen rato, que es lo importante; no salí del cine hecho una furia.

—Le habría faltado soltar un «como tú», pero se abstuvo al ver que Stefan ponía los ojos en blanco—. Supongo que eso es lo que quieren conseguir: que cada película sea más increíble que la anterior, con situaciones irreales y coches sacados de la manga mientras destruyen todas las ciudades a las que van.

—Es verdad —respondió Stefan un poco más relajado. Hablar de esas películas le daba dolor de cabeza.

—Si quieres ver una buena película de coches, hazte un favor y ponte *Cars*, de Disney, aunque me parece que tiene más de Pixar que de Disney. —Se llevó el índice a los labios pensativo—. Bueno, da igual. Ponte las tres películas, y, si ya lo has hecho, te las vuelves a ver, que son una obra maestra.

—No sabía que te gustaran tanto.

Stefan sabía que su compañero estaba enamorado de Disney y que disfrutaba de cualquier película animada que se le pusiera por delante, pero no recordaba que le hubiera mencionado cuál era su favorita. Quizá lo había hecho y él no había prestado la atención suficiente. Se regañó mentalmente por ello. Romeo esbozaba una sonrisa radiante y quiso atraparla para guardarla junto a las demás, en un cajón dentro de su memoria.

—De pequeño las repetía una y otra vez. Siempre me han gustado los coches y *Cars* es una combinación de eso, además de la amistad y la superación personal, sin olvidarnos del romance, por supuesto.

—Así que eres un romántico, ¿eh?

—¿Tú no disfrutas de las historias de amor? —inquirió Romeo con cierto interés.

—No me gustan las ñoñerías ni las muestras de afecto empalagosas, y los clichés me parecen absurdos, por no hablar de las declaraciones que se hacen en público; prefiero lo privado, estar con la persona a la que quieres y centrarte solo en ella mientras te pierdes en el color de sus ojos y le susurras cerca del oído para que se estremezca. Pasar un fin de semana en la montaña, en una cabaña con el fuego crepitando y el sonido de la naturaleza de fondo me parece mil veces mejor que tener una cita en un restaurante pijo y que además esté abarrotado de gente.

—¿Te molesta la opinión de la gente?

—¿Qué? Por supuesto que no —respondió él con rapidez, dándose cuenta de que la voz de Romeo había sonado apagada. Comprendió a lo que se había referido y negó con la cabeza para tranquilizarlo—. Me limpio el culo con las opiniones de los demás, me da igual lo que piensen y no me supone ningún tipo de problema plantarme en medio de una multitud y besarte para demostrarte que es así.

Romeo sintió que se le ralentizaba la respiración y le cosquilleaban las manos; a pesar de que estuviese acostumbrado a su sinceridad, le gustaba esa faceta de Stefan. Entre ellos ya no había secretos ni miradas incómodas. Le había costado darse cuenta de que Stefan respiraba por él, pero más valía tarde que nunca, y en ese instante no quería bajarse de esa nube en la que su compañero le susurraba cómo sería la cita perfecta.

—Las piernas me temblarían, seguro, y tendría el corazón latiéndome deprisa. Igual preferiría la cita de la cabaña para evitarme el ridículo —confesó, y de Stefan brotó una risa suave, baja. Romeo aguantó la respiración al notar que su mano se acercaba con seguridad para rodearle el muslo.

—¿Y piensas que estando solos no te haría temblar?

Romeo inspiró hondo.

—Joder, Stef, que estamos en un avión lleno de gente.

—Que se tapen los oídos —respondió él encogiéndose de hombros, indiferente. No mentía al decir que no le importaba lo que opinara el resto de él. Romeo lo había aceptado, no había huido de su lado, y él estaba feliz. Quería disfrutar de esa felicidad.

—¿Podemos cambiar de tema? —pidió en otro susurro. A pesar de la escasa iluminación, intuyó el tono rojizo que sus mejillas habrían adoptado.

—Si respondes a la pregunta.

—Eso es coacción.

—Curiosidad, más bien.

—Tampoco descarto que sea para inflarte el ego.

—No lo hagas —aceptó Stefan sonriendo—. Me gusta saber que te estoy provocando cosas.

—Que estamos en un avión... —repitió mientras trataba de que la sonrisilla desapareciera. Miró alrededor con disimulo y se percató de que algunos pasajeros estaban durmiendo, pero la mayoría vagaba de película en película con los auriculares puestos, ajenos a lo que sucedía con la pareja que no había dejado de hablar desde hacía horas—. Sí, sí lo pienso —contestó a la pregunta que Stefan le había hecho antes—. Estoy seguro de que te encargarías, pero no puedes soltarme algo así y seguir tan tranquilo.

—¿Quién ha dicho que esté tranquilo?

—Stef...

Él se rio una vez más; una risa suave, sigilosa, que le brotó del pecho haciendo que este vibrara. Apretó el agarre alrededor de su muslo, lo que provocó que Romeo se tensara de repente y soltara el aire despacio. Observó que se relamió los labios con disimulo.

—A la mayoría le damos igual, y a quien no le guste, que no mire —murmuró Stefan—. Tú deberías hacer lo mismo y centrarte en ti. Dime, ¿qué es lo que te apetece?

—¿Ahora? —susurró, y Stefan asintió dejando escapar un sonidito—. Quiero besarte.

—Pues hazlo.

No obstante, había una persona, sentada varias filas atrás, en diagonal, que elevó las comisuras para formar una pequeña sonrisa al contemplar la muestra de afecto que le enterneció el corazón. Aurora apartó la mirada unos segundos después para darles esa privacidad que merecían y se topó con el rostro dormido del detective. Las manos todavía se encontraban unidas, pues a la mínima que la ladrona intentaba apartar la suya, Vincent emitía un quejido por lo bajo, aun con los ojos cerrados, mientras la agarraba con fuerza.

Sin desviar la mirada de su perfil, empezó a trazar caricias vagas en el dorso. Se sentía en una burbuja, en la fortaleza nueva que había vuelto a levantar, pero esa vez con el detective dentro, a su lado.

Su confesión todavía danzaba alrededor de la princesa de la muerte; notaba el corazón cálido, a gusto, sonriendo feliz: «¿Qué te hace pensar que te diría que no cuando me he enamorado de ti hasta el punto de necesitarte para dormir?». Había veces en las que Aurora se sentía pequeña cada vez que recibía una declaración espolvoreada con azúcar. El impacto de esas palabras hacía que se sintiera querida, mientras se reafirmaba una vez más en que el amor no tenía por qué doler, en que Vincent jamás permitiría que ocurriera sabiendo por lo que habían pasado.

«Solo seríais una pareja de fugitivos», había dicho el *capo* tiempo atrás.

«Una pareja implacable», había respondido ella con seguridad. Y continuaba pensando lo mismo, porque la creencia de que el amor era una debilidad solo era una mentira que se les decía a los cobardes para protegerlos de sus propios miedos. «Nosotros no sentimos amor, *principessa*. Amar es una tontería, una debilidad... El poder no reside en el amor, tampoco te hace fuerte». Mentira tras mentira, porque, si Giovanni hubiera crecido con esa creencia, no se habría enamorado de su mujer. Pero ella se había ido y el jerarca vagaba con el interruptor del corazón apagado. No le había importado llevarse a todo el mundo por delante imponiendo sus creencias estúpidas, y la ladrona de guante negro temía que el *capo* desatase su descontento cuando se diera cuenta de la relación entre Romeo y Stefan.

Apoyó la mejilla en el brazo de Vincent. Cada vez faltaba menos para que aterrizaran en la ciudad que la había visto crecer, donde sus padres habían muerto y ella había tenido que aprender a sobrevivir. Faltaba menos para reencontrarse con su pasado y encontrar la Corona de las Tres Gemas. Cerró los ojos un instante mientras recordaba la pregunta que Nina le había hecho al principio, antes de robar el Zafiro de Plata: «¿Qué harás una vez que la hayas completado?». Recordaba la respuesta que le había dado, la que estaba sujeta a la ambición: quería la Corona para tenerla y saberla en su poder. Por aquel entonces ese había sido el objetivo, pero en ese momento… Aurora frunció el ceño y se mordió el interior del labio apretándolo con fuerza sin querer.

¿Qué haría una vez que uniera el zafiro, el topacio y el diamante a la Corona de las Tres Gemas, una vez que completara el atraco número cuarenta y uno? ¿Se apartaría del mundo y viviría en la felicidad con la que a veces se había descubierto soñando?

Esbozó una sonrisa diminuta ante la idea.

Quería creer que se lo merecía.

20

Hacía varios minutos que Nina D'Amico se había quedado
ensimismada contemplando la lluvia de primavera. Había
apoyado la barbilla en la palma de la mano y miraba pere-
zosa el camino sinuoso de las gotas en la ventana. Se había
detenido en una cafetería de un área de servicio; llevaba
semanas moviéndose en coche, no recordaba cuántas con
exactitud. Lo único que sabía era que no debía detenerse,
sobre todo si Serguei Smirnov continuaba por ahí, en alguna parte.

Él no se quedaría de brazos cruzados llorando la muerte
de Dmitrii; era un tiburón sediento de sangre y su lema no
podía ser otro que «ojo por ojo y diente por diente». Nina
sabía que Serguei la buscaba sin importarle si ella había
sido la responsable o no. Hizo una mueca ante el pensamiento mientras apartaba la mirada de la ventana. Lo había arriesgado todo al ponerse del lado de los rusos, pero
de nada le había servido. Dmitrii le había dicho adiós a la
vida y su hermano mayor no había dejado de escupir fuego
por la boca exigiendo que le cortaran la cabeza al responsable.

Pero *la* responsable también se había despedido de ese mundo antes de haber afrontado las consecuencias. Aurora había acabado con Dmitrii Smirnov; sin embargo, nadie parecía entenderlo. ¿Por qué debía Nina seguir huyendo? Serguei no se había detenido desde aquella noche y no pararía hasta honrar la muerte de su hermano.

Bajó la mirada hacia la pantalla para contemplar el punto blanco que parpadeaba: la ubicación de Serguei. Durante su estancia en la residencia de los hermanos Smirnov había ido un paso por delante aprovechando los pocos momentos en los que la dejaban sola para colocar un localizador en todos los coches, porque confiar en los rusos nunca había sido una opción y la italiana siempre había sido demasiado precavida.

Se llevó el vaso desechable de café a los labios para darle un sorbo y no tardó en notar el sabor amargo. No dejaba de pensar en la muerte de Aurora; habían transcurrido meses desde que se enteró de la noticia por los medios. Al principio no se lo creyó, era imposible, pues era de la *principessa della morte* de quien estaban hablando; siempre teniendo un plan B por si la situación se torcía. Y lo había hecho. La situación se había torcido de tal manera que ninguno de los presentes había llegado a imaginárselo. Se torció desde el momento en el que Aurora amenazó con acabar con la vida de Dmitrii, y se descompuso ante la llegada del inspector y la montaña de policías. Fue en ese instante, cuando Nina oyó el sonido lejano de las sirenas, cuando supo que no tendría escapatoria si no se la buscaba ella misma.

Así que huyó.

Empezó a caminar despacio, asegurándose de que ninguno de los esbirros rusos se percataba de sus movimientos, y se perdió en la oscuridad del bosque. No iba a permitir que Serguei Smirnov se desquitara con ella cuando la muerte de su hermano no había sido por su culpa, tampoco que siguiera utilizándola a su antojo. Continuó caminando por la carretera principal, con los latidos del corazón golpeándola a cada paso que daba, cuando el sonido feroz del motor de un par de coches que se aproximaban a gran velocidad la alertó. Se asustó al creer que eran los rusos yendo a por ella, pero ese temor se convirtió en asombro cuando, a lo lejos, contempló la escena a cámara lenta: uno de los coches perdía el control y caía al agua mientras que el otro frenaba con brusquedad.

Nina se acercó un poco más, con cuidado de que nadie la viera, para darse cuenta de quién había sido el responsable de que el primer coche perdiera el control. Se llevó la mano al pecho, cerca del cuello, cuando el detective empezó a gritar el nombre de Aurora. No quería creérselo. Aurora no era de las que perdían el control, sino de las que llevaban un as bajo la manga y lo sacaban en el último momento. Aurora era una sombra, siempre se lo había demostrado, y las sombras no podían morir.

Pero lo había hecho, Aurora había muerto, y Nina lo confirmó una semana después de la publicación del famoso titular, «Fin de la era de la ladrona de guante negro», cuando vio a Sira en el apartamento del detective. Si hubiera fingido su muerte, Aurora se habría llevado a su gata consigo, porque Sira lo era todo para ella y resultaba incomprensible que se alejara de ella por voluntad propia.

Pero Aurora había muerto y el mundo volvía a respirar. Excepto Nina.

Ella sentía agujas en la garganta, pues nunca había entrado en sus planes que la ladrona muriese, porque sabía que, sin Aurora, su tío jamás volvería a aceptarla en la organización ni en su vida. Había perdido la moneda de cambio, porque sin Aurora Nina había dejado de tener valor. Sin Aurora, ¿cómo le demostraría a Giovanni que había sido su *principessa* la que había roto la regla de oro? La ladrona de joyas se había aliado con la policía, pero al *capo* parecía no haberle importado en absoluto, y contarle que se había enamorado de alguien del bando contrario había dejado de tener sentido.

Nina había perdido el as bajo la manga y ahora debía esconderse de un tiburón que olía la sangre a kilómetros. Su vida se había desmoronado por completo; estaba segura de que, si regresaba a la Stella Nera de Milán, Giovanni no dudaría en echarla a los leones por traidora y la responsabilizaría de la muerte de Aurora. ¿Qué opciones le quedaban? ¿Seguir huyendo? Se llevó las manos a la cara con la intención de esconderse del mundo. Quería regresar a su refugio, a su hogar, al lado de la única familia que le quedaba, pero Aurora se había encargado de arrebatarle cualquier posibilidad. No le había dolido su muerte, sino que la había enfurecido, porque se había quedado sin nada. Había pasado de ser la segunda al mando de una organización letal a convertirse en la presa con la que Serguei estaba deseando entretenerse, porque, a sus ojos, Nina había sido la responsable de que Aurora entrara en su vida. Si no se hubiera aliado con Dmitrii, Serguei aún seguiría disfrutando de la compañía de su hermano.

La situación se había torcido tanto que había alcanzado un punto de no retorno, igual que lo había hecho la vida de Nina. La italiana se encontraba en un capítulo que deseaba cerrar con todas sus fuerzas, porque no sabía hacia dónde ir. Estaba perdida, agotada y era consciente de que llegaría el día en el que se quedaría sin dinero por continuar dando vueltas en círculos, porque estaba segura de que Serguei no cejaría en su empeño hasta atraparla.

Abrió los ojos, con el rostro todavía escondido entre las manos, y contempló una vez más la pantalla. Cuando el punto blanco se movía en su dirección, ella lo hacía en la contraria. Era el único plan que tenía: continuar moviéndose. Sin embargo, sabía que tarde o temprano tendría que parar, trazar otro plan que la protegiera de las garras de Smirnov.

Bebió otro sorbo del café insípido y la mueca de repulsión fue inmediata; era de los peores que había probado. Soltó una respiración profunda mientras se permitía dejar la mente en blanco. Estaba cansada de pensar, de huir. Nada había salido como esperaba y lo peor de todo era que no tenía manera de arreglarlo. Tendría que haberse quedado quieta, no haber pactado con Dmitrii, pero... Frunció el ceño ante el torrente de pensamientos que reflejaban ese arrepentimiento que Nina no sentía. La italiana habría explotado tarde o temprano con el trato de Aurora. Había intentado hablar con ella, hacerle ver cómo se sentía, pero ¿de qué había servido?

«Perdona si alguna vez te has sentido opacada, no era mi intención», había asegurado Aurora horas antes del robo del Zafiro de Plata. ¿Que no había sido su intención? La ladrona disfrutaba brillando y haciéndose notar por encima de los demás; le gustaba tener la razón y que su opinión prevaleciera. La última palabra siempre debía tenerla ella: qué joya robaría a continuación, con cuál se quedaría... «Quien decide es Aurora», había afirmado el *capo* cada vez que Nina se había mostrado en desacuerdo. Siempre Aurora, siempre su *principessa*. ¿Y su sobrina qué? Nina había participado en cada uno de esos robos, le había despejado el camino a su alteza para que pudiera entrar y salir de los edificios sin complicaciones, había hecho todo lo posible para que su máscara permaneciera intacta. ¿Y qué había logrado a cambio? Un café aguado con sabor a tierra y un lunático que la perseguiría hasta el fin de los tiempos.

Nina había acabado pagando los platos rotos sin merecerlo. Había pasado de saborear el poder que la Stella Nera le había entregado, el que por derecho le pertenecía, a acabar viviendo en la calle. Se había quedado sin familia, sin un hogar al que regresar...

Cerró los ojos y volvió a masajearse la sien. Nina estaba furiosa. Incluso muerta, Aurora seguía presente en la vida de Giovanni. Incluso muerta, continuaba opacándola. Se preguntó cuándo acabaría la tortura, cuándo dejaría el fantasma de la ladrona de acechar a su tío, cuándo regresaría a casa, cuándo...

Se percató de un silencio inusual que provocó que se quedara quieta; entonces, levantó la cabeza con disimulo y contempló el establecimiento vacío. El pánico no tardó en apoderarse de ella y se incrementó cuando vio a un grupo de hombres entrar con paso firme. Quiso que la tierra se la tragara o volverse invisible. No dejaba de repetirse que debía escapar, ponerse de pie y huir, pero el miedo le impedía mover un músculo, sobre todo cuando Serguei Smirnov le devolvió la mirada y observó la sonrisa diminuta y siniestra de su rostro.

La había encontrado, y solo había bastado que se fijara en ella para que Nina se paralizara. Incluso el corazón había dejado de funcionarle; temía que le fuera a dar un ataque, rendirse sin antes haber peleado porque sabía de lo que Serguei era capaz.

Pensó en levantarse con rapidez y correr como si su vida dependiera de ello, pero de hacerlo sabía que estaría cometiendo la mayor de las estupideces, porque los hombres de Serguei no dudarían en ir tras ella y disparar en caso de que fuera necesario. Estaba atrapada, no tenía escapatoria, y el ruso no dejaba de avanzar hacia ella sin apartar la mirada. La victoria se dibujaba en su rostro diabólico y Nina notaba el hormigueo viajándole por el cuerpo. Ella no solía asustarse con facilidad, pero en aquel instante, cuando Serguei se sentó a la mesa y su potente perfume cayó alrededor como la niebla espesa, sintió ese miedo que aparece cuando la vida está a punto de llegar a su fin.

—Buenos días —pronunció Smirnov enseñando los dientes mientras sus hombres, vestidos de negro, se desplegaban por el espacio—. Cuánto tiempo, ¿verdad? Me gustaría decir que se trata de una bonita coincidencia, pero estaría mintiendo.

Si Nina hubiera visto los coches antes, si se hubiera percatado de que Serguei iba a por ella... Bajó la mirada sin querer para fijarse en el punto blanco del programa de seguimiento; se arrepintió al instante cuando Serguei volvió a hablar y su voz la rodeó cual alambre de espino.

—¿Creías que no me daría cuenta? —inquirió, y un escalofrío recorrió la espalda de la italiana, aunque trató de disimularlo—. Confieso que has sido inteligente, pero el juego ha acabado.

—¿Qué quieres de mí?

Serguei levantó la comisura y, con el único propósito de inquietarla más, esperó un par de segundos para responder:

—Me habría gustado que asistieras al funeral de mi hermano, pero no sabes lo decepcionado que me sentí cuando me encontré con la sorpresa de que te habías escapado como la cobarde que eres. *Тишина* —ordenó alzando el índice para que Nina guardara silencio—. Atrévete a contestarme y no dudaré en vaciarte el cargador en el pecho. Dime, ¿hace falta que ponga la pistola sobre la mesa para que te quedes callada? —La italiana negó con suavidad, sin abrir la boca—. Así me gusta —pronunció él, e hizo una pausa breve para enderezar los hombros—. Mi hermano era la única familia que me quedaba y habéis conseguido arrebatármelo. Con esa zorra muerta, dime, ¿de quién se supone que he de vengarme? Había pensado en su familia, pero resulta que tu querida amiga era huérfana. Qué conveniente, ¿no? La que ha acabado con mi hermano ni siquiera me ha dejado la oportunidad de desquitarme con sus seres queridos. Entonces me acordé del hombre que ha sido como un padre para ella, ¿te suena? El que la rescató de la calle como a un animal herido y la crio bajo su protección. Tú la traicionaste por envidia, pero Giovanni la quiso incluso más que a ti, ¿me equivoco? Seguro que ha quedado devastado con su muerte.

—¿Qué quieres? —insistió Nina conteniéndose. Se notaba en tensión y respirar empezaba a dificultársele.

—¿Te he dicho que puedas hablar?

Con el eco de la pregunta revoloteando alrededor, Serguei no vaciló al colocar el arma encima de la mesa, con el cañón apuntándole.

—No me gusta que me interrumpan, y menos que lo haga alguien como tú, así que no me obligues a perder la poca paciencia que me queda —continuó él, y Nina tuvo que morderse la punta de la lengua para no soltar un improperio. Alzó la mirada por encima de su hombro, con la esperanza de que hubiera alguien, quien fuera, pero los únicos presentes eran sus matones, que no le quitaban los ojos de encima—. Nadie te salvará. Estás sola, en mi poder, y de ti depende que acabes como tu amiguita o sigas con vida. ¿Quieres saber qué opciones tienes? —preguntó, y Nina asintió despacio con la cabeza—. No te oigo.

—Sí.

—Más alto.

—Sí —repitió, alzando la voz, y Serguei esbozó otra minúscula sonrisa con aire de triunfador. Su única intención era la de someterla de nuevo, tal como su hermano había intentado hacer, y que se convirtiera en su juguete. Pero Nina no iba a dejarse pisotear; tenía que encontrar la manera de librarse de él.

—Quiero la ubicación de Giovanni y de su preciada organización, o ya puedes considerarte tú el cobro de mi venganza. —Serguei se había esmerado en pronunciar cada palabra con la suficiente claridad para contemplar la reacción asustada de la muchacha; la manera en la que había tensado los hombros mientras su respiración se detenía; la mirada cargada de sorpresa e incredulidad; el rostro, que había adquirido un tono todavía más pálido—. Elige: o te salvas tú o salvas a tu tío, con la diferencia de que, si lo condenas a él, pienso destruir su escondite hasta que solo queden cenizas y el recuerdo de lo que una vez fue. Y bien, ¿qué opción será?

Nina bajó la mirada hacia el arma, que aún seguía apuntándole, y reflexionó acerca de lo fácil que le resultaría agarrarla e intercambiar los papeles. Apretaría el gatillo sin dudar y acabaría con la vida de Serguei Smirnov, tal como Aurora había hecho con la de su hermano. Apretaría el gatillo y sus problemas desaparecerían, aunque solo fuesen los superficiales, porque, si se hacía con la pistola, los hombres de negro no dudarían en abatirla.

Volvió a encontrarse con sus ojos azules, impacientes, y meditó las opciones que había dejado sobre la mesa. ¿Traicionar a su tío o salvarse ella? ¿Acabar con la Stella Nera o librarla del incendio? Si guiaba al ruso hasta Milán y lo llevaba ante Giovanni… No quería pensar en el baño de sangre que habría. Serguei era un hombre implacable y Aurora había acabado con la vida de su hermano. Era implacable y estaba desatado; el deseo de venganza titilaba en los ojos claros. Él quería sangre y la conseguiría de una manera u otra. Si salvaba a su tío... Ese hombre que la había tratado como a una desconocida, que la había dejado de lado para centrarse en la opinión de su princesa. ¿Merecía que se sacrificara por él?

—*Интересный* —murmuró Serguei, sorprendido, y Nina parpadeó confusa en su dirección, sin entender lo que había dicho—. Creía que no te tomaría mucho tiempo, que lo tendrías claro, pero ya veo que no. De verdad que lo estás sopesando... Quieres condenar al hombre que te ha criado, acabar con la vida de la organización de la que has formado parte. Centenares de muertes a cambio de salvar una pobre alma.

Serguei Smirnov parecía estar disfrutándolo. Era de los que se regodeaban en la desgracia ajena tras provocarla. Si Nina decidía salvarse, era consciente de que el ruso no la soltaría con facilidad; sin embargo, si condenaba a la organización y a su tío, ella viviría.

—¿Crees que es fácil?

—Ya veo que has perdido los valores para con tu familia.

—Lo que he perdido es la confianza y el amor de una persona que ha preferido acoger a una huérfana en lugar de ocuparse de mí.

Serguei endureció la mirada.

—Quiero una respuesta —exigió—. Tus dramas familiares me importan una mierda.

No era justo. Había sido Aurora quien había matado a Dmitrii. ¿Por qué debía asumir unas consecuencias que no le correspondían? ¿O qué había hecho su tío para acabar implicado en una venganza que no había provocado?

Nina quería gritar.

—Aurora no es huérfana —aseguró la italiana—. Sus padres la abandonaron en el orfanato, así que deben de estar en algún lugar, vivos...

—¿Por qué estás tan segura? —interrumpió él. Nina frunció el ceño mientras caía en la cuenta de la obviedad. No sabía nada de la vida de Aurora, salvo lo que ella le había contado durante la adolescencia—. ¿Te crees que no la he investigado? Ya deberías saber hasta dónde se puede llegar pidiendo favores. —Serguei se cruzó de brazos y apoyó la espalda en el asiento, jactándose de su cara de desconcierto—. Quizá no tenía la confianza suficiente en ti para contarte que sus padres murieron y que el responsable fue el padre de ese policía, Russell. Supongo que te acordarás de ellos.

—Mientes.

—¿Sabías que «Aurora» ni siquiera era su nombre real? —soltó ignorando el tono de la italiana—. Tan poco aprecio te tenía que decidió ocultarte una parte de su vida...

«Me llaman Aurora». Era la respuesta que Nina recibió cuando le preguntó su nombre por primera vez, la que repetía a todo aquel de la organización que se acercaba interesado.

—No... —susurró Nina—. Fuimos amigas, me lo habría contado...

—A tu tío sí se lo contó —enfatizó—. ¿O crees que la habría dejado aliarse con ese policía inservible? Tu *amiga* se metió en esa casa para vengarse del padre. Aprovechó la oportunidad para acabar con el sufrimiento de raíz. Giovanni lo sabía, y esos dos muchachos también. Todos ellos lo sabían menos tú. Siempre te han dejado de lado porque nunca serás tan buena como ella.

—Cállate.

—Sabes que tengo razón.

—¡Cierra la puta boca, joder! —En aquel instante a Nina se le escapó una lágrima. El ruso estaba hurgando en la herida y no dudaba en echarle una gota de vinagre cada vez que hablaba—. Giovanni nunca me haría eso, él... Él no...

—Para él siempre fuiste y serás una segundona. De lo contrario, ¿no crees que, a estas alturas, te habría encontrado ya? Eres su sobrina, ¿no? Sangre de su sangre. Sin embargo... Mírate: estás sola, en una cafetería de carretera, hablando conmigo. Si le importaras lo suficiente, estarías con él en casa.

—Cállate... —suplicó Nina en un susurro. La garganta le ardía, tenía los ojos inundados en lágrimas y sentía un dolor en el pecho, que palpitaba furioso—. ¿Qué quieres de mí? Yo no he matado a tu hermano...

—No directamente —contestó Serguei con frialdad—. Pero tienes parte de la culpa. Así que, ahora, dime, ¿aún quieres salvar a la organización que te ha dado la espalda?

Nina no contestó, no podía. Se mantenía con los labios entreabiertos intentando no contraer la garganta. Sentía que un escozor la quemaba por dentro. Dolía. Las heridas de los recuerdos dolían. Nunca le había gustado ser la segunda. Daba igual cuánto se hubiese esforzado por sobresalir e impresionar a su tío, nunca era suficiente, como si la llegada de la huérfana le hubiera supuesto una condena. Segunda, siempre había sido la segunda. ¿Por qué debía preocuparse por una persona que no la había respetado como merecía? ¿Por qué tenía que salvar a una organización que le había dado la espalda? Se había quedado sola y nadie se había aventurado a buscarla para llevarla a casa, porque Nina no era Aurora y jamás lo sería.

Incluso muerta, Aurora continuaba siendo más importante que ella. Incluso muerta, Giovanni seguía prefiriéndola.

Entonces, las lágrimas de Nina cesaron y la garganta dejó de escocerle. ¿Por qué debía sacrificarse cuando ella no tenía la culpa?

—¿Y bien? —insistió Serguei.

—Te llevaré a Milán, pero la organización es mía —murmuró la italiana—. Puedes hacer lo que quieras con Giovanni.

—Tenemos un trato, al parecer.

Un trato con el que Nina recuperaría todo aquello que la ladrona de guante negro le había arrebatado.

21

Milán, Italia

Hacía poco más de un año que la ladrona de guante negro no pisaba su apartamento. Giró la llave con cuidado, tras haberla rescatado de su escondite, y la puerta de madera chirrió dándoles la bienvenida. El espacio estaba consumido por una oscuridad profunda y el hedor a cerrado. Aurora arrugó la nariz y no tardó en encender la lámpara de pie que había junto al recibidor.

—¿Es seguro quedarnos aquí? —preguntó Vincent después de cerrar la puerta de entrada. Colocó las dos mochilas en el suelo y avanzó curioseando con la mirada; el piso transmitía calidez, quizá por los colores neutros, los muebles de madera y la alfombra que decoraba el salón. Contempló el rascador beis en forma de árbol que había junto al sofá, parecido al que él le había comprado a Sira. La gata se había quedado bajo el cuidado de Grace hasta que Aurora volviera a por ella—. Lo digo por si a Giovanni le da por aparecer de un momento a otro.

—No lo hará —aseguró ella mientras desaparecía en lo que parecía ser la cocina—. Si no me visitaba antes, dudo que ahora lo haga. Además, Romeo y Stefan se quedarán en la organización y me mantendrán informada. —Apareció segundos más tarde para encontrarse con la mirada del detective y le explicó—: Estaba comprobando que hubiera agua. Supongo que querrás darte una ducha, ¿no?

—También me gustaría saber dónde voy a dormir.

—Pues, a ver, no tengo habitación de invitados, pero el sofá es bastante cómodo y... —Se quedó callada y esbozó una pequeña sonrisa mientras contemplaba las cejas arqueadas de Vincent—. O podrías dormir conmigo, en mi cama.

—Eso me parece una opción mejor, sí. —Vincent se acercó para rodearla por la cintura—. Supongo que tienes la nevera vacía, ¿no?

—¿Tienes hambre?

—Te mentiría si te dijera que no.

Entonces, el silencio que había prevalecido en el apartamento se esfumó cuando la barriga de Vincent rugió en protesta. Aurora escondió la sonrisa separándose de él, aunque no tardó en buscarle la mano para dirigirse a la cocina.

—A lo mejor tengo un paquete de pasta en la despensa, aunque no te hagas muchas ilusiones con el acompañamiento. Antes de irme me aseguré de no dejar nada que pudiera estropearse —mencionó mientras abría armarios y cajones—. También tengo vino, por si quieres.

—¿A las dos y media de la madrugada?

Aurora se volvió hacia él despacio, con una ceja enarcada y sosteniendo una olla entre las manos.

—Nunca es mala hora para beberse una copa, pero no pasa nada si no quieres; no me gusta insistir ni que me insistan —dijo, y colocó la olla bajo el grifo para después encaminarse de nuevo hacia la despensa—. Ay, mira qué suerte, hay una lata de salsa de tomate. ¿Te importa que sea de supermercado? Es mejor que nada, porque no tengo queso.

Vincent se acercó, pues la ladrona continuaba trasteando por si aparecía algo más que no hubiera visto, y cerró el grifo. Puso la olla llena de agua en el fuego después de encenderlo.

—Solo tengo *farfalle* y *spaghetti*. ¿Qué prefieres? —Sostenía un paquete en cada mano; entonces se dio cuenta de que el detective no había dejado de mirarla—. ¿Qué?

—Nada. —Él se encogió de hombros despreocupado—. Me gusta verte así.

—¿Así cómo?

«Viva». Como si, antes de entrar en casa, la ladrona hubiera colgado la máscara de la indiferencia y la seriedad; como si, antes de entrar, se hubiera desprendido del color que la caracterizaba para mostrar el que realmente vivía en ella: un brillante dorado que reflejaba su verdadero ser.

—Más feliz —murmuró él con cuidado. No quería que Aurora lo malinterpretase.

—¿Porque estoy hablando de más? —inquirió, pero antes de que el detective negara con la cabeza, añadió—: Cada vez que llegaba a casa tenía que encender la luz; nunca he tenido a nadie que me recibiera por las noches porque nunca me aventuré a dar ese paso. Pero contigo… Es la primera vez que invito a alguien para que se quede a dormir, y después de lo que hiciste, cuando me dijiste que habías renunciado… —Guardó silencio un instante y no pudo evitar morderse el labio—. ¿Lo hiciste por mí?

Aurora se había dado cuenta de que todavía no habían tenido esa conversación; no quería pensar que Vincent había tirado por la borda una vida llena de esfuerzo y sacrificio, o que hubiese dejado escapar la oportunidad para ascender.

—Es que no me gustaría que luego te arrepintieses —continuó ella algo preocupada. De pronto, la corta distancia que había habido entre ellos desapareció: apoyada en el borde de la mesa, tenía al detective delante y una de sus manos la agarraba de la mejilla con suavidad—. Ya sé que me dirás que no para no hacerme sentir mal, pero me gustaría saberlo.

—Eres uno de los motivos, sí, el más importante —aclaró—. El otro día, cuando hiciste la tarta, me gustó abrir la puerta y encontrarme con ese aroma, saber que te sentías como en casa. Y no quiero perder esa sensación ni que tú tampoco te quedes con las ganas de que yo te reciba con la luz encendida, así que te lo repetiré las veces que haga falta: quiero formar parte de tu vida, Aurora. Estoy enamorado de ti y no quiero que pienses que voy a arrepentirme por haber dimitido; te aseguro que no lo haré.

Aurora sintió una punzada en el pecho que provocó que se agarrara un poco más del borde de la mesa; notaba el latido fuerte del corazón, los fuegos artificiales que se habían puesto de acuerdo para explotar todos a la vez, además del hormigueo en las piernas. Era la segunda vez que se lo decía y dudaba de poder soportarlo si ocurría una tercera.

—Solo quiero estar segura…

—Llevaba meses desconcentrado del trabajo y hace poco me di cuenta de que, en un mundo donde solo existen el blanco o el negro, no podía continuar escondiéndome en el gris. No merecía seguir llevando la placa, pero no te martirices por ello, ¿vale? Es mi decisión, y es de las pocas veces que he estado tan seguro de algo. Quédate tranquila, y ya puedes echar la pasta, que el agua está hirviendo.

La ladrona tardó un segundo en procesar eso último, hasta que se percató del sonido de las burbujas batallando entre sí. Se giró con rapidez, rompiendo la jaula que él había creado con los brazos, y se acercó a la cacerola para añadir la pasta.

—Fíjate que, por primera vez —murmuró ella mientras medía a ojo cuánto echar—, estoy considerando poner un temporizador, porque como vuelvas a decirme algo así y haga que me pase de cocción...

—¿Te he puesto nerviosa?

—Vincent, por favor —respondió ella mientras continuaba removiendo los espaguetis. Aun estando de espaldas a él, supo que estaba sonriendo y no pudo evitar imaginárselo de brazos cruzados, marcando bíceps—. Yo no me pongo nerviosa —aseguró intentando que la voz no le temblara.

—¿Seguro? —Pero, antes de contestar, la ladrona notó su mano apoyada en la cadera; se le cortó la respiración al sentir la presión leve, la caricia del pulgar en una zona en específico que hacía que se removiera por dentro—. ¿Y ahora?

Un escalofrío le recorrió la espalda cuando el susurro de su voz la acarició por detrás de la oreja. Vincent estaba colocado detrás, lo bastante cerca como para provocarla, pero sin que los cuerpos se tocaran siquiera.

—Ahora... —intentó decir ella, pero la voz le falló de manera estrepitosa al sentir un nuevo roce mientras la excitación despertaba. Se relamió los labios cuando su mano bajó un poco más para rozarle la cinturilla del pantalón. No era capaz de hilar las palabras, de darle una respuesta.

—¿Estás enamorada de mí, Aurora?

—Sí.

Con esa contestación el detective acabó con la poca distancia que quedaba y le pegó el pecho a la espalda. Vincent tenía la mano apoyada en el borde de la encimera y la cabeza sutilmente inclinada hacia el hombro de Aurora; no dudó en depositar un beso delicado sobre la piel, tras haber arrastrado el tirante de la camiseta, mientras la otra mano continuaba toqueteando la cadera con lentitud.

Aunque él ya lo sabía, pues la ladrona de guante negro se expresaba mediante las acciones y las miradas, sentía el pecho vibrar.

—¿Quieres que continúe?

Aurora había cerrado los ojos e inclinado la cabeza para concederle acceso, por lo que Vincent arrastró los labios, apenas rozándolos en la piel, a la vez que depositaba besos cortos y suaves. Quería emborracharse con su aroma y perderse en él, sobre todo cuando la trenza se deshacía y la melena quedaba en libertad. Vincent adoraba adentrar la mano entre los mechones y tirar de las hebras con no demasiada fuerza.

—Aurora… —pronunció despacio, y cerró los ojos sin querer al oír el jadeo que a la ladrona se le había escapado—. Dime en qué piensas.

—Has dicho que tienes hambre —contestó, provocando que el detective sonriera—. Y que querías darte una ducha.

—¿Eso es lo único que te preocupa?

—A no ser que quieras algo más…

Aurora era consciente de su mano en la cadera, apretándola con suavidad; de que, si decía que sí, Vincent empezaría a divertirse y no se detendría hasta que las piernas le temblasen.

—Quiero saber si estás cansada y si te apetece.

La caricia de sus dedos, que trazaron un círculo cerca del hueso, fue indicativo suficiente para que Aurora comprendiera a qué se estaba refiriendo él. Lo deseaba. El susurro de su voz, junto al roce de sus labios cerca de la oreja, habían conseguido que la ladrona despertara y ansiara subírsele encima para calmar la calidez que empezaba a notar en la entrepierna; sin embargo, había un problema.

—No tenemos condones —murmuró ella tras recordar que Vincent lo había mencionado antes de partir hacia Italia; que no le quedaban, que ella tampoco tenía y que comprarían una caja en cuanto aterrizaran al día siguiente.

—Joder —maldijo él en voz baja, sin abrir apenas los labios, mientras apoyaba la frente en su hombro, decepcionado—. Aunque...

—¿Sí?

—Siempre puedo meterte dos dedos y hacer que grites igual.

¿Cómo conseguía llevarla al límite con unas simples palabras? La muchacha no dejaba de hacerse esa pregunta cada vez que él decidía utilizar su labia impregnada en placer y propulsar su imaginación, sobre todo cuando la escena implicaba tenerlo a él entre las piernas.

—Hazlo —murmuró Aurora conteniendo el jadeo—. Hazme gritar. Pero antes vamos a cenar, no pienso desperdiciar los *spaghetti*. Y mañana ya pasaremos a comprar lo que nos haga falta.

—Como la princesa ordene.

El detective dio un paso hacia atrás, volviendo a colocar entre ellos una distancia prudencial, para contener las ganas que tenía de subirla a la encimera, colocarse entre sus piernas y besarla. Aurora conseguía despertar en él su ser más primitivo, el que siempre estaba hambriento de su toque, pero el que también se mostraba tierno y cariñoso.

La observó maniobrar con la olla, tirar el agua de la cocción y verter la pasta en dos platos hondos. Se movía por la cocina con agilidad; abría cajones y armarios a la vez, para buscar lo que le interesaba, y luego los volvía a cerrar. No tardó en entregarle un par de vasos, los tenedores y una jarra con agua, e indicarle que lo llevara todo a la mesa auxiliar del salón. Aurora lo siguió segundos después con los platos y un par de servilletas bajo el brazo, y se sentaron en el sofá.

Ella no dudó en ponerse cómoda y cruzar las piernas para colocar el plato en el hueco que se había formado.

—¿Qué? —preguntó mientras esbozaba una mueca parecida a una sonrisa al ver que Vincent no apartaba la mirada—. Un buen novio no se quedaría callado y le diría a su novia si tiene la cara manchada de tomate; de hecho, se acercaría para limpiársela y luego le daría un beso.

El pecho del detective vibró una vez más.

—¿Ah, sí? ¿Y qué más haría un buen novio?

—Llevaría los platos sucios a la cocina y los lavaría, sabiendo que su novia ha preparado la cena. Después volvería al sofá para darle cariñitos y utilizaría su labia para seguir provocándola y acabar lo que fuera que hubiesen iniciado antes.

—Así que le gusta que le hable sucio al oído.

—Le encanta, sobre todo cuando él, además de estar hablándole, cuela la mano por debajo de la camiseta... —aseguró la ladrona dejando que la imaginación volara, y se llevó el tenedor enrollado de espaguetis a la boca.

—La comunicación es importante; está bien que ella le diga lo que le gusta y que él también lo haga, sobre todo cuando se comparte un momento tan íntimo.

—¿Con qué disfrutas tú? —inquirió ella dejando atrás la tercera persona.

—Cuando estoy en tu boca y noto el roce de los dientes, creo que... —Vincent guardó silencio un instante—. Me gusta cuando me la chupas, Aurora —murmuró, y la ladrona dio las gracias a la escasa y cálida iluminación, que ocultó el tono rojizo que las mejillas habían adquirido—. También cuando te pones encima y te dejas caer despacio; así la unión es mucho más profunda y…

—¿Podemos cambiar de tema?

—¿Ves como sí te pones nerviosa?

—¿Me has dicho todo eso para demostrar que tienes razón? —Aurora arqueó las cejas dejando que la decepción titilara en los ojos verdes. Antes de que el detective negara, añadió—: No me pones nerviosa, lo que pasa es que me enciendes, y prefiero hablar de otra cosa antes de cometer una estupidez sabiendo que no tenemos ni un puto preservativo. Ahora, come, y hablemos de algo que no sea de nosotros dos follando.

Aunque el detective lo había intentado, no pudo desprenderse de la sonrisa sutil que su regañina le había provocado. Se había percatado de su apetito sexual, sus movimientos y la manera que tenía de abalanzarse sobre él la delataban, pero en aquel momento parecía bullir. Vincent intentó controlarse, pues se trataba del mismo deseo que él sentía, y saber que no podía enterrarse en ella le dolía.

Decidido, dejó el plato de pasta en la mesa para luego colocar el de ella al lado. Aurora quiso protestar cuando él la agarró de la cintura para sentarla a horcajadas, pero interrumpió cualquier intento cuando los labios se encontraron con los suyos en un beso que podría haberle quitado la respiración a cualquiera. Con una mano sujetándola por la nuca y la otra rodeándole la cintura, Vincent buscó su lengua mientras se dejaba caer en el sofá ansiando una mayor fricción entre los cuerpos.

—Déjame aliviarte —susurró Vincent mientras le apretaba la cintura. Se escondió en el hueco de su cuello para empezar a plantar besos cortos y desesperados—. Dime qué más te gusta.

—Cuando te restriegas contra mí —murmuró con la

respiración algo agitada, y no dudó en hacer la demostración. Vincent entreabrió los labios, echando la cabeza hacia atrás, cuando notó que la ladrona, aún con la ropa puesta, se apretaba más fuerte contra su miembro buscando una caricia que la hiciera jadear—. O cuando entras por primera vez y lo haces despacio, y luego sales y vuelves a metérmela cada vez más. Me vuelvo loca con eso.

Vincent sonrió ante la confesión, satisfecho.

—¿Bañera o plato de ducha? —preguntó él.

—Ducha.

—¿Lo bastante amplia para los dos?

—Sí.

La ladrona acompañó la respuesta emitiendo un sonidito, que bastó para que Vincent se alzara del sofá, con ella todavía encima, para dirigirse hacia ese pasillo oscuro que todavía no había visitado. Entre caricias y besos apasionados, ella le indicó el camino y él la dejó en el suelo antes de encender la luz del cuarto de baño. La espalda de la muchacha tocó la pared mientras Vincent se encargaba de desnudarla. Aunque las casi nueve horas en avión lo habían agotado, el cansancio había desaparecido debido al deseo que había despertado. Quería complacerla, aliviarla, así que buscó de nuevo sus labios mientras tanteaba la zona cálida, que no había dejado de exigir que alguien la atendiera.

—Nunca me has dicho si tienes alguna fantasía que te gustaría cumplir —soltó Vincent entre besos apresurados.

—Nunca me lo has preguntado.

Él volvió a sonreír, esa vez sobre su boca.

—¿Y bien?

—Fresas y chocolate. —Consiguió decir ella a la vez que trataba de desabrocharle el cierre del pantalón. Los labios de Vincent no estaban dándole tregua, así que batalló antes de añadir—: Siempre me lo he imaginado… Un poco de chocolate derretido sobre la piel, tú lamiéndome, disfrutándolo, mientras compartimos una fresa bocado a bocado para luego besarnos y follar hasta que ya no podamos más.

Para cuando Aurora acabó de hablar, el detective se las había apañado para acercarse al grifo, abrirlo y que el agua caliente empezara a correr.

—Fresas y chocolate —repitió él tirando la última prenda al suelo—. ¿Algo más que quieras añadir para que no nos olvidemos de comprarlo mañana?

Ella pareció pensárselo y no tardó en entrar en la ducha arrastrándolo de la mano. Cerró los ojos al sentir el contacto del agua en la piel, el cuerpo de Vincent cerca y su mano descendiendo hacia el centro de su cuerpo. Se relamió los labios al notar el roce de sus dedos en el clítoris, trazando círculos con suavidad, despacio.

—Helado de vainilla.

—Interesante. —Vincent no dudó en levantarle una pierna y profundizar la caricia—. ¿Por qué vainilla?

—Lo leí hace tiempo en un libro. Ella estaba comiéndose el helado y él se acercó tras haber tenido una idea. Por lo visto, los postres saben mejor cuando los lames en la piel de tu pareja —confesó—. Así que me gustaría ponerlo en práctica para ver si es verdad. Y también...

—¿Sí, amor? —Vincent levantó una comisura mientras contemplaba cómo la ladrona se mordía el labio inferior, pues acababa de introducirle el dedo corazón.

—Leí también en un libro que... —No fue capaz de contener el gemido cuando sintió que el detective añadía otro dedo más. Incluso se vio obligada a sujetarse de sus brazos—. Leí que él era poeta; escribía poemas eróticos para ella y se los recitaba al oído mientras lo hacían.

—Pero yo no soy poeta, aunque... —susurró sobre los labios de la ladrona, sin variar el movimiento de la mano—.

Siempre podría aprenderme un poema y recitártelo mientras te la meto entera.

Aurora dejó escapar una risita, que provocó que moviera el torso sin querer.

—¿Acabas de reírte de mi rima? —Ella escondió los labios al notar la caricia provocadora de un segundo dedo y negó a la vez que trataba de disimular la sonrisa—. Más te vale que no. A lo mejor no soy tan bueno como ese poeta tuyo, pero no puedes negarme que te hago ver las estrellas cada vez que te toco.

—Nunca lo he negado —aseguró mientras acercaba la mano para acariciar su labio inferior con el pulgar—. Y no es «mi poeta», lo eres tú. Solo tú eres mío.

Notó un cosquilleo recorrerlo entero; no podía quitarse la emoción del pecho al saber que Aurora se había entregado a él, que tenía su confianza y que lo quería en su vida. Aparecía una sonrisilla tonta cada vez que pensaba que la ladrona estaba enamorada de él, que habían derrumbado la pared que los había mantenido separados y que pronto construirían un futuro.

Ese futuro inevitable que al principio había prometido que sería devastador, pero que, en aquel instante, mientras el vapor de la ducha, o de sus respiraciones, inundaba la habitación, trazaba un camino distinto, lejos de la oscuridad.

22

Aurora estaba soñando.

No quería despertarse, pues no recordaba la última vez que había tenido un sueño sin pesadillas, de esos que son dulces y ablandan el corazón. Esa noche había dormido en las nubes, acurrucada en esa sensación cálida con el pecho desnudo de Vincent tocándole la espalda. Él dormía plácido a su lado y con el brazo rodeándola por la cintura.

Dejó escapar un suspiro profundo y se movió sin querer, quizá para buscar una manera de fundirse con la cama y quedarse en ella todo el día. Vincent la agarró más fuerte del brazo soltando otra respiración, lo que le provocó cosquillas en el cuello y que moviera de nuevo la cintura sabiendo la reacción que tendría él.

—Quieta.

Aurora sonrió.

Estaban desnudos bajo las sábanas, a excepción de la ropa interior, y ella sabía que el mínimo roce desencadenaría la necesidad urgente de aplacar el deseo que se respiraba entre ellos.

—Te has despertado mandón —ronroneó la ladrona

volviendo a mover la cintura. No podía verlo, pero se lo imaginó con los ojos aún cerrados y frunciendo el ceño—. Además...

Pero se calló al sentir que su mano descendía por el abdomen para acercarse a la calidez que se concentraba entre los muslos; incluso aguantó la respiración cuando él le regaló una caricia insignificante, diminuta, pero que la recorrió por dentro como si se tratara de una corriente.

—¿Decías algo?

—Eres cruel.

—Tú lo eres más.

—Mentira. Eres tú quien está intentando meterme mano; yo solo he movido la cintura.

—Suficiente para volverme loco, sobre todo cuando aún seguimos sin condones.

—¿Insinúas que anoche no te lo pasaste bien?

Hubo un momento de silencio en el que Aurora aprovechó para erguirse y volverse hacia el detective. Tenía el rostro arrugado y la miraba con las cejas enarcadas, como si acabara de soltar el mayor de los disparates.

—Me hiciste ver las estrellas, Aurora, pero nada se compara a cuando estoy dentro de ti y llegamos al orgasmo casi a la vez.

No era la primera vez que Vincent le soltaba algo así, pero su voz grave, sobre todo la de recién levantado... Esa voz, junto con la caricia tentadora, hacía mella en Aurora. Aun consciente de su mirada, se mordió el labio inferior sin querer, provocando que Vincent sonriera con arrogancia.

—¿Tú te lo pasaste bien? —preguntó ante el silencio mientras se colocaba el brazo por detrás de la cabeza—. Supongo que sí, porque te corriste tres veces.

Aurora carraspeó para disimular su intención de apretar los muslos. Se puso de pie para pasarse una camiseta ancha por encima y, entonces, contempló la imagen que Vincent le ofrecía: el brazo tatuado sirviéndole de almohada; el pelo castaño revuelto; el rostro levemente hinchado, aunque conservando su atractivo de siempre; el torso al descubierto enseñando los músculos marcados; una de las rodillas flexionadas, y la sábana blanca tapando alguna que otra zona en específico dejando que la imaginación se encargase del resto.

—¿Alardeando de tus capacidades, detective?

—Y rindiéndome a las tuyas. —Tras una pausa breve, añadió—: Me gusta que disfrutes, aunque más me gustaría que volvieras a la cama. ¿Por qué te has levantado?

—¿Te has olvidado de para qué hemos venido? —Aurora avanzó hasta la puerta con pasos perezosos y sin apartar la mirada—. Stefan y Romeo ya deben de estar esperando delante del Duomo.

—Hablando de ellos...

—Ni se te ocurra hacer un comentario respecto a su relación —amenazó apuntándole con el dedo índice—. Tampoco les preguntes ni insinúes que sabes nada; ya nos lo contarán cuando se sientan preparados, que llevan años sin dar el paso y... —Se quedó callada de repente al ver que no dejaba de sonreír—. ¿Por qué me miras así?

—Tampoco soy quién para decir nada. Además, todavía tengo que hacer las paces con Stefan.

—No te lo tomes como algo personal —aclaró ella—. En el fondo él sabe que nos has ayudado y que no nos traicionarías. Y tampoco le des importancia al tema del cofre, porque sin ti lo habríamos tenido más complicado.

—Ya está olvidado. ¿Vas a ducharte? —Aurora asintió—. ¿Puedo ir contigo?

—No. Y no me mires así —pidió mientras lo veía poner

un pie fuera de la cama y se acercaba a ella—. Eso de que si las parejas se duchan juntas ahorran agua es un mito.

Vincent esbozó una sonrisa.

—Pero ¿y lo bien que se lo pasan?

—No vas a convencerme.

—¿Apostamos?

—He dicho que no. Puedes esperarme mientras tanto, y, si te aburres, haz la cama. Ahora vuelvo, te quiero.

Al detective no le dio tiempo de procesar esas dos palabras cuando se percató de que Aurora se había puesto de puntillas para darle un beso corto en los labios. Se marchó de la habitación después de dedicarle una de sus miradas y oyó el sonido de la puerta al cerrarse y el agua de la ducha empezar a correr.

«Te quiero». Dos palabras que le hicieron esbozar otra sonrisa a la vez que negaba sutilmente con la cabeza, todavía sorprendido por la declaración repentina.

Vincent respiró hondo y se dirigió a la cama preguntándose por qué Aurora tenía tantas almohadas que solo servían para decorar un colchón que no lo necesitaba.

Aun teniendo en la mano las entradas que Stefan había comprado para acelerar el acceso al Duomo, la cola seguía siendo kilométrica. Llevaban una hora esperando y tenían la sensación de que avanzaban a paso de tortuga.

Se habían vestido casual, con la idea de hacerse pasar por unos turistas cualesquiera, ansiosos por admirar el interior de la catedral de Milán. Vincent había optado por su camisa clásica de lino, pantalones cortos y unas gafas de sol que le quedaban de fábula, conjunto que Aurora ya había contemplado con anterioridad y que hacía que se quedara embobada mirándolo, hasta que el detective se daba cuenta y esbozaba una sonrisa torcida para que ella se derritiera otro poco más. Como en aquel instante, cuando se encontraba dándole un repaso aprovechando que Vincent respondía a una de las preguntas de Stefan.

—Admítelo: la gastronomía italiana es mil veces mejor que la vuestra —aseguró Stefan mirando al detective—. Y quien diga que no, miente. No puedes compararme una triste hamburguesa con un buen plato de pasta, y ni hablemos de los postres.

Vincent entrecerró la mirada.

—¿Te das cuenta de que acabas de menospreciar toda una gastronomía para enaltecer otra?

—De lo que me doy cuenta es de que te has quedado sin argumentos porque sabes que tengo razón.

Vincent no contestó, sino que se escondió las manos en los bolsillos y avanzó por la poca distancia que se había generado en la cola.

—Tu silencio ha sido música para mis oídos —continuó Stefan provocando la risa de Romeo, que estaba a su lado—. Si quieres llorar, aquí tienes mi hombro.

—Qué considerado —murmuró Aurora—, pero no necesita que nadie lo arrope cuando me tiene a mí. Además, no hay gastronomías mejores ni peores, porque la opinión es totalmente subjetiva. ¿O quieres decir que los *mac and cheese* no son uno de tus platos favoritos? —Arqueó las cejas, triunfal, sabiendo que había ganado la discusión.

Silencio.

Stefan chasqueó la lengua.

Y Vincent continuó con la mirada puesta sobre ella con la intención de disimular la sonrisa diminuta.

—No me digas que necesitas que te defienda —arremetió Stefan, todavía conservando el tono de burla. Ni siquiera se dio cuenta del roce imperceptible que su compañero le había dedicado con el afán de que esa conversación acabara.

—No veo dónde está el problema. —Vincent tardó un segundo de más en volverse hacia el italiano—. ¿Y tú?

—Vale, ya, creo que ha sido suficiente —intervino Romeo—. ¿Entramos?

Ni siquiera se habían dado cuenta de que les había llegado el turno de pasar.

Aurora, del brazo del detective, avanzó hacia el guardia de seguridad para enseñarle la entrada de acceso a la catedral. Este le devolvió la sonrisa, sin pensar que, bajo el disfraz simple, que consistía en una peluca rubia y unas gafas de sol, se escondía la ladrona de guante negro, cuyo objetivo se alejaba con creces del de cualquier turista: encontrar la Corona de las Tres Gemas.

Solo hacía falta dar con alguna pista que les iluminara el camino.

23

Aurora había nacido y crecido en Milán; era su ciudad, la que la había visto dar sus primeros pasos y celebrado sus cumpleaños, la que se había llevado las manos al corazón la primera vez que una monja del orfanato había levantado la mano contra ella, la que la había consolado por las noches y llevado ante el *capo* de la Stella Nera para luego contemplar su primer robo en aquel metro maloliente.

Milán había sido su cuna y su primer cuarto de juegos, y siempre sería su casa; sin embargo, y a pesar de haber recorrido la Piazza del Duomo miles de veces, la ladrona de joyas nunca había puesto un pie en el interior de una las catedrales más emblemáticas del mundo.

Del brazo de Vincent, y caminando con pasos perezosos por el pasillo central, admiraba las vidrieras coloridas que tamizaban la luz de manera débil, creando una atmósfera mística. Las grandes y altas columnas acaparaban la atención por completo, junto con las pinturas de las diferentes escenas religiosas.

Empezó a sentirse pequeña, como si avanzara por un laberinto cuyos muros se estrecharan cada vez más. Trató de ignorar esa sensación para concentrarse en lo que habían ido a hacer: una simple misión de reconocimiento, sobre todo para cuando llegara el momento de infiltrarse tras el cierre de la catedral. No podía negar que el escondite de la última pieza superaba con creces a los de las gemas. El Duomo era la segunda catedral más grande del mundo y acceder a todos sus rincones iba a ser más complicado de lo que había creído en un principio.

Dejó escapar el aire casi por inercia; entonces, notó que el detective había colocado su mano encima de la suya y ejercía una presión agradable, dando a entender que él estaba ahí con ella y que no la dejaría sola.

—¿Estás bien? —susurró.

Aurora tardó un par de segundos en contestar:

—Estaba pensando en... —Miró alrededor para cerciorarse de que no hubiese nadie cerca—. No sé por dónde empezar —confesó—. ¿Tú has visto este sitio? Podría estar en cualquier parte.

—Creo que la segunda fue más complicada de encontrar —contestó él, para que la ladrona se diera cuenta de que se habían enfrentado a escenarios peores y, aun así, se habían hecho con la victoria—. No te desanimes antes de tiempo. La encontraremos —aseguró—. No es la primera vez que vamos a ciegas.

—No me gusta ir a ciegas.

—Lo sé —respondió Vincent apretándole la mano de nuevo—. Pero por lo menos no vas sola. Además, piensa qué estamos buscando —hizo énfasis—. La última pieza del puzle, la que sí o sí debe encajar con las otras que ya están colocadas.

Aurora frunció el ceño.

—Pues sería lo ideal... —Entonces lo comprendió: no debían tratar la Corona como una pieza independiente, sino como una más del tablero. Las reglas del juego seguían siendo las mismas y tanto el topacio como el diamante los habían encontrado bajo tierra, lejos de donde el ojo humano alcanza a ver—. Hay que mirar abajo —concluyó un instante más tarde. Vincent asintió dejando escapar un sonidito gutural.

—Según he leído, estos lugares suelen pasar inadvertidos, ya que la gente se centra en visitar los alrededores y subir a la terraza; pero bajo la catedral están la cripta de San Carlos Borromeo y las ruinas de lo que antes se conocía como el baptisterio de San Juan. La cripta está cerca del coro, debajo del altar; cruzamos un pasillo y ya estamos allí, pero habría que preguntar cómo se accede a la zona arqueológica. Podríamos echar un vistazo a la cripta, si quieres, y que Romeo y Stefan se encarguen del baptisterio. ¿Dónde están, por cierto? —preguntó alzando la mirada.

Ni siquiera se habían percatado de que los habían dejado atrás. Vincent trató de ubicarlos; no obstante, los turistas habían invadido el espacio diáfano de la catedral.

—Les dije que se quedaran cerca de la entrada para lo de las cámaras, pero ahora le envío un mensaje a Stefan mientras nosotros visitamos la cripta.

—Sobre todo que estén atentos a cualquier detalle inusual.

La ladrona elevó una comisura mientras se guardaba el móvil.

—Saben lo que hacen, no te preocupes. ¿Vamos?

Vincent contempló su mano extendida y no dudó en aceptarle el gesto. Se aventuraron hacia esa zona, que empezaba a estar menos concurrida debido a los visitantes que la obviaban y pasaban de largo. Aurora avanzó la primera, consciente de la presencia del detective a sus espaldas, y pronto se toparon con el silencio sepulcral que reinaba en la sala circular; la única pareja que había subía en ese momento las escaleras para marcharse.

Los ojos verdes de la muchacha recorrieron el lugar sagrado sin muchas expectativas, pues no creía que fueran a encontrar la Corona en un primer intento, y menos cuando el escondite era tan evidente. Esperaba toparse con algún enigma o un rastro que seguir; descifrar algún acertijo que el joyero, o la persona que se hubiera encargado de esconder las gemas, hubiera grabado en alguna piedra. Esperaba algo, lo que fuera, pero cuanto más seguía recorriendo con la mirada cada detalle de la cripta, más se desilusionaba.

—¿Tú ves algo? —preguntó ella en un murmullo, aunque el sonido no tardó en formar parte de un eco—. Dudo que esté aquí, pero a lo mejor encontramos alguna inscripción.

—El topacio la tenía en la estatua —pronunció Vincent haciendo que Aurora recordara la frase en latín que habían encontrado en la espalda del *Ángel de una sola ala*. Tuvo la sensación de que había transcurrido una vida desde aquel viaje, y otra desde la primera mención que el *capo* había hecho del Zafiro de Plata. Veía lejano aquel momento: cuando Giovanni buscaba las joyas más prestigiosas para que ella las robara, o las conversaciones a medianoche que tenía con Nina, en las que daban rienda suelta a la lluvia de ideas—. ¿Aurora?

La ladrona parpadeó un par de veces y se acercó.

—Sí, estaba pensando en esto de las inscripciones, porque cuando fuimos a buscar el diamante, la encontramos en la mesa y también estaba escrita en latín; hacía referencia a la tercera gema y al viaje que estaba a punto de finalizar, y que mantuviéramos los ojos abiertos porque nada era lo que parecía.

Vincent se cruzó de brazos pensativo.

—¿La tienes aquí? Quizá, con las dos frases…

Se quedó callado de repente. Aurora frunció el ceño sin

comprender el porqué del silencio repentino, pero no tardó en darse cuenta de que daba igual que conocieran las dos inscripciones, sin la del Zafiro de Plata, encontrar alguna relación había perdido el propósito.

La ladrona de guante negro volvió a mirar alrededor esperando dar con algún detalle inusual.

—La inscripción del topacio estaba en la estatua y las coordenadas del cofre nos llevaron a ese punto en concreto. Pasó lo mismo con la tercera gema —murmuró ella mientras observaba la urna de cristal donde descansaban las reliquias del santo. Se agachó para contemplar los cuatro pilares de piedra que la inmovilizaban y apoyó la palma de la mano sobre la superficie fría—. Las coordenadas indican la ubicación del acertijo para que, a partir de allí, descubras dónde están las gemas. Quizá con la Corona tengamos que seguir la misma idea y no nos haga falta la inscripción de la primera. ¿Tú qué piensas? —Se volvió hacia él para descubrirlo concentrado en el móvil—. ¿Qué miras?

Él alzó la mirada para encontrarse con los ojos verdes.

—Nada indebido —contestó en un tono divertido.

—Me parece que mi definición de «indebido» difiere de la tuya.

Vincent ensanchó un poco más la sonrisa mientras se acercaba para agacharse a su lado y tenderle el móvil con el mapa abierto.

—Aquí no hay nada —concluyó el detective mientras ella comprobaba que las coordenadas de la cripta eran diferentes de las de la Corona—. Incluso tiene sentido que el acertijo no esté aquí. Estamos en uno de los puntos más turísticos de la ciudad, por no decir el que más, con responsables que están pendientes de que todo reluzca. Las columnas son de mármol y el coro de alrededor está construido con madera de la buena. Dudo que a alguien se le haya pasado por alto una inscripción que poco tendrá que ver con la religión.

La ladrona no respondió ni tampoco apartó la mirada.

—Te has quedado impresionada con mi capacidad de análisis, ¿verdad?

—Mucho.

—Quiero creer que lo has dicho de verdad, porque tu ironía a veces me confunde —murmuró Vincent mientras se ponía de pie y le tendía una mano.

—Pobrecito.

—¿Te burlas de mí?

—Ni se me ocurriría. —Aurora esbozó una mueca divertida al contemplar su cara de pocos amigos. Había subido dos escalones y no quedaba ni rastro de la diferencia de altura—. Pero no te niego que estás sexy cada vez que te pones en plan inteligente o cuando me miras así... —murmuró, pues el color miel de sus ojos jamás dejaría de hipnotizarla. Alzó una mano para acariciarle la mandíbula con las yemas de los dedos; bordeó los labios, aunque sin tocarlos, y Vincent los entreabrió ante la sensación de su toque. Ella no dudó en acercar los rostros un poco más, pero se detuvo dejando un palmo de distancia—. ¿Ves lo que me haces? Se supone que aquí debemos mantener las distancias, aunque mírame —susurró para, un instante después, añadir—: Vámonos antes de que te diga algo peor.

Vincent quiso responder, pero Aurora no se lo permitió, pues se giró sobre sí misma para encaminarse a la salida; sin embargo, se detuvo cuando, de repente, captó el sonido de lo que parecía ser una alarma. La confusión la invadió mientras se encontraba con la mirada del detective, quien se había colocado a su lado con la intención de adelantarse para ver qué ocurría.

—¿Qué pasa? —preguntó ella. El sonido se volvía más estridente—. ¿Han cerrado la puerta?

—Tenemos que salir.

Aurora intentó subir las escaleras, pero el agarre de la mano de Vincent alrededor de la muñeca se lo impidió.

—¿Qué haces?

—Déjame ir primero.

Sin embargo, ella ignoró su petición por completo, se zafó de su mano y continuó subiendo a paso apresurado. Odiaba cuando la situación se descontrolaba; la sensación de ahogo que se apoderaba de ella. Necesitaba salir de allí y comprobar que la única salida que había seguía abierta. «No pienses, no pienses», se repetía, pues no podía esconder el hecho de que se encontraba en una catedral, lo que hacía que se transportara a aquellos años del orfanato, como si el sonido de la alarma hubiese sido el desencadenante.

Soltó el aire que había estado reteniendo justo cuando abrió la puerta de la cripta. Ni siquiera reflexionó cuando se mezcló entre la multitud que se dirigía hacia las puertas principales. Las voces se solapaban entre ellas, igual que el desconcierto, que se intensificaba cada vez más. La alarma de evacuación continuaba sonando y la gente no dejaba de empujarse entre sí. Había caos y confusión, y Aurora no dejaba de sentirse atrapada en ese mar de personas. Empezó a respirar con rapidez al ver que la salida seguía alejándose. Estaba atrapada y, por más que intentaba escapar, nadie se lo permitía.

Buscó a Vincent con la mirada, pero constantemente se chocaba con rostros desconocidos de personas que la arrastraban de vuelta hacia el fondo. Intentó detener los movimientos bruscos que la aprisionaban, tranquilizarse, pero el pánico se había apoderado de su mente, de su cuerpo, como si una sombra negra se hubiese adueñado de sus ojos para impedir que encontrara la salida.

Salir. Necesitaba salir.

Esa sombra se volvió más real que nunca cuando notó que alguien la empujaba por la espalda. Ni siquiera fue capaz de reaccionar, pues lo único en lo que pensaba era en que acabaría en el suelo, en medio de aquella avalancha de desesperación, y se sentiría más pequeña todavía, reducida a la nada porque no había sabido gestionar ese miedo que la consumía por dentro.

Antes de que las rodillas tocaran el suelo, un par de manos la rescataron de la catástrofe y la arrastraron fuera de la multitud.

Las manos de Vincent.

«No». Parpadeó un par de veces, con el corazón latiéndole a una velocidad frenética, cuando se percató de que esas no eran sus manos, de que las de él eran mucho más grandes en comparación.

—*Stai bene, ragazza?* —preguntó una voz femenina en un tono grave, áspero, que inquietó a Aurora haciendo que se volviera hacia la mujer con rapidez. La mirada se le oscureció—. *Ragazza?* —insistió la señora frunciendo el ceño, y dio un paso hacia delante. La muchacha retrocedió otro mientras negaba rápido con la cabeza; esa mujer vestida de blanco, que portaba una cofia del mismo color, era una religiosa, una sierva de Dios, y era la primera vez que Aurora, desde que había abandonado el orfanato, volvía a cruzarse con una—. *Ho visto che ti hanno spintonato e…* —murmuró la monja a la vez que se acercaba y le colocaba una mano en el hombro para comprobar que no tuviera ninguna magulladura.

No obstante, aquel gesto desató las pesadillas y el miedo de Aurora.

—*Non mi tocchi!* —exclamó dando varios pasos hacia atrás, sin darle la espalda.

No quería que le pusiera las manos encima, que volviera a encerrarla en el sótano. Necesitaba salir de allí y esconderse de ella, pero no podía apartar la mirada de su hábito blanco, de la cruz plateada que le colgaba del cuello. Continuó trastabillando hacia atrás sin darse cuenta de que volvía a dirigirse hacia esa multitud impaciente.

—*Non ti farò niente, voglio solo aiutarti.*

A pesar de que la monja había asegurado que solo quería ayudar, Aurora no caería en su red de mentiras y sonrisas envenenadas, pues era la misma que recordaba de la madre superiora; la sonrisa siniestra que disfrazaba de bondad y preocupación, la misma en la que la Dianora de cinco añitos, antes de pasar a ser Aurora, había creído y confiado.

No quería volver a oír su voz grave y pastosa, que el miedo siguiera floreciendo en ella; necesitaba escapar de allí y borrarse esa imagen de la cabeza, cerrar de nuevo las heridas que se habían abierto y enterrar esos recuerdos que habían roto las cadenas.

Le dio la espalda a la monja y volvió a adentrarse en ese mar de personas, buscando cualquier hueco por el que meterse para llegar cuanto antes a la salida. Se repitió que no debía mirar atrás, que su prioridad en aquel instante era escapar, pero no pudo evitarlo; sin detenerse, y entre empujones, le echó un vistazo rápido a la religiosa del hábito blanco. Se arrepintió al instante al comprobar que seguía allí, mirándola con fijación, mientras Aurora intentaba salir; pero lo que más la impactó fue ver de nuevo su sonrisa.

Parpadeó un par de veces deseando que se tratara de su imaginación, aunque ese gesto, que se había entremezclado con el terror, le hizo perder el equilibrio durante un segundo. Solo uno, pues al siguiente notó que un par de manos, las que ella conocía a la perfección, la sujetaban por los brazos para arrastrarla.

—¿Estás bien? —susurró Vincent bajando la cabeza. La había pegado a su cuerpo, con la mejilla tocándole el pecho, y avanzaba entre la multitud con agilidad. A Aurora le dio la sensación de que volaban, pues ella apenas tocaba el suelo con los pies—. Te sacaré de aquí.

Cerró los ojos un instante ante la delicadeza con la que había pronunciado esa promesa. Se había sentido perdida, pero Vincent acababa de encontrarla, y no dudó en aferrarse a esa calidez hasta que al fin volvió a respirar.

24

En la Piazza del Duomo, abarrotada de turistas e italianos impacientes, reinaban el caos y el desorden, pues nadie entendía por qué habían hecho sonar la alarma de evacuación. Vincent se las había arreglado para sacar a la ladrona del bullicio: sujetándola por la cintura, había rodeado la catedral y divisado una plaza más pequeña, con una fuente en el centro.

—¿Estás mejor? —preguntó al cabo de unos minutos mientras Aurora se echaba agua en las mejillas. Se había colocado detrás para apartarle el pelo, esperando a que la sensación fría la calmara.

—Sí, gracias —se limitó a decir, y el detective se apartó para buscar su mirada. Había presenciado el encuentro que había tenido con la monja y el espanto que se había adueñado de su rostro, desesperada por huir de esa mujer—. Lo que ha pasado... —murmuró, pero se quedó callada dejando las palabras suspendidas en el aire.

—Podemos hablarlo luego, si quieres. —Él siempre le daba esa opción, pues no la obligaría a hacer nada que no quisiera, sobre todo cuando se trataba de abrir el baúl de los recuerdos y enfrentarse a lo que más se temía—. ¿Tienes hambre?

—Todavía no es la hora de comer.

—Yo estaba pensando en un helado.

—Pues ahora que lo dices… —murmuró la ladrona mirando alrededor—. También me apetece uno.

—Eso es porque tengo un gran poder de persuasión.

—Si hasta ahora no me has ganado en ninguna discusión, dudo que seas capaz de hacerme cambiar de opinión en algo.

—Qué gran mentira.

—¿Quieres apostar? —Lo retó. Vincent entrecerró la mirada.

—No puedes hacerme esa pregunta y esperar que no acepte.

La ladrona arqueó las cejas victoriosa.

—¿Qué apostamos? —preguntó ella.

—Si consigo persuadirte con lo que sea…

—Espera.

—Mi reto, mis condiciones —advirtió él, y no permitió que se lo rebatiera, pues al instante añadió—: No tiene gracia si sabes desde el principio con qué voy a hacerte cambiar de opinión. —Aurora no contestó—. Si gano yo, me dirás cuál es tu mayor sueño, y si pierdo…

—Pero eso no tiene sentido… —lo interrumpió—. Ya tengo todo lo que quiero.

—¿De verdad?

Silencio.

—De todas maneras, ¿para qué quieres saberlo? Tampoco es algo que vaya a cambiarte la vida —dijo, y Vincent se cruzó de brazos inclinando la cabeza con suavidad. Aurora supo que no tenía nada que hacer, así que negoció—: Si pierdes, lavarás los platos durante un mes.

La sonrisa en el rostro del detective se suavizó hasta desaparecer, no por el castigo inofensivo, sino por lo que significaba esa petición para él. Decidió romper con la poca distancia que había entre ellos para alzarle la barbilla con el dedo índice. Contempló sus ojos y, una vez más, volvió a quedarse fascinado con esa gama de verdes que tanto le hacía recordar a las auroras boreales cuando ondean en el cielo oscuro.

Antes de que el silencio desatara el beso que ambos ansiaban, Vincent preguntó:

—¿Quieres que lave los platos?

—Durante un mes —repitió, y él no pudo evitar reírse—. Me he dado cuenta de que no te gusta, así que... —insinuó arqueando las cejas.

—Un mes es mucho tiempo, y para ello tendríamos que vivir juntos, ¿no?

Aurora se dio cuenta de lo que había querido decir en realidad. No habían vuelto a tocar el tema desde aquella última conversación, en la que él le había asegurado que quería formar parte de su vida.

—En cuanto a eso... Me gustaría hablarlo cuando todo esto acabe, porque para vivir juntos deberíamos pensar en dónde, ¿no te parece? Buscar un sitio que nos guste...

—El lugar es lo que menos importa —aseguró Vincent, lo que hizo que Aurora esbozara una sonrisa—. No me mires así.

—¿Me acompañarías hasta el fin del mundo?

—Lo destruiría por ti.

Aurora sintió un escalofrío que le agitó el corazón.

—Qué romántico. ¿Lo has sacado de algún libro?

—No sé de qué me hablas.

—La mayoría de los protagonistas masculinos, los que se consideran «chicos malos», se lo dicen al interés amoroso. Es su frase estrella. Seguro que te lo habrás encontrado aluna vez.

—Quizá.

—Seguro que sí.

La sonrisa en el rostro del detective no desaparecía, lo que provocó que Aurora se mostrara más convencida.

—¿Tú lo destruirías por mí? —preguntó él, aun conociendo la respuesta.

—Me he enfrentado a Giovanni por ti. ¿Qué te hace pensar que no lo reduciría a cenizas si te pasara algo?

—Pero qué bonito —pronunció una voz a sus espaldas. Ni siquiera hizo falta que la ladrona se volviera para identificar al dueño. Lo hizo un segundo más tarde y se encontró a Stefan con las manos en los bolsillos, con aire despreocupado, y a Romeo a su lado—. Y yo que pensaba que estaríais preocupados por nosotros...

—Íbamos a buscaros justo ahora —aseguró Aurora.

—Ya.

—Anda, no exageres —intervino Romeo mirando a su compañero.

—Es para darle un puntito de drama.

—¿Sabéis qué ha pasado ahí dentro? —inquirió Vincent.

Stefan se quedó mirándolo un instante antes de dirigirse a la ladrona y sugerir:

—¿Vamos a tu casa? Creo que hemos descubierto algo.

El detective no había mentido al decir que le apetecía un helado, así que lo sugirió mientras se acercaban al piso de Aurora, lo que hizo que Stefan le dedicara una mirada de las suyas. Romeo había sido el primero en acompañarlo, seguido de la ladrona, y Stefan no había tenido más remedio que rendirse a la tentación.

En el salón de Aurora, acomodados alrededor de la mesita auxiliar, saboreaban cada uno el suyo.

—¿Y bien? —inquirió la ladrona—. ¿Qué habéis descubierto?

Stefan se aclaró la garganta.

—Resulta que muy poca gente entra al *battistero*; supongo que los restos de los cimientos de la basílica original no suelen interesar. El caso es que, siguiendo la ruta marcada, porque todo está separado por cuerdas, además de que los de seguridad no te quitan el ojo de encima, vimos algo que nos llamó la atención.

—¿Qué era?

El italiano dirigió una mirada a Vincent.

—Calma, señor policía, que ya llegamos —prometió esbozando una sonrisa—. Saltar la cuerda para acercarnos era imposible, el de seguridad nos habría echado a patadas, así que pensamos en un plan rápido.

—Habéis sido vosotros... Por eso todo el mundo parecía confundido, incluso los de seguridad —intervino Aurora—. ¿Qué habéis encontrado?

—Sois tal para cual, ¿eh? Os come el ansia por saber.

—No seas idiota y responde.

—Vale, vale; cuánta agresividad —contestó Stefan alzando las manos en señal de rendición. Entonces, tras lamer el helado, añadió—: Busqué dónde estaba la alarma contra incendios, le dije a Romeo que distrajera al que vigilaba y la activé. En cuestión de un par de minutos el *battistero* se quedó vacío; hicimos una foto desde todos los ángulos y luego salimos de la catedral aprovechando la confusión. Un plan sencillito pero efectivo. ¿Qué te parece?

—Fenomenal. A ver las fotos —pidió y él le tendió el móvil.

De un segundo a otro se instauró un silencio impaciente

mientras Aurora contemplaba la docena de fotos que Stefan le había sacado a la roca de apariencia común y en la que nadie se fijaría al pasar.

—¿Por qué os ha llamado la atención? —preguntó el detective, que se había acercado a Aurora.

—Porque me fijo en los detalles —contestó Stefan.

Romeo frunció el ceño hacia su compañero.

—¿Podrías dejar de comportarte como un gilipollas? Solo te ha hecho una pregunta —recriminó, y Stefan volvió a alzar las manos en señal de rendición. Romeo puso los ojos en blanco y luego explicó—: Tal como esa roca está colocada... No concuerda con el escenario, como si alguien la hubiera puesto ahí, aunque de lejos no se perciba la diferencia. Además, tiene una forma extraña; se supone que son los cimientos originales de la basílica de Santa Tecla, y no sé... Había algo que no me cuadraba. Estuvimos un rato mirándola.

—Hay una inscripción, pero no se ve del todo bien... Son palabras sueltas escritas en latín —murmuró Aurora sin apartar los ojos de la pantalla.

—¿A ver? —pidió Vincent.

Aurora se levantó del sofá para ir en busca de las notas adhesivas y un bolígrafo. Apuntó las palabras en el orden en el que aparecían, con la traducción debajo, y pegó las hojas amarillas a la mesa de madera.

—Vale, tenemos: «no», «serpiente», «camino» y «alzarás».

—Hay letras que se pueden apreciar, pero... —murmuró el detective sin apartar la mirada de la pantalla—. Será difícil deducir lo que pone si no podemos limpiar un poco la zona.

—Un momento —intervino Romeo frunciendo ligeramente los labios, pensando. Aurora puso su atención en él—. ¿Crees que si completamos este acertijo llegaremos hasta la Corona? Es que, si lo piensas, para el diamante no nos hizo falta. Y para la segunda gema… La inscripción estaba en la espalda del ángel, ¿no? ¿Os sirvió de algo?

Stefan se cruzó de brazos.

—La verdad es que no —respondió Vincent sentándose en la alfombra, cerca de Aurora, y contempló las cuatro palabras expuestas—. Si no hubiera sido por el pescador y su hermana, no sé si habríamos dado con la cueva.

—Porque, si necesitarais una imagen más nítida —continuó Romeo—, tendríamos que volver a la catedral y montar otro espectáculo para acercarnos a la roca, y dudo que vuelva a funcionar. La opción que nos queda es infiltrarnos por la noche, pero eso será más complicado por el nuevo sistema de seguridad que han instalado; he estado mirándolo. Tendríamos que hablar con Giovanni y que nos prestara a uno de sus *hackers* para que lo valore y nos diga si es viable o no.

Se produjo un silencio momentáneo, denso, que transportó a los miembros de la Stella Nera a cuando preparaban los golpes y Nina se encargaba de las cuestiones técnicas. Desde la noche de la reyerta en la fábrica abandonada, la última vez que habían visto a Nina, ninguno había vuelto a nombrarla.

Aurora no sentía nostalgia, tampoco el deseo de perdonarla, pero no podía esconder el sentimiento que se le despertaba cada vez que pensaba en ella: lástima, por haberse imaginado que siempre se tendrían la una a la otra, por creer en la amistad que las había unido. Aurora había estado dispuesta a escucharla y tratar de buscar una solución a la marea de inquietudes que había estado arrastrando a Nina, pero ella había decidido clavarle un puñal en la espalda, condenándose a perder la posibilidad de tomar el mando.

No sabía qué era de ella o en qué parte del mundo se había escondido; prefería seguir entre las sombras y dejar que Nina continuara vagando sin rumbo, porque no había castigo más cruel que la soledad.

La ladrona se aclaró la garganta, dejando atrás el recuerdo de Nina y ella jugando de pequeñas, y respondió:

—Hacedlo —se limitó a decir—. Aparte del acertijo, no tenemos ninguna otra pista. Recordemos que no se trata de otra gema, sino de la pieza que las une, y no creo que la elección de su escondite se haya dado por casualidad. La dificultad que entraña el Duomo está en su tamaño, el sistema de seguridad y que siempre está lleno de gente.

—Robamos el Zafiro de Plata con cien personas mirando —alegó Stefan.

—Porque lo expusieron delante del mundo para presumir —contestó la ladrona tragándose el tono irónico—. Sabíamos en todo momento dónde estaría. Ahora es diferente: hay que averiguar el paradero de la Corona sin levantar sospechas, y, si para ello tenemos que empezar descifrando un acertijo, es lo que vamos a hacer.

Stefan asintió, se puso de pie y preguntó:

—¿Cuál es el plan?

—Me da igual cómo, pero conseguid una imagen más limpia de la inscripción; con estas cuatro palabras no tenemos ni por dónde empezar. Vincent y yo buscaremos entre la información que ya tenemos, a ver si podemos averiguar algo. Ya sabéis cómo contactar conmigo si descubrís o necesitáis algo, ¿vale?

Romeo también se puso de pie dando por finalizada la conversación; no obstante, Stefan no pudo evitar preguntar, entrando en terreno pantanoso:

—¿Qué quieres que le digamos a Giovanni?

—Actuad con normalidad y mantenedlo informado sobre los avances. De todas maneras, no tendría por qué sospechar que sigo viva.

—¿Cuándo piensas decírselo?

Aurora arqueó las cejas.

—Creo que merece saberlo… —continuó Stefan—. Tú no has visto cómo está; tu muerte le ha supuesto un golpe duro… Oye, no te estoy reclamando nada, pero pienso que, sabiendo que te ha cuidado y que ha sido tu apoyo durante años, merece saber la verdad. No hace falta que se entere toda la organización, ni que vuelvas, solo…

El suspiro molesto de la ladrona interrumpió a Stefan, que no dudó en callarse. En un instante la habitación se había convertido en un campo de minas que ni Vincent ni Romeo querían atreverse a pisar.

—¿Con «apoyar» te refieres a convertirme en una delincuente desde los diez años?

—A ver… —intentó decir él, pero Aurora no se lo permitió.

—Es mi vida, Stefan, y mi decisión. Me decía que nunca me dejaría ir, que era demasiado valiosa como para perderme, así que lo siento si te parece mal que intente priorizarme, ¿o crees que Giovanni me dejaría ir si sabe que sigo con vida? Me buscaría hasta encontrarme, porque soy «su *principessa*», su posesión. Si él… —Volvió a aclararse la garganta; siempre lo hacía cuando se forzaba a abrirse y soltar las palabras que quedaban atascadas. Stefan mantenía los labios sellados, incapaz de decir nada—. Si el *capo* no me hubiera encontrado aquella noche, no sé qué habría pasado conmigo. Me ha protegido y enseñado a ser fuerte, a no dejarme pisotear, pero eso no significa que vaya a concederme la libertad, porque para él nunca dejaré de ser el diamante que ha pulido.

Habían transcurrido unas cuantas horas desde que Stefan y Romeo abandonaron el apartamento de la ladrona; el atardecer tocaba el horizonte y Aurora cerró los ojos un instante a la vez que trataba de estirar la espalda dolorida. Se había pasado la tarde buscando información sobre el joyero misterioso, la familia real a la que había pertenecido la Corona y la revolución que destruyó el reino.

Si bien la Corona de las Tres Gemas nunca dejaría de ser un misterio para el mundo, ella contaba con el diario de Enzo. Había perdido la cuenta de cuántas veces lo había leído, pues en cada una se encontraba con algo nuevo: una anotación escrita de manera imperceptible en la esquina interior de la página o algún dato que se le había pasado por alto. Enzo había dedicado quince años a la búsqueda de las gemas y de la corona que las unía: el tesoro por el que cualquier ladrón perdería la cabeza.

Entre las páginas del diario se apreciaban varios sentimientos: el de la victoria, cada vez que descubría algo nuevo y se sentía un paso más cerca de la Corona; o el de la ambición por querer completarla; pero también el de la frustración cuando se pasaba meses intentando buscar las piezas que faltaban del puzle incompleto. Enzo Sartori se había pasado la vida persiguiendo un sueño y, desde que la ladrona se había leído el diario por primera vez, sentía el deber de cumplirlo.

Alzó la mirada y contempló la pizarra blanca colocada en el salón, delante del sofá, y que había llenado de notas adhesivas, fotografías y noticias de periódico recortadas en donde se mencionaba algún dato relevante del joyero europeo, que habían descubierto que era de procedencia italiana. En el centro de la pizarra había pegado las palabras del acertijo de la Corona y había apuntado la fecha en la que Enzo encontró el zafiro, la primera y última entrada del diario, el año en el que se había esculpido el *Ángel de una sola ala* y la fecha de fallecimiento de los Sartori...

«Cinco de abril de 2004», que coincidía con su cumpleaños.

Se levantó del sofá para ir en busca de aire. Se dirigió al balcón y dejó escapar un suspiro profundo permitiendo que la luz cálida del atardecer la abrazara. Se apoyó en la barandilla mientras volvía a imaginarse qué habría sido de su vida si sus padres hubieran seguido vivos.

Ni siquiera se dio cuenta de la presencia de Vincent cuando se colocó a su lado, hasta que notó el roce suave entre los brazos.

—¿Estás bien? —preguntó él casi en un susurro.

—Pensaba en mis padres.

La respuesta escueta de la ladrona hizo que un silencio incómodo se asentara alrededor.

—A veces sueño... —continuó Aurora, aunque se quedó callada un instante—. Me imagino viviendo con ellos: los desayunos por las mañanas, las cenas de Navidad, las reuniones familiares, las salidas al cine, al parque... Me lo imagino a él en mi graduación poniéndose de pie y aplaudiendo, a ella con una sonrisa llena de orgullo... —Se mordió el interior de la mejilla a la vez que fruncía los labios, quizá para apaciguar las lágrimas que amenazaban con salir. Entonces, sintió la caricia del dorso de su mano, que hizo que las dos miradas se encontraran—. Debería dejar de pensar en ellos, ¿no?

—¿Quieres hacerlo? —preguntó Vincent.

—Hay días en los que sí, pero luego... —Desvió la mirada para apreciar las últimas luces anaranjadas que desaparecían tras los edificios—. Me gusta pensar en que mis padres me habrían salvado del orfanato y se habrían peleado con medio mundo de haber sido necesario. Ellos me querían... Es lo que mi padre escribió en su diario.

—¿Sigues prefiriendo no saber cómo murieron?

Ella negó con suavidad.

—No quiero obsesionarme buscando unas respuestas que podrían acabar conmigo —confesó—. Ya te lo dije... No me serviría de nada saberlo, a pesar de que haya días en los que crea que sí. Quiero quedarme con el único recuerdo bonito que me queda, y es el de saber que mis padres me quisieron, que nunca me habrían dejado en el orfanato.

La sonrisa triste de Aurora fue indicativo suficiente para que Vincent no volviera a insistir.

—¿Quieres hablar de lo que ha pasado en el Duomo? —inquirió él.

—Me asusté; pensaba que habían cerrado la puerta, y después todas esas personas tratando de salir... No te encontraba y me asusté más, y cuando esa monja me agarró de los hombros... En cuestión de segundos reviví esos cinco años en el orfanato y...

La respiración se le entrecortó y no pudo evitar que un sollozo se le escapara, lo que hizo que la garganta le escociera un poco más, sobre todo cuando sintió los brazos de Vincent alrededor, apretándola contra su cuerpo. Cerró los ojos mientras saboreaba el aroma de su cuello y apreciaba el latido de su corazón. Su lugar seguro.

Se mantuvieron en esa postura durante segundos, o minutos, quizá. Aurora sentía que el tiempo se había detenido y que Vincent se había encargado de que una nueva burbuja los envolviera. Se sentía bien en sus brazos y su calidez la calmaba. Entonces comprendió que no podía depender de él para que el tormento de aquellos años desapareciera, que necesitaba arreglarse.

—Quiero estar bien —susurró mientras notaba la caricia de su mano pasearse sobre la espalda. Se acurrucó un poco más en sus brazos—. Y quiero que me ayudes a buscar ayuda.

La ladrona de guante negro se había pasado casi toda su vida negando que la necesitara, pero en aquel instante, abrazada a Vincent y con un futuro junto a él sobre la mesa, no quería continuar encerrada en sus recuerdos.

Quería estar bien, lo necesitaba, y haría cuanto estuviese en su mano para conseguirlo.

25

Stefan se aclaró la garganta intentando que el *capo* de la Stella Nera contestara a la pregunta que le había hecho. Odiaba cuando el silencio lo engullía y su mirada quedaba varada en medio de la nada, así que no se le había ocurrido mejor solución que carraspear para hacerle entender que, en aquel instante, no podía permitirse el lujo de perder el tiempo tontamente.

Se retrepó en el asiento mientras le dedicaba una mirada de soslayo a su compañero, que permanecía con las manos juntas sobre el regazo, inmóvil, y los hombros tensos. Stefan incluso dudaba de que estuviera respirando por temor a interrumpir los pensamientos de Giovanni, pero a él le gustaba jugar con el peligro y no podían olvidar que tenían una corona que encontrar.

—Jefe, ¿todo bien? —preguntó sin que le temblara la voz. Giovanni le correspondió asintiendo con la mirada y él escondió la reacción de triunfo para añadir—: Decía que nos gustaría saber qué harás con la Corona una vez que la completemos. O qué pasará con nosotros después de eso, si nos quedaremos aquí contigo o volveremos con Grace.

La habitación volvió a inundarse con otro silencio y Stefan no supo de qué otra manera conseguir que el *capo* reaccionara; sin embargo, para su suerte, Giovanni al fin contestó:

—No depende de mí.

El italiano arqueó las cejas, incluso Romeo abandonó la postura erguida, asombrado con la respuesta.

—¿Entonces...?

—Encontrad la Corona y luego hablaremos —aclaró—. Si Grace os necesita en Nueva York, iréis con ella; de lo contrario, os quedaréis aquí. No creo que sea tan difícil de entender.

Stefan se resistió a poner mala cara.

—¿Alguna otra pregunta? —preguntó el *capo* dando la conversación por terminada. Ambos negaron con la cabeza—. Para la próxima, pensad antes de venir y no me hagáis perder el tiempo en tonterías, que tampoco me hace falta saber cada paso que deis. El objetivo es encontrar la Corona de las Tres Gemas, así que hacedlo y llamadme cuando esté completa. Ahora, fuera de mi despacho.

Los muchachos tardaron un segundo de más en reaccionar. No era la primera vez que Giovanni les hablaba de esa manera, pero sí se trataba de la primera ocasión en que le restaba importancia a una joya de semejante envergadura.

Se pusieron de pie y, sin decir nada, abandonaron la habitación cerrando la puerta tras ellos, aunque no sin que Stefan le dedicara antes una última mirada. Vio que le daba una calada al puro mientras se reclinaba contra el asiento, la mirada continuaba perdida y las facciones del rostro decaídas, como si ya no le quedaran fuerzas para nada más. A Stefan no le gustaba verlo así; entendía que la muerte de Aurora le había afectado y que Giovanni se negaba a soltarla, pero no podía quedarse de brazos cruzados y ver cómo su jefe se hundía cada vez más en ese pozo oscuro, triste y sin vida.

Con las manos escondidas en los bolsillos traseros del pantalón, se colocó junto a Romeo para dirigirse a la salida del edificio.

—¿En qué piensas? —preguntó Romeo tras varios segundos de silencio.

—En que todo esto es una mierda.

Aunque Stefan sentía la necesidad de desahogarse, pues hervía por dentro, no lo haría hasta que no estuvieran fuera del territorio de la Stella Nera, así que, una vez que se montaron en el coche y él arrancó el motor, dejó escapar un suspiro profundo, que reflejó el cansancio que lo consumía.

—Ya sé que cada uno afronta el duelo como puede, pero... —protestó Stefan—. Joder, está en la mierda, peor que cuando Nina se largó. También entiendo a Aurora y que anhele una vida sin estar atada a él, pero tú y yo sabemos que irá a peor. Ya lo está haciendo, porque es un testarudo de narices y jamás admitirá que necesita ayuda ni sacará todo lo que lleva dentro.

—Se siente solo —murmuró Romeo sin apartar la mirada de la carretera. Acababan de incorporarse a la autopista y Stefan serpenteaba por los carriles adelantando a los demás coches—. No tiene con quién hablar. Antes estaban las dos, aunque se entendía más con Aurora, pero ahora...

—Yo no sé qué hacer, y con lo que Aurora nos dijo ayer... —Otro suspiro, aunque esa vez era de frustración—. Podríamos intentar hablar nosotros dos con él.

—¿Para qué? Está dolido y se ha quedado solo. La solución sería decirle que Aurora está viva o encontrar a Nina para traerla aquí y que hicieran las paces, aunque para ello su sobrina tendría que olvidarse de su alianza con los rusos, que ese es otro problema al que no le estamos prestando la atención suficiente. ¿Tú has sabido algo de Serguei Smirnov? Porque yo no, y Grace le ha perdido la pista. Me da la sensación de que está tramando algo, porque no creo que se haya olvidado de la muerte de su hermano.

—Ese gilipollas no hará nada porque quien lo mató fue Aurora, y mientras ella siga escondida y sin llamar la atención, todo estará bien —aseguró Stefan dedicándole una mirada corta.

—¿Y si la descubre?

—Entonces actuaremos y nos lo quitaremos de encima antes de que la cosa se ponga fea, sin olvidarnos de que Aurora sabe defenderse. No creo que no haya pensado en un plan por si llegara a ocurrir. Es Aurora —enfatizó, como si su nombre fuese la solución a todos los problemas—. Siempre está maquinando y cuidándose las espaldas, y con Vincent a su lado...

—Creía que lo odiabas —interrumpió el joven francotirador arqueando las cejas divertido—. Es la primera vez en meses que lo llamas por su nombre.

—A ver, no es odio —aclaró Stefan—. Una cosa es que me caiga medio mal, pero tengo ojos, ¿sabes? Se ven bien juntos, y se entienden; solo hace falta mirarla para darse cuenta. Sí que es verdad que han pasado cosas y que él ha dicho otras que yo no comparto, sin olvidarnos de que es policía, o lo era. —Hizo una pausa al recordar la conversación con Grace después de la reunión en la habitación del motel, en la que les había cotilleado lo que había dicho el detective—. ¿Quién renuncia a su carrera por la persona a la que quiere? El hombre se ha lanzado de cabeza, porque podría haberla entregado y fin de la historia, pero míralos, diciéndose cosas como que quemarían el mundo por el otro y esas cursiladas.

—Qué bonito.

Stefan esbozó una sonrisa involuntaria.

—Lo que hace el amor, que calienta incluso el corazón más frío. —Negó con la cabeza, sin dejar de sonreír, pues a Stefan le había ocurrido lo mismo—. Con el tiempo me caerá mejor, pero como se atreva a hacerle daño, le arrancaré las pelotas y se las haré tragar.

Romeo no pudo evitar poner una mueca de disgusto al imaginarse la escena.

—Y volviendo con el tema del jefe... —continuó—. Si trajéramos a Nina a casa y se reconciliaran, con el tiempo se olvidaría de la ausencia de Aurora.

—¿No crees que nos los habría pedido ya? Han pasado siete meses, ¿no?, casi ocho; si hubiera querido a Nina de vuelta, nos lo habría ordenado.

Stefan se quedó un momento en silencio.

—Esta situación me supera.

—Es normal.

—¿Y ahora qué?

—Ahora a por la Corona —respondió Romeo—. Después veremos qué hacer con Giovanni y Nina, y qué pasará con nosotros cuando todo esto acabe.

—Eso es lo que menos me preocupa.

—¿Ah, sí? ¿Y eso por qué?

—Por dos razones. La primera —enumeró Stefan alzando el índice—: el jefe no puede vivir sin nosotros y esto queda demostrado cada vez que me pide que lo lleve a algún sitio porque dice que solo confía en mi conducción. Así que dudo mucho que nos mande con Grace.

—¿Y la segunda?

—La segunda... —Stefan se tomó el tiempo necesario para pronunciar cada letra, dándole el toque enigmático que disfrutaba, y respondió—: Tiene que ver contigo. ¿Qué importa adónde me manden mientras estemos juntos?

A Stefan no se le daba bien expresar nada que tuviera que ver con los sentimientos. Él actuaba, pues defendía que las acciones pesaban más que las palabras; sin embargo, ver la reacción de Romeo y el tono rojizo de sus mejillas le hizo entender que, para algunas personas, las palabras eran necesarias.

Había necesitado dos días para llevar a cabo el plan que Romeo había trazado para obtener lo que Aurora les había pedido: una imagen más nítida de la inscripción. Habían descartado al instante montar otro escándalo, pues la experiencia les decía que era poco probable obtener dos plenos seguidos; por ello, habían recurrido a lo que la ladrona de guante negro solía hacer cuando necesitaba pasar desapercibida: disfrazarse.

Stefan y Romeo se habían hecho pasar por dos trabajadores del equipo de limpieza. No había sido fácil, pero mezclar los contactos con los favores hacía maravillas, y Stefan nunca dudaba en cobrarse los que le debían cada vez que se presentaba la oportunidad.

Nadie había sospechado del plan malévolo de los italianos: tras la hora del cierre, cuando los demás trabajadores se habían puesto manos a la obra con el espacio diáfano de la catedral, Stefan se había encargado de no abandonar la zona de acceso al baptisterio, para dejar que Romeo, que había ido preparado con los utensilios necesarios, se encargara de limpiar y quitar el polvo a la inscripción. Había necesitado unos cuantos minutos para la hazaña, y solo cuando quedó satisfecho y hubo contemplado las palabras nuevas que habían surgido volvió a colocar la roca en su sitio, como si nada hubiera ocurrido, pues Romeo era igual de detallista que la ladrona. Se había asegurado de que nadie lo viera, incluidas las cámaras de seguridad, favor que le había pedido al *hacker* de confianza de Giovanni, el segundo mejor después de Nina.

Ni siquiera esperaron cuando, sin preocuparse de que el reloj acabara de anunciar la medianoche, contactaron con Aurora. Sabían que estaría despierta y ninguno de los dos se asombró cuando la muchacha atendió la llamada, ni ella tampoco al escuchar tras unos segundos el timbre de la puerta, que abrió todavía con el móvil pegado a la oreja.

—Qué eficientes —murmuró ella finalizando la llamada—. Entrad.

Stefan dio el primer paso hacia el interior, seguido de su compañero, y preguntó:

—¿Te han quedado sobras de la cena? Romeo tiene hambre.

—No es verdad.

—Te sonaba la barriga mientras veníamos de camino, así que no mientas. *Ciao, come va?* —saludó al encontrarse con Vincent en el sofá, quien se levantó después de cerrar la tapa del portátil para corresponder al saludo—. Y si tienes cerveza a mí no me vendría mal una.

—Hemos hecho pizza —respondió Aurora.

—Uy, entonces yo también quiero —murmuró Stefan encaminándose a la cocina.

—Y hay cerveza en la nevera; los platos están...

—En el armario que está al lado, lo sé —terminó él—. Tú sigue con lo tuyo y quita todos esos papeles de la mesa, que menudo centro de operaciones os habéis montado —señaló al ver la pizarra, las docenas de notas amarillas y el hilo rojo que conectaba las diferentes pistas.

La ladrona volvió a sentarse en el sofá, al lado de Vincent, mientras Romeo lo hacía en la silla que había arrastrado de la mesa del comedor. Empezó a apilar los documentos, con cuidado de no perder el orden, y despejó la mesita auxiliar en cuestión de segundos.

—¿Y os lo habéis pasado bien? —preguntó el italiano rompiendo el hielo mientras ignoraba el ruido que Stefan hacía en la cocina. La ladrona y el detective se miraron y no pudieron esconder la sonrisa tímida, aunque intentaron disimular aclarándose la garganta. Romeo abrió los ojos sorprendido—. No quería decir eso, que me da igual lo que hagáis; es decir, a ver, que me parece estupendo. Es normal que queráis aprovechar el tiempo cuando estáis a solas. —Aurora volvió a esbozar una sonrisa, pero esa vez para tranquilizarlo—. ¿Podemos empezar de nuevo?

Ella decidió contestar a la pregunta inicial:

—No nos hemos aburrido, ¿verdad? —Le dedicó una mirada fugaz al detective, que negó—. Además de la información que ya tenemos, hemos encontrado más cosas sobre la familia a la que perteneció la Corona. ¿Vosotros habéis conseguido el acertijo? Porque hemos intentado descifrarlo con las pocas letras que se ven, pero solo hemos obtenido «flor».

—Pues...

Pero antes de que Romeo contestara que sí, Stefan irrumpió en el salón con las porciones de pizza recalentadas, una cerveza, un vaso de agua y un par de servilletas.

—¿Y a mí no me esperáis? Vaya falta de respeto.

—No exageres, que seguro que estabas poniendo la oreja —contestó Romeo levantándose para ayudarlo.

—Mentira —espetó—. Ten, esto es para ti. —Le entregó el vaso de agua, pues Romeo no era amante de las bebidas alcohólicas, y menos por la noche—. ¿De qué hablabais?

Aurora ladeó la cabeza ante el gesto considerado y se aguantó las ganas de preguntarles qué tal les iba.

—Sobre el acertijo, si lo habéis conseguido —intervino Vincent.

—Sí —respondió Romeo volviendo a la conversación—. Hay algunas palabras que no se ven del todo, pero está bastante mejor que antes. Supongo que con el contexto sacaremos las que faltan. —Deslizó el móvil por la mesa, con la aplicación de fotos abierta—. He hecho varias con la luz repartida en diferentes ángulos.

Aurora apreció la diferencia abismal entre la imagen de hacía dos días y la que contemplaba en ese instante. Se acercó un poco más a Vincent, para que él también lo viera, y no tardó en ponerse de pie para buscar el taco de notas amarillas.

—Sí que pone «flor» —murmuró el detective mientras señalaba la palabra con el índice—. *Flos* es «flor», y *timeo* es «temer», creo.

—¿Sabes latín? —preguntó Romeo sorprendido.

—Desde hace un par de días —bromeó Vincent para después volverse a la ladrona—: ¿Voy diciéndote y tú escribes?

—Sí.

—Detrás de la primera palabra va «temer», y luego hay una o dos que van delante de «serpiente», pero que no se ven, así que deja dos espacios cortos y después lo miramos.

Vincent iba consultando las palabras, frunciendo el ceño con algunas y hablando con Aurora mientras pasaba las imágenes de izquierda a derecha y viceversa. Chasqueó la lengua tres veces y se pinzó la barbilla otras cuatro sin darse cuenta, pues era complicado encontrar una traducción que se entendiera. La ladrona dio un par de pasos hacia atrás sin apartar la mirada de la pizarra, preguntándose por qué con la inscripción en la espalda del ángel había sido más fácil.

«Porque no faltaba ninguna letra», se respondió, y no pudo evitar asentir para darle la razón a su yo interior.

—A ver, ya casi está —murmuró ella mientras pensaba

en los dos huecos que quedaban por llenar—. «No temer a la serpiente con dorado y con forma de flor...».

—Eso no tiene sentido —evidenció Stefan después de haberle dado un sorbo a la cerveza.

—Stefan, para aportar eso mejor no digas nada —respondió la ladrona aún de espaldas a él.

—¿Y si el verbo debe ir conjugado? —preguntó Romeo—. Es que me suena un poco a idioma de las cavernas lo de «Tú, no temer».

—Puede ser —intervino el detective—. «No temas a la serpiente».

—Mejor.

—«No temas a la serpiente dorada» —añadió Stefan.

Aurora ladeó la cabeza y se cruzó de brazos pensativa.

—A ver, sí, pero ¿y si nos desviamos del sentido original de la frase?

—Tampoco perdemos nada intentándolo —la animó Vincent—. Incluso tiene sentido que sea «serpiente dorada» y no «serpiente con dorado» porque, si lo ves, no hay ninguna otra palabra en medio.

Entonces, la ladrona se apartó para que Vincent pudiera reestructurar la frase y darle el sentido coherente que necesitaban. Apartó algunas notas e intercambió otras para, al final, obtener:

—«No temas a la serpiente dorada con forma de flor. Sigue el camino marcado y alzarás lo que antes estuvo unido» —pronunció él, solo para que un nuevo silencio se apoderara de la estancia.

Aurora se alejó un poco más, sin apartar la mirada del tablero, mientras apreciaba el acertijo que los conduciría hasta la Corona de las Tres Gemas.

Acababan de trazar el camino y lo único que les quedaba era seguirlo.

26

Una corriente de aire recorrió la espalda de la ladrona, como la caricia de un puñado de agujas sobre la piel, provocando que se tensara. Trató de relajar los hombros, pero no podía desprenderse de ese nerviosismo que se había apoderado de ella. Se limpió el sudor de la frente con el dorso de la mano y continuó forzando la cerradura del despacho del arzobispo metropolitano de Milán.

Después de que Stefan y Romeo abandonaran el apartamento, la ladrona y el detective continuaron inmersos en la resolución del acertijo de la Corona. La «serpiente dorada con forma de flor» hacía referencia a la decoración ostentosa que el joyero había tallado en el cofre, un detalle del que Aurora se había percatado al dirigir la mirada hacia una de las fotografías que tenía. Había contemplado la pieza de madera durante más segundos de la cuenta y solo reaccionó cuando el detective le colocó una mano en el hombro para despertarla. Entonces, relacionó la forma sinuosa de la «serpiente con forma de flor» con el ornamento floral propio de los textos.

La persona que había construido el cofre había pensado

en cada mísero detalle, lo que volvía la búsqueda cada vez más complicada: un viaje lleno de curvas, piedras y caminos que se dividían en dos para no saber cuál elegir. El acertijo los había conducido al punto de partida: el cofre. Aurora se había percatado de un detalle inusual mientras contemplaba con lupa la madera tallada: había una línea, decorada con pétalos y flores con motas de dorado incrustadas, que se iniciaba a un centímetro de cada serie de coordenadas y envolvía el cofre para embellecerlo, pero solo la línea que pertenecía a la Corona hacía una vuelta completa y acababa señalando la zona inferior.

Con Vincent a su lado, dejando que la curiosidad brillara en su máximo esplendor, Aurora había descubierto un compartimento con la ayuda de la punta de un cuchillo; contenía una llave oxidada, envuelta en un trozo de material, y una nota escrita en italiano con una pluma caligráfica:

Para el heredero de la Corona de las Tres Gemas:
La encontraréis bajo la tutela del arzobispo de la ciudad,
su excelentísimo os guiará en vuestro camino.
Que Dios salve al rey y lo mantenga en su gloria.

—Me pregunto a cuál de todos se refiere, porque no creo que el actual esté dispuesto a abrirnos la puerta —había murmurado el detective.

—Pues tendremos que recurrir a las malas y forzar la cerradura.

Y eso era lo que la ladrona de guante negro hacía en ese instante: irrumpir en el despacho sagrado de una de las catedrales más importantes del mundo, el corazón de Milán. No era la primera vez que forzaba una puerta cerrada, pero aquella le estaba costando más de lo que se había imaginado.

—¿Cómo vas? —susurró Vincent a un par de metros de ella, pendiente de cualquier movimiento. El *hacker* de la Stella Nera había entrado en el sistema de seguridad y se había hecho con las cámaras colocando una grabación de la noche anterior; de esa manera, la ladrona y el detective habían pasado a ser invisibles—. Pst.

—¿Quieres callarte? Así no ayudas —contestó ella un tanto irascible—. Me queda poco.

En realidad, le quedaba algo más que poco. Inmovilizó las manos, quedándose quieta por completo, e inspiró hondo para calmarse y ver más allá de la puerta que la separaba de su objetivo. Cerró los ojos para imaginarse el recorrido que debía realizar y, cuando al fin se sintió preparada, bastaron un par de movimientos de muñeca para sentir el «clic» que había estado buscando desde el principio. Saboreó el triunfo, sin poder esconder la sonrisa de felicidad, y giró el pomo con cuidado. Se habían asegurado de que el despacho del arzobispo no coincidía también con su dormitorio; sin embargo, Aurora no era de las que se arriesgaban sin motivo.

Se adentró en la habitación oscura notando la presencia del detective a sus espaldas e inspeccionó el lugar asegurándose de que estaba vacío.

—No hay nadie —susurró ella.

Vincent cerró la puerta sin hacer ningún ruido.

—Muy bien, ¿y ahora qué?

—¿Me crees si te digo que presiento que la Corona de las Tres Gemas está aquí?

—Debería estarlo.

—¿Y si no?

—Entonces me sentiré muy decepcionado, porque no me he subido a tantos aviones para nada.

—Pobrecito. Tú y tu miedo a volar —murmuró Aurora

haciendo un puchero, aunque no tardó en ponerse manos a la obra e inspeccionar el primer rincón de la habitación. Si la Corona estaba allí, debía de estar bien escondida.

—Disfrutas bastante burlándote de mí, ¿verdad?

—Es mi pasatiempo favorito.

—Pensaba que sería otro —contestó mientras se encargaba de la zona opuesta a esa en la que estaba ella.

—Ah, ¿sí?

—Tú, yo, una cama, de noche...

De pronto, la ladrona empezó a sentir que las mejillas se tornaban más cálidas. Vincent sabía el efecto que creaba sobre ella, sobre todo cuando empleaba ese tono seductor y dejaba la frase sin acabar para que su imaginación terminara lo que él había empezado.

—¿Tú crees que este es un buen momento para soltarme algo así? ¿Has visto dónde estamos?

—¿La Iglesia no permite que una pareja enamorada disfrute de una buena noche de cine?

—¿Qué?

Vincent había dejado la búsqueda a un lado solo para poder contemplar su reacción estupefacta; Aurora había pasado de la sorpresa a la indignación en menos de un segundo. Esbozó una sonrisa jovial, aguantándose las ganas de acercarse a ella, y dijo:

—Lo único que esta gente vería mal es que no hemos esperado al matrimonio y que prácticamente estamos viviendo juntos.

—Si el arzobispo te escuchara...

—Iría al infierno de cabeza.

—Iríamos —corrigió Aurora al instante. Tras haberse dedicado una última mirada, continuaron registrando el despacho; no obstante, ella no tardó en preguntar—: ¿Cuál es tu peli favorita?

—¿La verías conmigo?

—Solo si me gusta.

—¿Tan poco me quieres?

—Vincent, *amore*, si no te quisiera no te habría pedido que formaras parte de mi vida.

—Buen punto. Entonces sí las verás conmigo, ¿no? Porque mis favoritas son *Joker*, del 2019, y *La La Land*; mi hermana me obligó a verla con ella el día del estreno. Odio las palomitas, pero me gustan bastante los regalices, y aprovecharía ahora que no hace tanto calor...

—¿*La La Land*? —interrumpió Aurora haciendo una mueca.

—¿Qué tiene de malo?

—Que me dormiría antes de llegar a la mitad.

—Tonterías.

—Te lo digo en serio. Es una comedia romántica, ¿no? No suelen gustarme las pelis de romance.

—Si Layla te oyera... —Sonrió—. Punto número uno: no solo es una peli de romance; trata sobre la vida y los sueños, y la aspiración a conseguir lo que quieres. Punto número dos: no juzgues un libro por su cubierta; a lo mejor te sorprende. Y punto número tres: no vas a verla sola, sino conmigo, así que no te vas a dormir. Además, dime un plan mejor que estar en la cama, por la noche, viendo películas y comiendo chucherías.

Aurora no pudo esconder la sonrisa, tampoco su intención de levantarse y acercarse a él. No dejó distancia entre ellos ni escondió su deseo de ponerse de puntillas para darle un beso fugaz en los labios. Se separó un segundo después, sin apartar la mirada, mientras apreciaba cómo las facciones de su rostro se suavizaban, sobre todo cuando dijo:

—Está bien, tú ganas; pero antes encontremos la Corona, que tengo sueño y me quiero ir a casa.

Vincent asintió, feliz, y continuaron buscándola, pero en silencio. La habitación no era muy grande; no obstante, no debían pasar nada por alto. La ladrona toqueteó cada lámina de madera de la tarima para comprobar que ninguna sonara hueca y que la Corona no estuviese escondida bajo el suelo. También comprobó el interior de la chimenea y las piedras que sobresalían de la pared. Miraron detrás de los cuadros y movieron cada libro de la estantería, por si el movimiento de alguno hacía que se abriera un pasadizo secreto.

Tras varios minutos, la desesperación empezaba a manifestarse y se asentaba sobre los hombros de Aurora provocando que no pudiera parar de morderse el interior del labio, cansada.

Se suponía que se encontraban en la recta final, que habían resuelto el acertijo y seguido todas las pistas. Se suponía que la Corona debía estar en esa habitación, pero el tiempo marchaba a toda velocidad y a la ladrona de guante negro se le habían acabado las ideas de dónde más buscar.

—Aquí no está —susurró ella. Se había detenido justo en el centro de la habitación mientras su mirada continuaba analizando por si se había dejado algún espacio sin revisar—. En la nota ponía que el arzobispo indicaría el camino, no que la Corona esté aquí.

—A ver, no perdamos la calma, ¿vale?

—A lo mejor nos hemos equivocado con el acertijo y esconde otro significado.

La ladrona era consciente de que había perdido la esperanza o estaba a punto de hacerlo. Estaban tratando con la mente maestra que había orquestado un rompecabezas cuyo tablero había escogido que fuese el mundo. Ni siquiera en ese momento, cuando se encontraban tan cerca, podían subestimarlo.

Se llevó las manos a la cadera y volvió a mirar alrededor. Si la Corona no estaba en esa habitación, ¿qué otro sitio había que pasara lo bastante inadvertido para ocultarla? Si el objetivo de la familia real había sido que la Corona no cayera en manos enemigas, y que solo el heredero tuviese la potestad de recuperarla en un futuro...

En aquel momento la mente de la ladrona volaba. El joyero no se arriesgaría a que nadie se topara por accidente con una corona que valía millones, ni siquiera le confiaría el escondite al arzobispo. El mensaje había sido claro: el arzobispo debía indicarle el camino al heredero, mas no entregarle la Corona de las Tres Gemas.

—Háblame —pidió el detective en un susurro, acercándose; sin embargo, la ladrona continuó callada mientras en su mente ponía sobre la mesa las piezas que faltaban.

—Toda esta búsqueda... —murmuró segundos después, fijándose de pronto en la columna de piedra que conectaba con el hogar de la chimenea—. Si lo que se pretendía era esconder la Corona temporalmente, ¿por qué esa nota en el cofre? ¿Por qué obligar al heredero a buscar lo que por derecho le pertenece, en vez de decirle dónde está? Es que no tiene sentido.

—A lo mejor, además de protegerla, la persona que lo ordenó, supongamos que fue el rey, quería convertirlo en una prueba de aptitud para ver si su hijo merecía o no ascender al trono, y la nota en realidad fue una estratagema para despistarlo.

—Entonces tendríamos que volver al acertijo de la serpiente —respondió Aurora.

Vincent arqueó las cejas haciendo que Aurora frunciera el ceño sin entender el porqué de la euforia repentina.

—Estamos en el Duomo.

—Vaya, gracias, no me había dado cuenta —ironizó ella.

—No, escúchame. Estamos en la catedral más importante de Italia, país considerado en su mayoría religioso. La mención de la serpiente, la flor… ¿No se te viene a la cabeza la leyenda de Adán y Eva? En la nota también se mencionaba a Dios.

—Vale, ¿y qué relación tendría eso con la Corona?

—Dice: «No temas a la serpiente dorada con forma de flor». Quizá tengamos que darle la vuelta y pensar por qué la flor es relevante. Creo recordar que en el mito se mencionaba algo de una flor que aparecía después de que a Adán y a Eva los expulsaran del paraíso.

La ladrona ladeó la cabeza mientras volvía a desviar la mirada por encima de su hombro y observaba una vez más la columna de piedra.

—¿Sabes qué tipo de flor era?

—Eh…, no, pero puedo buscarlo —respondió Vincent justo cuando rebuscaba el móvil en los bolsillos y lo desbloqueaba—. Genial, no hay cobertura.

—¿Y una que tenga cinco pétalos?

—¿Has descubierto algo? —preguntó siguiendo el punto que los ojos verdes miraban con fijación.

—Me había dado cuenta antes, pero no le había dado mucha importancia. Si te concentras en el punto central de la columna y relajas la mirada… —indicó suavizando el tono—. Hay cinco piedras de un color más oscuro que crean una forma pentagonal; casi no se nota, pero ahí está.

Aurora se acercó a la chimenea y alzó la barbilla para no perder las cinco piedras que formaban la figura. Por instinto, acarició la que tenía más cerca y presionó con delicadeza.

La piedra se hundió.

Sin embargo, cuando apartó la mano esta volvió a la posición original.

—¿Has visto eso? —preguntó sorprendida.

El detective se colocó a su lado y repitió lo que había hecho ella, pero con la que se encontraba a la izquierda. Se repitió el mismo movimiento.

—¿Y si apretamos las dos a la vez? —preguntó él.

—No servirá de nada.

—¿Cómo lo sabes?

—Confía en mí —se limitó a responder—. Hay que empujar las cinco a la vez.

—¿Y si te equivocas?

—Entonces dejaré que te rías de mí.

Vincent pareció pensárselo.

—Vale —aceptó esbozando una sonrisa divertida.

—Creí que dirías que tú nunca serías capaz de reírte de mí —respondió ella mostrándose ofendida, incluso se llevó la mano al pecho.

—Lo siento, la tentación es grande.

—*Vaffanculo* —musitó.

—Sabes que te he entendido, ¿no?

—Contaba con ello.

La conversación cesó en el momento en que la ladrona colocó una silla y se subió a ella para poder alcanzar las piedras de arriba.

—Acabemos ya con esto —murmuró.

—Un momento; hay cinco y solo tenemos cuatro manos.

Aurora bajó la mirada para encontrarse con la preocupación de él.

—¿Para qué crees que es la silla?

Al detective no se le había pasado por alto la flexibilidad de la ladrona de joyas; lo notó la primera vez que habían peleado bajo la luz de la luna, para recuperar el Zafiro de Plata, y se quedó sorprendido con sus movimientos precisos y ágiles.

Él se encargó de las dos piedras de la izquierda mientras que Aurora lo hacía con las tres restantes. Alzó la pierna derecha, la que más trabajada tenía, para posicionarla delante de la que estaba más abajo.

—A la de tres —indicó ella.

Entonces, cuando Aurora acabó de contar y apretaron las cinco piedras a la vez, sucedió lo que habían estado buscando desde que entraron en el despacho del arzobispo: el camino que los llevaría hasta la Corona de las Tres Gemas. El sonido de la piedra al moverse fue música para los oídos de la ladrona, que quiso bajarse de la silla para contemplar el pasadizo que acababa de aparecer en el interior del hogar; sin embargo, se quedó quieta, todavía de pie en la silla, cuando notó la vibración de una llamada.

Se trataba de Stefan.

—Dime —contestó tras llevarse el móvil a la oreja mientras observaba a Vincent agachado y con la linterna encendida.

—¡¿Dónde cojones tienes el móvil?!

—¿Y tú por qué gritas? Aquí apenas hay cobertura.

Quiso decir algo más, pero Stefan se le adelantó:

—Se han llevado a Giovanni.

—¿Qué?

—Joder, ¡que Smirnov le ha tendido una emboscada a Giovanni mientras regresaba a la organización!

La ladrona dejó de respirar.

—Aurora, dime por favor que me has escuchado y que ya te has puesto en marcha. No sé qué hacer. Tengo a todo el mundo histérico. He ordenado que lo busquen hasta debajo de las piedras, pero te necesito aquí conmigo para poner orden y pensar un puto plan.

Sin embargo, Aurora continuó sin poder desprenderse de ese pitido constante y molesto. Si Serguei Smirnov había ido a por el *capo* de la Stella Nera, significaba que había descubierto que seguía viva y que Giovanni pagaría las consecuencias si no se presentaba ante él.

—Voy para allá.

Fue lo único que dijo antes de colgar y bajarse de la silla. Vincent se puso de pie al instante.

—¿Qué pasa? —inquirió.

—Tengo que irme.

—Espera, ¿qué?

—Smirnov. —No era capaz de darle más explicación que aquella. Sentía que la sangre le hervía y que la cabeza le explotaría de un momento a otro—. Tiene a Giovanni y tengo que...

El detective la agarró del brazo para impedir que diera un paso más.

—Voy contigo.

—No, necesito que te quedes aquí y encuentres la Corona.

—¡¿Crees que voy a dejar que te pongas en peligro?! Voy contigo —repitió mucho más firme, pero la ladrona negó con la cabeza a la vez que apoyaba las manos en sus mejillas—. Aurora... —murmuró, y ella percibió el miedo en su voz—. No me obligues a dejarte ir. No pienso pasar por lo de la última vez.

Él le rodeó las muñecas para apretárselas con suavidad.

—Necesito que encuentres la Corona por mí. Yo estaré bien.

Vincent empezó a negar.

—Te lo prometo —continuó ella mientras le acariciaba la mejilla con el pulgar—. Estaré bien y no me pasará nada, pero necesito que la encuentres porque no tendremos otra oportunidad como esta.

—Me importa una mierda la Corona.

—Pero a mí no.

—Por favor... —Él cerró los ojos un instante—. No puedes pedirme esto. Prefiero ir contigo y asegurarme de que no vuelves a morir, joder.

—Escúchame, no morí aquella noche, ¿vale? Sigo aquí y estoy contigo, pero ahora tengo que irme y averiguar cómo coño ha averiguado Smirnov dónde estaba Giovanni. No me pasará nada porque sé cuidar de mí misma; llevo haciéndolo toda la vida...

Vincent dejó escapar una respiración profunda.

—No es una despedida —aseguró Aurora—. Encuentra la Corona y luego nos reuniremos.

El detective tenía miedo de volver a perderla, de que la pesadilla se tornara realidad. Miedo a la incertidumbre, al descontrol, a la separación. No podía aceptar lo que le pedía, mucho menos dejar que se enfrentara sola al ruso; sin embargo, también comprendía lo que ella necesitaba que hiciera.

—Mantente alejada de ese gilipollas y no te enfrentes a él hasta que yo llegue.

—Puedo con él, y no estaré sola...

—No es eso. —Necesitaba sentirla, así que no dudó en abrazarla y pegarla a su pecho. Ella le correspondió el gesto—. Tengo miedo —confesó—. Sé que te las puedes apañar y que sabes defenderte, pero no puedo quitarme de la cabeza el momento en que te vi caer por el puente, así que prométeme que te mantendrás al margen hasta que llegue. No quiero estar preocupado sabiendo que Smirnov anda desquiciado desde la muerte de su hermano.

Muerte que la ladrona de guante negro había provocado.

—Te lo prometo —susurró ella.

A pesar de su respuesta, Vincent continuaba intranquilo. Le plantó los labios sobre la frente y permaneció así durante varios segundos; sin embargo, la sensación no desaparecía y se intensificó cuando Aurora abrió la puerta después de dedicarle una última mirada.

27

Habían transcurrido seis años desde el primer robo de Aurora, ese robo chapucero e improvisado que había dado pie a la creación de su máscara y al título con el que el mundo la había conocido. Seis años y Nina todavía recordaba aquel momento a la perfección, pues había sido ella quien había movido las fichas para que las dos acabaran en aquel vagón de metro.

Su plan, que había surgido a partir de un pensamiento impulsivo, había sido el de confrontar a Aurora con el *capo* de la Stella Nera. Nina la había empujado a cometer un error cualquiera para que luego Giovanni montase en cólera y la castigase, o, mejor aún, la expulsase de la organización. Por ello, no había dudado en explicarle a su tío la parte que Aurora había omitido, pues una de las reglas de oro de la Stella Nera era la de mantener un perfil bajo para evitar ponerla en riesgo de manera estúpida.

Y la pequeña ladrona se había comportado como una idiota.

Nina había pretendido que su tío se diera cuenta de que Aurora solo era una niña con ínfulas de ser la mejor, que su comportamiento era inaceptable dentro de la organización. Pensó que, tras los tres días de castigo que se había pasado encerrada en el pozo, Aurora dejaría de ser su ojito derecho.

Se equivocó.

El robo en aquel vagón de metro pestilente había dado origen al nacimiento de una de las delincuentes más conocidas. Los medios de comunicación se habían rendido a los pies de la ladrona de guante negro llenando titulares, teorías a cual más enrevesada y un sinfín de noticias sobre la famosa ladrona de joyas de rostro desconocido. Y cuando esa incógnita se despejó, cuando su rostro dejó de ser un misterio tras su trágica muerte, los medios se bloquearon.

Nina se preguntaba cuándo dejaría el mundo de hablar de ella, cuándo se olvidarían de su nombre.

Sentía que no podía más, que si alguien volvía a mencionarla gritaría y no dudaría en apretar el gatillo, porque Aurora había muerto y ella no. Era Aurora la que había actuado sin pensar, sin medir las consecuencias, sin darle a Nina el lugar que se merecía. Era Aurora la que se había ido; sin embargo, ni su muerte había conseguido que su tío se olvidara de ella.

Apretó los dientes y tensó un poco más los hombros cuando Serguei se abalanzó de nuevo sobre él. Giovanni Caruso estaba atado de pies y manos a una silla, con el rostro ensangrentado y el labio partido, pero con la barbilla todavía en alto.

El ruso estaba fuera de sí; aunque el hecho de que Giovanni no respondiese a sus ataques y se mantuviera en silencio y sin apartar la mirada lo desquiciaba todavía más.

Gracias a la información que Nina le había proporcionado, a Serguei le había resultado muy fácil encontrar al *capo* de la Stella Nera, pues solo le había hecho falta esperar en un punto estratégico, a un par de kilómetros de la organización, para tenderle una emboscada y capturarlo después de ordenar que mataran a los tres hombres que lo habían custodiado. Tenía en su poder a un pez gordo, al que había entrenado a la ladrona de guante negro y le había dado cobijo, al responsable indirecto de la muerte de su hermano. No pararía hasta darle una muerte lenta, dolorosa, porque Dmitrii había sido su responsabilidad y había permitido que la mafia italiana se lo arrebatara.

Serguei Smirnov veía negro, se había quedado solo y no se detendría hasta honrar la memoria de su hermano.

Dio un paso hacia atrás para admirar la obra de arte a sus pies; las gotas de sangre resbalaban de la nariz del italiano y los gemidos de dolor eran música para sus oídos. Se vio a sí mismo pintando ese cuadro y colgándolo junto a las cenizas de Dmitrii. «Aquí lo tienes, hermano. Ya puedes descansar en paz», le diría.

Se quedó mirando el rostro magullado de Giovanni y el intento inhumano que hacía por mantenerse erguido, sin bajar la barbilla. No sabía qué lo cabreaba más: si su silencio o el orgullo del que parecía no querer desprenderse. La mano empezó a hacerle cosquillas; apretó el puño, sintiendo en los nudillos el escozor de las heridas abiertas debido a los golpes, y no tardó en propinarle otro puñetazo que consiguió girarle la cara.

Los hombres de Smirnov se mantenían firmes en sus respectivas posiciones, igual que Nina, que seguía de brazos cruzados. El *capo* se negaba a devolverle la mirada. Lo dejaron dormir tras la emboscada, cubriéndole la cabeza con un saco, y se despertó desorientado una hora más tarde. Cuando se acostumbró a la escasa iluminación se dio cuenta de que se encontraba en lo que parecía una línea de metro abandonada, en las profundidades de la antigua Milán, pero lo que más le sorprendió fue encontrarse con su sobrina a unos metros de él, con las facciones del rostro endurecidas y la mirada fría. Desde entonces, Giovanni se había negado a volverse hacia ella; con ese gesto había conseguido darle en su punto débil.

Su tío la odiaba.

La única familia que le quedaba la odiaba. Y la culpa seguía teniéndola Aurora, porque la había desplazado, porque Giovanni siempre la preferiría a ella. Incluso muerta, Aurora continuaba siendo su *principessa*.

—¿Por qué me odias? —preguntó Nina en un murmullo, consiguiendo que Serguei, con el ceño fruncido, se volviera hacia ella, pero a la muchacha no le importaba lo que el ruso tenía que decirle y avanzó un paso hacia su tío—. ¿Por qué sigues prefiriéndola a ella? ¿Por qué no me pides que te ayude? ¿Crees que me gusta verte así?

El *capo* se mantenía con la mirada al frente y sin decir nada.

—Está muerta... —continuó Nina, y dio otro paso más—. Pero tú sigues sin superarla cuando podrías haberme buscado y haber tratado de arreglar los pedazos rotos que nos han mantenido separados.

Serguei soltó un gruñido que a ella no le gustó, pero, antes de que pudiera darse cuenta, el ruso la tenía agarrada del brazo con fuerza.

—Me importan una puta mierda tus malditos dramas familiares —siseó—. Voy a matarlo y a disfrutar de su muerte, y ni tú ni nadie podrá hacer nada para impedírmelo.

Nina se zafó del agarre con brusquedad y sintió que una espina se le clavaba en el corazón.

—¿Crees que tengo alguna posibilidad de enfrentarme a ti y a tus perros guardianes sin refuerzos y salir victoriosa?

—ironizó—. Déjame hablar con él; querías que reaccionara para regodearte en su sufrimiento, ¿no? Pues déjame entender por qué cojones me ha apartado de su lado.

Serguei inspiró hondo.

—Me sorprende tu corazón frío —susurró él después de acercársele al oído; el acento marcado se notó en cada palabra y provocó que Nina amagara con esbozar una mueca de desagrado. La peste a perfume le revolvió la nariz—. El único familiar que te queda y has accedido a que acabe con él. Ni siquiera a mí, que soy como soy, se me habría pasado por la cabeza vender a mi hermano, pero tú...

La italiana seguía sin contestar.

—Aunque tienes razón en algo —continuó Serguei alejándose. El tono había subido para dejar que se apreciara el eco en el espacio sombrío; admiró la estación de metro abandonada, que pertenecía al final de la línea, mientras volvía a centrar la atención en el jerarca italiano—. A mí también me dolería saber que la persona a la que quiero y en la que confío me cambia por una puta barata salida de la calle, con la que no tengo ningún lazo de sangre. —Giovanni endureció la mandíbula a la vez que apretaba los puños—. ¿Te molesta que hable así de ella? ¿Echas de menos a la putita muerta?

El ruso sonrió cuando su rehén trató de zafarse del agarre de las cuerdas. Se volvió hacia Nina.

—Fíjate —murmuró alzando los brazos a la altura del pecho, regodeándose—. La quiere más a ella que a ti.

Nina apartó la mirada.

—¡¿No querías hablar con tu tío?! ¡Pues hazlo, pregúntale! ¡Pregúntale por qué sigue prefiriendo a una huérfana, una muerta de hambre, en vez de a la hija de su hermana! —Sin embargo, ella continuó con la vista clavada en el suelo, incapaz de reaccionar. Le dolía el corazón, sangraba por dentro, y sentía que el alma se le estaba haciendo pedazos—. *Ебать...* —maldijo tras chasquear la lengua—. ¡A mí se me mira cuando hablo! —Se acercó furioso a la italiana para agarrarla de la barbilla y obligarla a que fijara la vista en él—. ¡¿Estás sorda o qué?! Dime, ¿qué se siente al ser la segunda? ¿Qué se siente al traicionar a tu único familiar no una, sino dos veces, y lamentarte porque te odia? ¿Quién no te odiaría? Yo en su lugar te habría destrozado al mínimo intento de jugármela. Pero mi hermano me era fiel, y nunca se le habría ocurrido, a diferencia de ti.

—¿Qué te importa lo que haya hecho...?

—Me regodeo en tu miseria —aclaró Serguei repitiendo sus palabras— porque me sorprende lo estúpida que llegas a ser. ¿Te preguntas por qué tu tío no te mira? ¿Qué esperabas, que te recibiera con los brazos abiertos después de que me lo hayas vendido? «Te llevaré a Milán, pero la organización es mía», dijiste. ¿Para qué cojones quieres una organización que no te va a respetar sabiendo lo que has hecho? Eres una ingenua, una niña inmadura que se ha enrabietado porque su tío no le ha prestado la atención suficiente. Despierta, que esto es el mundo real.

Nina no pudo contener las lágrimas y se maldijo por dentro cuando sintió que se le resbalaba una por la mejilla. Se la limpió con fuerza, pero era demasiado tarde, pues Serguei no había dudado en levantarle la mano y propinarle una bofetada que hizo que se tambaleara.

—¡VUELVE A TOCARLA Y...! —No obstante, la amenaza de Giovanni se desvaneció por la tos que se apoderó de él. Escupió la sangre mientras Serguei se volvía hacia él despacio.

—¿Qué me harás? —lo retó evidenciando la clara desventaja.

El italiano ni siquiera fue capaz de contestar, pues el

sonido de un disparo, que provino del interior del túnel, cruzó el aire e impactó en el suelo, cerca de los pies del ruso. Los hombres de Smirnov reaccionaron al instante, agrupándose alrededor de su jefe para servirle de escudo, mientras los que quedaban se habían puesto en marcha para identificar al intruso.

La mirada furiosa de Serguei se dirigió a la de la italiana.

—¡¿Qué coño has hecho?! ¡Se suponía que este sitio era seguro!

—No lo sé, yo no he hecho nada…

—¡Y una puta mierda no has hecho nada!

—¡Te estoy diciendo que no!

Se había hartado de ella; desenfundó la pistola, lo que provocó que Nina diera un paso hacia atrás, pero, lejos de lo que había creído, el ruso apoyó el cañón en la cabeza de Giovanni después de haberse agachado tras él. El *capo* se había convertido en su escudo humano. Nina dio otro paso hacia atrás, pero la espalda impactó contra el pecho de uno de los rusos, que la agarró por el cuello para inmovilizarla.

—¡Suéltame! —gritó tratando de zafarse, pero no hizo más que empeorarlo.

El silencio se adueñó de la línea de metro abandonada, situada setenta metros bajo la superficie. La mirada de Serguei Smirnov se dirigía hacia las escaleras derruidas por las que habían bajado; la única entrada que había y que mantenían vigilada. Era imposible que nadie lograra entrar sin que lo divisaran antes.

—¡NO PIENSO REPETIRLO! —gritó Smirnov, todavía escondido detrás de Giovanni, pues sabía quiénes intentaban jugar con él: su preciada organización había acudido a rescatarlo cuando se suponía que debía haberse enterado horas más tarde—. ¡UN PASO MÁS Y ACABO CON ÉL!

No hubo ninguna respuesta, pero Serguei no iba a quedarse de brazos cruzados esperando la llegada del proyectil.

—Matadlos. A todos.

—¡No! —Nina intentó zafarse de nuevo, pero el hombre que la sujetaba la agarró más fuerte y le tapó la boca con la mano.

Los treinta hombres armados obedecieron sin rechistar. Se dividieron en dos grupos y el primero disparó hacia la oscuridad del túnel para que el segundo avanzara despacio hacia las escaleras y acabara con los intrusos; sin embargo, el ataque cesó cuando la pared del túnel explotó. Los hombres de Smirnov no tardaron en cubrirse, Serguei se escondió un poco más atrás de Giovanni mientras el estruendo provocaba la confusión entre ellos.

Antes de que nadie pudiera darse cuenta de lo que había pasado, una figura sombreada apareció de entre los escombros, armada y apuntando al *capo* de la Stella Nera; en realidad, al hombre que se había escondido detrás de él. Algunos de los miembros de la organización que se habían congregado allí no tardaron en colocarse junto a ella y apuntar a los demás.

Nina parpadeó con rapidez para desprenderse del aturdimiento y sintió que el mundo se tambaleaba cuando reconoció esa sombra.

—Tú... —murmuró sin creérselo.

Giovanni también levantó la mirada con dificultad.

—*Principessa...* —susurró, todavía confundido, provocando que la mirada de la italiana se dirigiera a él.

Aurora se encontraba a unos metros de ellos, armada hasta los dientes y con la larga trenza de raíz acariciándole la espalda.

28

Tres horas antes de la explosión

La pregunta que rondaba a los miembros de la Stella Nera, como si se hubiese asentado encima del edificio cual nubarrón negro, conseguía que la histeria de Aurora creciera de manera desorbitada. Serguei Smirnov había secuestrado al *capo* y nadie parecía entender cómo lo había conseguido, pues Giovanni siempre había sido un hombre intocable, que sabía cómo ocultar sus huellas.

Que el ruso le hubiese tendido una emboscada a un paso de la organización abría entre Aurora, Stefan y Romeo un debate que subía y bajaba de tono; se acaloraban por momentos. Hacía diez minutos que la ladrona de joyas había llegado al edificio industrial, escoltada por Stefan, y los tres se habían encerrado en el despacho del *capo*.

—¿Cómo sabía Smirnov dónde estaría Giovanni? —soltó Aurora con exasperación—. ¿Y cómo él lo ha permitido?

—¿Lo culpas? —inquirió Stefan—. Porque te recuerdo que esto no estaría pasando si... —Se calló de repente al darse cuenta de lo que había querido decir. Apretó los dientes y dio un paso hacia atrás para soltar un suspiro cargado de frustración. Se volvió de nuevo hacia la ladrona para añadir—: Mira, no ganamos nada discutiendo. Centrémonos en averiguar qué coño ha pasado y en pensar un plan de rescate. Tengo a Leo pegado al ordenador buscando alguna manera de dar con Giovanni, y he enviado a Matteo y a los demás a la zona donde se ha producido la emboscada.

—Vale, un momento, ¿cómo sabemos que ha sido Smirnov?

—Leo estaba calibrando la conexión, la distancia y no sé qué más con su dron; entonces lo vio. Identificó a Smirnov y a sus hombres, que iban en tres furgonetas negras. Fue una operación de segundos: interceptaron el coche de Giovanni y mataron a los que iba con él. Limpiaron el escenario en otros tantos segundos y se marcharon, pero no sin que uno se percatara de la presencia del dron y lo derribara de un balazo.

—¿Tenemos las imágenes?

—Está intentando recuperarlas, pero es difícil porque era un modelo experimental; de todas maneras, me ha pedido que le demos un poco de tiempo.

Aurora se llevó las manos a la cabeza y entrelazó los dedos para recogerse algunos mechones sueltos. Le costaba creer la facilidad y la precisión con la que Smirnov había actuado y que Giovanni se hubiese dejado sorprender sin oponer resistencia. Alguien había ayudado al ruso y no quería pensar que Nina hubiese tenido nada que ver. Frunció el ceño al pensar en ella vendiendo a la organización que a su tío tantos años le había costado levantar, traicionándolo una vez más. Tenía la esperanza de que la rabia de Nina no la hubiera cegado, pero, cuantos más segundos pasaban, más le costaba dejar de darle vueltas.

—Supongamos que Smirnov ha descubierto que sigo viva y por eso ha secuestrado a Giovanni, para hacerme salir y poder vengarse de mí, ¿no tendría que haber llamado ya? Porque Giovanni no le ha hecho nada; no tiene sentido que se haya enfurruñado con él.

—Han pasado unos cuarenta minutos desde que se lo han llevado —intervino Romeo—. A lo mejor... —murmuró, pero se quedó callado cuando ese pensamiento le cruzó por la mente.

—¿Qué? —lo animó Stefan.

Romeo se encontró con su mirada y necesitó una respiración profunda antes de continuar.

—A lo mejor sigue pensando que estás muerta... —contestó él mirándola— y se ha llevado a Giovanni porque sabe que ha sido tu mentor y necesita vengarse de alguien. Contigo fuera del mapa, ha ido a por tu ser más querido.

—Eso o lo ha descubierto y pretende cargarse a Giovanni para que Aurora sienta el mismo dolor que él —añadió Stefan—. Cualquiera de las dos opciones tiene algo en común: el jefe está en peligro, y si a Smirnov se le va la pinza, no quiero imaginarme lo que podría hacerle, porque dudo que le ofrezca una muerte rápida. Voy a ver qué hace Leo, porque esto no me está gustando nada.

La habitación se inundó con un silencio denso, que se rompió cuando Stefan abrió la puerta y se marchó sin pronunciar palabra.

—¿Y si Smirnov no sabe que estás viva? —preguntó Romeo segundos más tarde, preocupado—. ¿Te expondrías para salvar a Giovanni?

—Sí —contestó ella sin ningún atisbo de duda en su voz—. Porque pienso acabar con Serguei Smirnov solo por haberle puesto una mano encima, porque, si tantas eran sus ganas de vengarse, tendría que haberme buscado mejor. Pienso acabar con él y con quien lo haya ayudado a capturarlo, empezando por Nina.

—¿Nina? No, ella no sería capaz de hacerle algo así. Es su sobrina.

—Lo traicionó una vez.

—Pero...

—A no ser que alguien de dentro se haya aliado con Smirnov para tenderle una trampa a Giovanni, yo seguiré creyendo que quien ha orquestado todo esto ha sido Nina. ¿O vosotros habéis sabido algo de ella?

Romeo negó con suavidad, algo afligido. ¿La sobrina del *capo* aliándose de nuevo con el enemigo para herir a Giovanni? El muchacho se pasó la mano por el rostro. No podía negar que había tenido ese pensamiento; se había imaginado a su compañera, cegada por la rabia, yendo a por la Stella Nera... Esa situación lo superaba y se preguntó cuándo acabaría y volvería a la normalidad.

—Lo hablé hace unos días con Stefan —contestó tras haberse aclarado la garganta. Le habría venido bien un vaso de agua—. Ya que tú no querías decirle la verdad al jefe, pensamos en buscar a Nina para que hicieran las paces. Que a lo mejor es una idea estúpida, sabiendo lo que hizo, pero si hubieras visto a Giovanni... De todas maneras, lo habríamos consultado contigo, pero después de haber dado con la Corona.

Aurora asintió sin decir nada.

Pero Romeo no quería perder la oportunidad de preguntarle:

—¿Y si resulta que Nina está implicada? —La ladrona ladeó la cabeza, todavía en silencio, y Romeo supo que tenía que ser más específico—. ¿También acabarías con ella?

—Lo tendría merecido, ¿no?

—Sí, pero... ¿matarla?

Aurora se quedó en silencio.

Leo, el segundo mejor después de Nina, de quien él había aprendido lo mejor que sabía, no podía apartar la mirada de la ladrona de guante negro.

Stefan chasqueó los dedos delante de su rostro.

—Oye, tú, espabila, que no tenemos tiempo.

—Ah, sí, perdón, es que... —Volvió a fijarse en Aurora y en el hombre a su lado de brazos cruzados, que parecía estar haciéndole de escudo—. Solo me ha pillado por sorpresa.

—Supongo que no hace falta que te avise de que, como te vayas de la lengua, te la corto, ¿verdad?

—No, no, claro que no.

Leo le dedicó una última mirada antes de concentrarse en el programa abierto del ordenador. Stefan lo había hecho subir al despacho después de que él le contara que había dado con la manera de localizar a Giovanni.

—A ver, antes que nada, me ha sido imposible recuperar las imágenes del dron; la tarjeta de memoria estaba destrozada y tampoco he podido acceder a la copia de seguridad. Luego he intentado conectarme al móvil del jefe para dar con su ubicación, pero no da señal. Está apagado, incluso diría que roto y perdido por ahí, así que me he pasado las últimas dos horas tratando de acceder a cualquiera de los móviles de los hombres de Smirnov, él incluido.

—¿Y bien? —insistió Stefan, a punto de perder la paciencia.

—He accedido al de Nina; estuvo presente cuando secuestraron al jefe —respondió Leo, provocando que las miradas se dirigieran a Aurora, aunque no tardó en añadir—: Os lo explico para que lo entendáis: los satélites son geoestacionarios, están sobre el mismo punto, así que enviándo-

le un PIN a su móvil, que debe estar encendido, este se co-
nectará al satélite más cercano, emitirá una señal y así
podremos dar con su ubicación.

—Leo, va, que no tenemos toda la puta noche —replicó
Stefan.

—Su última ubicación es la estación de metro abandonada, la última de la línea roja, a dieciocho kilómetros de
aquí.

Dos minutos antes de la explosión

Aurora se sentía inquieta, el silencio la ensordecía y la espera le producía cosquilleos en las extremidades. Matteo, el
experto en explosivos, acababa de colocar el C-4 en la pared que los separaba de los rusos, de Nina y de Giovanni,
después de que Leo le hubiera confirmado su situación para
evitar que el *capo* saliese herido. Un par de minutos y volvería a enfrentarse a esa amiga que había dejado de serlo, a
la hermana a la que no le había temblado el pulso a la hora
de apretar el gatillo, a la segunda al mando de la organización que Giovanni le habría traspasado si ella hubiese seguido siendo la que era.

En menos de dos minutos volvería a verla y continuaba
sin saber lo que pasaría entre ellas. Romeo le había preguntado si sería capaz de acabar con ella, de matarla... Apretó
los dientes y agarró con fuerza el M16. Nina se había burlado de ella y la ladrona estaba segura de que continuaría
haciéndolo si no conseguía ponerle freno.

Entonces, un gesto imperceptible la alertó y se volvió
con rapidez hacia la caricia que el detective le había hecho
en el brazo para captar su atención. Se había colocado a su
lado; en realidad, no se había separado de ella desde que la

había llamado para decirle que había conseguido la Corona de las Tres Gemas y que la había guardado en un lugar seguro para que pudiera completarla al fin.

Aurora había cumplido con su promesa: lo había esperado para, juntos, hacerle frente a Serguei Smirnov.

—¿Estás bien? —preguntó en un susurro. La mirada de Aurora se suavizó y asintió—. Yo estaré detrás de ti en todo momento.

Lo había estado desde el primer cruce de miradas, cuando rescataron a Sira o aquella noche en República Dominicana, cuando Sasha y sus hombres los interceptaron. Vincent había estado detrás de ella desde el principio, le había cuidado las espaldas y estaba segura de que continuaría haciéndolo, igual que ella se enfrentaría a cualquiera que le pusiese una mano encima.

—Lo sé —respondió la ladrona.

Faltaban diez segundos y Matteo no tardó en ordenar que todo el mundo se pusiera a cubierto. Vincent se arrimó un poco más a la ladrona y se agachó. Ocho segundos. Aurora alzó la mirada para encontrarse con la de él y sostenérsela. Cinco segundos. Ella sentía que el pecho le vibraba, quizá por el latido frenético del corazón. Tres segundos. El silencio que se había posado sobre ellos, como motas de polvo bailando a la luz de las linternas, provocaba que sintieran que el tiempo se había detenido hasta que, al fin, el sonido de la explosión les retumbó en los oídos. En menos de un instante, los miembros de la organización se pusieron de pie y avanzaron con las armas en alto, con Aurora liderando la operación y Vincent a su lado, cubriéndole las espaldas.

No obstante, en el momento en que la ladrona quiso exigirle a Smirnov que se alejara de Giovanni, sintió que el mundo se detenía y que ese silencio denso se intensificaba hasta niveles desorbitados; le impedía oír tanto la voz de Nina como la del *capo*. No podía apartar la mirada de su rostro magullado ni de la sangre que le había manchado la ropa y salpicado el suelo, tampoco de la figura del ruso, a quien le apuntaba, escondido como un cobarde detrás del *capo*. Si lo hubiera tenido a tiro, no habría dudado en disparar y acabar con el problema. Pero no podía arriesgarse teniendo a Giovanni en medio.

—Aléjalo del jefe para que pueda cargármelo de una puta vez —pronunció por el auricular Romeo, situado en la entrada principal, cerca de las escaleras, a cubierto.

Pero antes de que Aurora pudiese decirle que se quedase quieto y esperara instrucciones, la voz imponente de Serguei se extendió por el lugar como una bruma helada:

—Vaya, vaya —murmuró esbozando una sonrisa, ligeramente sorprendido. Aurora acarició el gatillo y dio un paso hacia él, pero se detuvo al ver que dirigía el arma hacia la sien del *capo*—. No te muevas o le reviento los sesos. ¡Que nadie dé un solo paso o disparo!

—Me quieres a mí —respondió Aurora—. Siempre me has querido a mí, y aquí estoy. Deja que se vaya.

—¿Por qué iba a hacerlo?

—Porque él no tuvo nada que ver con la muerte de Dmitrii. Yo lo maté.

Serguei apretó el gatillo y el sonido de la bala batalló contra el eco y lo venció. Aurora sintió que los hombros se le tensaban e intentó soltar el aire por la boca, despacio, al comprobar que Giovanni seguía de una pieza.

—¿Con qué derecho te atreves a nombrar a mi hermano?

—Deja que se vaya —repitió ella más insistente. Sabía que Serguei no abandonaría su lugar seguro teniendo a los de la Stella Nera apuntándole con los fusiles. Romeo tampoco se arriesgaría a disparar hasta que ella no moviera ficha; por lo que, de un rápido movimiento, alzó el M16 para que Serguei lo viera y se agachó para dejarlo en el suelo. Hizo el amago de avanzar otro paso, pero la amenaza en su rostro la obligó a mantenerse en su sitio. Alzó las manos a la altura de la cabeza bajo su mirada atenta; en realidad, tenía todos los ojos puestos en ella, incluidos los de Nina, que seguía prisionera de los brazos de uno de los matones de Smirnov—. Matarlo a él no te servirá de nada. Giovanni no me dio la orden de acabar con tu hermano, fue cosa mía. Yo decidí rajarle el cuello con un cuchillo... Estabas allí, seguro que lo recuerdas.

La mano de Serguei, la que sujetaba la pistola, empezó a temblar por la fuerza con la que ceñía la empuñadura. Empezó a ver rojo: el charco de sangre alrededor de su hermano, las manos manchadas, la rabia y el dolor que todavía seguían dentro de él, el fuego avivándole los ojos azules y destruyendo cualquier migaja de paciencia que le hubiese quedado. La ladrona de guante negro se estaba burlando de él, riéndose de la muerte de su hermano y recordándole una imagen que se había prometido destruir para no volver a derrumbarse. Lo había engañado como al resto del mundo y no iba a permitir que se creyese con el derecho de seguir mancillando la memoria de Dmitrii.

—Voy a matarte —pronunció con calma antes de acortar la distancia y abalanzarse sobre ella.

La pelea entre los dos bandos se desató en un instante. Aurora ni siquiera fue capaz de aferrar la Glock 19 que había escondido en la parte trasera del uniforme, pues el manotazo de Serguei la envió a unos metros; tampoco pudo reaccionar cuando la agarró por el cuello con una mano y la alzó hasta que notó que no tocaba el suelo.

—¡Aurora! —gritó Giovanni sin importarle las heridas que tenía repartidas por el cuerpo, sobre todo las del rostro.

—Que nadie se mueva —advirtió la ladrona a sus hombres con cierta dificultad y sin apartar la mirada del ruso. En realidad, lo que ella temía era que Vincent enloqueciera.

—Atrévete a reírte ahora de mi hermano. ¡VAMOS, RÍETE! —la amenazó afianzando el agarre en el cuello. Vincent se tensó al contemplar la escena y apuntó al ruso, pero, antes de que hubiera podido apretar el gatillo, Serguei alzó el otro brazo con la pistola en su dirección—. Ya la has oído. —Su mirada enfurecida se enfocó de nuevo en la de Aurora, sin bajar el arma—. No sabes cuánto tiempo llevo esperando este momento. ¿De verdad pensaste que no respondería, que me quedaría de brazos cruzados? Y fíjate ahora: el destino me ha mirado a los ojos y te ha enviado para que pueda vengarme...

—O para que yo... te mate a ti —murmuró ella, y no pudo evitar toser. El aire se le escapaba de los pulmones mientras aquella sensación familiar volvía a ella. Empezó a balancear los pies con disimulo y a apretar el mentón contra el pecho para mermar el agarre de su mano.

La risa de Serguei se convirtió en un estruendo que provocó que el *capo* apretara los dientes.

—¿Tú a mí? ¿Y se puede saber por qué? —Arqueó las cejas sorprendido—. Si lo dices por tu querido Giovanni, todavía sigue vivo, ¿no? Ni que decir de tu amiguita, que parece que se ha quedado muda de la impresión. Eres tú quien me ha arrebatado a mi hermano. *Скажите мне, дорогие* —inquirió utilizando el apodo preferido de Dmitrii—. ¿Qué se siente al saber que la muerte te acecha?

Aurora frunció el ceño. Se había cansado de la conversación interminable; sin embargo, no podía esconder el regocijo que sentía por dentro por haber adivinado su reacción al descubrir que seguía viva: Serguei Smirnov era un ser vengativo que no había dudado en alejarse de su rehén para enfrentarse a la verdadera culpable. Había perdido el control, la razón y no actuaba con lucidez, lo que lo situaba a merced de la ladrona, con su mirada furiosa clavada en ella y la voz de la represalia susurrándole al oído.

—¿Sonríes? —preguntó él.

Entonces, Aurora se bastó de un segundo para impulsarse hacia Smirnov y rodearle la cabeza con las piernas. El movimiento provocó que se tambalease y diese pasos torpes hacia atrás, lo que redujo la fuerza en el agarre del cuello e hizo que ella pudiera abatirlo, refugiarse tras él y dirigirle el cuerpo de tal manera que Romeo tuviera una línea de tiro perfecta.

—¡Ahora! —murmuró, y el joven francotirador, que llevaba minutos esperándolo, apretó el gatillo.

Si la escena se hubiese rodado a cámara lenta, Aurora habría sido capaz de ver la trayectoria limpia del proyectil, la reacción anticipada de sus hombres y el rostro de espanto de Serguei Smirnov al comprender que su venganza se había esfumado en un parpadeo. Habría contemplado también la muerte inminente de sus perros guardianes, pues su grito había sido la señal para que los miembros de la Stella Nera acabaran cada uno con un objetivo diferente, incluido Vincent Russell, que no había dudado en disparar al tipo que había pretendido acercarse a ella. Estaba segura de que, de haberlo visto en una película, habría disfrutado de la secuencia y la habría rebobinado para volver a regocijarse.

El corazón de Serguei Smirnov acababa de inundarse con su propia sangre. Los rusos habían caído y habían proclamado vencedora a la organización italiana.

Aurora se puso de pie y no pudo evitar llevarse la mano al cuello para masajeárselo; sin embargo, notó que la invadía un pequeño mareo. Vincent no tardó en colocarse a su lado y sujetarla del brazo para que no perdiese el equilibrio.

El silencio se apropió del lugar, del aire pesado que se había concentrado bajo la ciudad de Milán, hasta que los gemidos de dolor de Serguei provocaron que las miradas recayeran en él. A Aurora ni siquiera le hizo falta pronunciar una palabra para que Romeo acabara de rematarlo, esa vez con una bala en la sien.

La batalla había acabado, igual que la búsqueda de la Corona de las Tres Gemas. Sin embargo, aún faltaba una situación por resolver.

—Aurora... —susurró el *capo* con voz débil.

La muchacha había estado dándole la espalda hasta ese momento, cuando se volvió despacio hacia él. Lo habían liberado de las cuerdas y uno de los miembros de la organización lo sujetaba con cuidado de la cintura. Ella acortó la distancia y se percató por el rabillo del ojo de la presencia a unos metros de Nina, quien no había dejado de mirarla desde que había hecho su aparición espectacular tras echar abajo la pared de hormigón. No obstante, Aurora la ignoró por completo y se centró en Giovanni, dejando que Vincent permaneciese detrás de ella, donde estaba.

—Vamos a sacarte de aquí y a llevarte a que te vea el doctor.

—¿Y ya está? ¿Eso es todo lo que vas a decirme?

—¿Quieres tener la conversación aquí, delante de todos y contigo malherido?

El italiano no contestó.

—Te prometo que no me iré hasta que hablemos, ¿vale? Pero primero que te miren las heridas.

—¿Te marchas? —preguntó Giovanni al instante.

Ella esbozó una mueca triste.

—Lo hablaremos después —prometió.

El *capo* entreabrió los labios; quería decirle algo más, estrecharla entre sus brazos, preguntarle por qué se había escondido de él, por qué había dejado que creyera que había muerto... Tenía una cantidad infinita de preguntas y quería que su *principessa* se las resolviera; sin embargo, no podía negar que ella tenía razón y que sería mejor que hablaran más tarde, cuando él estuviese descansado y sin sangre cubriéndole el cuerpo.

Asintió con suavidad y Aurora sonrió. Quiso girarse sobre sí misma y volver con Vincent. Estaba cansada y necesitaba volver a casa, pero el carraspeo de Nina la detuvo; frunció el ceño y, antes de permitirle hablar, empuñó la pistola en su dirección. Nina se tensó y dio un paso hacia atrás.

—Aurora —pronunció Giovanni.

—¿Querías algo? —preguntó la ladrona sin apartar la mirada de la que había sido la segunda al mando, ignorando la advertencia del *capo*.

Nina se relamió los labios.

—Preguntarte por qué si-sigo con vida... —balbuceó sin querer, y quiso que la tierra se la tragara en ese mismo instante.

—¿Que por qué?

—Os traicioné...

—Dos veces —aclaró Aurora—. Lo que le has hecho a él... Casi lo muele a golpes —añadió refiriéndose a Serguei Smirnov—. ¿Y todo para qué? ¿Qué coño pretendías?

—Yo... —Se quedó callada, sin saber qué decir.

—¿No dices nada? Dime, ¿qué debería hacer contigo?

—Me encontró, ¿vale? —saltó Nina notando que la exasperación la consumía—. Cometí un error, dejé que me manipulara... Me dijo que todo el mundo sabía cosas de ti que a mí nunca me habías contado, que siempre serías mejor que yo, que era la segunda y que jamás dejaría de estar a tu sombra... Estaba celosa; intenté decírtelo, pero tú no querías escucharme ni tratar de entenderme. Y ahora... Es que solo hay que veros. ¿Por qué a mí nunca me has mirado así? ¿Por qué no me has buscado? —preguntó mirando a su tío, aguantándose las lágrimas. Aurora seguía sin bajar el arma—. Quise volver, pedirte perdón, pero no sabía si me aceptarías de nuevo después de lo que había hecho, así que esperé mientras intentaba mantenerme lejos de Smirnov, porque tenía la sospecha de que vendría a por mí... Y lo hizo antes de que tú me encontraras. Perdí la esperanza y decidí protegerme.

—¿Y dejaste que se divirtiera con él? —inquirió Aurora.

Antes de que Nina agachara la cabeza, el *capo* intervino:

—Te busqué —confesó—. Y te habría abierto la puerta porque eres mi sobrina. —Hizo una pausa y Nina aprovechó para sorberse la nariz—. De todas maneras, no puedo pasar por alto lo que has hecho, pero no voy a echarte a la calle, ¿me oyes? Aurora, haz el favor de bajar el arma.

La ladrona no se movió.

—Aurora —repitió él en un tono más fuerte.

—¿Por qué debería?

—Porque yo te lo ordeno.

Pero la ladrona de guante negro había dejado de trabajar para el *capo* de la Stella Nera. Lo que hizo, en cambio, fue apretar el gatillo haciendo que Nina se desequilibrara y su grito de dolor se expandiera por la estación abandonada. Giovanni se agachó al instante a su lado, sin importarle el dolor, y le apretó el muslo malherido mientras ordenaba que alguien, quien fuese, lo ayudara.

Aurora había apuntado a la pierna, la misma herida que Nina le había hecho un año atrás para luego arrebatarle el Zafiro de Plata.

—Ahora estamos en paz, pero no creas que las cosas

entre nosotras volverán a ser como antes —respondió guardándose el arma—. Piensa antes de actuar, porque la próxima vez apuntaré a la cabeza.

Ocho horas tras la explosión

Aurora entrecerró los ojos a causa de la luz que se colaba decidida por la habitación. Estaba segura de que ella había echado las cortinas; sin embargo, seguía notando esa sensación cálida acariciándole las mejillas. Esbozó una sonrisa al percatarse del peso que se había sentado en la cama, a su lado.

—No me gusta el sol por las mañanas —se quejó ella con los ojos todavía cerrados.

—Lo sé —contestó Vincent.

—Cinco minutos más.

—Te he hecho el desayuno —le dijo, a pesar de que el reloj acabase de anunciar la una y media del mediodía y ya fuese la hora de la comida—. ¿No lo hueles?

Inspiró hondo para percibir el aroma agradable que provenía de la cocina, abrió los ojos y se encontró con los del detective. No había detenido la caricia con los nudillos sobre la mejilla y ella se sintió como si estuviera en las nubes, sobre todo cuando dejó escapar un ronroneo mientras se estiraba en la cama.

—¿Has dormido bien? —continuó él. La caricia se traspasó a la melena revuelta, desperdigada por la almohada.

—Muy bien. ¿Llevas mucho despierto?

—Lo suficiente para que me haya dado tiempo de hacerte el desayuno.

—Todo un detalle por tu parte.

—Te dejo para que te acicales, ¿vale? Te espero fuera.

Aurora asintió y cerró los ojos cuando Vincent se acercó y le besó la frente con una delicadeza exquisita. No tardó en levantarse de la cama y, tras una última mirada, cerrar la puerta de la habitación. Al instante, percibió la calma asentarse alrededor de las cuatro paredes blancas. Le parecía increíble que solo hubiesen transcurrido unas horas y que la pesadilla con Serguei Smirnov hubiese llegado a su fin.

Se irguió en la cama y volvió a respirar hondo. Smirnov había muerto y Vincent había encontrado la Corona.

Ese pensamiento provocó que se levantara con rapidez y se vistiera con lo primero que encontró al rebuscar en el armario: una camiseta básica y unos pantalones cortos de algodón. Se lavó la cara y los dientes, no se molestó en peinarse y se dirigió al comedor, donde Vincent la esperaba con la mesa puesta: zumo de naranja, huevos revueltos, pan tostado, mermelada, dos cafés recién hechos y un plato con un surtido de frutas que le estaba haciendo ojitos.

Pero lo que atrapó por completo su atención fue el brillo dorado de la Corona de las Tres Gemas, como si estuviera esperándola para que le colocara las tres piedras preciosas que descansaban sobre el terciopelo negro.

No se trataba de ningún sueño; era real, habían encontrado el tesoro y Aurora no veía el momento de volver a unirlo.

29

La princesa de la muerte respiró hondo antes de apretar el timbre de la mansión donde vivía el *capo* de la Stella Nera. Habían transcurrido un par de días desde el rescate y Giovanni no había dejado de preguntar por ella, o eso era lo que la persona que trabajaba para él, Felipe, le había contado, pues Aurora le había pedido que la mantuviese informada.

«Está más irritable que de costumbre y cada dos horas me manda a averiguar si todavía sigues aquí y no te has ido —le había comentado por teléfono la noche anterior—. Y el médico le ha dicho que ya puede recibir visitas, así que... ¿Le digo que vendrás mañana a comer? Puedo pedirle a Antonia que prepare tu plato favorito».

Sin embargo, Aurora no había tenido más remedio que rechazarlo. Le había prometido al *capo* que hablarían y que no se marcharía hasta entonces, pues su intención no era la de alargar una despedida que tarde o temprano se produciría. El mayordomo de Giovanni no había insistido ni exigido una explicación, y ella se lo había agradecido en silencio, esbozando la misma sonrisa que en ese instante le dedicaba después de que él le hubiese abierto la puerta principal y la hubiese hecho pasar.

No recordaba cuánto tiempo había pasado desde la última vez que había puesto un pie en esa casa. A pesar de lo amplia que era, la sensación familiar, cálida, todavía seguía ahí, impregnada en los muebles y en el suelo de madera. Cerró los ojos un instante para recordar el aroma que la había acompañado durante la adolescencia: olía a limpio y a lavanda, menos aquellos días en que el *capo* se adueñaba de la biblioteca y se sentaba en su sillón preferido, con un puro entre los dedos, y leía el periódico recién impreso mientras el humo le bailaba alrededor y se extendía por el resto de las habitaciones.

Nadie de la organización tenía permitida la entrada; se trataba de la residencia familiar y Giovanni había aprendido a mantener a la Stella Nera fuera de su casa; sin embargo, a pesar de que Aurora no tuviese el apellido, ella siempre había sido la excepción.

—Está en su habitación, despierto y esperándola —murmuró el mayordomo—. ¿Quiere que la acompañe?

Ella negó.

—No te preocupes.

—¿Señorita? —la llamó antes de que subiera las escaleras. Aurora se detuvo y se volvió de nuevo hacia Felipe, que mantenía su usual posición servicial—. Me alegra que esté bien.

Su muerte había dejado de ser un secreto para el círculo más leal de Giovanni, pero no para el mundo.

Aurora se limitó a sonreír y Felipe agachó la cabeza, con un movimiento delicado, antes de retirarse. La ladrona empezó a subir las escaleras hasta la segunda planta, su habitación se encontraba al final del pasillo; entonces, al pasar por la de Nina, se preguntó si ella estaría allí o si la encontraría con él.

No le tomó mucho tiempo descubrirlo cuando abrió la puerta sin molestarse en llamar y observó la habitación vacía. Giovanni estaba en la cama, bajo las sábanas, aunque con la espalda apoyada en el cabecero, mirándola. El segundo suspiro de la ladrona se produjo en ese instante, cuando un silencio breve los acunó y ella se dio cuenta de que seguía sujetando el pomo. Cerró la puerta segundos más tarde y caminó hacia el interior de la habitación con pasos livianos. El *capo* continuaba sin apartar la mirada, aunque se fijó en el maletín negro que Aurora acababa de dejar sobre la cama.

—Es la Corona de las Tres Gemas —susurró ella haciendo que el silencio se rompiera—. He venido a despedirme y pensé que te gustaría verla.

—¿Por qué no acudiste a mí? —A Giovanni le daba igual la Corona; lo que él quería saber era por qué Aurora no había confiado en él y había dejado que viviera en la mentira junto al resto del mundo—. Te habría ayudado a ocultarte y te habría protegido de Smirnov. ¿En algún momento pensabas decírmelo? Después de todo lo que hice por ti...

Aurora se mordió el interior del labio.

—Y resulta que Grace, Stefan y Romeo lo sabían —continuó—, incluso ese detective.

—Tiene nombre.

—¿Consideras que me importa ahora mismo? Creí que te había perdido; me reventé la cabeza pensando que de un momento a otro aparecerías, porque ni siquiera pude ver tu cadáver. Los días pasaban y yo seguía sin saber de ti, y luego esos días pasaron a ser semanas y, de repente, meses. Quiero saber por qué.

—¿Me habrías dejado ir? —preguntó Aurora en lugar de responder.

Giovanni frunció el ceño.

—¿A qué te refieres?

—Desde que me trajiste a la organización me has repetido que te pertenezco, que, junto a Nina, era tu niña... Si ahora mismo te dijera que esta va a ser nuestra última conversación y te pidiera que no me buscaras, ¿lo respetarías?

Silencio.

Aurora esbozó una mueca triste, el disfraz de una sonrisa diminuta al comprobar que ese silencio reflejaba lo que había sospechado siempre.

—Me he dado cuenta —continuó ella— de que da igual lo larga que sea la cadena, sigue ahí, marcando el límite; siempre me harás volver porque temes perderme, pero ya no quiero vivir encadenada. Y antes de que digas que esto se puede arreglar, yo... —Se encogió de hombros mientras trataba de encontrar las palabras—. No quiero seguir en la organización; no es mi mundo. A pesar de que siempre pensé que sí, que estaba hecha para ello, me hace ser alguien que no soy, me ensombrece... —confesó, sorprendida por haberlo dicho en alto, e hizo una pausa breve antes de añadir—: He venido para decirte que dejo de pertenecerte, Giovanni, y también para despedirme y darte las gracias por haberme enseñado a ser fuerte y no bajar la cabeza, por haberme hecho sentir parte de una familia, más o menos —añadió poniéndose de pie.

El *capo* continuaba sin apartar la mirada y Aurora pudo darse cuenta del brillo que resplandecía en sus ojos debido a las lágrimas que se negaba a dejar salir.

—Entonces, ¿se acabó? —inquirió con seriedad, aunque la ladrona sabía que, bajo ese tono, se escondía una tristeza que el orgullo de Giovanni se encargaba de no enseñar—. ¿Así, sin más? ¿Tengo que aceptar que te vas y no voy a saber más de ti?

—Es que no se trata de aceptarlo o no… —respondió ella—. No te estoy pidiendo permiso para marcharme, te estoy informando de que me voy, y quiero que lo respetes y entiendas que esto es lo que necesito ahora mismo: sentir que no le pertenezco a nadie y tiempo para buscar qué tipo de vida me gustaría empezar a vivir. No sé si regresaré algún día a Milán o si tú y yo volveremos a vernos, deja que el tiempo decida.

—Quieres una vida al lado de ese poli inepto, porque con él…

—Ese poli, según tú un inepto, se ha arriesgado para salvarte la vida —lo interrumpió tratando de no perder la paciencia—. Y esto lo estoy haciendo por mí, no por él; porque quiero estar bien.

Volvió a hacerse el silencio. Giovanni no sabía qué contestar, qué decir… Aurora se marchaba y él no quería hacerse a la idea de perderla. Contempló una vez más sus ojos verdes, las dos esmeraldas que en ese instante brillaban como nunca. «Déjala ir», se dijo, aunque hubiese sonado más como un ruego. Se relamió los labios y respiró hondo. La había tenido quince años a su lado y había llegado el momento de dejarla marchar.

—Te echaré de menos —murmuró tras unos segundos, aunque se dio cuenta del tono que había utilizado; por ello, se explicó—: Lo entiendo y voy a respetar tu decisión, pero te echaré de menos.

—Y yo también a ti.

Ni el *capo* de la Stella Nera ni la ladrona de guante negro eran dos seres emotivos que necesitasen abrazarse o alargar la conversación para retrasar la despedida. Aunque a Giovanni le dolía su partida, y pese a que hubiera pensado en obligarla a quedarse, había comprendido lo que ella necesitaba: izar las alas y volar.

—Me gustaría enseñártela —murmuró Aurora, y señaló con la mirada el maletín negro. Giovanni asintió sin decir nada, aunque supuso que, en cuanto la viera, se quedaría sin habla de igual manera. Confirmó la sospecha cuando la ladrona descubrió la Corona de las Tres Gemas al completo, con las piedras colocadas en sus respectivos huecos y el brillo dorado batallando con la luz del sol—. Estaba bajo la catedral de Milán, escondida en un ataúd al que solo se podía acceder desde el despacho del arzobispo.

—Es...

Aurora sonrió.

—Algo que no se ve todos los días —finalizó ella, y no dudó en sostenerla con las manos desnudas, sin dejar de apreciar los diamantes infinitos que rodeaban la estructura de oro. El zafiro, el diamante y el topacio lucían imponentes en la parte superior de la composición, con las florituras rodeando las gemas con delicadeza—. El robo número cuarenta y uno.

—El último —murmuró el *capo*. No se había tratado de una pregunta; sin embargo, ella asintió mientras le hacía entrega de la Corona para que él la sostuviera. Se aclaró la garganta antes de hacerle la pregunta mítica después de cada robo—: ¿Quieres quedarte con la Corona de las Tres Gemas?

La ladrona tardó en contestar.

—Mis padres murieron por culpa de esa Corona —susurró, aunque no tardó en aclararse la garganta—. Quise seguir buscándola para honrarlos, en cierta manera; para sentirlos un poco más cerca, pero cuando la he sostenido en las manos... —Ladeó la cabeza y no pudo evitar morderse el labio; sin embargo, continuó—: Me he dado cuenta de que no quiero vivir con esa culpa mirándome, de que prefiero recordarlos de otra manera; así que no, no quiero quedármela.

—¿Estás segura?

—No me hace falta tenerla —aseguró, y esbozó una pequeña sonrisa mientras se acercaba a su cama—. Cuídate, Giovanni —murmuró, para después darle un beso en la frente—. Nos lo hemos pasado bien burlándonos del mundo.

—Antes de que te vayas...

—Si te refieres a Nina, dile adiós de mi parte.

—Está aquí, en su habitación.

—Giovanni... —suspiró ella cansada—. No me apetece hablar y te apuesto lo que quieras a que ella tampoco quiere. Ha destruido cualquier posibilidad que tuviéramos de empezar de cero. Si quieres decirle que me voy, adelante; o no lo hagas, me da igual. Le dije que estábamos en paz, así que espero que en un futuro se dé cuenta de lo que hizo, porque yo le pedí perdón y le hice saber lo importante que era para mí, pero aun así decidió jugármela, porque en ningún momento se le ocurrió pedirte explicaciones a ti. ¿Le molestaba no recibir la atención que se merecía? Para empezar, tendría que haberlo hablado contigo, o tendríamos que habernos sentado los tres a arreglarlo, pero no me pidas que *yo* vaya a verla.

Aurora no agacharía la cabeza; lo había hecho cuando no le correspondía y no se permitiría doblegarse ante una persona que había preferido aliarse con el enemigo a intentar resolver las diferencias. Su amistad con Nina acabó aquella noche, cuando le arrancó el Zafiro de Plata del cuello y la abandonó a su suerte con una herida de bala en el muslo.

Cerró la puerta de su habitación minutos después, tras dedicarles al *capo* y a la Corona una última mirada, y abandonó la mansión sin volverse una sola vez. Divisó el coche en el que Vincent la esperaba y se acomodó en el asiento del copiloto.

Él arrancó el motor al instante, aunque no hizo el amago de moverse.

—¿Qué tal ha ido?

La ladrona dejó escapar un sonido de satisfacción después de soltar ese suspiro que, sin darse cuenta, llevaba aguantando quince años. Empezó a reírse sin querer al darse cuenta de que el detective la miraba esbozando una sonrisa, y no se lo pensó dos veces cuando se abalanzó sobre sus labios para darle uno de esos besos que cortan la respiración y hacen estallar fuegos artificiales.

Aurora se sentía bien, pues esa despedida había supuesto el cierre de un capítulo lleno de lágrimas, traiciones y sangre, y necesitaba que el tiempo la ayudara a cerrar los demás, porque se merecía vivir la vida que ella quisiera.

30

Stefan se llevó la copa a los labios para darle un sorbo y luego lanzó el dardo esperando a que diera en el blanco de la diana.

Hizo una mueca al contemplar el par de centímetros que habían quedado de por medio. Había fallado de manera estrepitosa y Romeo no había dudado en hacérselo saber soltando una de esas risas escandalosas que nacen del pecho y se disipan al cabo de varios segundos. Grace tampoco tuvo reparo en unirse a la risotada de Romeo y consiguió que ambos se ganaran una mirada por parte de Stefan, que chasqueó la lengua disgustado.

Era un viernes por la noche y los tres habían decidido ir a tomar algo.

—Venga, hombre, que tampoco es para tanto —dijo su compañero con la intención de animarlo. No tardó en colocarse delante de la diana, a unos metros, mientras apuntaba al centro con otro dardo—. Aunque si acierto pagas tú la siguiente ronda.

—Dijo el que nació teniendo puntería. ¿Podemos cambiar de juego?

—¿Así solucionan los hombres sus problemas? —intervino Grace desde el sofá de cuero marrón. Mantenía una pierna encima de la otra, el brazo en el respaldo y la cabeza apoyada levemente contra el puño. Sonrió de manera incrédula y le dio un sorbo al *bloody mary*, sin apartar la mirada de los dos muchachos.

Habían transcurrido diez días desde lo que había sucedido en Milán, de la tormenta que había supuesto la llegada repentina de Serguei Smirnov al territorio de la Stella Nera. Su muerte había hecho que saliese el sol y la preocupación desapareciese, lo que había acabado siendo motivo de celebración. Diez días desde el éxito que había supuesto completar la Corona de las Tres Gemas y desde que la ladrona de guante negro hubiera renunciado a ella; diez días desde la despedida entre Aurora y Giovanni.

A pesar de las intenciones de Nina, Giovanni no había salido de su habitación desde entonces ni hablado al respecto. Había creído que se derrumbaría en cuanto la ladrona cruzase el umbral, sabiendo que no volvería a verla, pero no había sido así. Aunque sabía que la echaría de menos, y que necesitaría tiempo para procesar su partida, era consciente de que Aurora había tomado una decisión, la que la liberaba de un mundo en el que la había forzado a entrar. Su princesa de alas negras había aprendido a volar rompiendo las cadenas que la habían atado a él.

Giovanni nunca imaginó que, tras quince años a su lado, el momento de dejarla marchar llegaría como una de esas lluvias esporádicas de primavera que aparecen sin avisar. Aurora se había ido llevándose abril consigo y el *capo* respetaría su decisión de que no la buscara; estaba seguro de que, con el paso de las semanas y de la vuelta a la rutina, conseguiría hacerse a la idea.

Algo distinto ocurría con Nina, que había asimilado la

marcha de la ladrona en un pestañeo; tampoco había mostrado señales de querer despedirse de ella. Aurora se había ido y ella había vuelto a respirar. Todo había acabado en una relación rota, arrojada al olvido, debido a una falta de comunicación que podría haberse evitado.

La redención de Nina no sería un camino de rosas: su posición dentro de la organización era inestable, pues había perdido cualquier migaja de respeto que hubiese llegado a tener. La mayoría de los miembros no estaban de acuerdo con su regreso; sin embargo, el *capo* había tomado una decisión, y sus decisiones no se cuestionaban. Nina había fallado como su segunda al mando y el corazón de Giovanni seguía furioso; no estaba seguro de cuánto tiempo tendría que pasar para que volvieran a acariciar aquella época en la que todavía no se sabía del Zafiro de Plata, esa joya que había marcado un antes y un después en la vida de cada uno de ellos.

—A mí todavía me cuesta asimilarlo, ¿a vosotros no os pasa? —preguntó Romeo volviéndose a su compañero. Había lanzado el dardo y Stefan admiraba el centro de la diana y la perfecta puntería que había demostrado—. Han pasado unos días y toda esta tranquilidad… No sé, me abruma.

La colombiana entrecerró los ojos.

—Qué bobada —respondió Grace con la copa todavía en la mano—. Eso es porque han tenido un año cargadito. La tranquilidad no abruma, señores; no saben lo bien que me sentarían a mí unas vacaciones. ¿No han pensado en irse a algún lugar? ¿Un fin de semana romántico? —Romeo y Stefan intercambiaron una mirada—. Ay, por favor, ni que fuese un secreto de Estado. Que viva el amor, *parce*, claro que sí. Aprovechen ahora, que luego se pondrán a mi servicio y ahí sí que no les quedará tiempo para nada. Bueno, y ahora, si me disculpan, vuelvo al rato —añadió con rapidez mientras se levantaba y dejaba el *bloody mary* vacío sobre la mesa.

Grace esquivó las mesas con agilidad y se dirigió a la barra para entablar conversación con la camarera pelirroja que no había apartado la mirada desde que había puesto un pie en el local.

Romeo carraspeó un segundo después y se terminó lo poco que quedaba de su bebida.

—Bueno, míralo por el lado positivo —murmuró volviéndose hacia Stefan—. Ya no tenemos que decírselo.

—¿Te preocupaba lo que pudiese pensar o qué?

—Más o menos, ¿a ti no? Ahora es la jefa.

Stefan se quedó en silencio; todavía recordaba la conversación con Giovanni y la reacción fría que había mostrado al enterarse de que sus dos hombres de confianza habían decidido unirse a Grace. Creyó que se enfadaría o que les gritaría, la reacción normal que habría tenido el *capo* en cualquier otra circunstancia en la que Aurora no se hubiese ido, pero lo había hecho y nadie parecía saber dónde estaba. Tras cerrar el capítulo en Milán, ella y el detective se habían subido a un avión rumbo a Nueva York para poner otro punto final, o eso era lo que había supuesto Stefan, pues Aurora se había despedido de ellos la misma noche que Stefan y Romeo habían aterrizado en la ciudad, igual que de Grace, y estaba seguro de que Vincent había hecho lo propio con su familia.

—¿Cómo crees que están? —susurró Stefan de repente, con la mirada perdida en algún punto del local—. Han pasado un par de días desde que se fueron. ¿Habrán llegado bien?

—Es Aurora.

Esa obviedad le hizo sonreír.

Romeo estaba sentado a su lado y no dudó en acercarse un poco más a él y pasarle un brazo por encima de los hombros.

—Y no está sola —añadió Stefan—. Ha encontrado a su persona, y nada más y nada menos que... ¿Por qué me miras así? —preguntó al contemplar la mirada entrecerrada de Romeo.

—Eso es de *Anatomía de Grey*.

—¿El qué?

—Lo de la persona. No sabía que te gustaran las series de médicos. —Romeo arqueó las cejas emocionado—. Ay, perdón, que te he interrumpido, continúa. Pero que sepas que se me ha ocurrido un plan genial para este fin de semana.

A pesar de que había oído a hablar de esa serie, a Stefan le importaban bien poco los dramas médicos; sin embargo, no dijo nada y se limitó a sonreír, pues no sería él quien echase a perder el fin de semana romántico. Mientras Romeo le daba un sorbo a su copa y retomaban la conversación, pensó en Aurora y en Vincent, y en la manera en la que, sin pretenderlo, se habían escogido el uno al otro.

Aunque Aurora se había ido, había encontrado a su persona, y Vincent no había dudado en ir tras ella.

O quizá hubiese sido al revés.

Había transcurrido un mes desde la muerte de Serguei Smirnov, pero la ladrona de guante negro había dejado de pensar en él; de hecho, había dejado atrás la mitad de los pensamientos en los que su mente solía enfrascarse. Las pesadillas se habían mitigado y sentía que al fin volvía a respirar, que se había quitado un peso de encima del que no se había dado cuenta hasta ese momento, mientras contemplaba el horizonte y las luces doradas que lo bañaban.

Cerró los ojos y respiró hondo dejando que el aroma a salitre la envolviera. Notaba la calidez de los últimos rayos del sol en las mejillas y el sonido característico de las olas al romper la sumía en un estado de tranquilidad que la hacía sentir como en casa.

Se estaba acostumbrando a la vida con Vincent en Ponce, una ciudad al sur de Puerto Rico. No había sido difícil elegir el lugar: Vincent lo había propuesto entre risas y conversaciones eternas, y Aurora no había dudado en aceptar, sabiendo que Puerto Rico era el país de origen de su madre.

Había pasado un mes desde su regreso de Milán, pero solo llevaban diez días conviviendo en esa casa de la que ambos se habían enamorado nada más verla: la naturaleza la rodeaba y las vistas eran impresionantes, pues se encontraba en lo alto de un acantilado; tenía un acceso privado a una playa virgen y la tranquilidad que se respiraba era de envidiar.

Aurora se sentía en casa y no tenía deseo alguno de regresar a esa vida en la que la oscuridad la había consumido. Le gustaba la luz, la calidez acariciándole la piel y el brillo dorado que venía de ese atardecer del que se había enamorado y que disfrutaría siempre que quisiera.

Esbozó una sonrisa cuando, aún con los ojos cerrados, sintió su brazo por encima de los hombros y el beso delicado en la mejilla. Vincent se había sentado junto a ella en el sofá exterior de la terraza y la miraba con ternura, con amor.

—Sabía que estarías aquí —murmuró él provocando que Aurora abriera los ojos y lo mirara.

Sira también había aparecido y no tardó en subirse al sofá de un salto.

—La próxima vez me esconderé mejor.

—¿Quieres ponerme a prueba?

Aurora sonrió y dejó que un silencio agradable los rodeara, sin detener la caricia en el pelaje negro. La gatita ronroneaba y ella volvió a centrarse en las últimas luces que desaparecían y en el degradado que se formaba en el cielo.

—Me gusta este sitio —confesó ella—. Y me gusta que tú estés aquí, conmigo.

Vincent no pudo evitar transportarse a la última conversación que había tenido con su padre y su hermana. Recordaba las lágrimas de Layla y la mirada triste de su padre como si no hubiesen transcurrido casi dos semanas de aquello. Thomas no quería que su hijo lo odiase, así que Vincent no dudó en abrazarlo para confirmarle que debía olvidarse de ese capítulo, que había destruido el cofre y que necesitaba pasar página. También recordaba el abrazo de su hermana y el susurro de su voz diciéndole que le guardaría el secreto, pues a Layla no se la podía engañar. De la misma manera que había descubierto que la ladrona de guante negro era Aurora, también se había percatado de que estaba viva, porque conocía a su hermano y su mirada siempre había sido muy expresiva.

Echaba de menos a su familia, pero tanto su hermana como su padre, incluso Jeremy, habían entendido por qué necesitaba marcharse de la ciudad. Se había encargado de hacerles ver que necesitaba rehacer su vida, pero que no dudaría en visitarlos siempre que pudiera.

—Admítelo: no puedes vivir sin mí —respondió Vincent buscando que ella se riera; sin embargo, no lo hizo.

—Sí puedo —confesó, y se volvió de nuevo hacia él, fijándose en los labios entreabiertos y la mirada desconcertada—. Pero no quiero —añadió. Alzó una mano para rodearle la mejilla—. No quiero imaginarme una vida en la que tú no estés, porque durante aquellos seis meses me sentí perdida. Fui capaz de vivir sin ti; sin embargo, me di cuenta de que no quería hacerlo.

Los ojos de Vincent se suavizaron, igual que el corazón. Se acercó un poco más y apoyó la frente en la de ella.

—Te quiero —susurró él, y un segundo más tarde sentía los labios exigentes de Aurora y sus manos acariciándole la nuca.

—Mi corazón es tuyo, Vincent Russell —respondió entre besos cortos y respiraciones que empezaban a agitarse, pues Aurora no tardó en tirar de él para que se encajara entre sus piernas—. Cuídalo bien o no dudaré en dispararte otra vez.

Vincent no pudo aguantar la risilla mientras notaba sus manos ansiosas colándose por debajo de la camiseta.

—Te lo prometo.

Una promesa que no había sonado a despedida ni había levantado preocupaciones, sino que los había invitado a echar un vistazo a ese futuro que habían malinterpretado sin querer: si bien había sido inevitable, en ningún momento había sido para separarlos.

Esa promesa reflejaba el inicio de una nueva vida.

Epílogo

Un año y medio después

Aurora no dejaba de mordisquearse la piel de alrededor de la uña. Estaba nerviosa y mantenía la mirada fija en el reloj de la pantalla del ordenador, contando los segundos. ¿Cuánto más tendría que esperar para saber el resultado?

—No estés nerviosa —murmuró Vincent acercándose con un vaso de agua; lo colocó delante de ella y se sentó a su lado, en el sofá. Aurora se llevó el vaso a los labios y le dio un trago largo.

—Eso es lo mismo que decirle a alguien que no esté triste cuando se le ha muerto la abuela. Así no ayudas, *amore*. ¿Tú no estás nervioso?

—Lo estoy.

—¿Y por qué no se te nota?

Vincent sonrió.

—Porque sé controlarme.

—¿Insinúas que yo no?

—No dejas de mordisquearte el labio y acabas de pasar a la uña; estás contando los segundos, a pesar de que sabes que todavía queda un minuto, y la pierna —añadió y apoyó la mano en su muslo— no deja de temblarte. ¿Me estoy dejando algo? —Aurora entrecerró los ojos—. No me mires así —pronunció riéndose—. Deberás aprender a controlarte; no querrás darles mala imagen a los niños. Cuarenta segundos —anunció, y los ojos verdes de Aurora volvieron a centrarse en la pantalla—. Ya verás como te dicen que sí; cualquiera te diría que sí. Eres paciente y se te da bien enseñar.

—¿De verdad lo crees?

Él volvió a sonreír ante la ternura que desprendió Aurora.

No lo creía, estaba convencido. Durante el último año y medio, Aurora se había preparado para convertirse en profesora de inglés e italiano para niños de primaria, y en ese instante esperaba el correo con la respuesta de la academia, pues la habían avisado de que lo anunciarían ese día a las cuatro de la tarde.

—Me sorprende que dudes de tus capacidades.

—Es que estoy nerviosa.

Entonces, Vincent se preguntó si Aurora era la misma persona que, durante cinco años, se había paseado por el mundo robando las joyas más exuberantes.

—Diez segundos.

—Sigues sin ayudarme —contestó ella sin dejar de mirar la bandeja de entrada.

—Cinco, cuatro, tres, dos, uno… —El reloj había tocado las cuatro en punto, pero no apareció ningún mensaje nuevo. Aurora se llevó el portátil al regazo—. Recarga la página.

Fue lo que hizo, pero la bandeja continuaba vacía. Lo intentó una vez más y, en ese instante, apareció la respuesta en la que Aurora no había dejado de pensar durante los últimos días. Accedió al mensaje sin pensárselo demasiado y empezó a leer en alto con un español ante el que cualquiera se quitaría el sombrero, si bien necesitaba perfeccionar el acento.

—«Estimada Mia. Nos complace comunicarle...».

Aurora y Vincent en Puerto Rico eran Mia y Jared Miller, la pareja de casados que se habían enamorado de las playas caribeñas durante su luna de miel y no habían dudado en echar raíces para los siguientes capítulos de su vida.

—«... nuestra más sincera enhorabuena —continuó ella—. Póngase en contacto con el centro a la menor brevedad para concertar una nueva reunión. Reciba un cordial saludo...».

Pero Aurora no pudo acabar la frase cuando se puso de pie, eufórica, y se llevó las manos a la cabeza, sin creérselo todavía.

—Me han aceptado —pronunció; no podía dejar de sonreír mientras veía a Vincent levantarse e ir tras ella—. ¡Me han aceptado! —repitió en el instante en el que él la levantó en brazos y se puso a girar sobre sí mismo.

—Felicidades —murmuró, cerca del oído, para después darle un beso en la mejilla. Aurora notó un escalofrío en la espalda. Un segundo después ponía los pies en el suelo—. Esto merece una celebración.

—¿Una cena? —Las manos de Vincent no se alejaron de la cintura y ella no dudó en pasar los brazos por encima de sus hombros, sin dejar distancia entre los torsos—. O podríamos pasar al postre directamente.

—Me gusta la idea.

—A lo mejor con velas, una copa de vino, música... —murmuró Aurora, sonriendo, sobre todo cuando notó que la agarraba un poco más fuerte—. ¿Qué me dices, sargento?

Sargento Jared Miller de la Policía Municipal de Ponce, cargo que Vincent había estrenado hacía unos días.

—Todavía no me acostumbro.

—¿Cómo ha dicho, mi sargento?

Las sonrisas no desaparecían y Vincent no pudo evitar respirar un poco más hondo de lo normal.

—Aunque, si lo dices así... —contestó él—. Podría empezar a hacerme a la idea.

—No eres el único con un gran poder de convicción —soltó Aurora provocando que ambos se transportaran a esa apuesta de año y medio atrás, en la que Vincent consiguió que Aurora aceptara ver con él *La La Land*.

Ella había perdido y, a cambio, tuvo que confesarle un sueño que no había imaginado que tendría: quería relacionarse con los niños y ayudar a aquellos que se sintieran perdidos a encontrarse, como habría deseado que hicieran con ella, pues se descubría pensando en sus padres y en su paso por el orfanato a menudo, aunque ya no con tanto dolor.

Ese dolor, aunque no había desaparecido del todo, lo sentía cada vez más lejano.

Aurora, que desde hacía tiempo había dejado de ser la ladrona de guante negro, estaba y se sentía bien. «Bien», una palabra que al principio le había parecido remota, pero que, en ese instante, era capaz de acariciar como el pétalo de una rosa que hubiese florecido.

Agradecimientos

Después de un año y cuatro meses planificando, creando y modificando escaletas, escribiendo y reescribiendo escenas, y revisando las correcciones, he colocado el punto final a esta trilogía que me ha hecho sentir como si estuviera en una montaña rusa de emociones.

Me he reído con las ocurrencias de Stefan y Romeo. He sentido la tensión en las escenas de los robos y la emoción cuando resolvían los acertijos. Se me ha subido el azúcar con las conversaciones entre Aurora y Vincent, y su relación, y he gritado con el reencuentro. He llorado de tristeza cuando Aurora se rompía, pero también de felicidad al ver su desarrollo y evolución.

Esta trilogía se ha ganado un hueco importante en mi corazón y me gustaría agradecer a quienes han hecho posible que viera la luz:

A María Terrén, mi editora, por haberle sacado el máximo potencial a la trilogía, por sus ideas y por haberme enseñado por qué algunas escenas valen y otras no, sin perder el sentido de la historia.

A Pilar Alonso, la primera que se leía los capítulos y me

daba sus impresiones. Su consejo de «No te compliques; menos es más» se me ha quedado grabado y siempre lo tengo en cuenta cuando aparece alguna idea nueva.

Al equipo de edición técnica por darle vida al libro, por volverlo real.

A Mercedes Tabuyo, la correctora de estilo, por haber pulido los textos como si de un diamante se tratara.

Al equipo de diseño por la composición y creación de las tres portadas, porque todavía no supero lo bonitas que son y lo realistas que han quedado las joyas y las manos enfundadas en los guantes negros.

A mis lectoras, siempre; las que ya me conocen o las que lo acaban de hacer. Mil gracias por vuestro apoyo.

A María Lavariega por su apoyo incondicional a pesar de los más de nueve mil kilómetros que nos separan, por su emoción cuando le conté la idea inicial, y ambiciosa, de lo que quería para la historia.

A Denna Selen, mi compañera dentro del mundo de la escritura, por creer siempre en mí y entenderme, por saltar conmigo cuando compartí con ella la noticia de la publicación.

A mis padres y a mi hermana, por sujetarme cada vez que me derrumbaba cuando la escritura me bloqueaba, por escucharme y animarme siempre.

Y, sobre todo, a Vincent y Aurora, los protagonistas de esta trilogía, por permitirme vivir y sentir su historia.